KB112707

기울어진 상식

기울어진 상식

발행일   2022년 12월 16일

지은이   김도해
펴낸이   손형국
펴낸곳   (주)북랩
편집인   선일영   편집   정두철, 배진용, 김현아, 류휘석, 김가람
디자인   이현수, 김민하, 김영주, 안유경, 신혜림   제작   박기성, 황동현, 구성우, 권태련
마케팅   김회란, 박진관
출판등록   2004. 12. 1(제2012-000051호)
주소   서울특별시 금천구 가산디지털 1로 168, 우림라이온스밸리 B동 B113~114호, C동 B101호
홈페이지   www.book.co.kr
전화번호   (02)2026-5777   팩스   (02)2026-5747

ISBN   979-11-6836-618-3 03810 (종이책)   979-11-6836-619-0 05810 (전자책)

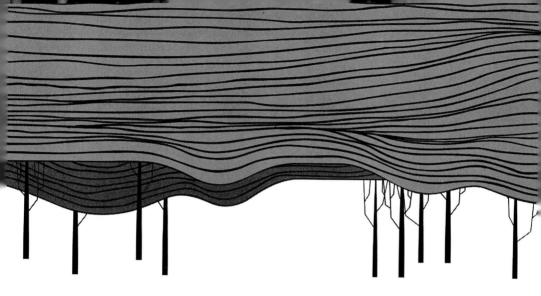

기울어진 상식

김도해 지음

한 번도 주류에 속하지 않았던 한 사람,
세상을 향해 목소리를 내다!

북랩

가자미와 나

　내 책 한 권이 만들어지는 과정을 보면서 '다시는 책을 쓸 일이 없겠다.'라고 생각했습니다. 한 권의 책이 나오기까지의 과정이 생각만큼 단순한 작업이 아니더군요. 보잘것없는 나의 글에 많은 사람이 쏟아내는 시간과 노동, 그 정성을 보면서 송구할 정도였고, 통화할 때마다 위로가 되는 조언에 진심으로 감사했습니다. 또 나의 첫 글이 다소 동정의 여지가 있는 글이었기에 그에 관한 감사한 위안 정도로만 받아들였죠. 그리고는 그 첫 책이 나의 처음이자 마지막 책일 거라고 조용히 생각했습니다. 쓸 이야기의 주제나 소재도 없었고 자신도 없었기에 다시 글을 쓸 수 없을 것 같았습니다. 물론 오래된 습관인 나만의 글쓰기는 계속되겠지만 책을 목적으로 글을 쓰는 일은 다시는 없을 거라고 다짐 비슷한 생각을 했습니다.

　하지만 첫 책의 출간 이후, 어이없게도 많은 글이 쏟아지며 내 머릿속을 가득 채웠습니다. 전혀 예상 못 했고 의도한 바는 더더욱 아니었기에 좀 매우 당황스러웠고 스스로 민망했죠. 이것이 무슨 현상인지 잘 파악되지 않았고 쉽게 이해되는 것도 아니라서 당혹함을 뒤로하고 서둘러 생각을 분산시키려고 여러 가지로 노력을 해봤는데 별 소용이 없었습니다. 쏟아지는 글은 계속 쌓이면서 뇌를 뚫을 기세였고 질식할 것 같은 현기증과 무거운 두통으로 매일 힘들었어요. 그렇게 감당할 수 없는 글들의 쏟아짐에 모든 생각이 녹아내리는 것 같았습니다. 그래서 마지못해 머릿속을 가득 채운 글들에 굴복하듯 이 글을 쓰려고 했는데, 이번엔 오히려 너무 많은 글이 안개처럼 뿌옇게 흐려져서 뇌를 감싸 안은 듯 생각이 갈피를 잡지 못했고 단 한 줄도 쓰지 못하는 거예요. 이게 무슨 변덕인지…. 혼란스러워서 쓰기를 멈췄으나 머릿속의 글들은 멈춤이 없이 나의 모든 것을 고집스럽게 잡고 모든 뇌세포를 장악하며 나를 지배해 버렸습니다. 이러지도 저러지도 못하며 생각도 마음도 초점을 잃고 허공을 헤맸습니다.

그 와중에 우연히 책꽂이에 눈길이 멈췄습니다. 여러 책 중, 아주 오래된 책 한 권이 조용히 그러나 강하게 시선을 잡아당깁니다. 학창 시절 내게 열정적인 비전을 꿈꿀 수 있게 해주신 분의 책이었습니다. 나는 그분의 가르침을 직접 받은 제자가 아닙니다. 또 찾아뵌 적도 없는 분이십니다. 우연히 접한 그분의 인터뷰 글을 보고 감동의 편지를 드렸는데, 생각지도 않았던 그분의 따뜻한 답글이 있었습니다. 너무나 감격해서 감사의 편지를 드렸고, 그렇게 서신만으로 사제의 짧은 인연을 가졌던 분이십니다. 예전의 추억과 그리움이 아지랑이처럼 몽글몽글 올라와 아련하게 오래된 추억이 촉촉하게 번지며 묵직한 이끌림처럼 그분의 책들을 다시 들었습니다. 부서질 듯 가벼운 무게와 함께 책장을 넘길 때마다 오래된 알싸한 낡은 책 냄새가 코끝을 강하게 찌르며 긴긴 시간의 흐름을 깨우쳐 주네요. 긴긴 시간이 지났음에도 그분의 글은 싱그러운 열정의 향기를 친근하고 정감있게 뿜어내며 마음을 차분하게 해줍니다. 한 장 한 장 추억을 꺼내듯이 읽는데 밑줄까지 그어가며 공부하듯이 꽤 열심히 읽은 흔적이 곳곳에 남아있는 것을 보면서 풋풋했던 옛 생각에 엷은 미소도 띠어봤습니다. 그런데 선생님의 글을 읽는데 신기하게 난잡하게 쏟아지며 머리를 어지럽게 만들던 글들이 정리되는 느낌을 받았습니다.

『가자미의 눈

저녁 밥상 위에 넓적한 생선 한 마리가 누웠습니다. '가자미'라고 부른답니다. 두 눈이 모두 오른쪽으로 몰아 붙었습니다. 그래서 언제나 세상의 한쪽만을 바라보며 떠다녀야 합니다.

세상 사물의 어느 한쪽만을 보는 것을 '편견[偏見]'이라고 일컫습니다. 그러니 가자미라는 놈은 편견을 팔자에 타고난 것이 분명합니다.

‘편견’이란 확실히 칭찬할 때 쓰는 말이 아닙니다. 하지만 ‘두 눈으로 한쪽만을 뚫어지게 본다면 그 측면에 대한 관찰은 오히려 매우 정확한 것이 아닌가?’ 이것은 아마 엉뚱한 상념에 불과할 것입니다. 그러나 그럴 수도 있을 것 같은 생각이 듭니다.

하기야 우리 인간도 큰소리할 처지는 못 됩니다. 누가 세상의 모든 측면을 골고루 바르게 본다고 감히 장담하십니까? 사실은 우리네 인간도 어떤 측면만을 선택적으로 보는 것입니다. 세계의 모습이 사실 그대로 사람의 눈 또는 마음에 비치는 것이냐? 아니면 사람이 가진 심리의 구조를 따라서 세계의 사물이 경험되는 것이냐? 하는 따위의 철학적인 이야기는 그만둡시다. 그저 상식적 견지에서 반성하더라도 우리는 확실히 우리의 욕망과 감정 그리고 의지의 영향을 받아 가며 세상을 보고 사물을 이해합니다. 인간과 가자미 사이에 다른 점이 있다면 그것은 결국 정도의 차이가 아니겠습니까?

만약 가자미가 일기를 쓴다면 정말 재미있는 이야기가 많이 기록될 것입니다. 언제나 똑바로 뜬 그 두 눈으로 깜짝도 하지 않고 한쪽만 바라보니 아마 꽤 깊은 곳의 이야기까지 알고 있을 것 같습니다.

그런데 왜 그놈은 일기를 안 쓰는지 모르겠습니다. 펜과 잉크를 살 돈이 없어서 그러는 모양입니다. 그렇다면 그놈에게 펜과 잉크를 빌려줍시다. 그리고 참, 공책도 한 권 사서 선사해야 하겠지요.』

-흐르지 않는 세월, 김태길 에세이 중에서-

같은 글인데도 예전과 많이 다른 느낌으로 와닿는 글입니다. 예전에는 편견에 집중했다면, 지금은 '내가 저 가자미가 아닐까?' 하는 다소 엉뚱한 생각과 함께 그 가자미에게 친근함마저 드네요. 왜냐하면, 나는 태어나면서 지금까지 단 한 번도 사회의 주류에 속한 적이 없습니다. 늘 언제나 어느 곳에서도 늘 외곽에 있었죠. 게다가 아주 사소한 일반적인 것과도 깊은 괴리감이 있는 자로서 나는 외곽 중에서도 더 외각으로 밀려나 있는 가장 외곽에 있는 것이 아닐까 싶습니다. 그렇게 늘 외곽에서 세상을 봐왔으니까 가자미의 운명적 삶과 매우 흡사하지 않았는가. 생각이 거기에 미치자 갑자기 그동안 감당할 수 없이 쏟아지며 나를 끈질기게 지배하며 질식에 가까운 두통까지 유발하던 그 많은 글이 한꺼번에 방향을 잡으면서 차분하게 제자리를 찾은 느낌이 들었습니다. 그리고 묵직한 이끌림에 꺼내 본 선생님의 옛글을 통해서 선생님께 펜과 공책을 선물 받은 느낌이 들면서 선생님의 가자미가 되어 보고 싶은 다소 엉뚱한 생각까지 들었습니다. 그렇게 심호흡을 크게 하고는 천천히 글을 썼습니다. 물론 외곽에서 바라본 세상 역시 편향적일 수밖에 없지만, 사회의 주류에서 벗어난 외곽의 관점도 어떻게 편향적일지 한 번 정도는 기웃거릴 만하지 않을까요?

가파르고 고단한 삶으로 인해 오랫동안 잊었던 선생님에 대한 애틋함과 감사함이 새록새록 되살아나면서 많은 편지로 따뜻한 격려와 부드러운 용기를 얻었던 학창 시절의 알록달록한 추억이 새록새록 떠올라 마음 한구석이 애잔해집니다. 선생님의 수많은 제자 틈에서 내 이름 석 자가 희미한 기억으로 남았기를, 그리고 지금 계신 멀고 먼 그곳에서 평안하시기를 조용히 기원해봅니다.

목
차

기울어진 상식

1.
국회에 가고 싶은 이유

　예전에 한강 다리를 건너면서 멀리 국회의사당의 푸른색 돔이 보이면 아주 가끔 "피식." 하고 참을 수 없는 헛웃음이 나왔던 때가 있었습니다. 어렸을 때, 누구나 한 번쯤은 들어 봤을 전설 같은 이야기가 생각났기 때문입니다. 우리나라 국회의사당 안에는 로봇 태권브이가 실제로 있으며 그 푸른색 둥근 돔이 열리면 로봇 태권브이가 출동한다는 이야기였습니다. 국회의사당이 로봇 태권브이의 비밀 기지라는 이야기는 신빙성 있게 퍼지면서 실제로 믿는 아이들도 꽤 됐습니다. 수업 시간에 선생님이 보여주신 사진 속 국회의사당의 파란색 돔이 신비롭다는 느낌과 함께 독특한 인상을 남겼기 때문에 상상인 그 이야기가 맞을 것 같은 느낌을 받았었으니까요. 국회의사당의 그 푸른색의 돔이 멀리서 보이면 실제로 로봇 태권브이가 현존해서 저

돔을 열고 출동해서 각종 불의를 물리치고 정의를 구현하며 위기의 사람들을 구해내고 불의와 악을 행하는 사람들을 응징해낸다면 정말 엄청나게 멋지지 않을까도 싶었습니다. 그렇게 반신반의(半信半疑)하던 이야기는 어느새 천진난만한 추억으로 남았습니다. 한강을 건널 때 보게 되는 푸른색 돔을 보면서 천진난만한 그 추억이 순진하게 튕겨 나올 때가 간혹 있습니다. 그리고 그 생각의 끝에서는 항상 '왜 그런 이야기가 전설처럼 퍼졌는지, 태권브이 기지가 왜 하필이면 국회의사당이었는지, 누가 그런 이야기를 만들어 냈는지' 하는 의문이 자리했습니다.

로봇 태권브이는 불의와 악행으로 인한 어려움과 위험에 빠진 사람을 구하고 불의를 심판하고 정의를 실현하는 '정의' 자체로 점철된 캐릭터입니다. 게다가 태권도라는 우리 전통 무술로 악을 응징하는 것은 상상만으로도 정말 짜릿한 멋짐이 폭발합니다. 그런데 그 멋지고 정의로운 캐릭터의 기지가 국회의사당이라면 사람들이 국회의사당과 국회의원을 바라보는 시각이 좀 달라질 수도 있지 않을까요? 그래서 '만약 국회의사당을 향한 경이로움이 국회의원들에게 이어질 수 있는 효과를 얻기 위한 목적으로 만들어진 것은 아닐까?' 하는 의심의 생각을 해 봤습니다. 아니면 암울한 역사와 함께 참담하게 시작됐던 우리나라의 국회를 장악하고 뿌리 깊게 남아서 깨끗한 청산이 어려워 보이는 현존하는 암울한 세력이 악필처럼 써 내려간 근현대사를 보며 진정한 의미의 민주주의와 정의 구현을 원하는 사람들의 간절한 바람일 수도 있지 않을까요? 그러나 어느 쪽에서 시작된 이야기든 그런 이야기가 나오고 또 세대를 이어서 끊임없이 회자하는 것을 보면 국회는 정의로워야 하고 정의의 실현을 위해 일해야 하는 곳임을 모두가 인지하고 있는 듯 보입니다. 이렇듯이 로봇 태권브이의 캐릭터가 갖는 의미와 국회의사당의 합체가 갖는 시너지 효과는 상상 이상입니다. 그래서 로봇 태권브이와 국회의사당의 합체 퍼포먼스가 실제로 행해지기도 했습니다.[1] 하지만 나는 그 퍼포먼스가 반갑거나 기대가 된다거나 하다못해 예전의 그 천진한 추억을 현실에서 감상할 수 있다는 설렘조차 전혀 느끼지 못했습니다. 오히려 그 퍼포먼스에 강한 이질감과 함께 불편함을 느꼈고, 추억 속 만화영화의 부활에 대한 기대감도 시들했었습니다. 왜냐하면, 국회의사당, 더 정확히는 국회의원들에 대한 내 기억 깊숙한 곳부터 채워진 강한 불신이 정의로운 로봇 태권브이의 이미지와는 맞지 않기 때문입니다. 왜 유독 국회의 제 역할, 더 정확히는 국회의원들의 제대로 된 역할에 대해서는 별로 기대가 되지 않을까요. 사실 국회 안에서 벌어지는 일들은 아수라장, 난장판, 격렬한 싸움터를 연상시키는 것들로 가득합니다. 국민을 위해 일하겠다고 자처한 분들이 국민이 아닌 자신들의 이익과

---

1) 유용석 기자 「로봇 태권V, 국회의사당 돔 열고 출격」 연합뉴스 2011.01.11.
  박주성 기자 「국회의사당에 비춰지는 로보트 태권브이의 상징 'V'」 뉴시스 2011.01.11.

처지만을 놓고 거칠고 유치한 말싸움과 몸싸움을 서슴지 않습니다. 게다가 약육강식이 왜 국회 안에 존재하는 건지 이해가 정말 어렵습니다. 그래서 국회 안에서 국민을 대변한다는 그분들에 대한 불신은 웬만해서는 해소되지 않을 것이고 그런 이유로 태권브이를 이용한 퍼포먼스가 매우 불편하게 느껴졌습니다.

국회에 대한 불편한 느낌은 독재의 공포정치 시대가 끝난 이후에도, 그리고 좀 더 시간이 지난 후에도 지속됐고, 그래서 언제나 늘 한결같은 모습을 보이는 그곳의 분들을 보면서 '한결같다'라는 말이 꼭 긍정의 의미가 아니란 것을 새삼 느끼며 깊은 괴리감만 확인했습니다. 시대도 세대도 바뀌었는데 왜 유독 국회는 과거에 박제되어 과거의 모습을 반복하는 걸까요? 국민을 위하고 나랏일을 하기 위해서 모인 분들이 하시는 일이 치열하게 싸우는 모습을 아무런 여과 없이 보여주시는데요, 그 싸움이 나와 같은 국민, 또 나랏일과 상관이 있는 걸까요? 그분들의 억지스럽게 우기는 말싸움은 과거 군부 독재와 공포정치 시대의 모습이 그대로 답습되는 느낌입니다. 대화와 타협은 초등학교 교과서에만 나오는 것인가요? 왜 서로의 이견을 좁힐 생각은 안 하고 트집 잡아 공격만 하는 것일까요? 물론 의견 충돌은 충분히 이해됩니다. 그러나 의견 충돌이 아니라 이해 충돌이며 그것은 민생과는 거리가 멀어 보입니다. 그리고 그 충돌은 항상 승패로 이어지는데 그것의 승은 누구를 위한 것인가요? 그 승리가 국민에게는 어떤 득이 되나요? 구태의연한 정공법을 벗어날 수는 없나요? 합리적이고 옳은 주장이고 그것이 국민과 나라를 위한 것일지라도 상대 정당이라는 이유로 공격하고 깎아내리며 오로지 자신의 승패에 집중하는 모습은 유치함을 벗어나 치졸하고 천박하게까지 느껴지면서 정치를 잘 모르는 내가 봐도 숨이 턱턱 막힐 뿐입니다.

뉴스에서는 자주 현행법이 없어서 많은 문제가 해결 방법 없이 그대로 방치되는 것, 일의 시작을 위해 관련 법안 마련만 기다리는 사람들도 자주 보도되는데요, 국회에서는 논의조차 되지 못한 법안이 수두룩하다고 합니다. 또 선거 때 각종 공약을 앞세워 표심을 얻고, 정작 국회 입성 후에는 공약은 잊으셨는지 공약 이행과 법안 마련은 뒷전이고 소리 높여 싸우시는 일에만 더 열중하시는데요, 그 분열과 아귀다툼이 나랏일과 국민을 위한 일일까요? 국민이 왜, 무슨 이유로 국민과 상관없어 보이는 그 격렬한 싸움을 봐야 할까요? 그렇게 아귀다툼하면서 국민을 위한 일은 언제 하시는지, 하고 계시기는 한 건지 잘 모르겠습니다. 간혹 시사 프로그램에 출연해서 '국민은 잘 모르지만, 국회에 들어가 보면 국회의원들이 엄청 열심이고 아주 바쁘다.'라고 강조하는 분들이 있습니다. 하지만 국민이 느끼지 못하면 그분들의 열심과 바쁨은 국민을 위한 것이 아닙니다. 본인 자신을 위한 열심이고 바쁨일 뿐입니다. 그래서 그 말은 내게는 설득력을 잃고 허공에 흩어지는 공허한 소리로 가재는 게 편으로만 보입니다. 물론 정말

묵묵히 명예와는 상관없이, 대중이 알아주지 않아도 꿋꿋하게 국민을 위해 열 일하시는 분도 분명히 계시겠죠. 그런 분이 이런 나의 소리를 듣는다면 서운하실 수도 있을 것 같습니다. 하지만 분명한 것은 그분들의 열심과 바쁨을 국민이 느끼지 못한다면 그 열심과 바쁨은 국민을 위한 것이 아니라 자신을 위한 열심이고 바쁨이란 생각은 변함없는 신념처럼 굳어버렸고, 그래서 본인들의 유리함만을 위해서 '국민을 위해서', '국민만 바라보며', '국민이 원해서'란 허공 속에서 힘없이 흩어지는 먼지보다도 더 가벼운 텅텅 빈말로 빈번하게 국민을 소환하는 무책임한 그분들의 행태는 강한 반감과 분노만을 유발할 뿐입니다.

그래서 그분들의 국민을 위한 열심과 바쁨, 국민을 위해 열심히 바쁘게 싸우신다는 속 보이는 비겁한 외침이 매우 공허하며 허망합니다. 모든 국민이 이미 다 알고 또 체감하듯이 그분들의 외침 속 국민은 그저 형식적인 핑계일 뿐, 진정한 의미의 국민은 없습니다. 또 자신의 위치와 국민의 무게를 전혀 못 느끼며, 따라서 그 위치에 대한 책임감도 있을 리 없다는 생각이 슬프고 깊게 퍼집니다. 그분들께 국민은 '선거' 때나 필요한 존재 아닌가요? 그런데 왜 자신들의 실속과 자리싸움에 자꾸만 국민을 끌어들이는 이유는 뭘까요? 자신을 위한 싸움의 정당성을 찾기 위한 것이고 그것을 강조하고 싶은 것 아닐까요? 그렇게 국민을 자신의 실속과 자리 보존에 이용하는 상대로만 이해하는, 그래서 무거운 책임감으로 대해야 하는 국민을 가벼운 먼지 같은 존재감으로 만들어버리는 그분들께 참 많은 질문이 터져 나옵니다. 자신의 실속 챙기기에 여념이 없고 자리다툼과 치열한 눈치 싸움, 그리고 손바닥으로 하늘을 가리려는 얄팍한 꼼수 짜내기에 바쁘시고 많이 소진되셔서 나의 사소한 질문은 외면하실까요? 그래도 살면서 계속 쌓여가는 의문들, 별것 아닌 것 같지만, 그러나 외면할 수 없는 것들을, 나는 법을 만드시는 그분들께 꼭 묻고 싶습니다.

2.
내과로 갈까요? 외과로 갈까요!

설거지하는데 문득 눈에 띈 것이 있었습니다. 냄비 바닥의 코팅
이 드문드문 벗겨진 것인데요, 프라이팬이든 냄비든 코팅이 벗겨지면
몸에 해로운 것이 음식에 섞여 들어가기 때문에 아깝더라도 과감하
게 버려야 한다는 엄마의 말씀이 생각났습니다. 그래서 새 냄비를 구
매하려고 검색하는데, 많은 냄비 중 눈에 띄는 것이 스테인리스였습
니다. 스테인리스의 여러 장점이 매력적이었는데요, 우선 환경호르몬
등에 노출될 위험성이 없고 내구성이 강하며 음식 찌꺼기와 냄새가
흡착되지 않아 쉽게 녹슬지 않아서 위생적이고 안전성과 함께 코팅
이 벗겨질 염려도 없고 반영구적인 것이 매우 실용적이란 생각됐습니
다. 또 열전도율이 빠르고 균일하게 전달되어 짧은 요리 시간으로 각
음식 재료들의 영양분 파괴를 최소화할 수 있고, 열효율도 길어서 오

랫동안 남은 열을 이용할 수 있기에 인덕션을 사용하는 나로서는 전기료까지 아낄 수 있는 것도 무척이나 매력적이었습니다. 그래서 망설임 없이 스테인리스 냄비를 구매하기로 하고 인터넷 쇼핑을 했습니다. 그러던 중 마음에 드는 것이 있었는데, 하필이면 1+1의 마력에 빠져서 두 개나 구매해 버렸습니다.

택배 상자를 열었는데 구매한 냄비보다 A4용지가 낯설게도 먼저 눈에 띄었습니다. 제품을 설명하는 안내 책자도 아니고 자사의 다른 제품을 홍보하는 홍보 용지도 아닌, 그냥 하얀 A4용지가 반으로 접혀 있었습니다. 뭘까 싶어서 보니, 연마제를 반드시 제거한 후 사용해야 한다는 것과 함께 그것의 제거 방법을 설명하는 짧은 안내문이었습니다. 내가 미처 생각하지 못한 것이 있었다는 것을 그제야 알았습니다. 스테인리스의 연마제가 정말 심각한 문제였고, 그것을 제거한 후 사용해야 하는데 그것의 제거가 생각처럼 간단한 것이 아니란 것을 몰랐습니다. 스테인리스 연마제는 금속의 표면을 깎거나 다듬을 때 사용하는 물질로 탄화규소라고 합니다. 그런데 이 탄화규소는 물이나 세제로 제거할 수가 없다고 합니다. 따라서 일반적인 설거지 방법으로는 제거가 전혀 안 되기 때문에 우리는 우리도 모르는 사이에 탄화규소를 섭취할 수 있는데 설상가상, 이 탄화규소는 우리 체내에서 발암물질을 만들어 내는 매우 위험한 물질이라고 합니다. 그래서인지 이 연마제를 반드시 제거한 이후 사용할 것을 권장하며 제거하는 방법을 설명하는 짧은 안내문을 제품과 함께 넣어 그 위험성을 알리나 봅니다.

설명서에 적힌 연마제 제거 방법은 의외로 매우 간단했습니다. 키친타월에 식용유를 묻혀서 제품을 꼼꼼하게 닦습니다. 그리고 주방세제로 제품의 기름기를 제거해준 다음 뜨거운 물에 베이킹소다와 구연산(식초도 가능)을 넣고 제품을 넣어 20~30분 담가 소독을 해준 뒤 깨끗하게 헹구면 된다고 적혀있었습니다. 그래서 비닐장갑을 낀 다음 설명서의 순서에 따라 연마제를 제거하기 시작했습니다. 매우 간단한 설명만큼이나 그것의 제거도 매우 간단한 것으로 생각했습니다. 그래서 그 심각성을 모르는 나는 선 채로 적힌 설명서대로 키친타월에 기름을 묻혀 닦기 시작했습니다. 키친타월에 새까맣게 묻어 나오는, 불길한 예감이 감돌고 비호감의 매우 고운 먼지 같은 것이 탄화규소라는 것인가 봅니다. 살살 문질렀는데도 엄청 많이 묻어 나왔습니다. 하지만 그것은 고난의 전조였습니다. 이 새까맣게 검은색의 불쾌한 정체는 닦아도 닦아도 끝없이 계속 묻어 나왔고, 나는 그것의 제거를 위해 무한 반복으로 닦고 또 닦아야 했습니다. 그러나 그 검은색 연마제는 줄 생각을 하지 않고 계속 묻어 나와 피로감을 높였습니다. '언제까지 나오나 보자!' 오기까지 발동해서 계속 닦아봅니다. 손잡이나 특히 연결 부분, 제품의 돌돌 말려 마감 처리된 부분 등에서는 평평한 곳보다 몇 배로 나오며, 또 닦기도 매우 까다롭고 힘들었습니다.

점점 숨이 가빠지고 어깨와 팔, 그리고 손목이 쑤시고 다리는 뻐근해서 서 있기가 힘들었습니다. 닦는 것을 잠시 멈추고 몸을 움직이는데, 모든 관절이 뚜뚜 뚝 끊어지는 것이 꼭 로봇이 된 것 같았습니다. 시계를 보니 하나 닦는 데 시간 반이 걸렸습니다. 키친타월 한 통이 사라졌고, 식용유도 엄청나게 썼을 뿐 아니라 새까맣게 변한 키친타월 한 통은 쓰레기가 되어 한쪽에 수북이 쌓였습니다. 하나를 닦고 나니 다른 하나는 쳐다도 보기 싫어집니다. 그래도 내가 아니면 누가 대신해 줄 것도 아니기에 마지못해 다른 제품도 끌어당겨 천천히 좀전의 피곤한 행동을 다시 기계적으로 반복해 봅니다. 이미 뻐근해져 움직임이 둔해진 팔은 점차 빠질 듯한 통증의 신호를 보내며 멈추라고 합니다. 급기야 어깨도 욱신욱신 쑤셨고 좀 더 있자 목도 좀 아프더니 급기야 손목과 손가락 마디마디가 쑤시는 것을 넘어 저리고 덜덜 떨리기까지 하더니 허리와 다리까지 통증을 전해오면서 온몸에 경련이 일어나는 것 같습니다. 이때 문득 드는 생각! 이런 반복되는 동작을 외과 의사가 본다면 경악하며 당장 멈추라고 뜯어말리지 않을까요?

생각이 거기에 미치자 내가 왜 이 짓을 하고 있는지, 갑자기 화가 치밀어 올라왔습니다. '이렇게 힘든 방법밖에 없을까? 쉽게 제거할 방법이 있지 않을까?' 그래서 인터넷으로 검색했습니다. 그러나 판매자가 보내준 방법과 험난하고 고단한 노동의 경험담만 줄줄이 소시지처럼 연달아 검색됐습니다. 어떤 글은 본인이 20대 후반의 건장한 남성인데, 연마제를 제거하면서 어깨와 손목 빠지고 나가는 줄 알았다고, 그리고 시간도 무려 4시간 가깝게 걸려서 드디어 깨끗하게 제거해서 뿌듯하다며 깨끗하게 씻어낸 뽀송뽀송한 스테인리스 제품들의 사진까지 정성스럽게 올려놨습니다. 누구나 겪는 과정이라서 공감은 되지만 위로는 되지 않았습니다. 다시 검색했습니다. 끈기 있는 검색의 결과 연마제를 제거할 세제가 있기는 있습니다. 하지만 그것의 쓰임새를 보니 이미 사용하다가 생긴 얼룩이나 찌든 때 제거용이었고, 비싼 가격과 세제라는 것이 선뜻 내키지 않았습니다. 어쩔 수 없이 남은 또 하나의 냄비 연마제 제거 작업을 다시 계속하는데, 이번에는 뻐근한 근육의 움직임이 두통을 동반합니다. 점차 심해지는 온몸의 통증을 느끼는데 심지어 허기까지 느껴져서 시계를 봤습니다. 이것 때문에 끼니도 놓치고 몇 시간이 훅 지났습니다. 한쪽에 엄청나게 계속 쌓이는 쓰레기처럼 스트레스도 계속 치솟습니다. 겨우겨우 연마제 제거를 마치고 완전히 녹초가 되어 배고픔도 잊고 자리에 쓰러졌습니다. 빙글빙글 도는 천장을 뚫어지게 보고 있자니 슬그머니 화가 또다시 납니다. 왜 내가 한 달은 넉넉히 사용할 수 있는 재료를 소진하면서 엄청난 쓰레기를 스스로 만드는 중노동을 해야 하나요? 거기에 소모된 아까운 시간은 또 어떻고요? 이런 소모적인 것이 반드시 있어야만 스테인리스 제품들이 비로소 완제품이 된다면 결과적으로 내가 내 돈으로 구매한 제품이 완제품이 아니란 것이죠. 안심하고 사용할 수 있게 됐으니 된 것 아니냐고요? 글쎄요. 이것이 무슨 DIY 제품도 아닌데 나의 소모품을 사용해가면서 엄청난 쓰레기를 만들고, 많은 시간 중노동을 통해 비로소 안심할 수 있는 완제품이 된다는 것이 쉽게 설득력 있게 와닿지 않습니다. 심지어 DIY 제품들은 사용되는 모든 부속품이 함께 포함되어 있지만, 이것은 완제품임에도 내가 소모하는 것이 너무나 많고 힘듭니다.

사실 제품을 생산하는 공장에서 연마제를 제거한 뒤 출시하면 소비자가 이런 소모적인 중노동을 할 필요는 없습니다. 그리고 공장에서 그것을 제거하는 것이 개인이 제거하는 것보다 훨씬 더 꼼꼼하고 확실하게, 쉽고 간단하게 제거할 수 있습니다. 기업들이 그 과정을 처리하는 것이 정말 더 효율적이지 않을까요? 그런데 왜 기업들은 그 물질의 유해함을 알면서도 제거하지 않고 그대로 출시시키는 걸까요? 안타깝게도 우리나라에는 아직도 제품 생산 후, 그 물질을 제거하고 출시시켜야 한다는 법적인 제재가 없다고 합니다. 의무규정이 아닌 만큼 기업이나 공장은 그 물질의 유해함은 인지해도 그 제거에 의무감을 못 느끼는 것이죠. 그래도 탄화규소의 유해함은 알려야 하는 의무는 있었나 봅니다. 제품에 탄화규소를 제거해야 한다는 안내와 함께 제거 방법을 설명한 것은 친절하게(?) 넣어주니 말입니다.

고마워해야 할까요? 아니요, 아닙니다. 각 소비자가 연마제를 제거하는 것보다 공장에서 연마제를 제거하는 것이 시간적으로도 노동력으로도 훨씬 더 효율적으로 꼼꼼하고 완벽하게 제거할 수 있습니다. 이런 궁금증 안 생기나요? 주방에서 사용하는 다양한 종류의 커팅 기구, 채반, 찜기, 제과제빵의 모든 도구가 스테인리스 제품인데 그것들 모두 일일이 손으로 연마제를 제거하는 것이 힘든 것은 차치하더라도 냄비나 일반 그릇과는 다르게 매우 위험도가 매우 높고, 특히 채반이나 찜기의 셀 수 없는 구멍들은 닦을 방법조차 생각할 수 없습니다. 그러면 이런 위험도가 매우 높고, 너무 작거나 구석구석 닦기 까다로운 모양의 도저히 닦을 엄두가 나지 않는 기구들은 어떻게 해야 할까요? 그래서 찾아봤습니다. 많은 사이트를 방문하고, 여러 곳에 질문을 올리며 알게 된 것이 있는데요, 커팅 기구들이나 제빵에 사용되는 작은 기구들과 채반 같은 것들은 연마방법이 다르다고 합니다. 바로 전해연마라고 하는데, 탄화규소가 아닌 진한 인산 수용액 등의 전해액 속에 담가 전류를 흘려 표면의 거친 면을 연마해서 광택을 내는 방법이라고 합니다. 그러면 어쨌든 위험한 도구들은 전해연마를 통해 광택을 낸 후 출시된다는 것인데, 그러면 왜 유독 냄비 같은 큰 것들은 탄화규소를 사용하고 또 그 연마제도 제거 없이 출시되는 것일까요? 크기에 상관없이 모든 스테인리스 제품을 전해연마를 하면 소비자들도 소모적인 고충을 겪지 않아도 되는데 말입니다.

이렇듯 스테인리스 제품의 종류에 따라 두 가지의 연마방법을 하는 이유를 나름 유추해 보면 비용과 관련 있는 것이 아닐까 하는 합리적인 의심을 해 봅니다. 그래서 좀 더 알아보기 위해 정말 열심히 곳곳의 사이트를 검색해 봤습니다. 하지만 이렇다 할 정보를 얻지 못했습니다. 그렇게 포기 직전에 마지막으로 검색한 곳에서 보게 된 한 개인방송을 통해 기업의 꼼수에 주체하기 힘든 불쾌감이 국회로 향했습니다. 그 방송 진행자에 따르면 기업들이 예전에는 연마제를 제거하고 출시했다고 합니다. 그러나 그 과정에서 제품 여기저기에 살짝살짝 아주 조금씩 스크래치가 생기는데, 소비자들이 바로 그것을 문제 삼아서 항의했다고 합니다. 그래서 연마제 제거 없이 그냥 출시한다는 것입니다. 이것은 은근슬쩍 책임을 소비자에 전가하며 '당신들이 불만을 제기했으니 당신들이 직접 제거하라!'라는 거잖아요. 게다가 이어지는 그의 망언은 불난 집에 부채질하면서 기름까지 들이붓듯이 불쾌감을 더욱 돋웠습니다. 검은 가루가 묻어 나오지 않을 때까지 닦을 필요가 없다며 '그렇게까지 민감한 행동을 안 해도 된다. 유난스럽게 호들갑 떨 필요 없다. 뭐 그리 오래 살겠다고!'라는 이 망언 한마디로 졸지에 난 오래 살기 위해서 유난스럽게 호들갑을 떠는 사람이 되어버렸습니다.[2]

---

2) 그 개인방송 채널의 구독자들은 진행자의 어법과 어투에 익숙해서 그 이면을 읽어내며 진행자의 의도를 알 수 있었을 것이지만 지만 나는 그 개인방송을 처음 봤고, 그래서 진행자의 어법이나 의도보다는 그 순간의 진행만 봤기 때문에 그 순간의 상한 감정만 기억나는 것은 어쩔 수 없다. 다른 면에서 보면 그 진행자는 분위기를 무겁게 하지 않게 하려고 농담처럼 가벼운 말로 진행을 했을 수도 있었을 듯싶다. 그래서 내 부정적인 감정으로 인해 혹시 모를 불이익이 있을 것이 염려되어 출처는 밝히지 않음에 대한 이해 부탁드린다.

우선 그의 발언으로 알 수 있는 사실은 기업들이 제품의 연마제를 제거한 이후 출시했다가 철회했다는 사실입니다. 그 이유를 소비자에게 전가했지만, 사실은 다른 이유가 있었을 것입니다. 연마제 제거에 드는 비용과 제품의 소비자 가격의 책정에서 이윤이 크지 않을 것이라는 합리적인 추론이 가능합니다. 연마제 제거 과정에서 생기는 약간의 흠집에 대한 소비자의 불만으로 연마제 제거를 소비자가 직접 하도록 한다는 것 자체가 설득력이 없습니다. 그리고 기업은 적은 비용으로 큰 이윤을 추구하는 것은 경영을 모르는 사람도 아는 기본적인 상식입니다. 제품생산 비용을 줄이기 위해서 은근슬쩍 소비자의 불만 때문이라는 말로 소비자에게 책임으로 전가하며 소비자가 직접 그것을 제거하는 것이 당연한 것으로 굳히는 것이라면 이건 정말 얄팍한 기업의 비열한 꼼수가 아닐까요? 연마제 제거 시 생기는 자연스러운 흠집이라는 설명과 함께 제품을 출시하면 그것을 이해 못 할 소비자가 있을까요? 왜 굳이 소비자의 불만족 때문이라는 말로 소비자에게 책임을 떠넘기는 걸까요? 그리고 제품에 스크래치가 미관상 안 좋을 정도로 생기면 커팅 기구와 작은 기구들처럼 모든 스테인리스 제품들은 전해연마를 통해서 광택을 내면 되지 않을까요? 게다가 그 연마제의 유해성과 제거 방법을 알리면서 어느 정도까지 제거해야 하는지는 알리지 않았습니다. 검은 가루가 묻어나오지 않을 때까지 해야 확실한 제거라고 인식하는 것이 일반적인데, 그 개인방송 진행자의 말처럼 검은 가루가 나오지 않을 때까지 할 필요가 없는지, 아닌지에 대한 확실한 정보를 모르는 소비자 대부분은 나처럼 검은 가루가 묻어 나오지 않을 때까지 많은 쓰레기를 만들며 중노동의 시간을 소비하는 소모적인 행동을 합니다. 탄화규소 제거방법도 고지하기는 하는데, 그러면 어느 정도까지 제거해야 하는지 구체적으로 설명해야 하는 것 아닌가요? 구체적인 정보가 없는 소비자 처지는 전혀 고려하지 않은 채로 대략적인 제거 방법만 알리는 무성의, 무책임한 태도를 일관한 기업들 스스로의 태도는 묵인한 채로 오히려 소비자가 유난을 떨며 걱정을 확산시킨다며 예전처럼 여전히 소비자 탓을 합니다. 그리고 그에게 한 가지 더 덧붙이면요, 오래 살고 싶어서 유난 떠는 행동이 아니라 나의 삶과 이별하는 때, 아픈 모습으로 떠나고 싶지 않기 때문입니다.

여기서 의문과 동시에 질문 하나가 더 생깁니다. 해외로 수출되는 스테인리스 제품은 어떨까요? 그것들도 국내에서처럼 연마제를 제거하지 않고 수출할까요? 왜냐하면, 해외 직구로 구매한 스테인리스 제품에서는 탄화규소가 나오지 않아서 매우 편했다는 후기들을 봤기 때문입니다. 그러면 그 나라는 이미 법적으로 탄화규소를 제재하고 있는 것입니다. 그렇다면요, 그 나라의 기업들은 탄화규소를 어떤 방법으로 제거할까요? 전해연마를 통해서 제품의 광택을 낼까요? 아니면 미세한 스크래치에 대한 설명으로 소비자를 이해시켰을까요? 어쨌든 중요한 것은 그 나라에서는 어떤 방법이든 엄청난 양의 쓰레기를 만드는 소비자의 중노동 없이 완제품을 판매한다는 것입니다. 그렇다면 그 나라에 수출되는 우리나라 제품들은 아마도 연마제를 제거한 것이 아닐까요? 자국에서 생산되는 것을 규제하는데 다른 나라의 제품을 규제 없이 수입한다는 것은 앞뒤가 안 맞습니다. 그렇다면 아마도 스테인리스 제품의 연마제를 제거하기 위해 개개인이 자신의 시간과 소모품을 투자해가며 중노동을 소모하고, 많은 양의 쓰레기를 만드는 이 어처구니없는 짓을 반복하는 사람들은 세계에서 우리나라가 유일하지 않을까요? 생각이 거기까지 미치자 기업에 관한 불쾌함은 정부와 국회로 이어지고 그 감정은 쉽게 사그라지지 않고 이 글을 쓰는 지금까지도 계속 남아있습니다. 나는 분명 완제품인 줄 알고 구매한 것인데, 사실은 그것이 아니라 나의 중노동과 많은 소비와 그리고 엄청난 양의 쓰레기를 만들고 나서야 비로소 완제품이 되는 것을 구매한 것이 됩니다. 스테인리스 제품이 원래 DIY 제품인 것은 나만 몰랐나요? DIY 제품은 부속품을 함께 챙겨주는데 이것은 내 것을 사용하면서 엄청난 쓰레기를 만들었고 그 쓰레기 처리도 내 몫입니다. 게다가 중노동도 시간의 소비도 모두 아깝습니다. 이것은 새 제품을 씻어서 사용하는 일반적인 것과는 비교 자체가 불가한 전혀 다른 차원입니다. 유리나 사기그릇도 생산과정에서 어쩔 수 없는 스크래치 및 흠집이 생기는 것을 설명하고 있고 그것을 문제 삼는 소비자도 없습니다. 개인방송 진행자의 말처럼 탄화규소를 제거하는 과정에서 스크래치가 생긴다고요? 그것을 설명하고 이해를 시키기보다는 소비자에게 책임을 전가하며 이윤을 챙기는 기업의 꼼수가 아닐까요? 이 소모적인 소비는 정말 심하게 어처구니 없는 일 아닌가요?

이쯤 되면 기업의 탄화규소 제거를 의무화하지 않은 국회 안 그분들의 의도가 궁금합니다. 국민을 위해 일하겠다고 목청껏 소리 높였던 그 대단한 분들은 스테인리스 제품의 탄화규소를 제거한 이후 출시하는 이 간단한 법을 왜 안 만드실까요? 스테인리스 제품을 사용한 사람들이 상식처럼 알고 있는 탄화규소의 유해성을 그분들만 모르시는 걸까요? 탄화규소를 제거하는 작업을 추가하는 비용이 아까운 기업들의 엄살과 그들의 로비라는 떡밥을 왕창 물어서 기업 편에 섰기 때문인가요? 아니면 그분들은 탄화규소를 직접 제거하는 중노동의 경험이 없어서일까요? 스테인리스 제품의 탄화규소에 대한 불안감이 그저 개인의 지나친 예민한 반응으로만 보이나요? 그렇게 개인의 민감함으로 가볍게 넘기기엔 전혀 가볍지 않은 문제입니다. 스테인리스 제품을 구매할 때마다 개인의 시간과 개인의 중노동도 계속 소모하며 그때마다 또 엄청나게 배출되는 쓰레기까지 또 개인의 몫이 될 것이 불 보듯 뻔합니다. 앞으로 스테인리스 제품을 구매해서 사용할 때마다 이런 소모적인 중노동을 해야 하는지, 또 언제까지 이런 어이없는 짓을 반복해야 하는지도 궁금합니다. 아니면 스테인리스 제품을 사용하고 싶으면 해외 직구를 해야 할까요? 그분들은 연마제 제거 후 출시 가능한 법 제정의 필요성을 못 느끼는 것인지 아니면 기업의 눈치를 보느라 어려운 것인지 엄청난 궁금증을 갖게 합니다. 그리고 스테인리스 제품의 사용이 생활과 밀접한 가운데 앞으로 그것을 구매할 때마다 반복될 소모적인 중노동에 관심을 보여 줄 수는 없을까요? 그래서 탄화규소 제거 의무화법을 안 만드시는 그분들께 질문해봅니다. 내가 내과로 갈까요? 아니면 외과로 갈까요?

3.
쓰레기 소비를 언제까지 해야 하나요?

 오래전에 우연히 한 TV 프로그램을 보고 받은 충격이 지금까지도 여전히 계속되는 것이 있습니다. 사람들의 살아가는 방식과 모습, 취미 생활이 매우 다양해졌고 그 다양성을 넘어 특이하거나 독특함으로 톡톡 튀는 삶을 사시는 분들이 점점 늘어나는 추세입니다. 그러다 보니 그것을 취재하는 TV 프로그램도 있더군요. 우연히 보게 된 그 프로그램에 채널을 고정한 적이 있는데요, 거의 매일 산을 뒤지며 뭔가를 모으는 취미를 가진 어느 분의 일상이었습니다. 내가 충격을 받은 것은 그분의 독특한 취미가 아니라 그분의 취미로 인해 보게 된 플라스틱의 심각성에 소름 돋았습니다. 그분이 산의 곳곳을 파헤치며 모으는 것은 바로 비닐 포장지였는데요, 아주 예전의 각종 과자와 요리에 필요한 각종 양념을 넣었던 비닐 포장지였습니다. 지금은 단종된 제품들도 많이 있었고, 아직도 여전히 판매 중인 것도 있었지만 충격적인 것은 화면 속 그 비닐들은 하나같이 너무나 온전한 것이었습니다. 수십 년 동안 땅속에 있었던 것들인데 인쇄된 글씨와 그림, 그리고 색상이 약간의 변색만 있을 뿐 대부분 또렷했고, 비닐 상태는 너무나 온전했습니다. 우리 생활에 너무나 친숙하고 편리한 플라스틱의 위력이 어느 정도인지 확인이 된 것이라 그 방송을 보는 내내 불편했고, 또 좀 무서워졌습니다. 하지만 우리의 일상생활에서 플라스틱을 사용하지 않을 방법은 없습니다. 플라스틱을 대처할 다른 것이 나오지 않는 이상 생활 깊숙이 들어와 너무나 자연스럽게 우리와 함께하는 플라스틱을 멀리하기란 불가능합니다.

나는 매일 쓰레기를 소비하고 있습니다. 샴푸나 세제도 플라스틱 안에 들어있고, 빨래의 세제도 플라스틱 용기에 들어있는 것을 사용합니다. 리필로 나온 것도 비닐봉지 안에 들어있고요, 플라스틱 튜브에 담긴 치약을 사용하고 있고, 역시 플라스틱 칫솔로 양치를 합니다. 비닐봉지에 쓰레기를 담고요, 접착테이프로 간편하고 빠르게 먼지 제거를 하고요, 매일 물티슈를 사용하고요, 플라스틱에 담긴 화장품을 사용하고 있으며, 먹기 간편하게 한 포씩 담겨 포장된 유산균을 먹고요, 간편하게 진공 포장된 도시락을 전자레인지에 돌려서 먹습니다. 각종 보관 용기도 가볍고 사용 편리한 플라스틱으로 된 것이고요, 밥을 해서 플라스틱 용기에 담아 냉동시켜 놓고, 국이나 찌개도 같은 방법을 사용합니다. 또 편의점이나 제과점 등에서 크던, 작던, 많든 적든 간에 구매한 것을 비닐 안에 넣어 옵니다. 에코백을 사용하려고 해도 구매한 것이 너무 소량이거나 작은 것일 때면 에코백이 무용지물이 됩니다. 또 구매한 것이 가방에 넣자니 크고 에코백을 사용하자니 부피가 너무 작을 때도 에코백 사용이 모호합니다. 또 식물을 키우는 나는 플라스틱 용기에 담긴 영양제를 구매합니다. 배달되는 제품들을 감싸고 있는 각종 비닐과 그 위를 감싸고 있는 뽁뽁이 비닐 역시 어마어마합니다. 게다가 요즘은 바이러스 때문에 마스크가 필수잖아요. 한 장씩 낱개 포장이라 그것으로 나오는 플라스틱도 어마어마합니다. 이렇게 손으로 하나하나 나열하기 힘들 정도로 많은 플라스틱을 사용합니다. 매일 아무렇지도 않게 사용하고 있는 일반적인 것들이 알고 보면 모두 쓰레기들입니다. 우리 일상에서 자연스럽게 구매하고 사용하는 모든 것이 사실 알고 보면 쓰레기를 소비하고 있는 것입니다.

그 방송의 충격으로 재활용에 관심을 두게 됐습니다. 혼자서 하기엔 한계가 있어서 인터넷으로 널리 공유되는 아이디어를 검색하며 나에게 맞는 방법들을 많이 활용하며 재활용하려고 노력했습니다. 정말 참신하고 놀라운 아이디어가 많습니다. 그런데 재활용하는 것까지는 좋은데, 나의 생활에 맞는 활용법은 손에 꼽을 정도였고, 그 역시 한계가 있었습니다. 왜냐하면, 각 가정에서 하는 재활용은 대부분 지속적으로 사용할 수 있는 것이고, 용도 또한 한정된 것에 반해서 일회용품의 사용을 줄이거나 아예 사용을 안 한다고 해도 플라스틱은 여전히 계속 구매할 수밖에 없는 것이라서 각 가정의 재활용만으로 폐플라스틱의 양을 줄이는 것은 무리입니다. 플라스틱을 대체할 다른 것이 시판되지 않는 한 소비자들이 아무리 재활용을 한다고 해도 한계가 있을 수밖에 없다는 것입니다. 물론 플라스틱을 대체할 친환경적인 제품이 판매되는 것을 볼 수 있는데요, 그 대체 제품은 다양하지 않고 판매처도 한정되어있고, 또 계속 교체하면서 사용해야 하는 것도 있는데, 그러면 친환경 제품도 번번이 교체해야 하고 그것에 드는 만만치 않은 가격도 부담이 됩니다.

그래서 이번엔 생각을 분리 배출로 전환해 나름대로 열심히 분리 배출을 합니다. 종이류와 플라스틱을 구분하는 것은 기본이고, 특히 김치와 음식물이 묻어있는 스티로폼과 플라스틱 용기, 그리고 비닐은 깨끗하게 씻어서 물기까지 없애고 내놓습니다. 종이 상자에 붙은 테이프도 떼어내고요, 플라스틱 용기에 붙어 있는 라벨도 깨끗하게 제거하고, 화장품 용기도 내용물을 깨끗하게 제거합니다. 종이류와 플라스틱과 비닐은 정말 깨끗하게 정리해서 분리배출을 하는데요, 그런 이유는 당연히 재활용될 것이라는 믿음 때문입니다. 그런데 뉴스를 보고는 또 충격과 배신감, 그리고 분노까지 끓어 올랐습니다. 보도된 내용에 의하면 그동안 내가 해왔던 분리배출의 노력이 어이

없게도 헛된 것이었습니다. 플라스틱이 다 같은 플라스틱이 아니라고 합니다. 플라스틱 용기나 비닐을 만들 때 사용되는 재료가 여러 가지가 섞이는데요, 그 섞이는 재료가 다 다르다는 것입니다. 그래서 재활용이 되는 것과 안 되는 것이 있다고 합니다. 그뿐만이 아닙니다. 재활용되는 것과 안 되는 것을 구분해서 배출한다고 해도 재활용 업체에서는 거의 손도 못 대고 다 폐기한다고 합니다. 왜냐하면, 재활용되는 플라스틱과 비닐이라고 해도 약간의 오물도 없어야 한다고 합니다. 약간의 오물이 묻어있으면 재생제품의 가치가 떨어질 뿐만 아니라 기계의 오작동 때문이라는 데요, 재활용 업체에 들어오는 양이 너무 많아서 오물이나 제거되지 않은 폐포장재를 일일이 제거할 인력이 없기 때문이라고 합니다. 그런데 업체로 배달되는 플라스틱과 비닐을 보면 재활용이 안 되는 것이 마구잡이로 섞여 있어서 그것을 분리하는 것도 매우 힘들며, 오물과 폐포장재와 라벨이 제거되지 않은 채로 들어오는 것들이 다수라 어쩔 수 없이 다 폐기한다고 하네요. 한숨이 저절로 나오는 내용인데 기자는 또 다른 문제를 더 보도합니다. 바로 예쁜 쓰레기, 화장품 용기인데요, 이건 정말 충격 그 자체였습니다. 왜냐하면, 나는 화장품 용기도 깨끗하게 씻고 물기도 닦아서 재활용될 것이라 굳게 믿었던 일반 재활용 플라스틱과 함께 분리 배출해왔기 때문입니다. 그런데 화장품 용기는 플라스틱 용기뿐만 아니라 유리 용기 역시 재활용이 어렵다고 합니다. 기업마다 시판하는 용기도 다르고 워낙에 다양한 디자인의 제품들을 만들어 내기 때문이라는데, 화장품 업체에서는 용기가 예뻐야 판매가 잘 되기 때문에 용기의 재활용에 대한 협의가 잘 안 된다는 것입니다. 화장품은 용기가 예뻐야 판매가 잘된다는 논리도 어이없거니와 기업들의 협조가 잘 안 되기 때문에 재활용 가능한 재질의 플라스틱 용기를 생산하기 어렵다는 이 궤변을 어떻게 받아들여야 할까요? 기업의 이윤 논리에 정부가 손 놓고 있다고 봐야 할까요? 아니면 정부는 기업에 책임을 떠넘기고, 기업은 소비자인 내게 책임을 떠넘기는 책임 전가의 형태인가요?

그런데 여기서 드는 의문이 있습니다. 환경 오염의 주범인 플라스틱의 사용이 왜 여태껏 소비자인 내 책임일까요? 내가 플라스틱제품을 만든 것이 아니잖아요. 각 업체의 제품을 소비했을 뿐인데, 정부는 왜 내 책임인 양 분리배출만을 강조할까요? 물론 비양심적으로 쓰레기를 버리는 사람들이 아직도 많이 존재한다는 것을 압니다. 하지만 더 근본적인 문제는 플라스틱으로 많은 제품을 만들어 내는 기업에 있지 않나요? 가볍고 간편할 뿐 아니라 원료의 값도 싸니까 플라스틱을 선호하는 것 아닌가요? 물론 편리하고 사용 용도가 매우 다양하며 값도 매우 싼 그 플라스틱의 유용성을 쉽게 외면할 기업은 없어 보입니다. 이렇듯 사용할 수밖에 없다면 재활용할 수 있도록 같은 제품은 동일한 성분의 플라스틱 재질로 통일시키는 법으로 규제하면 되지 않을까요? 각종 용도와 쓰임새가 다르고 또 용기가 제각각이라고 해도 재질이 같으면 재활용도 쉬울 텐데 말이죠. 그리고 재활용 자체가 불가한, 모든 제품마다 붙어있고 웬만해선 떼기 힘든 라벨의 제거도 쉽지 않은데, 그것도 쉽게 제거할 수 있게 법제화하는 것이 그렇게 힘든 일입니까? 라벨이 제대로 제거되지 않으면 아무리 재활용이 가능한 것이라도 재활용을 할 수 없다는 게 재활용 업체의 말인데, 이 라벨 제거가 정말 힘듭니다. 게다가 힘든 것을 제거하고 분리 배출해도 재활용이 안 된다는 이 현실도 참 허무합니다. 이런 현실의 플라스틱의 쓰레기 문제가 단순히 나의 플라스틱의 소비와 분리배출 때문인가요? 플라스틱의 재활용 용기는 각 기업의 양심에 맡길 일인가요?

기업은 이윤을 추구하기 때문에 값이 싼 원료에 관심을 가지기 마련이고, 화장품 용기를 교묘하게 이용해 화장품의 용량이 풍부하게 보이게 눈속임을 합니다. 어떻게 하냐고요? 화장품의 용기는 크고 예쁜데 정작 열어보면 정말 적은 양일 경우가 있는데, 겉면의 용기와 안에 있는 용기의 크기가 다른 이중 용기를 사용하는 때도 많습니다. 물론 함량은 제대로 기재하므로 법적으로 책임을 물을 수는 없습니다. 그런데 그 함량 표시가 눈에 잘 안 띄거나 매우 작은 글씨로 적혀있거나 그 양에 신경을 안 쓸 만큼 겉면의 용기를 크고 예쁘게 만들어 소비자를 현혹하기도 합니다. 그런데 그런 것보다 더 화가 나는 것은 화장품이란 것, 아름다움을 추구하는 것인 만큼 그것을 담는 용기도 예뻐야 하고, 그래야 판매가 잘된다는 논리입니다. 환경을 생각한다면 화장품의 용기가 예뻐야만 소비한다는 소비자는 없을 듯합니다. 정말 화장품의 용기를 재활용할 수 있게 법제화하는 것은 어려운 일일까요? 재활용을 방해하는 라벨의 제거를 쉽게 하는 법적인 규제가 힘든 것일까요? 국민을 위해 법을 만드시는 분들께 묻고 싶습니다. 기업의 편리성과 이윤이 환경의 오염, 플라스틱의 재활용보다 더 중요한가요? 일반적인 쓰레기를 매일 소비하는 것, 떼어내기 힘든 라벨과의 신경전, 그리고 예쁜 쓰레기를 소비하는 것, 이 모든 것이 전적으로 내 책임인가요? 내가 언제까지 쓰레기를 소비해야 하나요?

그리고 마지막으로 쓰레기에 대한 것 한 가지를 더 말하면요, 쓰레기 분리수거에 대한 것입니다. 예전에는 쓰레기를 수거하는 시간이 거의 새벽이었습니다. 미관상 안 좋다는 이유에서였습니다. 그러나 새벽 시간에 일하다 보니 사고 위험성이 높았고, 실제로 많은 미화원분이 사고를 당했습니다. 그래서 오전으로 시간을 변경했고, 당연히 미화원분들의 사고는 줄었습니다. 그런데 문제는 거리 곳곳에 쌓여있는 쓰레기가 엄청나다는 것입니다. 그 엄청난 쓰레기를 수거하는 것도 힘들어 보이지만 곳곳에 엄청나게 쌓인 쓰레기봉지를 보는 것이 보기 좋을 리가 없습니다. 음식물 쓰레기통 역시 냄새로 불편하긴 마찬가지입니다. 특히 그 통이 주거지와 가까운 곳에 있다면 그 불편함은 배가 됩니다. 왜 우리나라는 쓰레기를 분리배출 하는 장소가 협소할까요? 지정된 장소에 주변 가구 수와 거주인의 수를 참작해서 0.5t 등의 일정량을 채울 수 있는 큰 통을 종류별로 놓고, 주 1회·2회 등 정해진 날에 미화원분들이 빈 통을 새로 가져다 놓고 쓰레기로 채워진 통을 수거한다면 현재의 쓰레기 수거용 차보다 작업도 편할 것이고, 수거차에 당할 수 있는 사고 위험성도 적어질 텐데 말이죠. 음식물 쓰레기 통도 마찬가지입니다. 빈 통을 놓고 기존의 통을 수거해가면 작업이 훨씬 더 수월하고 깨끗한 뒤처리까지 깔끔하지 않을까요? 미화원분들의 작업도 쉬워지고, 거리도 깨끗해져서 좋잖아요. 왜 노동 현장이 효율적으로 개선되지 않고 고위험성은 여전히 계속되는 걸까요? 여러 면에서 서로가 좀 더 합리적이고 효율성이 높은 방향으로 개선되어야 하지 않을까요?

4.
내가 정말 봉(鳳)으로 보이시나요?

온라인 쇼핑과 주문이 처음 등장했을 때, 그 편리함과 여러 장점에 쉽게 적응되면서 빠르게 생활화되었습니다. 그런데 인터넷의 편리함 뒤 곳곳에 숨어있는 상술에 넘어가 허탈해한 적이 적지 않은데요, 가장 대표적인 것이 배송비입니다. 배송비 자체가 불만인 것은 아닙니다. 그 배송비로 인해 생기는 불합리한 문제점을 말하고 싶습니다. 배송비는 2,500에서 높게는 4,000원, 그리고 직구는 그보다 더 비싼 배송비가 책정되어있는데요, 다수의 판매처에서는 일정 가격 이상 구매 시 무료 배송을 적용합니다. 그런데 그 무료 배송이라는 것의 유혹은 꽤 달콤했습니다. 일반적인 배송비는 2,500원인데요, 그 2,500원을 아끼려고 더 많은 돈을 사용한 적이 많았으니까요. 그 상술의 늪에서 빠져나오기까지는 오래 걸리지 않았는데요, 하지만 아직도 무료 배송은 매혹적인 끌림이 있기는 합니다. 그리고 인터넷 구매가 일상 생활화로 정착하면서 배송비 할인으로 소비를 촉구하는 판매처 말고 일정 가격 이상을 구매해도 배송비를 결제해야 하는 판매처도 많아졌습니다.

그런데 언제부터인가 전혀 다른 판매전략을 내세운 판매처들이 등장했습니다. 필요한 것을 장바구니에 담아 묶음 배송으로 결제하려는 순간 눈을 의심했습니다. 배송비가 제품마다 각각 적용돼서 얼핏 봐도 구매 제품의 비용과 배송비가 엇비슷했습니다. 그래서 게시된 번호로 그 판매처와 통화를 했습니다. 판매처의 처지는 이랬습니다. 자신들은 판매를 전담하고 있고 제품은 각각 다른 곳에서 출고되는 상황이라 어쩔 수 없이 배송비가 각각 적용된다는 것이었습니다. 그래서 하는 수 없이 각각의 배송비를 결제하고 구매했는데요, 택배를 받고는 정말 화가 났습니다. 분명히 제품의 출고가 달라서 배송비가 각각 적용되는 것이라 했음에도 내가 받은 것은 구매한 모든 제품은 하나의 택배 상자 안에 다 들어있었습니다. 즉 출고지가 각각 달라서 배송비가 각각 적용됐다면서 내가 받은 것은 하나로 묶음 배송된 것이었습니다. 그래서 그 판매처에 항의했습니다. 배송 상태의 사진 전송 및 여러 번의 통화와 반복된 입씨름과 설전 끝에 배송비를 환불받았는데요, 사실 처음에는 그저 사과와 각각의 배송비 적용이 고쳐지기를 바라는 마음이었지만 그 판매처의 대응이 너무나 재수 없어서 안 되겠다는 마음에 배송비보다 더 비싼 통화료를 써가면서 기어이 배송비 전액을 환불받아냈습니다. 그들에게는 사과보다 더 치명적인 것이 돈인 것으로 보였기 때문입니다.

그런데요, 이런 판매처가 점차 늘고 있는 것 같습니다. 즉 판로를 확보 못 한 다양한 영세업체들의 제품을 판매 대행하거나 인기 있는 판매처들과 계약해서 여러 사이트를 통해 판매하는 일명 중간업체들이 증가한 것입니다. 그런데 이 판매자들이 제품마다 배송비를 각각 적용하는 것은 주문 양에 맞춰 제품들을 구매할 때 드는 자신들의 배송비용을 소비자에게 적용해서 판매하는 것입니다. 배송비 적용을 이해 못 한 것이 아닙니다. 내가 문제로 본 것은 한 판매처에서 판매하는 물품 중 여러 개를 구매할 때, 당연히 묶음으로 주문하게 되는데 그때 배송비가 각각 적용되는 것입니다. 하지만 배달된 것은 묶음 배송으로 하나의 상자에 모두 담겨 있다는 것입니다. 이것은 분명한 판매자의 횡포입니다. 그들은 한목소리로 제품의 출고가 각각이기 때문에 어쩔 수 없다고 하는데요, 그것은 소비자를 물로 보는 핑계입니다. 업체에서 제품을 소비자에게 직접 출고하는 것이 아니라 중간업체인 판매자에게 보내는 것이며 그들의 말대로 자연 제품은 각각 다른 곳에서 출고됩니다. 그러면 거기에 따른 배송비는 판매자의 몫인데요, 그 배송비를 소비자에게 전가하는 것이죠. 모든 제품은 하나로 포장해서 묶음으로 보내면서 제품 배송비는 각각 다 받는 것이 이해되시나요? 이런 판매자의 상품을 장바구니에 담아보면 때로는 구매하려는 제품의 가격보다 배송비가 더 많이 적용되는 때도 있습니다. 그래서 질문을 남겨 봤습니다. 어차피 하나로 묶어서 배송할 거면서 왜 각각의 배송비를 적용하느냐고요. 판매자의 배송비를 소비자에게 전가해도 되냐고요. 그랬더니 답글들도 한결같았습니다.

「고객님 죄송하지만, 우리 업체의 규정이 그렇게 규정되어 있고 이것을 규제하는 법이 없으므로 불법도 아닙니다. 고객님이 1만 개를 구매하셔도 배송비는 각각 적용됩니다. 고객님께서 배송비가 각각 적용되는 것이 불만이시면 묶음 배송이 가능한 다른 판매처를 알아보시면 됩니다.」

「고객님 상품의 출고가 각각이라 어쩔 수 없으며 자사만 그런 것이 아니라 타 사도 마찬가지인 것을 이해해주시기 바랍니다.」

「고객님 문의하신 글에 답을 드립니다. 상품의 출고가 각각 다른 곳에서 진행되기 때문에 상품을 묶어 배송해도 어쩔 수 없이 배송비가 각각 적용됩니다. 양해 부탁드립니다.」[3]

마치 짜고 치는 고스톱 같지 않나요? 예전에 상점에서 물건을 구매하고 결제할 때, 카드 결제가 아닌 현금으로 결제하면 할인을 해주겠다며 현금 결제를 유도했던 것이 생각났습니다. 즉 카드 결제는 카드 수수료가 포함된 가격으로 결제하고 현금 결제는 그 수수료가 제

---

3) 여러 사이트에서 각 판매처에 남긴 나의 질문에 대한 여러 판매자의 실제 답글이다.

외된 가격인 셈이죠. 이것은 자신들의 카드 수수료를 소비자에게 떠넘기는 불법적인 상술인 동시에 탈세의 꼼수가 쉬운 잔머리이기도 했고요. 이런 잔머리 상술로 소비자를 여러 면에서 우롱하던 그 불쾌함이 생각났습니다. 그래도 카드사들의 횡포가 너무나 엄청나서 작은 상점이나 소액인 경우는 현금 결제를 했습니다만 소비자가 판매자들의 봉(鳳)은 아니잖아요. 이런 비열한 꼼수로 소비자를 현혹하며 소비를 부추기고 자신들이 치러야 할 비용을 소비자에게 떠넘기는 야비하고 졸렬한 상술이 법적인 제재를 받지 않는다는 현실을 어떻게 받아들여야 하는 걸까요? 물론 현재는 현금 결제 유도는 불법이라 신고할 수 있습니다. 하지만 배송비 뒤에 숨어있는 악의적이고 비열한 상술은요?

이렇듯 소비자를 기만하며 지갑을 털어가는 유통 및 중간업체들의 극대화 된 야비함은 비단 어제오늘의 일이 아닙니다. 그런데 이런 야비한 꼼수의 극대화는 법적인 제재가 없다는 것이 더 큰 문제입니다. 사실 온라인상에서의 이런 불합리한 거래는 오프라인의 불합리한 것을 그대로 차용한 거래입니다. 바로 유통업체의 폭리죠! 특히 농·수산물의 유통업체의 폭리가 심한데요, 생산량과 인건비 또는 운반비 등 여러 문제로 인해 생산자가 수확한 농산물을 대량 폐기해도 소비자는 그 가격의 내림세를 전혀 느끼지 못합니다. 유통업자들에 의해서 늘 비싼 가격을 체험하기 때문입니다. 중간업체에만 유리하게 짜인 유통 구조로 생산자와 소비자의 불합리한 소득과 소비의 악순환은 예전부터 많은 지적이 있었으며 이를 해결하기 위한 일시적인 방편으로 농수산물 직거래 장터를 마련했으나 그 악순환을 해결하지도 생산자와 소비자의 불만을 해결하지도 못했죠. 이런 것은 법적으로 왜 제재를 못 할까요? 이것 역시 업자들의 눈치를 보느라 정말 못 하는 걸까요? 아니면 너무 사소한 것이라 생각이 미치지 못함으로 인해 안 하는 걸까요? 갑을 병정 중에서도 끝 쪽에, 서민 중에서도 외곽의 맨 가장자리에 서 있으면서 언제나 소비자인 내가 왜 매번 봉(鳳)이 되어야 하는지 그 이유를 알려주세요. 갑·을·병·정에도 속하지 못하고 서민의 맨 끝자락에 간당간당한 위치에 아슬아슬하게 서 있는, 때로는 하루하루가 똑같이 반복되는 평범한 일상도 버거워 헉헉거리는, 내 작은 소망의 의지와는 전혀 상관없이 무소유로 삶을 버텨내는 내가 정말로 봉(鳳)으로 보이시나요?

여기서 매우 합리적인 의심이 드는 한 가지가 있습니다. 왜 우리나라는 기업, 특히 대기업에 모든 면에서 매우 관대할까요? 예전에 학교 수업 시간에 배운 '경제 개발 5개년 계획'에 대한 한 가지 의문이 늘 있었습니다. 경제 개발을 계획하고 그것을 세 번이나 실행했는데 왜 빈부 격차는 줄지 않았는지 매우 궁금했고, 그것을 질문해도 만족할 답을 해주는 선생님은 없었습니다. 과거 군부 독재정권의 성과가 경제발전이라고 주장하면서 여전히 그 군부 독재자를 칭송하는 사람을 보면 어처구니없다는 생각을 하게 됩니다. 우리나라의 경제를 살렸고 발전시킨 것은 확실한 팩트라고 주장하는데, 경제를 계획적으로 성장시켰다면 빈부의 격차는 줄어야 하지 않나요? 군부 독재 정부의 경제 개발 계획은 재벌들의 기업만을 위한 경제 개발이었지 서민의 경제는 관심도 없었습니다. 그 안에 국민을 위한 복지도 처음부터 아예 존재하지 않았습니다. 경제개발 계획은 재벌들 경제를 살리기 위해 온 국민이 동원된 경제 프로젝트일 뿐입니다. 그래서 경제가 발전해도 빈부의 격차는 좁혀지지 않고 오히려 심화하는 현상이 나타났습니다. 그 독재자가 경제를 살렸고 발전시켰다고요? 그 독재자는 서민 경제도 국민 복지도 전혀 관심이 없었습니다. 복지의 사전적 의미는 좋은 건강, 윤택한 생활, 안락한 환경들이 어우러져 행복을 누릴 수 있는 상태고 사회복지의 사전적 의미는 국민의 생활 안정 및 공중위생, 사회 보장 제도 등 복리를 향상하기 위해 힘쓰는 일이나 그와 관련된 정책 등을 통틀어 이르는 말입니다.[4] 즉 복지는 한 나라의 모든 국민 전체가 받아야 하는 것이며 기본적으로 누려야 합니다. 경제적으로 부족함이 없는 부자들은 복지의 필요성이 약하지만, 상대적으로 경제적 빈약층(貧弱層)은 복지에 대한 의존도가 높을 수밖에 없습니다. 그래도 복지는 모든 국민 누구나 다 기본적으로 누리고 받아야 할 필수적인 정책입니다. 서민 경제와 복지가 생략

---

4) 다음 백과사전, 복지·사회복지 참고, dic.daum.net/search.do

된 재벌들만의 경제발전이 군부 독재 정부의 성과고 그것이 대한민국을 살렸다고 굳건히 믿는 사람들, 확고하게 세뇌된 단순한 사고를 소유한 사람들에게 그 자체를 이야기해도 듣지 않는 답답함을 느꼈습니다. 하긴 그 굳건한 믿음이 다 틀린 것은 아닐 것입니다. 그 경제개발이 우리나라를 살린 것은 아니지만 대한민국을 살리긴 했으니까요. 그래서 그런 개탄스러움에도 불구하고 다른 한편으로는 이해가되기도 합니다. 왜냐하면, 그 경제 성장과 발전이야말로 자신들의 업적이고 자신들이 이 나라와 사회에 필요한 존재였음을 확인시켜주는 것이기도 했으니까요. 자신들의 존재 의미이기도 한 그것을 쉽게 부인하지 못하고, 또 그런 존재일 수 있는 기회를 준 인물에 대한 느낌을 다 무시한 채로 마냥 나쁘다고 할 수는 없습니다. 그래서 다른 한편으로는 자신들의 그 노력이 재벌과 기업들의 배를 채워준 것에 불과한 것을 깨우쳐 주는 것은 어쩌면 그분들에게 잔인한 폭력을 가하는 것처럼 느껴지기도 합니다. 하지만 세 번이나 실행한 우리나라의계획적인 경제 개발은 대기업만을 위한 것인 것은 부인할 수 없는 사실이고, 그 초대형 계획안에는 다수의 국민 생활과는 동떨어진 복지가 없는 대기업 형성을 위한 프로젝트였습니다. 경제가 성장하고 대기업들은 돈을 끌어모으다시피 하면서 부를 쌓았으면 일부 사회로환원하고 국민의 복지에 이바지하는 것이 자신들을 위해 초대형 계획을 짜고, 그 계획에 맞춰 열심히 노동을 한 사람과 국민에 대한 예의이기도 한데, 그러나 우리나라 대기업들에는 그런 예의란 찾아볼 수 없었습니다. 단 자신들의 성장에 복지가 빠진 것을 지적하면 복지를 생략한 것은 군부 독재 정부의 탓이지 자신들의 책임은 아니라는 태도를 고수했습니다. 그리고 대기업들의 고자세를 방임한 것은 국회입니다. 국민의 복지가 너무나 간략하고 간편하게 생략되는 것은 국민을 향한 폭력이나 다름없습니다.

그리고 또다시 이어진 대기업의 폭력적인 행동은, 정말 어처구니 없게도 사기로 끝난 'IMF 금 모으기 운동'입니다. 전 국민이 한마음으로 나라를 살리기 위한 애국심 하나로 또다시 대기업 살리기에 뜻을 모았지만, 결과는 이미 다 밝혀진 대로 참담하게도 뒤통수를 강타하는 것이었습니다. 씁쓸하죠? 군부 독재 정부 때 국민은 대기업의 경제를 위한 대 프로젝트에 참여했지만 돌아오는 것은 별 소득 없이 대기업의 배만 채워준 결과였고, 진심 나라를 사랑하는 애국심 하나로 뜻을 모아 '금 모으기 운동'에 자발적으로 참여했지만, 대국민을 상대로 한 '대 사기극'으로 뒤통수를 호되게 강타당한 것입니다. 이것이 모든 것을 넘치도록 많이 가진 자인 대기업들의 생생한 민낯입니다. 그러나 국가는 대기업에 모든 면에서 관대하고, 그들이 만족할 때까지 채워주기 위해 매우 유연한 정책을 시행합니다. 그리고 국민이 대기업에 호의적이어도 대기업은 호의를 악으로, 은혜를 원수로 갚는 행태만 고수합니다. 자신들이 받은 호의와 은혜를 당연하다는 식으로 받기만 합니다. 이런 말이 있습니다. 호의와 배려가 계속되면 그것을 받는 쪽에서는 권리가 되고 베푸는 쪽에서는 호구가 된다는 말 그대로 대기업은 국민의 편의를 위해 하는 것이 아무것도 없습니다. 얼마 전에 있었던 '조선업 하청 노동자 파업'과 그것의 타협 과정 및 결과를 지켜보면서 과거 '금 모으기 운동'이 생각난 것은 상황이 너무나 똑같기 때문입니다. 국민이 기업을 살려 보겠다고 뜻을 모아 금을 모아줬는데, 돌아오는 것은 국민의 뒤통수를 강하게 후려치는 비열한 사기였습니다. '조선업 하청 노동자 파업'의 타협 과정과 결과에서 나타났듯이 그들은 철저하게 노동자를 착취했습니다. 겉으로 보기에는 합법적으로 보이지만 실상은 그렇지 않습니다. 조선 사업의 불황에 떠난 노동자는 많았고 남은 노동자는 기업의 어려운 상황을 인정하고 임금의 삭감을 받아들이고 감수했습니다. 하지만 불황의 상황이 다시금 호황으로 바뀌었음에도 기업은 삭감된 임금을 그대로 유지했습니다. 그러자 노동자들은 원래의 임금으로 원상회복을 요구했지만, 기업에 의해서 '불법'이라는 오명까지 얻게 되었고, 겨우겨우 타협한듯했지만, 기업은 노동자들에게 파업 동안 손해를 봤다면서 엄청난 손해액을 청구했습니다.[5] 이런 대기업의 민낯을 보면서

---

[5] 김현철 기자 「'대우조선 파업 이유 있었네' 조선업 근로자 62.3% 사내하청」 파이낸셜뉴스 2022.08.25.
조해람·유선희 기자 「"파업 이후 합의만 세 번째, 원청 나서지 않으면 되풀이될 것" 유최안 부지회장 성토[국감 인물]」 경향신문 2022.10.05.
신다은 기자 「'불법파견' 바로 잡으려던 파업이 거액 손배소로」 한겨레 2022.10.09.

무슨 생각이 드나요? 이익이 되는 것은 단 하나라도 놓치지 않으려고 방법이 아무리 치사하고 졸렬한 방법일지라도 수단과 방법 가리지 않고 다 동원해서 착취하고, 손안에 넣은 것은 아주 적은 일부 일지라도 절대로 사회에 환원하지 않습니다. 그리고 돈이 되는 사업은 싹 쓸어 담듯이 손대고 영역을 넓히며 영세한 업자들 발붙일 틈을 안 주는 것이 마치 뒷골목 폭력배들의 치졸한 그것과 너무나 닮았습니다. 그래서 나는 우리나라 대기업이 마치 합법적인 사악한 마피아 집단 같아 보입니다. 지나친 억지 해석이라 해도 나는 여전히 그렇게 보입니다.

우리나라 국민의 다수는 노동자입니다. 노동현장의 육체노동자, 농어민과 공장에서의 생산 노동자, 각종 서비스업의 감정 노동자, 항공·철도·도로 및 엔지니어 등 각종 자격증의 기술 노동자, 법률·의료·연구, 의류·공간 디자인 창작의 정신 노동자, 교육의 지식 노동자, 문화·예술 및 방송 기획 및 보도의 재능 노동자 등을 보면 전문직을 포함한 아르바이트직에 이르기까지 직업을 가진 사람의 대부분이 여기에 속하합니다. 즉 사회 전반적인 모든 분야는 노동이 필요하며 사람들이 그 노동을 제공하며 그런 융합을 통해서 사회가 움직이는 것입니다. 그리고 그 다수인 노동자 모두는 소비자입니다. 노동자 없이 기업은 운영될 수 없고 소비자 없이 이윤을 낼 수 없습니다. 노동자와 소비자를 외면하면 결국 기업의 존재는 미약하게 되고 사회는 움직일 수 있는 동력을 잃게 되는 것입니다. 그런데 우리나라 대기업들은 왜 자신들이 고용한 노동자와 때로는 필요하에 계약한 하청 업계의 대우는 잔인하게 사악하고 소비자에 대한 배려는 야박함을 고수할까요? 사회는 발전을 통해서 빠르게 변하고 있는데 열악한 노동현장은 아직도 열악합니다. 개선된 현장은 고사하고 개선의 의지조차 없는 최악의 노동현장입니다. 현장 노동자 인권 보장을 무시하는 것을 넘어서 생존권마저 보호하지 않는 그들입니다. 생각해보세요. 20세기 초반도 아니고 21세기에 목숨을 걸고 일해야 하는 노동현장이 아직도 존재하는 것 자체가 비현실적으로 이해할 수 없는 상황인데, 그런데도 그곳에서 일해야 하는 노동자의 그 절박한 상황과 그 위기감이 얼마나 큰 공포인지, 최소한의 안전장치가 마련도 안 된 그곳에서 노동하는 당사자가 느끼는 위압감과 소리 없는 고통이 상상되시나요? 기업들은 모릅니다. 아니, 신경 자체를 쓰지 않습니다. 왜냐하면, 그들의 관심과 온 신경을 모아 집중하는 것은 오로지 자신들의 이윤입니다. 이것은 엄연한 노동자의 인권 유린이며 학대입니다. 왜 해마다 허술한 안전 조치와 위험한 노동현장에서 일어나는 인재의 피해자가 줄지 않는 것일까요? 게다가 사고 전후 대처와 처리는 언제나 안일하고 무성의한 것의 반복입니다. 정말 사악한 마피아의 모습이 아닌가요? 지나친 비유가 아닙니다. 아무런 안전장치와 조치 없이 일할 수밖에 없는 그 처지가 남 일 같지 않아 마음이 무겁습니다.

그런데 기업은 한결같이 노동자에게 야비한 것처럼 소비자에게도 한없이 야박합니다. 소비자 가격을 인상하지 않는 것 같으나 내용물을 줄이거나 크기를 작게 만들어 사실상 가격 인상의 효과를 누리는 그들입니다. 또 가격 인상은 주기적으로 높게 하지만 어쩌다가 하는 가격 인하는 소액임에도 엄청 생색을 냅니다.[6] 앞에서 거론한 것처럼 스테인리스 연마제 제거를 소비자에게 떠넘기는 것처럼 각 제품의 깔끔한 마무리를 이윤을 아끼려는 얕은 꼼수로 소비자에게 그 마무리를 전가합니다. 또 값싼 재료나 원료를 사용해서 허접한 완제품을 그럴듯한 포장과 광고로 판매하는데, 교환이나 환불은 오히려 소비자가 부담해야 하는 배송비가 더 많거나 절차의 까다로움 때문에 울며 겨자 먹기 식으로 교환이나 환불을 포기하는 때도 허다합니다. 기업들의 잔머리가 단지 이것뿐일까요? 온·오프라인에서 발생하는 각종 배송비, 그리고 농수산물 및 수많은 제품의 유통을 장악하는 대기업의 폭리, 그리고 또 플라스틱과 쓰레기 문제를 소비자인 국민에게 모두 떠넘기는 대범하게 비굴하고 치졸한 행태와 전 세계적인 펜데믹 상황에서 쓰러진 많은 영세업자와는 달리 계속된 이익 창출로

6) 「일부 생필품, 내용량 줄여 가격인상」 연합뉴스 1991.02.04.
　 조기양 기자 「생필품 업체 용량 줄여 가격 인상」 MBC뉴스 1991.02.04.
　 임정섭 기자 「'시늉만 낸' 식품업체 가격 인하」 연합뉴스 1999.01.13.
　 이경호 기자 「용량 줄여 가격 올리는 '눈속임 인상' 철퇴」 아시아경제 2009.07.07.
　 황혜진 기자 「라면·과자값 인하의 비밀」 헤럴드경제 2010.02.03.
　 신현정 기자 「제과업체, 가격인하 하고도 욕먹는 이유」 마이데일리 2010.02.04.

엄청난 흑자를 냈으면서도 사회에 환원하지 않는 졸렬하고 옹졸한 태도가 과연 민주주의국가와 어울리는 것인가요? 그러면서 그들은 소비자의 소리를 차단하려고 합니다. 형식적인 형태의 고객관리 차원에서 서비스는 존재합니다. 그러나 그것이 사실 알고 보면 기업의 이익과 유리한 위치를 고수하기 위해 소비자의 처지가 아닌 기업의 상황에 맞게 설계된 것입니다. 화살받이 상담원을 방패 삼아 뒤로 숨고 상담원의 감정 노동을 이유로 소비자의 소리를 감소시켰습니다. 소비자의 불만을 상담원이라는 화살받이를 내세워 소비자와 대립과 갈등에서 한발 뒤로 빠집니다. 물론 상담원에게 폭언은 하지 말아야 합니다. 그러나 대화를 하다 보면 상담원의 잘못은 아닌데도 그들에게 불만이 생기는 것은 어쩔 수 없습니다. 그들은 기업을 대신해서 기업의 매뉴얼대로 원론적인 말을 되풀이할 뿐이기 때문입니다. 즉 소비자의 불만이나 문제의 해결을 기업의 상황에 맞게 해결하려는 태도를 고수하기 때문에 소비자의 불만은 폭주하고 그것은 상담원이 기업을 대신한 화살받이로 그 모든 원성을 다 받는 것입니다. 따라서 불만과 문제 해결을 요구하려는 소비자의 처지에서는 상담원과의 갈등을 피할 수 없습니다. 그래서 나는 상담원과의 통화가 아무리 간략하고 간단하게 끝나도 늘 언제나 항상 마음이 무겁고 왠지 모를 착잡함이 남습니다.

그런데 우리가 다시금 기억해야 할 것은 상담원들의 감정 노동이 법으로 보호받지 못했던 때에도 기업들은 그것을 묵인하고 외면했다는 것입니다. 즉 기업들은 노동자의 작업 환경에 관한 관심 자체가 없다는 것입니다. 그동안 상담원들은 자신들의 감정 노동을 보호하기 위한 어떤 조치도 없는 직장을 대변하며 쏟아지는 모든 원성과 참기 힘든 폭언을 감당해야 했던 것입니다. 소비자가 쏟아내는 각종 폭언은 기업들을 향한 것이지만 기업들은 상담원 뒤에 숨어 버렸고, 소비자의 분노와 폭언은 오로지 화살받이인 상담원의 몫입니다. 그들의 인권을 보호하기 위한 법이 마련되었다고 해도 기업들은 여전히 상담원을 화살받이 삼아 그 뒤에 숨었습니다. 그리고 소비자의 폭언으로부터 상담원의 인권과 감정을 강조하며 그들을 보호하는 듯하지만, 오히려 상담원의 인권 보호의 법을 역이용해서 소비자의 입을 막아버리며 소비자의 요구와 문제 해결은 여전히 기업이 주도합니다. 즉 소비자와 기업의 갈등은 계속 진행 중이고, 그 불만은 화살받이인 상담원이 받아야 하는 구조는 여전히 악순환할 뿐입니다. 소비자의 불만 해소는 미비하며 계속 남는 불만에도 불구하고, 또 다른 소비를 해야 하는 '울며 겨자 먹기' 식의 악한 소비 상태도 여전합니다. 소비자가 당연히 받아야 하는 서비스를 기업의 상황에 따라 적용되고, 불합리적인 배송비 책정 및 소비자 가격 인상 등 모두 기업의 운영, 즉 이윤의 흐름에 맞춰져 있습니다. 이렇게 기업의 편리에 맞춰진 생존권이 위협당하는 노동 현장과 소비자의 눈과 귀를 막은 판매전략 등 모든 구조 자체가 모든 노동자를 기업들의 화살받이로 만들고 소비자를 기업들의 영원한 봉(鳳)으로 만드는 것입니다.

기업들은 열악한 노동환경은 개선할 생각은 안 하지만 생존권의 위협을 받는 노동을 통해서 자신들의 이윤을 채우려고 안간힘을 씁니다. 얄팍한 꼼수로 소비자의 눈과 귀를 현혹시켜 매출을 올리지만 여러 가지 이유로 소비자 스스로 환불이나 반품을 포기하게끔 유도합니다. 서비스 역시 여러 가지의 조건으로 제한하고, 그 기한 또한 매우 제한적입니다. 왜 우리나라에서는 노동이 천대받고 있나요? 노동이 존중받으면 안 되는 것입니까? 생존권이 위협받지 않고 안전을 보장받으며 효율적으로 일할 권리가 노동자에게는 없는 건가요? 인권 보장과 정신적인 학대 없이 일할 수 있는 권리가 노동자에게는 없나요? 소비자가 구매하는 제품이 광고와 똑같을 수는 없는 것일까요? 온라인 구매 제품의 환불 및 교환 과정에서 붙는 조건은 왜 기업들의 요구 조건만 있나요? 소비자가 받는 서비스 역시도 제약적이고 제한적인데 서비스는 소비자의 편의에 맞춰져야 하지 않나요? 물론 악용하는 일부 소비자로 인한 역기능이 있습니다. 그러나 그 역기능 때문에 다수의 소비자 권리가 침해받거나 무시당하는 것은 부당한 처사입니다. 그리고 내가 지적하고 싶은 것은 소비자 권리의 순기능과 역기능에 대한 것이 아니라 기업의 이윤 때문에 침해받고 외면당하는 노동자와 소비자의 권리에 대한 것입니다. 노동자와 소비자의 처지가 이런데도 국민에게, 소비자에게, 노동자에게 받기만 하고 무심하게 배려가 없고 인권 유린과 착취만 일삼으면서 오로지 자신들의 이윤에만 관심 있는 저들을 사악한 마피아라고 하는 것이 지나친 비유인가요?

대기업들은 이제 이런 이미지에서 탈피하고 자신들의 수준을 높여야 하지 않을까요? 사회복지에 더 많이 참여하고 자신들의 부를 사회에 환원하는 모습을 기대할 수는 없을까요? 하지만 아마도 그들은 그것을 '거지 근성'이라고 비웃을지도 모르겠습니다. 공공사업의 민영화 기회를 호시탐탐 엿보고 그것의 빠른 추진을 간절하게 바라는 그들, 자신들의 경제적인 어려움을 이해하고 배려한 노동자와 소비자의 뒤통수를 아무렇지도 않게 힘껏 가격하는 후안무치와 적반하장의 태도를 당연하게 보이는 수준을 보면 사회복지 참여와 사회에 환원이라는 것에 대한 그들의 인식은 '거지 근성'으로 보는, 딱 그 수준이 아닐까요? 그들에게 상생이나 공생은 아예 존재하지 않는 낱말입니다. 오로지 자신들의 부(富)의 축적만이 그들의 관심사이고 목적이고 목표입니다. 그래서 그들에게는 별로 기대되는 것이 없습니다. 그래서⋯. 그래서⋯. 그래서 나는⋯. 국민을 대표하는 국회 안의 그분들에게 묻고 싶습니다. 그런 대기업의 야박하고 인색하고 악랄하게 불합리한 이익 추구에 매달리는 사악한 그런 집단에 왜 한없이 너그럽고 관대할까요? 법과 정책 등 모든 면에서 유독 대기업에만 한없이 유하고 관대한 이유를 알고 싶습니다. '소 잃고 외양간 고친다.'라는 속담이 주는 교훈을 노동현장에서 인재로 인한 희생자가 있을 때마다 되풀이하는데, 그 속담보다 더 지독한 문제는 '소 잃고도 외양간을 고치지 않는 것'입니다. 노동현장의 인재로 인한 희생자 유가족들은 항상 간절하게 말했습니다. '다시는 이런 일이 생기지 않기를 바란다.'라고 말이죠. 매번 빈번하게 반복되는 저 가슴 무너지고 영혼이 찢어지는 오열과 눈물의 그 간절한 호소가 왜 번번이 허탈하게 공중에 흩어져 사라져야 하나요? 열악한 노동현장에서 발생하는 인재로 인해 국민의 극에 달한 분노도 매번 반복되었습니다. 하지만 기업은 그 순간 모면에만 최선을 다했을 뿐이고 차후 보완이나 개선되는 것은 찾아볼 수 없고, 시간이 지나면 또다시 언제 그랬냐는 듯 열악한 노동현장의 위험성을 여전히 안일하게 외면합니다.

그런데 그런 기업들의 안일한 만행을 제지하고 바로 잡을 법 마련은 묵과한 채로 그들에게 한없이 너그럽고 유연한 정책으로 그들의 사악한 행태를 합법화해주는 것이 몇 배로 더 사악한 것 아닌가요? 국민이 목숨을 걸고 일해야만 하는 상황에 내몰리는데, 국회에서는 왜 기업들을 제재하는 법안을 마련하지 않나요? 열악한 노동현장에서 인재로 인한 희생자와 피해자가 있을 때만 노동현장의 개선 및 대안적인 법 마련에 최선을 다하겠다는 허공에 흩어질 말뿐인 하나마나 한 약속을 합니다. 하지만 노동자의 안전을 보장하는 법과 열악한 노동현장을 규제할 법 개정 소식은 감감무소식이고 따라서 노동현장의 개선은 없습니다. 그래서 그런 인재의 희생자 사고에 대처는 번번이 사후 대처로 눈앞에 일만 처리할 뿐이지 미래를 위한 것은 아닙니다. 그리고 사후 대처도 미온적이고, 기업들의 상황에 따라서 진행될 뿐 희생자와 피해 가족들을 위한 조치는 없습니다. 국회의원은 생존권이 위협받는 노동현장의 열악한 환경을 개선할 의지는 있나요? 도대체 언제까지 생존권을 위협받으며 인권 유린을 당해가면서 목숨을 걸고 일을 해야 합니까? 그리고 소비자의 뒤통수는 기업에게 수시로 노출되어있는 북인가요? 국제 원료 가격 상승으로 소비자 가격을 올리지만, 국제 가격이 안정되어도 다시 이전 가격으로 인하되는 일은 절대로 없습니다.[7] 그들의 꼼수가 이뿐인가요? 소비자 가격 인상 대신 내용물을 줄거나 축소하고, 필요도 없는 이중 포장으로 줄어든 내용물의 양은 눈에 잘 안 띄게 만들고 심지어 이중 포장의 가격까지 소비자에게 전가하는 치밀하고 약은 꼼수로 소비자 가격 인상의 효과를 누렸습니다.[8]

또 인상은 대폭으로 하고 그에 따른 효과도 엄청나게 누렸는데

---

7) 백설희 기자 「원가 하락에도 식품업계는 가격 인상」 푸드투데이 2013.02.19.
  정성진 기자 「원자재 가격 하락했는데.. 식품업체들 값 올려 폭리」 조선비즈 2013.02.21.
  안상희 기자 「밀가루·설탕값 떨어졌는데 오리온 초코파이 1년반 새 50% 올려.'폭리' 의혹」 조선비즈 2013.12.27.
  채주연 기자 「제과 업체 가격 인상분, 원재료보다 64배 높아」 한국경제TV 2014.01.22.

8) 최남주 기자 「용량 줄여 올리고, 포장바꿔 올리고」 헤럴드경제 2008.04.04

최근 몇 년 동안 가격 인상이 없었지만, 이제는 국제적인 어려운 상황으로 어쩔 수 없이 인상하겠다며 기업의 착하고 좋은 이미지까지[9] 차지하는 그들에게는 소비자는 쉽게 속일 수 있는 아주 쉬운 상대고 소비자의 뒤통수가 정말로 언제나 후려칠 수 있는 북으로 보이나 봅니다. 아니면 꺼내도 꺼내도 끝없이 돈이 나오는 화수분을 품은 봉(鳳)처럼 여기는 것 같습니다. 국회의 그분들은 이런 불합리한 구조 자체를 개선할 의지가 있는 걸까요? 아니면 그런 의지 자체가 있기는 할까요? 아예 처음부터 그 의지가 없는 것은 아닐까요? 그것이 아니면 이것을 바로 잡을 수 있는 국회의원으로서의 능력 자체가 없는, 무능한 것 아닌가요? 기업들의 인권 유린과 인권 말살의 현장을 규제 안 하는 것, 제약을 못 하는 것, 소비자의 권리가 교묘하게 침해당해도 보호하지 못하는 것, 사실상 국민을 위한 모든 면에 무능한 면을 보이는 이것은 마피아 같은 기업들을 합법적으로 정당성을 주며 이윤을 얻을 수 있게 해주는 것으로서 마피아보다 더 사악하고 몇 배로 잔인한 행동 아닌가요? 국민을 먼

9) 박창욱 기자 「과자 高價化, '짝수'가격 바람」 연합뉴스 1997.09.24.
　　정아람 기자 「오리온, 2분기 제과 가격 인상으로 실적 성장세↑[우리證]」 세계일보 2011.05.03.
　　김대웅 기자 「오리온, 포카칩 등 13개 품목 최대 20%대 가격인상」 이데일리 2011.05.03.
　　김유리 기자 「오리온, "내년엔 국내외 모두 호조"..목표가↑<대신證>」 아시아경제 2012.11.30.
　　권희진 기자 「"오리온 초코파이, 1년 새 30% 과도한 가격 인상"」 매일일보 2013.07.18.
　　박태견 기자 「오리온, 초코파이 가격 20% 기습 인상」 뷰스앤뉴스 2013.12.26.
　　장시복 기자 「오리온 초코파이, 한국만 50%↑.."한국 소비자 봉"」 머니투데이 2013.12.31.
　　김효인 기자 「9년 만에 과자값 올리는 오리온…초코파이 12%↑」 투데이신문 2022.09.13

저 생각하고, 국민을 위한다면서요. 알고 싶습니다. 도대체 무엇이 국민을 먼저 생각한 것이며 무엇이 국민을 위한 것인가요? 도대체 언제까지 무소유인 내가 대재벌인 기업들의 봉(鳳)으로 살아야 하나요? 아니면 설마 내가 정말 대기업들의 봉(鳳)이라고 생각되시나요? 아니면 정말로 적은 먹이와 약간의 호의에도 좋다고 꼬리 살랑살랑 흔들며 반겨주고 외면하거나 유기해도 굳건하게 일편단심 주인만 바라보며 애타게 자리를 지켜가며 기다리다가 어쩌다 다시 약간의 호의로 찾아주면 또다시 격하게 꼬리 흔들며 강렬하게 반기는 평생 주인 바라기를 하는 반려견처럼 보이시나요? 그것도 아니면 언제라도 등쳐먹기 알맞고 맛도 딱 좋은 최애(最愛)의 돈육(豚肉)처럼 보이시나요? 아…. 마음이 처참하게 무너지도록 슬프고 참담한 이 질문은 정말 하기 싫네요.

5.
신의 영역을 탐한 자들

1) 카노사의 굴욕

흔히 직업에는 귀천이 없다고 합니다. 하지만 많은 사람은 이 말에 부정적이지 않을까요? 우리의 현실이 온갖 갑질로 얼룩져 있고, 또 직업에 따라 무시를 당하는 일이 빈번하기 때문입니다. 분명 우리 사회에서는 직업의 서열이 확연하게 존재하고 있으니까요. 그런데요, 서열 높은 많은 직업 중에 '의사'란 직업은 그 서열을 뛰어넘어 신의 영역에 속한 듯합니다. 사실 '의사'란 직업을 상위직에 올려놓은 것은 우리입니다. 한동안 드라마에서 '이래서 의사 사위가 필요하다.', '이래서 집안에 의사가 한 명쯤은 있어야 한다.'라는 말이 무슨 유행처럼 반복되면서 전국의 의사가 아닌 사위들과 아들과 딸들을 의기소침하게 했었습니다. 드라마를 예로 든 것은 현실에 민감하게 반응하며 빠르고 여과 없이 반영되는 것이 드라마 만한 것이 없기 때문입니다. '의사'란 직업이 상위직으로 떠오르면서 희망 직업군의 우선순위를 장악하기도 했었고, 생명을 다루는 경이로움까지 더해져서 '존경'과 '선망'의 대상이 되었습니다. 아마도 생명과 직결된 직업이다 보니 의사의 진단은 곧 진리가 되어버리고, 무엇이든 그대로 실천해야 하는 법보다 더 강하고 묵직한 힘을 가진 신비로움이 있기 때문이 아닐까 싶기도 합니다. 그러나 생명을 다루기 때문에 윤리와 사명과 책임을 가볍게 넘길 수 있는 것은 아닙니다. 오히려 그것 때문에 윤리와 사명, 그리고 책임이 다른 직업보다 더 크고 많이 요구될 수밖에 없습니다. 하지만 우리나라에서 '의사'란 직업은 법적으로도 범접 못 할 신의 영역에 속한 직업이었습니다. 강력범죄를 저지른 의사면허는 취소 규정이 따로 없고, 또 의료행위 도중 업무상 과실치사·상의 범죄를 저지른 경우에도 금고 이상의 처벌을 받더라도 면허취소 대상이 되지 않는다고 합니다. 중범죄 의사는 당연히 면허 취소될 것이라고 믿었던 내겐 너무나 낯선 법 적용이었고 충격 그 자체였으며 또 의사의 중범죄가 생각 외로 많은 것도 충격이었습니다.

내가 의료법 개정에 관심을 두게 된 것은 최근 있었던 의료파업부터였습니다. 그전까지는 사회면에 나오는 의료법이나 의료사고가 크게 와닿지 않았었습니다. 그런데 이번 '의료파업'은 좀 달랐습니다. 솔직히 나는 그 파업이 맞는다고 생각했고, 마음으로 응원했습니다. 물론 중증 환자와 보호자 처지에서는 날벼락 같은 선언이었지만 도시와 인기 있는 진료과에 편향적으로 쏠려있는 의료계는 분명 문제이기 때문입니다. 의사와 환자의 처지와 견해 차이는 도시의 인구 과밀도 및 외모지상주의 등의 사회 구조와 밀접합니다. 또 어느 한 분야에서 뛰어난 실력을 갖춘 의사가 대형병원과 도시에 집중된 것도 문제가 있습니다. 그래서 정부가 의도한 의대 정원 확대도 이해는 됐지만, 그보다 먼저 도시와 인기 있는 의료계의 편향적인 수효의 정리가 필요해 보였습니다. 도시와 촌락의 불균형, 그리고 수익이 좋은 인기 있는 진료과로 몰리는 의료체계, 그리고 이것을 정리하지 못하는 정부 정책도 한몫하고 있기에 그 불평등은 고스란히 국민이 당하는 것이라 의협의 주장에 수긍하는 편이었습니다. 환자들의 절박함과 팬데믹의 위급한 상황이 안타깝기는 했지만 그래도 언젠가는 터져야 할 것이 터진 것이고, 언젠가는 치러야 할 일이라고 생각하며 도시와 촌락의 불균형과 한쪽으로 지나치게 쏠린 진료과의 정리를 기대하며 의료계의 파업을 응원했습니다.

하지만 그 흐름은 내 생각과는 다르게 이상한 방향으로 이어졌습니다. 전공의 파업은 챌린지와 함께 의대생들의 국시 거부로 이어지면서 내가 응원하던 방향과는 완전 다른 방향을 향했고 좀 당혹스러운 상황에 배신감과 허탈감으로 힘 빠지고 이질감이 올라오면서 그들을 응원하던 마음을 찢어버리고 싶을 정도로 후회하며 싸늘하게 거됐습니다.

「오늘 국무회의에서는 의사 국가고시를 즉각 실시하기 위한 '의료법 시행령' 개정안을 상정한다.」[10]

의대생들의 재시험을 위한 의료법은 빠르게 개정됐습니다. 그리고 그들의 챌린지에서 큰소리로 여유 있게 정부를 비웃는 내용처럼 정부가 국시를 거부한 의대생들의 구제를 위해 법까지 개정하며 국시 재시험을 결정하는 것을 보면서 나는 중세 시대의 카노사의 굴욕이 연상됐습니다. 정부는 형평성의 문제보다 국민의 생명이 우선이라는 초라한 명분으로 국민의 이해를 부탁했지만 쉽게 설득되지 않았습니다. 왜냐하면, 그 재시험이 아닌 다른 문제가 보였기 때문입니다. 정부의 초라한 명분처럼 그들의 재시험은 형평성에 어긋나는 것이지만 팬데믹 상황과 위중증(危重症) 환자들을 고려한 교육지책이라고 백번 양보해서 받아들일 수는 있습니다. 하지만 의사 국가고시 재시험을 위한 의료법을 개정할 수 있다면 다른 의료법은 왜 개정하지 못할까요?

---

10) 윤경환 기자 「정세균 "의사 국시 즉각 실시.. 형평성보다 국민 생명 우선"」 서울경제 2021.01.12.
차정윤 기자 「정 총리 "의사 국시 형평성 문제 인지..국민 생명 우선"」 YTN 2021.01.12.
조용훈 기자 「정세균 총리 "의사 국시 재시험, 형평성보다 국민 생명 우선" - 국무회의 주재한 정 총리, '의료법 시행령' 개정안 상정」 뉴스토마토 2021.01.12.

2) 무염지욕(無厭之慾)

의사 파업은 의대생의 국시 거부로 이어졌고, 이것은 의대생 구제를 위한 의료법 개정이 빠르게 진행되자 국민은 강한 반감과 함께 의료법 개정 요구의 파장은 쉽게 사그라지지 않았고 외면할 수 없이 사회적으로 매우 거셌습니다. 여기에 맞서는 의협의 강력한 반발은 그동안 자신들이 당연하게 누렸던 편의가 특권이라는 느낌도 없었을 것이고, 그것의 개편을 요구하는 것은 자신들의 권리를 침해당하는 느낌일 것이고, 빼앗기는 느낌을 받았을 것이기에 그것에 반발하는 행동은 어쩌면 그들만의 처지에서는 당연해 보였습니다. 그리고 이 의대생 구제의료법 개정을 두고 로스쿨의 학생들이 상대적인 처지와 견해 차이가 불공정하다며 항의하고 나서자 사회 분위기는 더욱 많이 소란했는데요, 솔직히 그 역시 나와는 거리가 멀었습니다. 제삼자인 내가 보기엔 그들만의 힘겨루기, 포지션과 우선권의 다툼으로밖에 안 보였습니다. 이 상황에서 내가 가장 이해할 수 없고 화가 난 대상은 이율배반적이고 어이없는 태도의 법을 만드시는 분들께 향했습니다. 왜냐고요? 의대생을 위한 의료법의 개정이 아주 빠르게 즉시 처리되었다면 다른 의료법 개정도 빠르게 진행될 수 있지 않을까요? 참 씁쓸한 상황인데요, 이것이 단순히 편향적이기 때문이 아니라 저렇게 즉각적으로 처리될 수 있는 법인데 국민에게 필요한 의료법 개정은 왜 지지부진하게 안 되는 걸까요?

수술실 내 CCTV 설치 의무화, 범죄자 의사면허 취소가 의료법 개정의 중심 사안인데요, 따지고 보면 수술실 내 CCTV 설치 의무화를 요구하게 된 계기도 이 범죄 의사면허 취소법 때문이잖아요. 그런데 중범죄 의사면허 취소법이 왜 그렇게 힘든 건지, 왜 의사에게만 유리한 법이 적용되는 이유가 무엇일까요? 그래서 찾아봤습니다. 1998년 11월 4일, 보건복지부가 현행 의료행위가 아닌 범죄행위로 인해 실형을 선고받았을 때도 의사면허를 취소했던 의료법의 면허 취소조항을 범죄의 종류나 죄질과 관계없이 형의 집행이 종료된 이후에는 의사면허를 취소할 수 없도록 개정안을 입안(立案)했고 2000년 7월, 8월, 그리고 2001년 1월까지 의협의 입맛에 맞게 개정 및 수정됐습니다.[11] 정말 어처구니없게도 범죄 의사면허 취소법 개정은 강화가 아니라 퇴행한 것입니다. 즉 존재했던 범죄 의사면허 취소법 존재 자체를 삭제한 것이며 이로 인해서 일반범죄는 물론 간통. 강간. 성폭행. 마약 등의 범죄로 인해 처벌받은 의사에 대해서도 형 집행 이후에는 면허취소를 할 수 없게 된 것입니다. 그런데도 의협은 2000년에 의약분업 도입을 반대해 집단휴업을 주도한 의사 9명이 의료법과 업무방해 등 2가지 이상의 죄목으로 기소된 것의 대법원판결을 앞둔

---

11) 인교준 기자 「의사면허 취득제한 철폐.. 시민단체 반발」 연합뉴스 1998.11.04.
류호 기자 「'중대범죄 의사면허 취소' 처음 아니다? 민주당·의료계 누구 말 맞나」 한국일보 2021.02.23.

시점인 2005년 9월에 의협은 환자의 진료기록부 허위 작성과 진료비 과다 청구로 의료법 위반이 동시에 기소된 한 의사가 징역 6개월, 집행유예 1년의 판결을 받고 면허 박탈된 것을 내세워 '의사를 길들이기 차원에서 법원이 재량권을 남발하는 것'이라는 주장과 의사면허 취소 처분은 의사에게 사형선고라며 강한 불만을 제기하며[12] 이 법의 강화를 요구합니다. 이것은 면허취소나 자격정지 등 보건의료 전문직의 면허와 관련된 징계 권한인 '행정처분권'을 복지부가 아니라 의료단체들이 가져야 한다는 자율징계권 요구로 이어졌습니다.[13] 사실상 의료계 종사자들의 징계를 자체적으로 하겠다는 것인데요, 의협의 자율징계권은 2000년 중범죄 의사면허 취소법 개정 이전부터, 또 그 이후로도 끊임없이 꾸준히 요구하며 논란의 불씨를 계속 키워왔던 것입니다.[14]

---

12) 박재봉 기자 「의사면허취소 처분 남발..위헌소송 제기」 뉴시스 2005.09.27.

13) 진광길 기자 「보건의료단체들, 자율징계권 확보 위해 뭉쳐.. 하지만..」 뉴시스 2006.06.09.

14) 권훈 기자 「醫協, 의사 징계권 요구 논란」 연합뉴스 1996.03.30., 채삼석 기자 「의사협회 자율징계권 요구」 연합뉴스 1997.03.24., 주종국 기자 「의약계 새정부 출범 앞두고 각종 요구 봇물」 연합뉴스 2003.01.20., 박재봉 기자 「의협 '비리 등 회원 자체징계권 재추진」 뉴시스 2005.11.18., 박재봉 기자 「의협, 의사윤리 함양 '자율징계권' 공론화」 뉴시스 2006.02.23., 김영균·남소연 기자 「7년간 정부 패씸죄 걸려 한 맺혔다. 의사 1/3 한 달에 300만원도 못 벌어」 오마이뉴스 2007.02.11., 최은미 기자 「수면내시경환자 성폭행 의사, 징역7년형에 항소」 머니투데이 2008.01.23., 권태호·서울시치과의사회 부회장, 「[헬스 프리즘] 의료계 자율징계권은 '국민건강 수호천사」 한국일보 2008.06.12., 윤정애 기자 「의료계, '자율징계권' 법제화 올해도 추진」 마이데일리 2009.01.13., 이성호 기자 「의료계에 자율징계권 부여되나!. 입법 추진 주목」 메디포뉴스 2010.09.01., 이성호 기자 「의료인단체 징계요구권, 복지부·공정위 '글세'」 메디포뉴스 2011.03.04. 등 이후로도 계속되는 자율징계 요구는 너무나 성실히 반복된 꾸준함에 모든 기사의 나열이 힘들다.

2007년 7월 통영 여성단체에서 '성폭행 의사면허 취소'를 요구[15]하며 의사면허 취소법은 다시 대중적으로 수면 위로 떠 올랐습니다. 그러나 '의료법 개정안'에 '극히 일부 때문에 전체를 매도하는 것'이라며 의협의 반발이 거셌고 결국 발의 자체는 제대로 논의되지 못하고 폐기됐습니다.[16] 하지만 마약 복용 의사의 등장과 또 의사의 성폭력에 의한 피해자가 계속해서 늘어나자 2010년 8월[17]과 2011년 7월에 다시 성범죄 의료인 면허 영구취소 법안 발의[18]되었는데요, 하지만 번번이 '극소수의 일탈 의사' 때문에 의료계 전체가 매도돼선 안 된다는 것과 법 적용의 형평성에 어긋나고 자칫 전체 의사들의 사기 저하로 이어질 수 있다는 반발에 부딪혀 흐지부지됐습니다. 2012년 8월 산부인과 의사가 환자 시신을 유기한 충격적인 사건이 발생하자 이런 중범죄를 저질러 면허가 취소된 의료인은 면허 재교부 대상에서 아예 제외하는 내용의 의료법 개정안이 발의[19]됐는데요, 이때도 의협

15) 이정훈 기자 「통영 여성단체 '성폭행 의사면허취소'」 연합뉴스 2007.07.03., 이상헌 기자 「여성단체, 마취한 환자 상습성폭행 의사면허취소 주장」 CBS노컷뉴스 2007.07.03., 최운용 기자 「통영여성단체, 성범죄 의사면허취소 법개정 요구」 뉴시스 2007.07.03.

16) 이성호 기자 「성범죄 의료인 면허취소, 국회통과 '무산'..견해차—정족수 미달」 국민일보 2008.02.04., 석유선 기자 「성폭행 의사면허취소, 법안소위서 부결」 뉴시스 2008.02.05.

17) 송창헌 기자 「'성폭행 의사면허 취소' 법안 찬반 여전」 뉴시스 2010.08.09., 배명재 기자 「성범죄 의사, 영구 면허취소를」 경향신문 2010.08.12.

18) 김지혜 기자 「의협, 성폭행 의사면허 취소 받아들여야」 헬스코리아뉴스 2011.07.19., 남형도 기자 「성범죄, 의료행위 제한되는 개정안 추진」 파이낸셜뉴스 2011.09.06.

19) 이주연 기자 「'살인·사체은닉' 의사면허 영구박탈 법안 발의」 연합뉴스 2012.08.16.

은 '자율징계권'을 요구하며 강력하게 맞섰습니다.[20]

하지만 의료법 개정안을 두고 국회와 의료계의 갈등[21]은 더 국회 안에 머물지 않고 사회 전반적으로 확대되며 많은 공분으로 여론도 형성됐으나 이렇다 할 진전은 없었습니다.[22] 2014년 12월 전국의사총연합이 음주 수술로 파면당한 전공의의 징계 철회를 요구[23]하면서 의료법은 다시 뜨거운 감자로 떠올랐습니다. '개인의 잘못도 물론 있지만 열악한 전공의 수련환경 개선은 뒤로한 채 오직 당사자에게만 무거운 처벌을 내리는 것은 형평성이 심히 결여됐다.' 또 '해당 전공의 파면을 주장하기 전에 저수가를 강요하고 의료전달체계 및 응급의료체계를 왜곡시키는 정부의 잘못된 의료정책이 먼저 파기돼야 한다. 또한, 전공의를 값싼 노동자로 부려 먹는 병원이 먼저 업무정지 처분을 받아야 한다.'라면서 구태의연하고 열악한 전공의의 근무환경을 지적했고 '해당 전공의의 파면 및 면허정지 처분 등을 즉각 취소하고 상황에 맞는 합당한 처벌'을 주장했습니다. 이것이 사회적인 공분으로 크게 확산한 가운데 2014년 12월 '수술실 생일파티'의 논란으로 비윤리적 행위가 다시금 도마 위에 올랐습니다. 그러자 비윤리 행위

20) 이다정 기자 「중범죄 의사면허박탈, 억울한 희생자 만든다」 왓처데일리 2012.08.23.

21) 이혜미 기자 「의사면허 취소법 발의 국회-의협 갈등」 sbs뉴스 2012.09.04., 고신정 기자 「중범죄 의사면허박탈 법안 국회서도 격론」 의협신문 2012.11.20.

22) 이효정 기자 「이우현·이언주法 상임위 불발…의사들 '안도-불안'」 메디파나뉴스 2012.09.18.

23) 이계덕 기자 「전국의사총연합 '음주수술 파면 지나쳐'」 신문고뉴스 2014.12.05.

의료인 징계를 한층 더 강화한 법안이 발의[24]되었고, 2015년 1월 수술실 내 CCTV 설치 의무화가 국회 본격적으로 거론되고 개정법안이 발의[25]됐습니다만 이 역시 이렇다 할 성과 없이 폐기되었습니다. 설상가상으로 같은 해 5월 성범죄 의사면허 영구취소 법안 발의[26]에 의료계의 집단 반발은 모 기업의 불매운동으로 번지기도 했습니다.[27] 그리고 2019년 의료법 개정안은 법안에 서명했던 의원들이 의사(意思)를 철회하면서 발의 하루 만에 폐기되었다고 합니다.[28]

많은 우여곡절 속에 2021년 8월 수술실 내의 CCTV 설치 의무화법만 통과됐고,[29] 중범죄 의사면허 취소는 아직도 답보 중인데요, 둘다 갈 길은 멀어 보입니다. 수술실 CCTV 설치 의무화법 통과에 의협과 외과계 의사, 그리고 병원 단체가 일제히 강도 높은 반발로 맞섰

24) 임유진 기자 「비윤리행위 의료인 징계 법안 '쿨쿨'」 덴탈투데이 2014.12.30.

25) 사실 수술실 내의 cctv 설치는 의료소비자연대가 2007년 「의료 소비자의 알 권리와 안전을 위해 입원 수술실 등에 CCTV를 설치하고 의료사고의 원인제공행위를 한 의료인이 자신의 '과실 없음'을 입증하도록 제도화할 것」을 요구하면서 처음 거론되었다(우정헌 기자 「의료소송 급증, 의료분쟁 종착역 어디쯤」 뉴시스 2007.01.15.). 그리고 수술실 내의 cctv 의무화 국회에 발의는 2012년부터 추진되었으나 참여 의원 수 부족으로 발의되지 못했으나(이지웅 기자 「'수술실 CCTV 의무화를',수술실 셀카 거센 후폭풍」 헤럴드경제 2015.01.02.) 2015년 1월 8일 국회에 정식으로 발의됐다(고미혜 기자 「최동익 '수술실 CCTV 촬영 의무화' 법안 발의」 연합뉴스 2015.01.08).

26) 박진규 기자 「성범죄 저지른 의료인 면허 영구박탈 법안 또 추진」 라포르시안 2015.05.16.

27) 박예슬 기자 「의사들, '풀무원 불매운동' 나선 이유는?」 매일일보 2015.05.19, 황경진 기자 「의료계, '성범죄 의사면허정지 법안'반발…불매운동에 불똥 튄 풀무원, 왜?」 일요주간 2015.05.22.

28) 전혼잎 기자 「수술실 CCTV 설치 법안 하루 만에 철회된 까닭은」 한국일보 2019.05.17, 이에스더 기자 「의원들 발의 철회로 하루만에 폐기된 '수술실 CCTV 설치법'」 중앙일보 2019.05.18.

29) 김보연 기자 「野 반발 속 사립학교법·수술실 CCTV 의무화법, 국회 본회의 통과」 조선비즈 2021.08.31

지만, 설득력 약한 억지투정 같아 보였습니다. 수술실에 CCTV를 설치한 사례가 없는 해외사례와 CCTV로 의료진을 상시 감시하는 것은 인권침해며 수술실에 CCTV를 설치하면 의료진의 집중력과 능동성·적극성을 떨어뜨려 '최소한의 자기방어 진료가 불가피할 것'이며 이로 인해 의료 서비스 질의 저하로 이어질 것이고 이것은 의료 체계의 붕괴를 가속화를 촉진할 것이고 급기야 외과계와 거기에 속한 의료진 수가 줄어들 것이라는 이유로 거센 반발과 섬뜩한 경고를 했습니다.[30] 의협과 의료계의 처지도 조목조목 따져보면 이해가 안 되는 것은 아닙니다. 하지만 공공장소와 거리에 CCTV 설치가 처음 거론될 때의 반응도 같았습니다. 개인 정보 유출의 위험성과 개인의 활동 범위가 고스란히 기록되기 때문에 범죄에 악용될 수 있다는 것과 함께 개인의 자유의 침해일 수 있고, 그것 때문에 공익보다는 개인의 사생활 침해로 이어질 수 있다는 등의 다양한 이유로 반대 의견이 많았습니다. 하지만 지금 CCTV는 우리 생활에 익숙할 뿐만 아니라 오히려 CCTV가 없는 사각지대에서 일어나는 많은 사고·사건에 더 답답하고 안타까움과 함께 CCTV 필요성이 더 강조되며 그것의 확대 설치가 요구되고 있습니다. 그래서 의협이나 의료진들의 거센 반발은 설득력

30) 홍석근 기자 「수술실 CCTV 설치 법안소위 통과..의료계, '통제된 감시 속 의료 위험 우려'」, 파이낸셜뉴스 2021.08.23, 양다훈 기자 「수술실 CCTV 설치 법안 국회 통과..의협 '의료 붕괴로 이어질 것. 헌법소원 제기' 반발」 세계일보 2021.08.31, 백영미 기자 「의료계 '폐해심각 수술실 CCTV법 보완·폐기해야' 반발」 뉴시스 2021.08.31.

이 많이 떨어진 억지투정에 불과합니다.

　지금까지 수많은 의료사건에서 환자와 보호자의 권리가 침해됐고 보호받지 못한 것이 더 많았던 것은 너무나 분명한 사실입니다. 국민도 '일탈 의사가 극소수'인 것을 모르지 않습니다. 또 의사들의 열악한 노동환경과 제도의 문제를 모르는 바도 아니고요, CCTV로 감시받는 불편함을 이해 못 하는 것도 아닙니다. 하지만 의료 과실에 의한 사망 사고는 연간 3만 명 이상, 대리수술은 약 200만 건, 의료사고에 의한 의료분쟁은 해마다 3% 이상 증가하며 피해자가 보상받은 배상은 5% 미만[31]이라고 합니다. 다수의 환자가 극소수의 일탈 의사로 인해서 불안해하고 불신해야 할까요? 의료사고와 의사들의 성폭행 및 성추행과 같은 중범죄가 단지 '극소수의 일탈 의사'라면 그 극소수의 일탈 의사를 만난 피해자는 단순히 운이 없어서 그런 끔찍한 피해를 본 것일까요? 운이 없어서 극소수의 일탈 의사를 만나 피해를 봤다는 것은 피해자를 두 번 가해하는 것으로 잔인하고 가혹한 변명 아닌가요? 극소수 일탈 의사 때문에 다수의 환자가 진료와 수술받는 것을 두려워하고 피해를 보는 것은 누가 봐도 비합리적입니다. 그런데도 계속되는 의료계의 강한 반발은 억지를 넘어 권력을 탐하는 욕심입니다. 사실 공공의료계의 민영화를 원하는 것은 대기업만이 아

---

31) GatsVean, 「수술실 CCTV 의무화 법안 국회 통과, 반대하는 의료계 대체 왜?」, 티스토리 Vean Times Post, vean.tistory.com 2021.09.01

니라 의료계도 마찬가지로 호시탐탐 기회를 엿보고 있습니다. 그런데도 법으로 완벽하게 자신들의 모든 것을 합법적으로 보호받기를 원하는 것은 끝이 없는 욕심의 최대치를 향한 탐욕으로 신의 영역까지 넘보는 것입니다.

다행인 것은 감사하게도 의료진 일부에서는 개선의 노력과 함께 CCTV 설치에 긍정적이고 적극적인 행보를 하고 있다는 것입니다. 한 병원에서는 4개의 지점의 모든 수술실에 25개의 CCTV를 설치하고 의료진과 환자의 만족도를 비롯한 여러 가지 설문 조사한 결과를 봤는데 흥미롭습니다. 우선 CCTV 설치 전, 찬성 49.7%, 반대 48%였던 의료진에서 수술 후 75%의 긍정적인 평가가 나왔다고 합니다. 환자와 보호자의 반응이 좋아 신뢰를 회복할 수 있는 좋은 계기라는 의료진이 39.5%, 처음에는 의식이 되었지만 차츰 괜찮아졌다가 36.1%, 위축되고 집중도가 떨어졌다는 의견이 17%라고 합니다. 의료진의 반응이 우려했던 것보다는 상당히 긍정적이라서 다행이라는 느낌과 함께 안심됐습니다. 그리고 환자와 보호자는 80.2%로 매우 높은 만족도를 보였는데요, 물론 CCTV의 불필요를 희망하는 의료진과 신체 노출과 보안 문제를 염려하는 환자와 보호자의 소수 의견도 있었다고 합니다.[32]

---

32) CCTV 전문가 「수술실 CCTV 설치 의무화 여전히 대립각」, 네이버 블로그 CNC코리아, CCTV 시공사례-blog.naver.com/jinyoo88 2021.08.19, p.veritas 「병원 수술실 폐쇄회로 TV(CCTV) 설치 의무화」, 티스토리 projectveritas, projectveritas.tistory.com 2021.08.14

3) 수어지교(水魚之交)

　　나는 병원에 자주 가는 편이 아닙니다. 어렸을 때는 병원이 가장 무서운 곳이었습니다. 그래서 기절할 듯이 숨넘어가며 필사적으로 눈물 펑펑 쏟아내는 나를 아무리 의사가 환하게 방긋방긋 웃으면서 다양한 방법으로 어르고 달래도 의사는 세상에서 가장 무서운 사람이었습니다. 성장한 이후에도 병원은 여전히 두려움과 경이로움이 교차하는 곳이라서 웬만해서는 병원 가기를 꺼립니다. 그렇다고 건강 체질도 아니고 약골도 아닌 그저 그런 지극히 평범한 체질입니다. 아프면 먼저 약국을 찾아 일반적인 약을 먹고 다치면 그것도 일반적인 약품으로 소독하고 치료합니다. 그런데 신기한 것은 일반적인 약은 일주일을 먹어도 상태의 호전 없이 그대로인 데 반해 주사 치료와 의사 처방받은 약은 한 번만 먹어도 거짓말처럼 낫는다는 것입니다. 마치 마법 같습니다.

　　이렇듯 병원을 무서워하는 내가 꽤 오랜 시간 동안 정형외과 치료를 받았습니다. 그곳에서 치료받으면 뼈가 튼튼해질 것 같은 귀여운 이름의 정형외과에서 내가 받은 치료는 뼈가 아닌 손목 신경치료였습니다. 노화로 인한 질환이라고 하는데요, 그 치료를 받던 때 나는 몸도 마음도 좀 피폐한, 총체적으로 매우 안 좋은 상태였습니다. 그런데 나를 담당한 의사는 상당히 밝고 경쾌하고 유쾌한 분이셨습니다. 왜 우리 주변에서 어렵지 않게 볼 수 있는 친근한 사람, 자신의 유쾌함과 경쾌함의 에너지를 마구 전파하며 주변을 유쾌하고 환하게 만드는 그런 유쾌한 성격의 소유자로 보였습니다. 하지만 나의 상황과는 너무나 동떨어진 그 분위기가 처음에는 매우 낯설고 어색해서 이질감마저 들었습니다. 그런데 그분은 늘 한결같은 태도로 치료해주셨습니다. 어린아이 같은 우문에도 친절하게 답해주시고 신경치료 외에도 내과를 비롯해 다른 과의 상담까지 받아주시고, 또 감기 걱정까지 해주시는 등 진심으로 나를 걱정해주시며 살뜰하게 챙겨주셨어요. 나 역시 점차 낯섦도 풀리고 피폐한 마음이 조금씩 안정을 찾게 되었죠. 그 의사를 긴장시킬 만큼 유난히 주사 치료를 두려워하는데도 짜증 한번을 안 내시고 오히려 나를 안심시키십니다. 그리고 유난히 차가운 나의 손을 진심으로 안타까워하며 걱정하시는데, 그 모습에서 나의 할머니가 연상되었습니다. 예전에 나의 할머니께서도 차디찬 나의 손을 잡으시고 쯧쯧 혀를 차시며 걱정해주셨거든요. 그렇게 할머니를 연상시킬 만큼 참 정 많고 따뜻한 분이신데요, 가족과 같은 느낌을 받으며 치료받기는 처음이었습니다. 그래서인지 이런 분이 동생이라면 녹록하지 않은 세상살이가 매우 든든할 것 같다는 생각이 들었습니다. 치료받을 때마다 이런 동생이 있었으면 하는 불가능한 헛된 바람이 욕심처럼 허망하게 번지면서 있을지 없을지도 모르는 그분의 누나분이 눈물 나게 부러운 느낌만 강한 여운으로 남았습니다. 이렇듯 우리 주변 가까이에는 여러 사연으로 인한 감사하고 좋은 의사들이 존재합니다. 존경받고 감사해야 할 분들은 바로 이렇게 우리의 곁 가까이서 소소하게 크든 작든 우리의 통증과 건강을 돌보시는 이런 분들이 아닐까요? 크고 위험한 병, 까다롭거나 희소병을 치료하고 생명을 살리는 분들도 대단하지만, 우리가 그렇게 생명을 위협받는 병을 앓거나 희소성의 병을 앓고 있지 않은 한 생활에서 크고 작은 통증이나 불편함을 치료해주는 우리 주변의 가깝고 친숙한 이런 의사들이 존경과 감사의 대상이 아닐까요?

이 와중에 의료파업이 있었고, 의대생 챌린지와 국시 거부 및 그들을 구제하기 위한 의료법 개정 및 수술실 내 CCTV 설치 의무화법과 의사면허 취소법의 논란이 진행되었습니다. 그때 기사화된 전 의협회장의 글이 눈에 띄었습니다. 유명인이 올린 '싸늘하고 냉정한 의사'란 글에 대한 답글이었는데요, 읽다가 보니 씁쓸하고 안타까운 표현이 있었습니다.

"국가는, 이 사회는, 의사들에게 '싸늘하고 냉정한 경고'에 대한 주문을 해왔고 이제 그 주문은 의사들에게 필수적인 의무사항이 되었다." 중략 "의사는 '존중과 보호'를 받을 때 최선을 다할 수 있다. 그러나 대한민국 의사들이 받는 것은 '존중과 보호'가 아니라 '의심과 책임요구'다. 이런 상황에 놓인 의사들의 따뜻한 심장들이 매일 조금씩 싸늘하게 식어가는 것이다."[33]

　착잡한 마음으로 여러 가지 많은 생각을 하게 하는 글이었습니다. 의대생 챌린지와 국시 거부 사태, 그것을 수습하기 위한 의료법 개정, 그리고 붉어진 의료법 개정을 둘러싼 치열한 공방전을 보면서 '의협이 오히려 사회에 자신들에 대한 '존경'을 강요하는 것은 아닐까?' 하는 생각을 잠깐 해 봤습니다. 의대생들의 행동은 분명한 거부감이 있었습니다. 그저 철없는 학생들의 투정으로 보기엔 지나친 특권의식이 지배적인 행동이었기 때문입니다. 앞에서도 말했듯이 의대생의 재시험을 위한 법 개정은 중세 카노사의 굴욕을 연상시켰기 때문에 전 의협회장의 글이 상위직에 올려놓고는 '존경'은 없고 '책임'만 강요한다는 불만을 말하는 것은 아닌가 싶습니다. 자신들의 특권의식이 당연하다는 언행, 그것을 뒷받침해주는 의료법 등은 일반인인 내게는 분명 이질감을 느끼게 하는 것입니다. 죄지은 사람을 법으로도 단죄할 수 없고, 그 특권을 누리는 것을 너무나 당연시하고, 그런 특권의식을 기본으로 가졌다면 그들 스스로 신이 된 것입니다. 법조차 그런 그들의 편에 있는 것은 신이 된 그들에게 명분을 준 것입니다. 그런 자들에게 '존경'이 쉽게 생길 것 같지 않습니다. 왜냐하면 '존경심'은 어떤 식으로든 강요로 되는 것이 아니라 스스로 만드는 것입니다. 사회의 존경을 받으려면 스스로 존경받을 만한 사람이 되면 됩니다.

....

33) 성정은 기자 「말기암 보아오빠 '싸늘한 의사들' 비판..전의협회장 '이유는'」 스타투데이 2021.05.18.

의료법 개정안은 의료계가 자초한 것이고, 의사면허 취소법은 아직도 계류 중이고 겨우 수술실 내 CCTV 설치만 의무화되었을 뿐입니다. CCTV 녹화까지는 여러 가지 조건이 달렸습니다. 그리고 또한 CCTV가 의료진을 위축시킬 수 있음도 알고 있으며 CCTV로 인한 새로운 문제의 발생이 없을 거라고 장담할 수 없습니다. 하지만 '일부 극소수의 일탈 의사'에 의한 피해자보다, 다수의 의사에 의해 새로운 삶을 얻은 환자가, 여러 이유의 통증을 치유 받은 환자가 더 많다는 것을 이미 알고 있으며, 그래서 사람들은 의료진을 믿고 찾아갑니다. 그런데요, 굳이 따져보면 투철한 사명감으로 똘똘 뭉친 다수의 의사가 존재한다면 더할 나위 없이 든든하고 좋겠지만 과거가 아닌 현재에서는 그것보다 책임감과 의무감이 뚜렷하고 확고한 의사가 더 필요하지 않을까요? 물론 사명감, 소명감을 가진 의사가 소수도 아닐 것이라고 봅니다. 그런데 굳이 의료진에 사명감을 강조하며 그것을 강요하는 사회적 분위기가 꼭 필요할까요? 우리 사회가 유독 일부 특수한 직업에 사명감을 엄격하게 요구하는 것 같습니다. 교사와 의사직이 그것인데요, 아마도 사람을 교육하는 것과 생명을 다루는 것이 신성시되기 때문이지 싶습니다. 그러나 사회의 변화와 함께 교사도 의사도 엄격하게 요구되는 사명보다는 책임감 있는 성실한 의무감만으로 충분하지 않을까요? 의무적인 것이 딱딱하고 건조하며 차갑게 느껴질 수도 있겠지만 그 의무감 때문에 오히려 사적인 상황에서 사명감이 발휘되는 예가 더 많습니다. 사명감이 강조될 때 더 강한 책임감이 요구되면서 더 많은 것을 기대하고 그 범위는 확대됩니다. 사회적인 관심과 수익의 구조에 의해서 한쪽으로 편향된 의료체계의 불균형 내에서 사회의 요구와 기대 범위는 넓어지고 책임 범위도 확대되었지만 수용할 수 있는 인력은 한정적이라 사회로부터 받는 압박감도 만만하지 않을 것입니다. 그래서 의료현장의 열악한 상황에 대한 대대적인 개선의 필요성이 자주 요구되잖아요. 생명을 다루는 자로서의 투철한 사명감이 있으면 더할 나위 없겠지만 확고한 의무감만으로도 최선을 다하시는 참된 의사들은 우리 주변 가까운 곳에 존재합니다. 그래서 많은 다수의 사람이 의사를 믿고 의지하며 생명을 맡기고, 생명을 유지하고, 또 참기 힘든 통증을 치료받습니다. 그리고 사회는, 아니 국민은 예전처럼 의사들에게 거룩한 히포크라테스 선서의 사명감만을 강조하지 않습니다. 뻣뻣한 권위로 높은 곳에서 특권층의 특혜를 당연시하시기보다 우리 가까운 곳에서 그저 소중한 생명을 다루는 의무감만으로도 충분히 감사하고 존경심을 가질 수 있습니다.

　사실 나는 사회적 인식과는 다르게 '의사'가 좀 안쓰럽고 불쌍한 느낌마저 들 때가 가끔 있습니다. 이유는 온종일 아픈 사람만 만나기 때문입니다. 사람이 아프면 의도치 않아도 짜증이 나기 마련인데 각각의 환자마다 다른 통증과 다양한 짜증을 낼 수 있고, 고집과 억지 등을 피울 수 있잖아요. 그래서 좀 지나치게 감상적으로 '의사'란 직업이 안쓰럽게 느껴집니다. 하지만 의사와 의료 관계자들의 냉정함은 서운함을 넘어 마음의 상처가 됩니다. 환자의 상황과 치료의 설명을 듣는 과정에서 받았던 사무적인 태도의 경험을 떠올려 보면 마치 생명이 없는 딱딱한 물건 취급받는 느낌이었습니다. 그래서 환자의 서운한 마음이 더 애틋하게 와닿는 것은 어쩔 수 없습니다. 왜 그럴까요? 일상과 일상이 아닌 상황의 충돌 때문입니다. 즉 의사와 의료진은 매일 겪는 일상인 것이 환자와 보호자는 일상이 아닌 무겁고 당혹스러운 상황으로 완전 다른 이해관계가 얽히기 때문입니다. 여기서 지적하고 싶은 것은 치료를 위해 필요한 빠른 판단력의 냉철함이 아니라 사무적인 태도입니다. 아마도 앞의 유명인 보호자가 남긴 글에서 표현한 그 '싸늘하고 냉정함'은 감정적인 것이 아닌 태도, 즉 사무적인 태도를 지적한 것이 아닐까요? 즉 많은 환자와 보호자를 상대하는 것이 일상으로 겪는 업무인 의사와 의료진의 상황, 그리고 그것이 일상이 아닌 처음 겪는 당혹스럽고 아픈 현실인 환자와 그 가족의 상황이 완전 다른 반대 상황에서 이해 충돌로 나타난 것입니다. 의료진은 매일 겪는 일상으로 사람들의 병과 그 통증에 무감각하게 되면서 매우 사무적이고 형식적인 태도로 환자를 대하는 것과 그와는 정반대로 안타깝고 두려움에 급급함으로 갈팡질팡하며 쉽게 결론 내지 못하는 환자의 상황이 너무나 쉽게 연상됩니다. 하지만 의사와 환자의 만남과 일과가 공공기관에서 서류를 발급받는 등의 사무적인 것과는 다르잖아요. 환자는 크고 작은 병원에서 늘 경직되고 위축될 수밖에 없는 처지입니다. 즉 경직되고 위축된 환자와 보호자에게 의료진의 사무적인 태도는 마치 무생물 취급을 받는 느낌을 주는 것에 대한 하소연입니다. 물론 앞에서 밝힌 것처럼 의사의 처지를 이해 못하는 것은 아닙니다. 또한 감정적으로 모든 환자의 절절한 사정을 다 들어 줄 수도 없을뿐더러 그럴 필요도 없습니다. 또한, 펜데믹 상황까지 더해져서 의료진의 상황이 더욱 열악해졌는 데도 불구하고 최선의 노력으로 사력을 다하는 것을 많은 사람이, 국민 대다수가 모르지 않습니다. 그 속에 피곤이 극에 달한다는 것도 모르지 않습니다. 그리고 의사의 범죄도 다수가 아닌 일부 의료진의 일탈인 것도 모르지 않습니다. 그래서 다수의 국민은 의사와 간호사 및 의료 관계자분들이 다방면 노력과 의무를 다해주시는 것에 감사를 잊지 않고 있음을 의료진도 알아주시고 힘내시길 바랍니다.

그리고 이런 바람보다 더 큰 바람은 수술실 CCTV 설치에 의료계의 좀 더 유연한 생각과 대처입니다. 수술실 CCTV 설치 의무화법안이 시행되기까지 2년의 법 시행 유예기간 동안 의협과 의료계는 자신의 처지에서 이 새로운 법안의 문제점만을 확대하기보다는, 스스로 불신을 자초한 것에 책임지는 모습으로 수술실 내의 CCTV가 의사와 환자 양측 모두를 위한 안전장치로 정착할 수 있도록 협조하고, 그래서 다수의 책임 있는 의사와 환자 사이의 신뢰가 회복되기를 바라는 것은 나 개인의 바람보다 수많은 환자가 더욱 간절하게 바라고 있지 않을까요? 의사와 환자의 관계, 아니 어쩌면 의사와 국민 모두와의 관계는 물과 물고기처럼 수어지교(水魚之交)의 관계이기 때문입니다. 물고기는 물이 절대적으로 필요합니다. 그리고 물은 물고기에게 많은 이로움을 줍니다. 그런데 여기서 우리가 더 주목해야 할 것은 물은 물고기뿐만 아니라 모든 생명체에게 필수적이란 것입니다. 즉 물이 오염돼서 그 본질을 잃으면 물고기는 당연히 사망으로 연결되고 모든 생명체에도 악영향으로 작용한다는 것입니다. 물론 의사의 사명감만을 엄격하게 강조하고 그것을 강요할 수는 없습니다. 하지만 또 의사의 의료사고에 대한 책임과 중범죄의 책임 또한 가볍게 넘길 수 있는 것은 아닙니다. 의사는 그 존재만으로도 환자는 물론이고 사람들은 위안을 얻습니다. 누구든지 아프면 언제든지 가까운 곳에서 치료받고 통증을 해결할 수 있기 때문입니다. 그래서 앞에서 말했듯이 존경하는 의사는 우리 주변 가까이에 있는 의사입니다. 또 환자와 보호자가 절대적으로 의지하는 대상은 의사입니다. 의사의 말 한마디 한마디에 긴장도 하고 안정도 찾고, 어려운 상황을 극복할 힘을 얻을 수 있는 것입니다. 액체는 액체가 갖는 유연성이라는 특징 때문에 담는 그릇의 모양에 따라서 다양한 모양이 됩니다. 그래서 모든 생명체에 꼭 필요한 물의 특징처럼, 특히 물고기에게는 절대적으로 필요한 물처럼 의료계의 사고가 좀 더 유연하게 움직여 주길 바랍니다. 배려와 베풂은 안정적인 여유가 있는 위치와 마음에서 나올 수 있는 것입니다. 자신이 수술받는 치료 상황을 확인하고 싶은 환자의 권리, 범죄자의 치료를 거부할 수 있는 환자의 권리를 인정하고 포용하는 의료계의 태도를 바랍니다. 신의 영역이 아닌 우리와 똑같은 모습으로 우리의 필요를 채워주면서 우리의 가까운 주변에 머물러 주시기를 바랍니다. 그러면 강요되는 존경이 아니라 우리 주변에 계시는 그 자체만으로도 진심에서 우러나오는 감사와 존경을 충분히 받으실 수 있지 않을까요?

4) 신의 영역을 탐한 자들은 누구?

지금까지 의사의 징계가 너무 무겁다는 의협의 항의로 시작된 의료법은 각종 의료사고와 함께 성폭행, 살인 및 사체은닉, 음주 수술, 대리수술, 수술실 생일파티 등의 문제가 대두되면서 의료법 개정안이 반복되며 답보상태인 것을 살펴보면서 이야기가 너무 길어졌습니다. 여기서 눈여겨봐야 할 것은 2015년 수술실 내 CCTV 설치 의무화가 국회에 처음 발의되자 환자의 개인 정보 보호 등의 설득력 약한 이유를 내세워 의료법 개정을 반대하는 국회 안의 분들로 인해 의료계와 국회의 갈등이 본격적으로 국회 내 갈등으로 심화된 것이었습니다.[34] 의료법 개정을 두고 의료계의 강한 반발과 이것을 질타하며 각을 세우는 대립된 여론 모두 이해할 수 있습니다. 하지만 국회는 국민과 의료계 사이의 이해관계를 수렴, 중재하면서 의료법 개정안을 세부적으로 살피고 현실에 맞고, 양쪽 모두의 이해관계에 맞도록 조율해야 하는 것 아닌가요? 그러나 의료계와 똑같은 한목소리로 그들을 변론하듯이 강하게 반발하며 오히려 그 갈등을 더욱 부추기는 모습을 보이는 국회 안의 그분들을[35] 나는 이해가 어렵고 오히려 경악스럽고, 분노하게 됩니다. 국민의 건강과 인권을 우선시하며 국민의 처지를 대변하신다는 그분들이 왜 의협의 눈치를 보시는지, 그리고 의협의 눈치는 보시면서 국민의 눈치는 왜 안 보실까요?[36] 의협의 반발은 무섭

------

34) 전영선 기자 「수술실 CCTV, 국회·복지부 모두 '반대'」 치과신문 2015.02.23, 원탁의 기사 「수술실 CCTV법, 수술실 CCTV 설치 찬성 반대하는 국회의원들」 블로그 이슈매거진-원탁의 기사 블로그 app-tvkorea.tistory.com 2021.07.08.

35) 이성호 기자 「성범죄 의료인 면허 취소, 국회 통과 '무산'.. 견해차—정족수 미달」 국민일보 2008.02.04, 이연호 기자 「의협 의료현안 놓고 이중적 태도 논란」 디지털타임스 2011.06.16, 나세웅 기자 「수술실 CCTV·범죄의사면허 취소..또 물 건너가나?」 MBC 2021.04.28, 이경태 기자 「중대범죄 의사면허취소법」 국민의힘 반대로 '덜미'」 오마이뉴스2021.02.26, 박홍두 기자 「'헌법에 위배'..'범죄 의사' 면허취소하는 의료법 국민의힘 반대로 '논의 연기'」 경향신문 2021.02.26, 유채리 기자 「'강력범죄 의사면허취소' 의료법 개정안, 野 반대로 법사위서 제동」 공공뉴스 2021.02.26, 황예린 기자 「중대범죄 의사면허 취소법안..국민의힘 반대로 처리 불발」 JTBC 2021.02.26, 남수현 기자 「'과잉금지 위반 우려'..'의사면허 취소법' 법사위 못 넘었다」 중앙일보 2021.02.26, 노상우 기자 「'금고형 이상 범죄' 의사면허취소법, 법사위 전체회의에 계류」 쿠키뉴스, 2021.03.25, 이태윤 기자 「"과도하지 않다"라면서 또 미뤄진 '범죄의사면허 취소법'」 중앙일보 2021.03.25.

36) 한주홍 기자 「與, '의사면허 취소법' 불발. "의사 심기 관리하고 국민은 무시"」 뉴시스 2021.02.26, 김현주 기자 「'면허취소법' 법사위 통과 불발에 與 반발 "의사 심기는 관리하고, 국민 심기는 무시"」 세계일보 2021.02.26.

고, 국민의 반발은 무섭지 않나 봅니다. 의대생 구제를 위한 의료법 개정은 일사천리로 빠르게 진행했다면 국민이 요구하고 국민에게 필요한 의료법 역시 빠르고 신속하게 진행해야 하지 않나요? 2005년에 제기된 의료법은 의협의 자기 주도권 강화를 위한 것이라면, 2007년부터 시작된 의사의 성폭력 피해자에 의해 시작된 의사면허 취소 요구는 국민의 필요에 의한 것이고 2015년 수술실 내 CCTV 설치 요구까지 한결같이 국민의 피해를 막기 위해 국민이 요구한 것인데 그 법안을 빠르게 처리하지 못했다는 것은 분명 문제가 있습니다.

그런데 수술실 내의 CCTV 설치 의무화법의 통과가 진통이 없었던 것은 아니지만 의외로 쉽게 진행됐습니다. 그래서 의대생 구제를 위한 의료법 개정이 특혜 법이라는 불만을 수술실 CCTV 설치 의무화로 국민의 요구를 들어줌으로 중범죄 의사면허 취소법에 대한 개정과 불만을 일시적으로 잠재우며 의료법에 대한 국민의 시선을 돌리는 고도의 타협은 아닌지 하는 의구심이 듭니다. 왜냐하면, 몇 년 동안 의협을 대변하는 듯 의협의 주장을 똑같이 반복하며 반대하며 국회 내 갈등을 유발했던 것이 한 시점에 선뜻 통과되었기 때문입니다. 사람들은 수술실 CCTV 설치 의무화에 많은 기대를 하지만 이것은 매우 표면적인 것입니다. 왜냐하면, 수술실 내 CCTV 설치 의무화에 여러 가지 복잡하고 까다로운 조건이 너무 많습니다. 구체적으로 들여다보지 않는 한 그 조건들의 방향이 어디를 향하고 있고 누구를 위한 것인지 쉽게 이해되지 않습니다. 하긴 의협이 쉽게 수술실 내 CCTV 설치 의무화법이 통과되는 것을 얌전히 보고만 있지 않았을 것입니다. 아마도 의협의 자기방어 요구 조건을 모두 반영하다 보니 조건이 까다롭고 많아진 것은 아닌지 싶습니다.

게다가 수술실 내의 CCTV 설치만큼이나 뜨거운 감자였던 중범죄 의사면허 취소법이 같은 시점에서 너무나 빠르게 잠잠해졌기 때문에 이 법의 통과로 의사면허 취소법에 관한 관심을 흩트려놓고 시선 돌리기 위한 것은 아닌가 하는 의심은 더 합리적인 의심이 되었습니다. 국민을 위한 법을 만드시는 분들께서는 죄인에게 치료받지 않을 국민의 거부권과 그 권리를 보장해 주실 수는 없나요? 국민을 위해 법을 만드시는 그분들은 정말 국민을 위한 법을 만드시는 걸까요? 시대를 역행한 이해 불가한 퇴행적인 의료법은 정말 많은 전문가와 관계자의 짐작대로 의협 달래기 위한 것인가요? 이 합리적인 의심이 사실이라면 국민도 국민을 위한 법안 마련을 위해 국회에 로비라도 해야 할까요? 앞에서 살펴본 대로 왜 우리 생활의 편리에 필요한 법이 없는지, 또 개인의 힘으로 감당이 안 되는 이 상황들에 관한 법이 왜 마련되지 않는지에 대한 의문으로 법과 법을 만드는 분들의 모순투성이인 언행을 보면 그분들도 신이 되고 싶으신 건 아닐까 하는 생각이 드네요? 아니, 어쩌면 그분들은 국민을 대표하는 것이 아닌 이미 신일 것 같습니다. 왜냐하면, 자신들을 위한 법과 특권층을 보호하는 법은 빠르게 만드시며 이미 무소불위한 권력으로 법의 보호를 받고 계시더군요.

6.
법의 패륜과 무너진 공정

옛말에 이런 말이 있습니다. '법이 없어도 살 사람이다.' 법과는 무관하게 착하고 성실하게 열심히 사는 사람을 일컫는 말입니다. 그런데 정말 세상살이가 법과는 상관없이 착하고 성실하게만 살 수 있을까요? 아니, 법과는 전혀 상관없이 착하고 성실하게 사는 것이 정말 좋은 것일까요? 정확히 언제부터인지는 모르지만 '법이 없어도 살 사람'이란 표현이 좀 잔인하게 느껴졌습니다. 이 말을 뒤집어 보면 법과는 무관하게 살라는 강요로도 보이기 때문입니다. 법 없이도 살 수 있는 사람은 법을 잘 모른다는 말이 되고, 그것은 곧 법의 사각지대를 악용한 법의 모순으로 인해 오히려 피해를 받을 수 있다는 말이 되며 또한 이것은 법의 어마어마한 모순이라는 함정에 빠질 수 있다는 말이 되기도 합니다. 따라서 '법'이 없어도 살 수 있는 사람은 없어야 합니다. 그리고 따져보면 현실에서 '법' 없이 살 수 있는 사람은 아무도 없습니다. 태어나면서부터 죽는 순간까지 누구나 법의 테두리 안에서 법의 보호를 받을 권리가 있고 '법'은 모든 사람을 보호해야 할 의무가 있기 때문입니다. 즉 '법'은 모든 사람을 연령과 성별에 상관없이 동등하게 보호해야 하며 그것이 법의 의무이고 존재 이유이기도 합니다. 하지만 현행 '법'은 자신의 존재 본질을 망각하고 의무를 외면한 듯합니다.

'법'은 매우 수동적입니다. 그래서 '법'은 내가 나의 필요로 인해 적극적으로 '법'에 호소해야만 비로소 움직입니다. '법'의 보호를 받는 것이 일상생활에서는 크게 와닿지 않는 것도 바로 이 '법'의 수동성 때문입니다. 이런 이유로 일반인은 '법'과는 전혀 무관하게 생활하다가 '법'의 보호가 필요한 때 비로소 찾게 되는데, 그때는 '법'과 적용이 매우 까다롭고 어렵게 다가옵니다. 어려운 법률용어와 적용되는 것 등은 일상적인 생활 범위를 벗어난 것이라 더욱 어렵게 인식되고, 그래서 오히려 법의 보호를 받지 못하고 억울한 일을 겪는 사람들이 있습니다. 또 한편으로는 이와 반대로 법을 너무나 잘 알기 때문에 그것을 반대로 악용하며 법망을 잘 피해 나가는 일명 '법꾸라지'들도 많이 존재합니다. 이것을 '법'의 이중성으로 봐야 할지, 아니면 '법'의 모순으로 봐야 할지 잘 모르겠습니다. 분명한 것은 기준 없는 원칙, 신념 없는 현란하고 요사스럽기만 한 언어유희, 돈과 권력에 과하게 집중된 편향성에 의해서 판결이 결정되는 비합리적인 모습을 너무나 자주 목격하게 됩니다. 이것은 '법'의 그 허술함과 사각지대의 존재를 반증하는 것인데요, '법'을 악용해도 그것을 '저지할 법'이 없다는 것이 더 절망스럽고, 그것에 분노하게 됩니다. 그 '법'의 허술함과 사각지대로 인해서 '법'은 '법의 역할'을 못하게 되고 억울한 약자들과 피해자들은 계속 생겨날 것이며 '법'의 보호를 받을 가장 기본적인 권리를 잃게 되는 것이기 때문입니다. 분명 피해자는 있는데 가해자가 없는 판결, 분명한 피해자임에도 도리어 가해자가 되어버리는 어처구니없는 판결, 피해자의 피눈물에 아무도 책임지지 않는 판결을 이해할 수 있는 사람이 있을까요? 피해자가 오히려 질타를 받아야 하는 현실, 피해자가 보호받지 못하는 현실, 가해자의 썩은 미소가 더 당당한 현실, 가해자가 책임을 면제받는 현실, 피해자가 오히려 가해자가 돼버리는 억울한 현실을 공정하다고 볼 수 있을까요? 피해자를, 약자를 보호하지 못하고 책임지지 못하는 '법'은 이미 '법'이 아닙니다.

현재 '법'은 이미 그 허술함, 이중성, 사각지대 등을 너무 잘 아는 자들에 의해 악용당하며 농락당하고, 그것을 막지 못하고 오히려 묵인과 방치하고 외면하면서 점차 '법'은 자신의 기능을 잃고 존재 자체가 미미해졌고 형식적인 존재로 허울뿐인 느낌이 강하게 법을 불신하게 합니다. 그런데 법은 이런 자기 혐오적인 모습을 아무런 부끄러움과 수치심을 못 느끼는 듯 여과 없이 그대로 노출하는 한편 뒤로는 차근차근 자신의 위치를 이용해 졸렬하게 부를 챙겼고, 비열하게 권력에 아부했으며 급기야 그 권력을 탐하며 야금야금 서서히 권력화되었습니다. 권력화된 '법'은 그것의 남용으로 자신의 본래 기능과 역할, 그리고 법의 기본 본질을 스스로 져 버렸습니다. 이것은 '법'의 보호를 받아야 하는 국민의 기본권을 '법'이 침해하는 것입니다. 이런 말도 안 되는 모순을 자행하는 '법'이 스스로 공정을 파괴하면서 국민을 기만하고 농락하는 것입니다. '법'의 이런 국민 기만과 권력화의 무서운 효력을 그냥 보고만 있어야 할까요? '법' 없이 살아온 사람은 '법'의 권력화의 위험성과 그 심각성이 가깝게 와닿지 않을 수도 있을 것 같습니다. 왜냐하면, '법'의 개혁을 정치로만 인식하고 해석하기 때문입니다. 왜 그럴까요? 그것은 우리의 역사 속에서 '법'은 단 한 번도 국민을 보호하는 기능을 적극적으로 발휘한 적이 없었고, 공정하게 대한 적도 없었기 때문이며, 오히려 국민을 밀어내며 높고 두꺼운 벽을 쳤으며 부와 권력에 아부하며 그것들을 스펀지처럼 흡수하며 모방한 모습을 정치의 권력화로 나타났기 때문입니다. 그래서 그 '법'의 정치적인 권력화가 참 무섭습니다. 언젠가 우연히 한 전직 판사가 한 시사 예능 프로그램 방송에서 한 말에 큰 괴리감과 강력한 화를 느꼈습니다.

「수많은 판례 중에서 최선의 균형을 잡아간다고 생각했는데, 법조인이 아닌 분들과 깊은 대화를 나누면서 왜 형량이 너무 낮고, 불만이 있는 것을 조금은 깨달았다.」

　나는 그 방송을 시청하지 않았습니다. 그저 우연히 마지막 방송에서 서로 느낀 점을 말하는 것만 보게 된 것이라 그분의 의도나 말의 행간 의미를 이해하지는 못했기에 단순히 그 짧은 소감으로 전체를 판단할 수는 없지만 '판사의 판결이 현실과 많은 괴리감이 있는 것을 판사들만 모르는구나!' 하는 생각과 동시에 화가 났습니다. 항상 의문인 것이 '죄'를 다루는 '법'이 왜 승패 논리로 각을 세우고 피해자와 가해자, 피해 유가족과 죄인이 싸우게 하는 걸까요? 높은 승률의 검사와 변호사라는 것은 승률을 높이기 위해서 수단과 방법을 가리지 않는 것으로 이해됩니다. 그래서 승률이 높은 검사와 변호사는 그들의 생각처럼 결코 명예로운 것이 될 수 없습니다. 그러면 그들의 화려하고 유창한 요사스러운 언어유희에 홀려 현실 감각을 잃은 판결은 과연 옳은 걸까요? 여기서 우리가 함께 심각하게 심사숙고하고 고민해야 할 것은 재판은 승패가 걸린 싸움의 문제가 아니라 죄의 유무와 죄에 대한 무거운 책임을 정하는 것이라는 것입니다. 그런데 승패의 논리를 적용해서 유창하고 현란한 요사스러운 언어유희와 돈, 권력의 합체로 일궈낸 판결로 피해자만 남고 가해자가 사라지는 어처구니없는 현실만이 남아 사회 전체가 허탈감을 갖게 됩니다. '유전무죄 무전유죄' 돈으로 죄를 만들기도 하고 없애기도 하는 승패 논리와 승률이 높은 변호사와 검사라는 관행적인 표현 모두는 사라져야 할 적폐입니다. '유전무죄 무전유죄' 이것은 단순히 법과 그 법을 집행하는 분들 자체에 대한 신뢰가 깨지는 것을 떠나서 '법'의 보호를 받아야 할 국민으로서 살아가야 할 동력을 잃게 되는 것입니다. 이런 위험성을 법을 적용하는 검사와 법으로 변론하는 변호사와 법으로 판결하는 판사 모두가 체감하지 못하며 그저 화려하고 유창하며 요사스러운 언어유희와 판례, 그리고 돈과 권력에 굴복한 결과를 만들어 내면 그것을 정당하다고 할 수 있을까요? '법'의 이런 행태는 모든 국민의 기본권을 침해하는 것입니다. 그리고 그것에 대해서 무책임하기까지 합니다. 아무도 책임지는 자가 없다면 '법'의 보호를 받아야 할 가장 기본권을 가진 국민으로서 살아가는 동력을 잃은 것이며, 그것은 어디서 찾을 수 있나요? 법은 죄의 유무를 판단하고 죄에 맞는 형량으로 벌을 주는 것이지 검사와 변호사의 승패를 가르는 기(氣) 싸움도 아니고 승패에 집중된 신경전과 자존심의 대결은 더더욱 아닙니다. 또한 죄의 유무(有無) 역시 검사와 변호사의 승패로 결정되는 것이 아닙니다. 하지만 검사와 변호사의 승패에 집중된 대결 구도는 죄의 본질이 없어지고, 승패 결과가 검사와 변호사 개인의 명예와 권력으로 이어지는 현실은 검사와 변호사의 직무 유기인 동시에 '법'의 본질이 상실되는 것입니다.

'법'이 자신의 본래 임무와 기능을 잃고 노골적으로 권력화되는 것은 노골적으로 자기중심적인 법 해석으로 공정성을 스스로 파괴하는 것이며 이 여파는 사회 전체로 퍼지면서 사회 질서와 공정을 파괴합니다. 무너진 법의 공정성은 미세먼지처럼 사회 곳곳으로 퍼지고 스며들어 이해 힘든 비논리와 비상식적인 권력화로 나타납니다. 그만큼 '법'이 갖는 파급력은 생각보다 더 강하고 그 영향력 역시 상당히 세밀하고 광범위합니다. 법이 법의 본분을 망각하고 그 기능을 멈추고 존재의 본질을 외면하고 부와 권력을 쌓을 때, 그 모습은 사회 곳곳으로 독가스처럼 번지며 깊게 스며들었고, 법의 이율배반적인 모순을 그대로 답습하며 모방했고 그 문제는 사회 곳곳에서 다양한 문제로 나타났습니다. 가정과 학교 폭력, 각종 갑질과 존속 간의 잔인한 상해 사건, 여러 형태의 성추행과 성폭력, 집요하게 접근하는 다양한 종류의 사기 등 모두 약자를 상대로 한 폭력입니다. 사회에서 나타나는 사건들을 접할 때마다 경악하게 되는 것은 그것들이 점진적으로 진화된 모습으로 더 악하고 더 잔인한 것이며 늘 상상을 초월한다는 것입니다. 사람들의 상상을 초월하는 경악스러운 죄악을 행하고 뉘우침이 없는 죄인을 반사회성 인격장애인 '사이코패스'라고 했습니다. 이후 '사이코패스'보다 더 잔인하고 악질인 죄악을 행한 자가 등장하자 '소시오패스'라고 했습니다. 범죄 심리학자들의 인터뷰 기사를 보면서 나도 처음에는 '사람의 악인화'로만 생각했습니다. 즉 성장 과정에서 인격적인 학대로 인한 사고(思考)의 장애로 인해 제대로 된 사회성을 습득하지 못해서 나타나는 최악의 잔인한 정신질환이라고 이해했습니다. 하지만 시간이 지나면서 사회적으로 나타나는 범죄의 죄질이 많이 잔인해졌을 뿐만 아니라 중범죄가 점차 보편화 되었습니다. 그리고 그로 인한 피해자가 보호받기는커녕 2차 가해로 이어지는 폭력에 아무런 보호막 없이 노출되어 있으며 그 2차 가해를 누구든지 참여할 수 있으며 그것에 대한 양심의 가책 및 죄책감은 찾아볼 수 없습니다. 더 끔찍한 것은 그 악행과 범죄가 매번 진화한다는 것입니다. 이런 현상이 현재의 사회가 과거보다 더 심하게 악해져서 그런 것일까요? 현재 사회의 구성원인 사람들이 과거의 사람들보다 더욱더 잔인하고 악해져서 끔찍한 악행이 보편화하고 일반적인 것이 되었을까요? 아닙니다. 사회 질서와 규범을 먼저 파괴하고 방치하고 방관한 것은 '법'입니다. '사이코패스'와 '소시오패스'의 등장은 자신의 본래 목적과 기능, 본래 역할과 존재의 의미를 외면하고, 잃어버린 '법'의 외도 때문입니다.

사회의 악은 법이 제 역할을 못 하는, 아니, 안 하는 것의 반증인 동시에 국민을 보호해야 하는 가장 기본적인 본분을 망각하고 사회 질서를 스스로 파괴하는 것이며, 이것은 국민을 향해 이율배반적이고 패륜적인 폭력을 잔인하게 행하는 것입니다. 그리고 사회는 제 기능을 잃고 권력화된 법을 그대로 모방했기 때문에 악해지고, 잔혹해졌지만 그것을 깨닫지 못하고, 반성이 없으며 오히려 더 진화시키기에 이르렀고 사회 곳곳으로 빠르게 확산하며 크나큰 영향력을 미칩니다. 그래서 사회의 악과 잔인한 정신질환 범죄의 등장은 법과 무관하지 않습니다. 법이 죄악을 키웠다는 것보다는 내버려 뒀다는 표현이 맞을 것 같습니다. 가정에서 가족이란 이름으로 행해지는 폭력에 소극적이었고, 보호받으며 성장해야 할 인격체들이 가족이란 이유로 무수히 많은 외면과 방치로 반사회적인 인격장애를 겪으며 최악의 범죄를 저질렀습니다. 이웃과 연인 간의 가벼운 다툼이 끔찍한 범행으로 이어지고, 사랑이라는 아름답고, 고결하며, 기품있는 이름이 격 떨어지는, 본능만 추구하는 일탈이 저질로 타락하고, 변절과 배신의 불결한 불륜에 분노한 뒤틀린 보복 범죄로, 비수처럼 날카롭게 변질한 폭력으로, 음흉스러운 탐욕에 의한 폭행 등 본래의 아름다움을 산산히 부서버리는 행태의 범죄로 이어집니다. 우정이 사라진 자리에 폭력이 난무하고 자신의 부를 위해 유창한 혀로 타인의 뒤통수와 등을 치면서 범죄의 연령도 점차 어려졌고, 그런 이유로 촉법소년 법 문제가 뜨거운 화두가 되기도 했습니다. 그렇게 '나만 아니면 돼!'를 신나고 힘차게 외치며 모든 면에서 이기적인 자기 행동을 합리화하면서 정당화시키고, 자신만의 잣대가 모든 상식의 기준이 되어 판단하고, 타인을 단정하며 '내로남불'이 일반적이고 일상적으로 생활화됐습니다. 이 모든 현상은 현재 사회가 과거 사회보다 더 악해졌기 때문이 아니고, 사회구성원이 사악해진 것도 아니고, '법'이 공정을 파괴한 것이 사회 규범과 공정을 파괴하고 외면했기 때문입니다. 어떻게 사회

구성원들 모두가 분노조절장애와 사이코패스, 소시오패스와 같은 정신질환이 있는 자처럼 살벌하고 끔찍한 범행을 아무렇지도 않게 행할 수 있나요? 사회 질서와 규범이 무너졌기 때문이고 '법'이 자신의 자리를 이탈하고 자신의 의무를 외면했기 때문입니다. 그뿐이 아닙니다. 법은 자신의 부(富)를 얻기 위해 재력에 비굴하게 아첨하며 공정성을 스스로 저버렸고, 권력의 하수 노릇을 통해 야비함을 익히며 그 자리를 노렸고, 기회를 잡고 권력화되며 자신만을 위한 공정성을 '법'적으로 정당하다고 외치기에 이뤘습니다. 즉 공정의 파괴는 '법' 스스로가 자행한 것입니다. 우리나라 '법'의 공정은 출발부터 파괴적이었습니다. '법'은 단 한 번도 공정했던 적이 없었습니다. '유전무죄, 무전유죄'란 말이 헛된 말이 아니라 실화인 것과 권력자들에게 비굴하게 알랑거리며 야비한 아첨으로 얻은 권력의 모습을 역사는 낱낱이 기억하고 있습니다. 그리고 사회의 규범은 서서히 붕괴하였고 따라서 공정도 함께 무너졌습니다.

'내로남불'의 어원을 만든 것은 사회가 아니라 법이었고, 사용도 법에서 먼저 시작했으며 가장 많이 남용한 것도 법이었습니다. '내로남불'은 양쪽의 행동이 똑같이 올바르지 않을 때 자기중심적인 해석으로 내가 행한 것은 괜찮지만 너는 죄이기 때문에 안 된다는 논리로 양측이 모두 잘못된 행동이 전제되어야 합니다. 하지만 현재 '법'은 너무나 명확하고 분명한 범죄는 외면하고 이미 죄 없는 것이 명확하게 판명된 오래된 것을 들춰내며 의혹을 키워 죄악이라고 여론 몰이를 하는 등, 있는 죄를 삭제하고 없는 죄를 만들 수 있는 조작의 힘을 쟁취했고 권력을 장악했습니다. 분명한 죄의 명분이 없어도 의혹을 만들어 부풀려 여론으로 압박하고 압수수색을 강행하고, 원하는 결과물이 없자 아주 작은 양심을 져버린 가책이라도 나올 때까지 여기저기 난장판이 되든 말든 수많은 곳을 압수수색, 표적 수사, 보복 수사, 표적 판결을 받게 하는 것, 이것은 정말 악의 근본 아닙니까? 하지만 엄밀히 따지면 이건 '내로남불'이 아닙니다. 왜냐하면, 한쪽은 분명한 범죄를 행했지만 다른 한쪽은 범죄 의혹은커녕 의도 자체도 엄두도 내지 못했기 때문에 양측의 행동이 똑같은 상태에서 자기합리화로 해석한 '내로남불'이라는 표현은 맞지 않습니다. '법'은 명확한 범죄행위의 자료와 기록의 모든 의혹이나 분명한 죄도 자신의 모든 권력과 연합해서 찬란하고 요사스러운 언어유희로 자의적인 판단과 자기합리화로 빠져나가는 그 뻔뻔한 행동을 자행했습니다. 그리고 이미 죄 없는 한 사람의 가정을 처참하게 멸문 자화시켰으며, 또 다른 한 사람을 도륙시키기 위해 똑같은 행동을 반복하는 이 후안무치의 모습을, 아무런 죄책감 없이 자행한 것을 과거 독재 시절이 아닌 최근에 똑똑히 봤습니다. 정말 지독하게 사악하고 악랄한 모습입니다.

'내로남불'은 '나는 선이고 너는 악이다.'라는 사고가 기본적으로 전제한 것으로 사실 따지고 보면 이것은 원죄에 속합니다. 아담과 하와가 신의 경고를 어기고 선악과를 범함으로 인류는 원죄를 가지게 되고 낙원에서 쫓겨났습니다. 즉 그들이 범한 선악과가 바로 '나는 선이고 너는 악이다.'라는 판단을 할 수 있는 사고를 인식했기 때문입니다. 무슨 말이냐 하면요, 선과 악을 판단하고 그에 따른 심판으로 상벌을 줄 수 있는 것은 신의 영역이었는데 인간이 선악과를 소유함으로써 인간 스스로 선악을 판단하고 죄를 심판하며 상벌을 주기 시작한 것입니다. 선과 악의 판단 기준이 신께만 속한 것이고, 그 기준으로 선악을 심판하며 상벌을 줄 수 있는 주체 역시도 신이었는데, 인간이 선악과를 소유함으로 인해 선악의 기준을 인간 자의로 정할 수 있게 되었고, 그 기준에 의해서 선악을 판단하고 죄를 심판할 수 있게 된 것입니다. 뱀의 말처럼 인간이 신처럼 선악의 기준을 세우고 판단할 수 있게 된 것이고 이것은 바로 인간 스스로 신과 동등한 존재임을 선언하는 행위로 신의 영역에 속한 능력을 인간이 침범하고 강탈한 것입니다. 그렇게 인간은 신처럼 스스로 자의적인 선과 악의 기준에 따라 심판하고 상벌을 줄 수 있게 됐습니다. 하지만 신의 영역에서 그 기준과 심판의 결과는 한 치의 오차도 없이 무한 공평했지만, 인간의 자의적인 해석이 개입된 기준에서 한 치의 오차도 없는 공평은 불가능했습니다. 공정함과 공평이 영원히 무너진 것이며 이것이 성서에서 말하는 '원죄'입니다. 자기만의 기준으로 죄를 판단하는 것이 바로 원죄이고, 인류는 아담과 하와로부터 '원죄'의 유전자를 받고 태어났습니다. 인간 스스로 누구나 선악의 기준을 세울 수 있으며 그 기준으로 타인을 함부로 단정하고 정죄할 수 있기 때문에 인간 누구나 '원죄'의 유전자를 가졌고, 그래서 원죄인 '나는 선이고 너는 악이다.'라는 사고방식은 의도적이며 최고조의 악질적인 죄악에 속합니다.

모든 사람은 누구나 본능적으로 자신 방어를 하며 또 자신에게 너그럽고 자상합니다. 물론 이 본능적인 자기방어를 무조건 나쁘다고, 악(惡)이라 단정하고 정죄할 수는 없습니다. 단, 이 자기방어적이고 자신에게 무한 너그러운 이 자상한 본능이 '나선너악', 즉 '나는 되고 너는 안 되고, 나는 맞고 너는 틀리고, 나는 선하고 너는 악하고, 나는 죄가 아니고 너는 죄가 되고'로 자신에게는 한없이 너그러운 기준으로 타인을 의도적으로 정죄하는 것, 바로 이것이 의도적인 악(惡)이란 것입니다. 그것이 아무리 자기방어적인 본능이라고 해도 의도적으로 타인을 정죄하며 가해자로 만드는 것으로 최악의 죄악입니다. 아니, 오히려 본능적인 자기방어의 작용으로서 '나선너악'이란 자신만의 기준으로 타인을 육체적으로 정신적으로 해할 가능성이 아주 짙기 때문에 최악의 사악한 범죄입니다. 이렇게 상당히 주관적인 기준이 의도적으로 이기적인 이익집단과 손잡고 야합한다면 상대적으로 약한 개인이나 집단이 왜곡된 사실로 누명을 뒤집어쓴 채로 가해자로 둔갑 될 수 있습니다. 원죄는 타인을 정죄하고 단죄하는 것에 당위성을 적용하기 때문에 의도적으로 사악하고 악랄한 최악의 사악한 죄악입니다. 인간이 선악과를 범하자 신은 격노하며 낙원에서 영원히 추방한 것은 바로 이런 이유 때문입니다.

'나선너악'은 꼭 범죄로 나타나는 것이 아닙니다. 생활 속에서 크든 작든 타인을 자신만의 잣대로 단정하는 뒷담화 역시 원죄가 됩니다. '없는 자리에서는 나라님도 욕한다.'라는 옛말로 뒷담화의 정당성을 주장하는 것을 어렵지 않게 볼 수 있습니다. 그러나 그것은 자신의 뒷담화를 정당화하는 무논리, 비논리에 지나지 않습니다. 자신의 감정과 자신만의 잣대로 타인을 뒷담화하는 것은 원죄입니다. 그리고 어린아이들조차도 뒷담화를 자연스럽게 하는데요, 원죄는 이렇게 아이가 말을 배우기 시작하면서 생각하고 인식하면서 시작됩니다. 어려서부터 타인을 자신의 기준에서 평가하며 이 과정에서 자연스럽게 선입견을 만들고 편견을 갖게 됩니다. 즉 모든 인간은 원죄를 죄의식 없이 습관적으로 익숙하게 행하는 것입니다. 원죄의 습관화는 이렇게 자연스럽게 우리 생활에 광범위하게 자리 잡고 깊숙하게 안착하고 그것으로 끝나지 않고 뿌리가 자라듯이 지속해서 파고들며 원죄 외에 또 다른 죄로도 번질 수 있는 길을 열어 놓음으로써 죄악에서 빠져나올 수 없게 사람들의 생각을 지배하게 됩니다. 우리가 늘 만나는 주변인들과 지인들의 모습은 일부분에 속하는 단면만 보는 것입니다. 자신의 다양한 모습과 다채로운 생각을 들여다보면 쉽게 이해

될 것 같습니다. 자신도 자신의 새로운 모습을 볼 때가 있잖아요. 그런데도 타인을 쉽게 자신만의 기준으로 단정합니다. 신은 그것도 죄악으로 보는 것입니다. 그래서 최초 인류는 자신들의 존재를 있게 한 신을 격노하게 했고 더 이상 신과 함께 낙원에서 생활할 수가 없게 됐습니다. 그래서 인간은 매일매일 저지르는 자신의 '원죄'에 대한 끊임없는 회개가 있어야만 비로소 신과 만날 수 있고 소통할 수 있게 된 것입니다.

'나선녀악'이 가장 빈번하게 남용한 것이 바로 '법'이라는 것은 원죄의 습관성에 정당성의 명분을 준 것이고, 동시에 법 스스로가 원죄를 합법화하고 적극적으로 활용한 것입니다. 그리고 그것이 사회 전반적인 곳곳에 스며들어 일상화가 되어 끔찍한 사건과 갈등으로 나타납니다. 청년이, 청소년이, 어린이들이 범죄를 모방하고 답습하며 점차 자신의 악행에 대한 인식도, 뉘우침도, 반성도 없습니다. 사랑이라는 아름다운 가면을 쓴 범죄, 직계존속을 해치는 잔인하고 패악한 패륜의 범죄, 뱀의 혀로 사람의 마음을 파고 들어가 결국 삶을 파괴하는 각종 사기 범죄, 이 모든 것이 사회와 사회구성원이 악해져서 일어나는 것이 아니라 '법'의 붕괴 때문이고 이것을 법 스스로가 인식해야 하고 각성해야 합니다. 하지만 '법'은 그럴 생각이 전혀 없어 보입니다. 이 기고만장한 '법'의 광기로 날뛰는 망나니처럼 뒷골목의 졸렬한 행보를 규제할 필요성이 못 느껴지십니까? 기고만장한 법을 규제할 법도 제도의 마련이 시급하다는 생각 안 드시나요? 법의 광기로 사방팔방 역겹게 날뛰는 오만방자한 권력화를 제재할 제도와 법을 왜 안 만드시나요? 이런 광기를 모방하며 닮아가는 사회악과 사회범죄는 누구 책임입니까? 돈과 권력만 있으면 분명한 가해자인 증거가 있어도 무죄가 되고 피해자는 있는데 가해자가 없는 이 불공정한 사회의 삐뚤어진 모습은 누구 책임입니까? 국민을 보호하고 국민의 권리를 보장해줘야 할 '법'의 국민을 향한 이 패륜적인 만행과 폭력을 통제할 필요성을 못 느끼십니까? 국민을 위한 법을 만든다는 입법부인 국회, 그 안의 분들은 책임을 못 느끼시나요? 왜? 무엇 때문에? 누구를 위해서 그곳에 들어가셨습니까? 왜 그 자리에 계십니까? 스스로 그런 생각을 해보셨습니까? 법의 국민을 향한 패륜의 만행과 그 여파를 여의도의 그분들만 못 느끼고 있는 것 같습니다. 그러고도 본인이 국회, 그 자리에 정말로 필요한 사람이라고 확신하시나요? 설마 정말 그렇게 확신하신다면 그 확신은 국민이 동의하지 않은 자신만의 확신이고 자만이고 교만인 것을 인정하셔야 합니다.

7.
21세기 조선? 거대한 국가 기업?

    몇 년 전, 우연히 본 한 드라마의 예고편 한 장면으로 충격적이고도 통쾌한, 묘한 감정을 느낀 적이 있습니다. 그 장면은 바로 국회 의사당이 폭발하는 장면이었는데요, 너무 사실 같아서 충격이었지만 이내 시원한 후련함과 통쾌함을 느꼈습니다. 그리고 이런 감정은 나 개인만 느낀 것이 아니라 그 장면을 본 사람들의 공통된 느낌이었고 감정이었습니다. 많은 사람이 함께 느낀 통쾌한 감정이라면 평소 그곳에 대한 느낌이 그리 좋지 않았다는 것이겠죠. 평소에 그곳 안에서 행해지는 일과 그 일을 주도하시는 국민을 대표하신다는 그분들에 대한 실망도 그만큼 크다는 것을 알 수 있습니다. 그것을 국민의 대표자이신 그분들은 알까요? 왜 국민을 대표하는 분들의 언행을 국민이 불신하고 실망하고 절망하며 심하게는 혐오까지 할까요? 이유는 간단합니다. 국민을 대표하고 국민을 위한 정치는 허울뿐이고 실제로는 자신들의 실속을 챙기기 위한 자기 정치, 즉 자리 싸움이며 밥그릇 싸움을 국민을 위한 것처럼 아주 그럴싸한 말로 위장했는데 이제 국민은 그런 작위적인 말에 속지 않고 현실을 직시하기 때문입니다. 그런데 국회 안의 그분들은 국민의 이런 인식을 모르는 무지와 외면하는 무책임으로 일관하며 자신들의 실속 챙기기에만 혈안 되어 있으니, 오죽했으면 가상의 폭파 장면일 뿐인 것에 속이 후련한 통쾌함을 느꼈을까요. 그래서 그 통쾌함 뒤에 남는 씁쓸함이 어쩔 수 없는 현실인 것 같습니다.

어렸을 때, 어른들께서 뉴스와 신문을 보시면서 험한 말씀을 하시거나, 육두문자를 격노하시면서 쏟아내시는 행동을 이해하지 못했었습니다. 그래서 뉴스나 신문을 안 보셨으면 하는 생각도 했었습니다. 왜냐하면, 내게는 험한 말과 욕을 하지 말라고 가르치시면서 적장 당신들께서는 뉴스와 신문을 보시며 매번 번번이 역정을 내시고 그 험한 막말을 마구 쏟아내셨으니까요. 그래서 나는 어른이 되면 뉴스와 신문을 절대로 안 볼 것을 속으로 다짐해 보기도 했었습니다. 하지만 막상 성장해 보니 외면할 수도 없고 또 보고 있자니 자연히 열 받는 일들뿐이고, 예전 어른들께서 하셨듯이 나도 모르게 혼자서 '쯧쯧' 혀를 차기도 하며 혼잣말로 화를 쏟아내기도 합니다. 그러면서 예전 어른들의 언행이 이제야 이해되면서 정치라는 것이 절대로 내려놓을 수 없는 뜨거운 감자를 양손에 쥔 느낌이란 것을 알았습니다. 계속 쌓이는 정치에 대한 불신과 정치인을 향한 혐오에도 쉽게 외면할 수 없고, 또 외면해서도 안 되는 악순환 같은 상황 자체를 정리해줄 지도자에 대한 열망은 나 개인의 바람으로만 끝나는 것일까요? 최근에 '열 받는 일들이 매일매일 새롭게 연이어 터지면서 진행 중이라 저혈압이 해결됐다'라는 어느 기사의 댓글에 매우 격하게 공감되는 웃픈 이 현실에 한순간 멍해지면서 마음 무거운 한숨을 깊게 깊게 몰아쉬기도 했습니다.

　사실 국회의원이 된다는 것은 대단한 결단력이 필요한 것입니다. 누군가를 대표하고 그 누군가를 위해서 고군분투하며 일을 한다는 것은 결코 쉬운 일이 아니기 때문입니다. 그것에 동반되는 책임의 무게 역시 아무도 가늠할 수 있는 것이 못 됩니다. 그래서 그것엔 또 어쩔 수 없이 희생이란 것이 동반되는데요, 그 희생과 책임의 무게는 아무나 견디고 감당할 수 있는 그런 것이 아닙니다. 그런데도 국회에 입성하기 위하여 참으로 많은 분이 그 대단한 결단을 합니다. 그러니 그 대단한 결단력만으로도 그분들에게 존경심을 가질만하고 존경할 수 있지 않을까요? 하지만 나는 왜 그 대단한 결단을 하신 위대한 분들께 한 번도 그 존경심을 가져 본 적이 없을까요? 오히려 존경심보다는 그분들의 그 대단한 결단과 의도가 의심됩니다. 그리고 그 대단한 결단을 하신 분들의 비굴함과 책임감에 대한 가벼운 망각에 폭발하는 분노와 함께 번번이 하게 되는 깊은 절망에 꺾이는 삶의 의지가 감당하기 힘들 때가 참 많습니다. 자신들의 언행의 영향력에 대한 고민이나 책임감을 깨알만큼이라도 느끼고 계시는지 의문입니다. 현실이 이러니 가상일지라도 폭파된 국회를 보면서 통쾌한 쾌감을 느끼는 것은 당연해 보입니다. 하지만 그 장면에 통쾌함을 느낀 사람들의 반응에 공감은커녕 그런 느낌을 느끼게 한 것에 관한 미안함도 없을 국회 안의 그분들은 정말 외계에서 온 분들이 아닐까요?

'역사는 반드시 반복된다.'라는 불변의 진리인 말이 있습니다. 그래서 혹자는 역사를 자동차의 백라이트에 비유합니다. 뒤를 보지 않고는 앞으로 나갈 수 없다는 것을 너무나 쉽게 전달한 비유라고 생각되는데요, 그래서 역사의 중요성은 아무리 강조해도 지나치지 않은 것 같습니다. 하지만 아직도 이것을 가볍게 여기는 사람들이 여전히 존재하는 것이 신기할 따름입니다. 과거를 모르면 현재 난관의 해결책을 찾을 수 없으며 미래를 예측할 수 없습니다. 그래서인지 역사 전문가들은 물론이고 정치전문가들 역시도 끊임없이 현재의 정치와 과거 역사 속의 정치를 비교·분석하면서 해결책을 제시합니다. 그런데 여러 지식인과 전문가들의 역사를 빗댄 현재 정치 해설은 점잖고 고품격입니다. 하지만 내가 현재 보고 있는 정치는 그 고품격의 해설과는 차이가 너무나 많이 납니다. 차마 그 고품격의 해설과 비교하는 것 자체도 민망하게 엉망인데요, 또 다른 한쪽에서는 다른 의미로 현재 정치를 보면서 '팝콘각'이라고 합니다. 요즘 유행하는 말인데요, 팝콘을 먹으며 영화를 재밌게 보는 것을 비유한 것입니다. 그 말을 들으면서 수긍되는 부분도 있는데 나는 좀 묘한 다소 격 떨어지는 이상한 '팝콘각'의 평행이론을 보게 됐습니다.

　권력을 쟁취한 자가 자신의 권력 유지를 위해서 자신의 측근인 사람들을 주요 요직에 넣어 그 권력을 더욱 강화하려고 합니다. 그 과정에서 권력자에게 밉보인 사람은 제명되고, 어떻게 해서든지 자신의 자리를 지키고 싶어 하는 사람들과 평소 경쟁하던 자를 제거하려는 움직임이 치열하게 진행됩니다. 온갖 치졸하고 더럽고 추악한 짓이 총동원되며 수많은 계략과 모략, 전략 등이 얽혀 물고 물리는 상황 때문에 결과는 각자가 원하는 방향과는 다르게 흘러 예상하지 못한 상황에 발목을 잡혀 난황에 빠지기도 합니다. 그렇게 서로 각을 세웠고 힘겨루기에서 끝나지 않고 살아남기 위해 각종 권모술수와 모함이 난무합니다. 중요 직책뿐 아니라 작은 자리 하나를 차지하려고 온갖 세력들의 다양한 권모술수가 여기저기서 튀어나옵니다. 권력자에게 가장 두터운 신뢰를 받고 있음을 여기저기 자랑하고, 자연히 사람들은 권력에 아첨과 아부를 하면서 떡고물이라도 얻기 위해 힘씁니다. 그 과정에서 엄청난 비리와 부정부패가 곳곳에서 난무하고, 권력자와 친분을 과시하면서 후한 접대를 받기도 하고,

자신의 부를 쌓기도 합니다. 더러는 권력자와의 친분을 과시하거나 안면이 전혀 없는데도 친분을 사칭해서 부를 챙기고, 아예 중요 직책을 사칭해서 사업을 벌이는 대담성까지 나타납니다. 일은 거기서 그치지 않습니다. 여성들이 사생결단을 내듯이 목숨까지 불사하면서 치열한 머리싸움의 암투가 끊이지 않고, 무속신앙을 의지하며 액땜과 저주를 서슴지 않고 단행합니다. 한 나라의 중요 정책이 기생집의 술자리에서 논의되고 정적 제거가 파리보다 더 쉽고, 허무하게 죽습니다.

무슨 이야기냐고요? 궁중 역사를 다룬 막장 사극이 일관성 있게 공통으로 다루는 내용입니다. 모든 사극 드라마가 막장이란 것이 아닙니다. 사극 드라마는 역사적인 사실과 사건에 기초해서 작가 개인의 상상력이 덧입혀진 것으로 역사적인 고증이 있다고 해도 작가 개인의 역사관에 치중될 수밖에 없고, 그 주관적인 역사관을 기초로 역사적인 사실과 사건, 그리고 정치 해석이 권력을 향한 치열한 암투와 계략, 온갖 모략과 배신의 반전 등의 자극적인 장치를 통해 이야기의 흥미와 재미를 더하며 사람들의 관심을 끄는 것입니다. 그 과정에서 자극적인 것이 너무 과하게 강조되고 철저한 신분제도와 남존여비 사상이 팽대한 엄격한 사회적 구조가 확고한 시대임에도 여성들의 치열한 암투를 첨가하면서 막장 요소가 강하기 때문에 막장 사극 드라마라고 한 것입니다. 여기에 정치와 민생은 생략됩니다. 특히 궁중 드라마는 더더욱 민생과 정치는 없고 단편적으로 권력의 유지와 탈환, 쟁취에 관한 것만 다루고 있습니다. 물론 여기에 주인공들의 사랑이 주류가 되든지 아니면 양념처럼 더해지면서 팝콘각으로 사람들의 관심을 유혹합니다. 그런데 현재 우리나라의 정치를 보면서 막장 사극 드라마가 동일선에서 연상됩니다. 막장 사극 드라마와 연장선에 놓는 평행이론을 보이는 현 정치 클래스가 정말 대단하지 않나요?

문화는 철저하게 현실에 기초하여, 현실을 해학과 풍자적으로 반영하고 희화하는 것이 당연한 흐름입니다. 특히 현 정치를 해학과 풍자로 희화하면서 비판하는 것은 지극히 자연스러운 현상이고 또 지극히 당연한 상식입니다. 그래서 코미디와 드라마는 늘 현재 진행 중인 정치를 소재로 풍자하거나 모방을 통해 희화합니다. 하지만 그 안에는 정치는 없습니다. 왜냐하면, 현실로 나타난 정치 현상을 소재로 하기 때문입니다. 즉 정치의 영향으로 나타난 사회적인 현상을 해학으로 풀어내고, 풍자로 비판하는 카타르시스의 작용에 집중하고 그것을 극대화하기 위해 하나의 현상에 치중하기 때문입니다. 그 안에서 정치는 주변적인 소품일 뿐입니다. 그런데 이것과는 정반대로 정치가 드라마와 코미디를 따라가는 이 기이한 현상은 정상일까요? 정치인들이 코미디보다 더 유치한 코미디를 보여주며 시트콤 같은 단편들을 보입니다. 막장 사극 드라마처럼 자신들의 권력 장악에만 치우쳐서 드라마 속 권력 다툼보다 더 유치하고 치졸하고 졸렬한 아귀다툼을 하며 곧 밝혀질 거짓을 아무런 가책도 없이 말하고 단편적인 움직임으로 하늘을 가리듯이 돌아서서 민생을 가볍게 걷어차 버립니다. 막장 사극 드라마와 너무나 일치하는 평행이론 아닌가요? 이보다 더 심각한 평행이론은 시트콤이나 막장 사극 드라마에 정치가 없는 것처럼 현 정치도 정치와 민생을 생략한다는 것입니다. 정치가 생략된 상태로 권력과 재물만을 쌓기에 혈안이 돼서 국민은 안중에도 없고 온갖 계략과 모략으로 대립하는 것을 부각한 막장 사극 드라마를 너무나 심하게 닮고, 그것을 따라가는 현 정치는 정치가 실종된 상황, 정치 부재인 사극 드라마와 평행이론, 이런 이상 현상은 팝콘각이 아니라 할 말을 잃게 하는 절망과 무기력감이 들게 합니다.

정치인들의 세력 싸움인 각종 계략과 모략, 전략 등을 위한 권모술수의 도구로 '민심'을 이용했다는 것을 간과하면 안 되며 이것 역시도 평행이론으로 움직인 것도 주목해야 합니다. 과거부터 정치인들은 '민심은 천심'이란 것을 아주 철저하고 잔인하게 이용했습니다. 상대 세력을 견제하기 위해 '백성'의 어렵고 궁핍한 고된 삶을 소환했습니다. 또 거짓된 정보를 백성들 사이에 흘려보내 민심의 불안감을 자극했고, 그렇게 여론을 형성하며 자극된 민심을 모아 '백성들의 원성', '민심을 돌아보라'라는 말로 왕의 뜻을 막기도 하고 상대 당파를 견제하며 자신들의 세력을 강화했고 뜻을 관철하기도 했습니다. 게다가 권력 탈환이든 폭군에 대한 반정이든 '민심은 천심'을 이용한 여론으로 자신들의 실속과 지지의 당위성을 얻어냈습니다. 하지만 그들에게 백성의 궁핍하고 절박한 삶을 생각하는 눈과 마음은 없었습니다. 아무리 왕정 시대이고 철저한 신분 사회라는 특수성을 참작해도 그들의 정치 움직임에는 백성들이 없었습니다. 그저 자신들의 정치 생명력, 자신들의 권력을 위해서 민심을 이용할 뿐이었습니다. 가장 쉬운 예로 지금과 가까운 시대인 안동김씨의 막강한 세도정치 때를 보면요, 세력이 하늘 높은 줄 모르고 그 위세가 등등하며 조선 천하를 누릴 때 그 반대 세력인 홍선대원군의 등장을 백성들은 반겼을 것입니다. 힘없는 자신들을 대신해서 절대 권력인 그들과 싸워 줄 것으로 생각했고 기대했지만, 안동김씨를 꺾고 세력을 장악한 홍선대원군 역시 백성의 편은 아니었습니다. 이이제이(以夷制夷), 즉 적의 적은 아군이라는 이 표현은 권력자들에게나 통용되는 말이었지 백성에게는 허망한 그림의 떡과 같은 허상의 말이었습니다.

그런데 지금도 정치적인 모습이 과거의 모습과 전혀 다르지 않습니다. 지금은 21세기인데 시간만 흘렀을 뿐 정치의 모습은 전혀 새로울 것 없이 답보인 상태란 말이죠. 서로 견제하며 다투는 이유는 국민을 위한 것이 아니라 자신의 정치 세력을 위한 것입니다. '민심은 천심'이란 말을 '국민을 위해서', '국민의 뜻'이란 말로 바꾸고 국민을 우롱하듯이 국민을 자신들의 정치와 위치를 위해 사용하는 하나의 도구로 전락시켰습니다. 국민은 선거 때만 필요한 존재고 당원은 자신들의 정치 행보에 필요한 존재로 말이죠. 선거 때면 그 '천심'을 얻기 위해 간과 쓸개조차도 모두 다 내줄 것 같은 행보를 보입니다. 마치 입안에 혀 같은 느낌을 받을 때도 있습니다. 그리고 뭔가를 하겠다는 약속도 참 많이 합니다. 하지만 그것을 어떻게 지키겠다는 구체적인 계획은 언급하지 않습니다. 그래서 만약 그 약속을 지키지 못해서 생기는 문제에 대해서 어떤 책임을 어떻게 질 것인지에 대한 말도 당연히 없습니다. 국민을 상대로 오직 화려하고 달콤한 공약만 남발할 뿐입니다. 그래서 나는 그런 공약들이 생각 없이 막 던지는 막말보다 더 심각하고, 악랄한 사기 같습니다. 국민을 상대로 거대한 약속을 했지만, 그것을 이행 못 한 것에 대한 대안도 책임도 전혀 없습니다. 따라서 책임회피도 매우 쉽습니다. 사실상 공약(空約)이 아니라 공약(公約)인데 그분들의 공약(公約)은 공약(空約)이라서 아무 막말 대잔치처럼 마구마구 호언장담(豪言壯談)하는 것 같습니다. 하지만 그것은 허언장담(虛言壯談)이고 이것은 단순히 선거 유세가 아니라 대국민을 상대로 한 사기가 아니면 뭘까요? 공약(公約)에 대한 규제가 있어야 하지 않나요? 아무런 근거도 대책도 없는 공약을 마구잡이로 쏟아내는 것도 문제고 그 공약을 이행하지 않는 국회의원들에게 벌칙과 규제를 적용하지 않는 것도 문제입니다. 왜 이런 법은 안 만들었을까요?

　문제는 그뿐만이 아닙니다. 경쟁자로 나온 다른 후보에 대한 험담을 마구마구 쏟아냅니다. 막말에서 그치지 않고 의도적이고 악의적인 모함을 천연덕스럽게 지껄입니다. 그것이 사실인지 아닌지는 중요하지 않습니다. 상대를 깎아내려야 자신이 더 유능해 보인다고 생각하는 모양입니다. 그저 깎아내리는 것에 그치지 않고 정치 생명을 끊어 다시는 회생할 수 없을 정도로 처참하게 밟아버리는 뒷골목의 치졸하고 졸렬한 언행을 아무런 수치심도 없이 행합니다. 그런 것을 네거티브라고 하는데요, 바로 여기에 '민심'을 이용합니다. 아주 악의적이죠. 자신의 정치를 위해 국민을 상대로 대사기극을 공개적으로 아주 당당하게 하는 것에 '민심'을 이용하는 것입니다. 즉 민심을 자극해서 여론몰이하는 것인데요, 이것에 정치인들보다 더 많이, 너무나 열심히 아주 열정적으로 나팔수를 자처한 것이 바로 언론입니다. 우리나라 언론은 처음 태생부터 정치에 기생해 왔습니다. 그래서 그 언론에도 국민과 나라는 존재하지 않습니다. 어느 정치인이 정권을 잡느냐가 중요한 것이죠. 왜? 기생해서 돈을 벌어야 하니까요. 그래서 정보의 사실 여부는 중요한 것이 아닙니다. 양심은 처음부터 없었고 수치심도 없습니다. 야비하고 비열하며 의도적으로 악의적입니다. 그래서 자신들에게 들어 온 정보를 어떻게든 더 자극적이고 살벌하게 큰 나팔에 성능 좋은 스피커까지 동원해서 여론

몰이합니다. 이 여론몰이는 사실 가스라이팅이 주된 목적이며 언론과 정치는 같은 편, 공범으로 절대로 국민 편이 아닌 것을 증명합니다. 그들에게 국민은 그저 자신들의 목적을 위한 수단과 도구에 불과합니다. 그들은 한 번도 국민을 바라보고 국민의 마음을 느끼지 않았습니다. 마치 조선 시대의 정치인들과 그들에 기생하며 기꺼이 민심을 속였던 나팔수들처럼 말이죠. 그래서 나는 언론을 기생충으로 봅니다. 레거시 미디어요? 영어로 표현하니 있어 보나요? 전통 미디어요? 기존 미디어요? 아니요! 아닙니다. 그것은 그저 권력에 기생하는 기생언론일 뿐입니다.

이들이 정말 잔인하고 악랄한 것은요, 사람들의 마음을 흔들며 선동하고 여과 남, 어린 세대와 어른 세대, 갖지 못한 자와 가진 자, 노동자와 고용인, 지방과 도시 등을 아주 교활하고 교묘한 이간질로 갈라치기를 서슴지 않습니다. 갈라치기를 선동한 장본인은 빠지고 국민이 이분법 사고로 두 편이 짝 갈라져서 서로 각을 세워 싸우게 만듭니다. 이게 정말 잔인하고 악랄한 것 아닌가요? 그런데 이것이 실제로 우리 정치 현실에서 일어나는 일입니다. 정언유착이 정교하게 움직이며 사실을 왜곡하고 이간질하며 은근한 선동을 주도합니다. 국민을 외치지만 그 안에 국민은 없고, 민생을 외치지만 민생은 없습니다. 자신들에게 득이 되는 것을 쟁취하기 위해서는 치졸하고 졸렬한 방법도 마다하지 않고 동원하는 그 모습에는 수치심도 창피함도 없어 보입니다. 그렇게 온갖 잡스러운 방법을 총동원한 선동질에 따르는 국민을 그들은 오히려 가볍고 얕게 봅니다. 자신들의 뜻대로 다루기 쉬운 한없이 가벼운 존재로 여기며 자신들의 이득을 챙깁니다. 그들에게 속아서 잘못된 선택을 한 책임은 오로지 국민의 고통으로 남고 국민만이 그 무거운 책임을 감당하고 짊어져야만 합니다. 그들에게 선동된 자들과 그렇지 않은 자들의 첨예한 대립도 모두 국민의 몫입니다. 왜 국민이 서로 각을 세우며 다툼의 중심이 되어야 하나요? 정작 국민을 선동하고 각을 세우게 한 자들은 무책임하게 그 중심에서 사라졌습니다. 즉 정치와 기생언론은 국민을 생각하는 마음이 처음부터 전혀 없었습니다. 나라의 흥망도 그들의 관심 밖입니다. 오로지 자신들의 정치와 기생에만 모든 관심이 집중되어 있을 뿐입니다. 그런 사악한 선동에 흔들리는 사람들을 보면 도착지도 목적도 모른 채 선동에 휩쓸려 맹목적으로 달려가는 브레이크 없는 열차 같습니다. 선동하는 자들이나 선동되는 사람이나 참담하고 씁쓸합니다.

그러면서 정치인들은 '한 번 속으면 속인 놈이 나쁜 놈이고, 두 번 속으면 속은 사람이 바보고, 세 번 속으면 그때는 공범이다.'라며 잘못된 선택의 결과를 국민 탓으로 돌립니다. 물론 저 말이 틀린 것은 아닐 것입니다. 하지만 예전부터 꾸준히 기생언론의 교묘하고 요망한 가스라이팅을 이용해서 국민을 속이고 선동하고 갈라치기를 해왔던 자들이 누구입니까? 한 번 속으면 두 번 속을 수 있고 세 번 아니라 열 번도 속을 수 있습니다. 속이기로 작정하고 덤비는 자들을 어떻게 이겨낼 수 있을까요? 그만큼 교활하고 요사스러운 언변은 더 지독하고 더 악랄하고 교묘하게 국민의 눈을 가리고 귀를 막고 속을 때까지 사악한 악마보다 더 집요하고 지독하게 사람들의 생각을 파고들기 때문입니다. 하지만, 그래도 백번 양보해서 국민은 국민을 향해 저런 비판을 할 수 있습니다. 하지만 정치인들은 저런 말을 하면 안 됩니다. 속은 사람이 잘못인가요? 속인 사람이 잘못인가요? 국민을 상대로 대사기극을 당당하게 하는 사기 정치인들과 기생언론의 오만한 자태를 개혁할 생각은 안 하고 손 놓고 바라만 봤으면서 익숙한 그것에 계속 속는 국민을 탓하는 것은 아니라고 봅니다. 정치인들의 사기 행각을 왜 보고만 있었나요? 기생언론 박멸을 왜 못했나요? 국민의 잘못된 선택을 두고 뒷짐 지고 남일 보듯이 혀를 차며 국민을 바보로 만드는 공범들, 언제든 자신들의 마음대로 움직일 수 있는 미물로 보는 오만한 행동이 그들과 다를 바 없지 않나요? 이 모든 것이 과거 신분제도하의 정치인들과 뭐가 다릅니까? 국민을 바라보는 눈과 마음이 없고 오직 자신의 정치 생명과 그 위치에만 관심 있는 이 평행이론에 치가 떨리고 참담합니다.

국민의 잘못된 선택에 분노하고 좌절한 자들을 위로하고 그런 선택을 유도한 자들을 견제하며 제대로 된 정치를 할 수 있는 방향성을 제시해야 하는 것이 정말 국민을 생각하는 정치인이고 할 일이 아닌가요? 잘못된 선택에 국민의 잘못이 전혀 없다 할 수는 없지만, 그 선택을 하게끔 사기 정치인이 선동하고 기생언론은 신나게 가스라이팅에 앞장설 때는 뭐 하고 있다가 뒤늦게 나타나 한 번, 두 번, 세 번 속는 자를 운운하나요? 그 잘못된 선택의 결과에 자신들은 전혀 책임이 없는 양, 그 책임을 같은 당의 내부에 모두 전가합니다. 그럴 자격이 있나요? 아니 오히려 본인들도 어딘가에 숨어서 기생언론의 가스라이팅을 부추기며 교묘한 네거티브를 하면서 국민의 잘못된 선택을 유도했으면서 잔인하게 내부를 공격합니다. 사람들은 그런 부류를 두고 겉과 속이 다르다며 일명 '수박'이라고 하는데요, 과일 수박 처지에서는 억울하고 불쾌할 것 같습니다. 맛도 있고 먹을 수 있는 '수박'보다는 먹음직스럽지만 떫어서 먹을 수 없는 '빛 좋은 개살구', 알곡 같지만, 속이 텅 빈 '쭉정이'가 오히려 더 나은 비유가 아닐지. 왜냐하면, 국회에서 영구 제명되어야 할 썩은 냄새 진동하는 생선 같은 존재들이라고 생각하기 때문입니다.

과거에서 온 사람도 아니고, 외계인도 아닐 텐데, 현실을 직시하지 못하고, 변화된 현실 인식하려는 생각조차 안 합니다. 그러니까 국민과 또 그 국민으로 구성된 당원들과의 소통과 목소리를 외면하고 오로지 자신의 정치 처지와 자리에만 집중하고 그렇게 구성된 집단이라 후안무치가 어색하지 않고 염치나 수치심이란 개념 자체도 없어 보입니다. 게다가 역사를 두려워하지 않아 차후 역사에 어떤 기록으로 남을지도 관심 밖입니다. 이쯤 되면 이분들의 얼굴은 후안무치의 최고치에 도달한 뻔뻔함이 강철판 정도쯤이라고 할 수 있지 않을까요? 자기 필요하에 국민을 생각하는 척 툭하면 국민을 소환하며 생각해주는 것처럼 온갖 생색을 엄청나게 내는데, 그것은 말뿐이지 실상 들여다보면 국민을 위한다면서 정작 결과물은 없습니다. 그래서 그 입에 발린 생색은 언제나 거짓말이죠. 이렇게 국회 안의 그분들과 넓게는 국민, 좁게는 당원들의 문제 인식에 대한 온도도 많은 차이가 있어 그 괴리감이 정말 큰데요, 그래서 국민이 원하는 방향, 당원이 원하는 방향과는 다르게 자신들이 원하는 방향과 목적대로 움직이는 것이죠. 가히 21세기의 조선답지 않습니까? 역사에서 항상 느끼는 가장 큰 불만은 왕과 정치를 하는 정치인들이 자신들의 불리할 때는 백성을 거론하면서 생각하는 척, 그래서 자신만이 세상에 다시 없을 성군이고, 또 충신인 듯 행하지만, 진심으로 백성을 바라보는 눈이, 민생을 살피는 마음이 없다는 것인데, 현재의 정치를 보면서도 똑같은 불만을 품게 하는 이 평행이론 역시도 21세기 조선이라고 할 만합니다.

한 당의 대표자가 징계를 받으면서 당 대표의 법인카드 정지란 뉴스가 크게 회자 되는 일이 있었습니다. 문제는 그 법인카드의 한도가 월 2,000만 원이라는 것입니다. 통상 당 대표는 당으로부터 별도 월급을 받지 않는 대신에 직무 수행 비용으로 법인카드를 사용하는 것까지는 이해를 못 할 사람은 없습니다. 하지만 월 2,000만 원이요? 아, 이래서 목에 핏대 세워가며 온갖 졸렬하고 치졸한 모습을 마다하지 않고 치열하게 비굴해지면서 국회 안으로 들어가기 위해 노력하나 봅니다. '이런 걸 진작 알았더라면 나도…' 하는 생각을 누구나 하지 않았을까 싶은 씁쓸한 생각이 스쳤습니다. 그리고 그 당 대표의 한 달 활동비가 상상 이상이라 관심 밖으로 밀린 것이 있는데요, 당 대표를 보좌하는 대표실 직원들의 법인카드 역시 한 명당 한도가 200만~300만 원인 것입니다. 당 대표는 무급인데, 그러면 대표를 보좌하는 직원들 역시 무급인가요? 그러면 그들의 활동비가 따로 주어지는 것일까요? 아니면 당 대표의 법인카드에서 지급되는 것인가요? 엄청 궁금하지 않습니까? 그리고 각 당원이면 매달 당비를 꼬박꼬박 내고, 때로는 개인 후원까지 하면서 열심히 지지했는데 정작 당비가 사용되는 쓰임새에 대해 아는 바가 전혀 없다? 궁금하지 않나요? 과연 우리를 대표하는 국회의원들의 돈 쓰임은 어떤지, 도대체 어디에 얼마나 사용하는지 나는 그것이 엄청나게 궁금합니다. 당비 1,000원이 가볍게 보이나요? 한 분, 한 분의 돈이 모이면 그 1,000원은 절대 가볍지 않은 엄청난 금액입니다. 게다가 나라에서 각 당에 책정된 지원비도 있지 않나요? 그 큰 금액의 돈의 입출금액과 어디에 어떻게 어떤 목적으로 얼마나 사용되었는지 각 당은 당원에게 공지되나요? 당비뿐 아니라 개인 후원금도 있고, 또 개인방송을 하는 국회의원도 있는데, 그 개인방송으로 얻는 수익은 온전히 다 개인 것이라고 해도 그 방송에서 슈퍼챗으로 하는 후원금도 있습니다. 그것을 통한 수익 전체는 다 개인의 수익인가요? 아니면 당비에 포함해서 사용되나요? 국회의원이라서 그 당을 지지하기 위해 후원하는 것인데, 개인의 수익으로 쓰이는지 아니면 당의 일에 공적인 용도로 사용되는지 알아야 할 권리가 당원과 후원하는 사람은 있습니다. 흔히 정치인이 움직이면 그게 다 돈이라고 하는데, 그래서 자신의 계좌까지 공지하면서 후원을 호소하잖아요. 국회의원이 움직일 때마다 많은 돈이 필요하다는데, 도대체 어떤 목적과 어떤 움직임이길래 움직일 때마다 돈이 필요한가요? 어디에 어떤 목적으로 사용되는지 정말로 매우 궁금합니다. 왜냐하면, 국회의원들의 활동이 내 생활에서 피부로 아주 가깝게 느껴지지 않기 때문입니다. 당비와 후원금으로 모인 금액이 절대로 적은 금액은 아닐 텐데요, 어디에 어떻게 어떤 목적으로 얼마나 사용되고 있는지 입출금 내용을 투명하게 공개하는 것이 옳지 않나요? 클릭 한 번으로 간편하게 모든 것의 확인이 가능한 이 시대에 당비의 사용 여부가 아직도 투명하게 공지되지 않는 것이 이해 안 되는 것은 나만의 삐뚤어진 생각인가요?

갑자기 너무 어처구니가 없어서 화와 분노보다 씁쓸한 헛웃음이 한숨으로 묻어 나오는 지난 뉴스가 생각납니다. 억대의 횡령 사건으로 구속된 국회의원이 수감 중인데도 매월 기본수당과 입법 활동비, 특별활동비 등을 받았다는 것입니다. 수감 된 상태에서 입법 활동도 하지 않았고, 특별활동 역시 전혀 없는데도 2개월 동안 교도소에서 수령을 한 것인데, 이에 대해 국회는 현재 법이, 의원들이 구속돼도 수당을 지급하게 돼 있어서 안 줄 명목이 없다고 합니다다.[37] 즉 의원직을 상실하기 전에는 죄를 짓고 구속돼도 국회의원 수당이 계속 지급된다는 것입니다. 이런 것을 제한할 수 있는 관계 법은 발의만 되었을 뿐 계류 중인데, 찬성하는 의원들이 있을까요? 사실상 통과 자체가 불가능해 보입니다. 이렇듯 자신들을 제한할 법이 없다는 것은 법을 만드시는 국회의원들이 자신들을 위한 무소불위한 법을 만들고 그것을 누리며 부와 명예를 독식했다는 것을 의미합니다. 국민을 위해 일하신다는 분들이 정작 실제로는 국민의 소리를 대변하는 것도 아니면서 국민을 위해 싸우는 것처럼 서로 각을 세우며 말도 안 되는 논리와 억지 떼쓰기와 모르쇠를 일삼는 등의 모순된 행동도 서슴지 않던 그분들이 정작 자신들을 위한 법안 마련 및 개정에는 찰떡같이 뜻이 맞았나 봅니다. 본인들의 문제는 바리케이드로 접근조차 못 하게 철저하게 차단하거나 본인들에게 유리하게끔

---

37) 김재경 기자 「안 줄 법이 없어서.. '구속 중' 이상직, 국회의원 수당 2천 만원」 MBC뉴스 2021.06.22. 박영민 기자 「'구속 두 달' 이상직, 국회의원 수당 2,000여만 원 받았다」 동아일보 2021.06.22.

매우 너그럽고 관대하게 만들어 놓았습니다. 그리고 그것을 문제 삼아 불만을 높이는 국민에게는 법 개정을 통해 부조리와 의원들의 특혜를 줄여가겠다는 원론적인 말만 되풀이하는데요, 자신들의 문제에는 한없이 수동적이고 미온적입니다. 그런 안일한 사고로 국민과 자신들에게 공정하게 적용될 법을 만들고 개정할 수 있을까요? 투명성, 특히 당비와 당 지원금의 입출금 내용과 활동 내용 등 투명성의 필요성을 전혀 느끼지 못하고 그래서 논의 자체도 안 하는데, 법은 오죽할까요. 자신들에게 유리한 법은 뜻을 같이해서 야합하고 정작 국민에게 필요한 법은 온갖 핑계와 구실로 반대하거나 머뭇거리며 구렁이 담을 넘어가듯 기생 언론이 조용하고, 여론이 잠잠해지면 다시 없었던 일이 됩니다.

그런데 여야가 의기투합하며 노골적으로 뜻을 모아 손잡고 하나가 되는 때가 또 있습니다. 바로 자신들의 연봉을 인상할 때입니다. 국회의원이 불법으로 구속된 상황에서도 꼬박꼬박 월급을 받은 사실에 분개한 국민을 상대로 국회의원의 부조리와 의원들의 특혜를 줄여가겠다는 원론적인 말을 형식적으로 한 것이 고작 1년밖에 안 됐잖아요. 그런데 국회의원의 연봉이 5년 연속 올랐다는 뉴스가 있었고, 상대적 박탈감과 상실감을 넘어 삶에 동력을 잃는 느낌이었습니다. 코로나 때 일본은 삭감했고, 미국은 13년째 동결인데 우리나라는 꾸준히 올랐다는 것입니다.[38] 특히 코로나로 인해서 많은 사람이 힘들어했고, 더러는 심각하게 힘들어하다가 삶을 포기하고 떠난 사람도 많았습니다. 그런데 국민 대표인 분들의 급여는 계속 오르고 있었고 심지어 일하지 않아도 통장에는 전체 월급이 그대로 입금됩니다.[39] 국민에게 필요한 법 마련을 위한 목소리를 조금 높이는 정도의 행동만으로 국민을 위한 척, 국민을 대변하는 척 보여주기식의 행동만 해도 꼬박꼬박 나오는 월급과 각종 특혜를 누릴 수 있는 법을 만들어 놓고 그것을 마음껏 누리고 즐기며 대한민국에서 가장 편하게 돈을 벌 수 있는 직업이 바로 국회의원이란 생각까지 듭니다. 그렇게 꾸준히 상승하는 자신들의 월급 외에 식비, 차량 주유비·유지비, 입법·특별활동비가 추가되고, 또 연 2회 받는 정근수당·명절휴가비까지 정말 엄청 꼼꼼하게 다 받는 데도 부족한가요? 당비도 있고 개인 후원도 꾸준히 장려하는데, 그래서 나는 늘 궁금합니다. 국회의원의 씀씀이는 어떻길래, 어디에 어떤 목적으로 사용되기에 개인 계좌까지 알리면서 후원을 독려할까요? 그런데 입출금 내용, 사용 내용 등은 투명하지 않습니다. 그래서 더욱 알고 싶습니다. 여하튼 일을 안 해도 통장에 돈은 입금되고 여의도 유행어만 잘 활용하면

---

38) 김경필 기자 「美 의원연봉 13년째 동결, 日 코로나때 삭감.. 한국은 5년 연속 올려」 -국민소득 3배 넘는 연봉, 英·佛·日보다 더 많아, 조선일보 2022.07.21

39) 박상기·김경필 기자 「50일간 멈춘 국회… 하루 일하고 월급 1285만원 챙긴 의원들」 조선일보 2022.07.21

일하는 생색을 낼 수 있고, 그래서 죽을힘을 다해서 그 자리를 차지하려고, 또 지키려고 싸우나 봅니다. 일명 그것을 자기 정치라고 합니다. '아~ 진작에 그것을 알았더라면 나도 정치판에 들어갔을 텐데.'하는 후회감이 마구 밀려드는 것을 보면 안타깝게도 나는 확실하게 돈 버는 머리가 없나 봅니다.

그렇게 그 나물에 그 밥으로 똑같은 분들끼리 겉으로는 서로가 '국민을 위해서', '국민이 판달 할 것이다' 등 이렇게 국민을 자신들의 필요에 따라서 소환하고 국민을 핑계 삼는 어법은 여의도만의 유행어인가요? 아니면 국민을 팔아 정치 장사를 하는 것이 그곳의 특기인가요? 그 유행어와 특기로 늘 한결같이 언론과의 야합을 통해 국민의 눈과 귀를 가리고 막으려고 합니다. '국민을 위해서' '공기업의 민영화'의 빠른 추진을 어떻게 봐야 할까요? 이것에 대한 반감이 거세자 요사스러운 언어유희로 국민을 속이며 부분적인 민영화를 추진합니다. '국민을 위해서'라면서 재벌과 대기업을 위한 법 개정은 빠르게 합니다. 그 빠르기가 5G급입니다. '국민을 위해서'라면서 국민이 원하는 검찰개혁과 언론 개혁은 손 놓고 불구경하듯 바라만 보며 미온적인 반응입니다. 의료법 개정도 손 놓고 있죠. 이 역시 국민을 위해서라고 하겠지요. 아마도 그분들만의 국민이 따로 있나 봅니다. 그래서 아마도 앞으로는 국민도 재벌들처럼, 기업들처럼, 의협처럼 엄청난 거액의 후원을 통해서만 국민을 위한 법 개정 및 필요한 법안을 마련할 수 있을 것 같습니다. 왜냐하면, 국회가 민영화를 너무 좋아해서 기회만 엿보고, 일부 명칭과 표현만을 살짝 다르게 해서 부분 민영화를 빠르게 진행하려는 행보를 보이기 때문입니다. 즉 모든 공기업의 빠른 민영화를 추진하고 싶어서 안달인 분들과 그 빠른 민영화를 제대로 막지 못하는 분들의 집합체이기 때문입니다. 그리고 그분들이 국회와 행정부도 곧 민영화로 만들 것 같기 때문입니다. 사법부는 이미 민영화가 된 느낌이 강하고, 남은 것은 국회와 행정부의 민영화인데 국회와 행정부가 점차 거대한 국가 기업이 되는 느낌은 나만의 지나친 기우인가요?

"정치는 정치인이 하는 것이 아니라 바로 국민 여러분이 하는 것입니다."

강하고 깊은 울림의 외침인데요, 과연 우리는 옳은 정치를 하고 있나요? 우리는 우리를 위한 정치를 정말 잘하고 있는 걸까요? 사실 정치는 우리가 위임한 것입니다. 그러나 그것을 마치 자신들의 특권처럼 남용하며 자신들의 부 축적에 열중인 저들의 만행을 바로 잡아야 합니다. 즉 국민과의 소통이 중요하다면서 정작 당원들과의 소통에는 소홀한 안일한 태도로 일관성 있게 오만방자한 모습, 그리고 선거 때만 비굴해지는 이중성 이런 모습의 무한 반복을 끊어내는 것은 국민인 우리가 해야 할 몫입니다. 그런데 어떻게 그것이 가능할까요? 어떻게 알곡과 쭉정이를 구별해 낼 수 있을까요? 기생언론의 속임수에 능한 교묘하고 정교하면서도 집요한 가스라이팅에 현혹되지 않으면서 정말 우리에게 필요한 사람을 어떻게 선택할 수 있을까요? 우리는 어떻게 우리의 뜻을 모으고 특권층의 정치를 우리의 정치로 되돌리고 바로 잡을 수 있을까요? 믿고 위임할 수 있는 사람을 보는 안목을 키워야 하지 않을까요?

한 사람을 알기 위해서는 그 사람의 과거 걸어온 길을 보라고 합니다. 과거 화려한 이력이 아니라 국민을 위해서 어떤 주장과 어떤 일을 했는지, 어떤 공약을 했고 그것을 이행하기 위해 어떤 노력을 했는지, 결과물 즉 성과는 있었는지, 만약 없었다면 그 공약을 실행하지 못한 이유는 무엇인지 등을 꼼꼼하게 살펴봐야 합니다. 하지만 선거 때 우리가 받은 후보자들의 홍보물에는 후보자들의 화려한 이력이 대부분을 차지하는 기록물뿐입니다. 후보자의 공약이 대략 간략하게 소개되어 있지만 그 공약의 의지와 목적은 무엇이며 어떤 방법으로 실행할 것이며 그 공약이 우리에게 어떤 편리와 공공의 이익이 있는지 등에 대한 자세한 안내와 설명은 없습니다. 또한, 재선일 경우 과거의 공약과 그에 대한 이행 여부 및 성과에 대한 설명도 별로 없습니다. 상당히 표면적이고 형식적인 홍보물로 후보자의 화려한 과거 이력만을 내세운 각 후보의 자랑거리입니다. 선거 때면 나타나는 그 많은 후보의 화려한 이력 따위를 세금으로 인쇄된 홍보물을 통해서까지 굳이 알아야 할까요? 우리가 알아야 할 것은 그런 짜

중 나게 화려한 학력과 이력이 아닙니다. 또 간략하게 형식적으로 소개하는 공약도 아닙니다. 우리가 봐야 할 것들, 기생언론의 집요하고 요망한 가스라이팅에 속지 않고 수박이라 불리는 개살구, 쭉정이를 골라내는 방법은 후보자들의 과거 언행을 봐야 합니다. 국민의 편에서 국민이 원하는 말을 했는지 아니지, 그리고 자신의 정치 생명을 위해 누군가를 일방적으로 비난하는지, 공약이 국민을 위한 것이며 미래 지향적인 방향성을 제시하는 것인지를 자세하고 세밀하게 살펴보고 또 살펴봐야 합니다. 자기 정치를 하는 쭉정이들은 무엇을 어떻게 하겠다는 미래 지향적인 말보다 누군가를 인신공격하는 것에만 집중합니다. 그리고 공약은 아무것이나 허상처럼 마구 남발하며 공약(公約)을 너무나 쉽고 가볍게 공약(空約)으로 만들어버립니다. 그래서 어떤 공약이든 그 공약을 지키지 않았을 때, 공약에 따른 그 어떤 결과물, 즉 성과가 없을 때 책임을 물을 수 있는 제도 역시 반드시 입법화하는 것이 꼭 필요해 보입니다.

또 우리가 속지 말아야 하며 가장 경계해야 할 것은 바로 선동입니다. 선동하는 자들을 보면 정책 제시에 자신이 없습니다. 국민의 내일에 대한 미래 지향적인 정책 자체가 없기 때문에 국민의 관심을 자신이 아닌 다른 것에 쏠리도록 유도하기 위해서 선동합니다. 즉 미래 지향적인 방향성은 없고 자신의 위치는 유지는 해야겠고, 국민의 관심이 미래 지향적인 방향성을 제시하는 경쟁자에게 관심이 쏠리는 것은 막아야 하겠다는 그 경계심과 불안감 때문에 국민을 선동합니다. 그것에 휩쓸려 그들을 지지하는 사람들 역시 이성을 잃은 강한 파장으로 선동에 적극적으로 동참합니다. 하지만 선동한 자들은 선동의 결과에 책임지지 않습니다. 선동하는 것 자체가 목적이기 때문이죠. 그런 그들에게 미래 지향적인 정책을 찾아볼 수 있나요? 미래 지향적인 정책이 없는 것 자체가 그들 생각 속에는 국민이 배제되어 있다는 증거입니다. 국민을 생각하며 바른 정치를 하려는 정치인은 함부로 여론을 호도하며 선동하지 않습니다. 자신이 추구하는 것을 설명하며 꾸준히 설득합니다. 그리고 그것의 방향성을 제시하며 그것이 국민에게 어떤 영향력으로 어떤 효과를 가져올지에 대한 것, 즉 국민과 나라의 미래 지향적인 방향성을 제시하며 지지를 호소합니다. 당 전체가 선동에 몰방하고, 그 선동에 현혹된 것을 인정하기 싫어서 스스로 자신만의 답을 만들어 그것만이 옳다고 주장하는 자기모순에 빠져 결국 정체성을 잃은 당, 그리고 그 선동에 대놓고 참여하기보다는 숨어서 그 선동을 더 과격하게 이용하는 개살구 같은 기회주의자들의 현란한 움직임에 속지 말아야 합니다. 선거 때면 항상 서민의 편에서 서민을 생각한다는 입에 발린 요망한 생색도 경계해야 합니다.

언제부터인가 선거 유세장으로 전통시장이 필수 행사장이 되었습니다. 전통시장이 선거 유세장인 된 것은 정치인과 서민의 만남이 자유로운 공간인 동시에 많은 사람을 가까이서 만나 눈을 맞추며 인사하며 지지를 호소할 수 있고 즉석에서 연설 또는 문답이 자유롭게 가능해 친밀감을 높일 수 있고 효과가 크기 때문일 것입니다. 사람들 역시도 처음 그것에 열광했습니다. 자신들의 어려운 상황과 힘든 처지를 정치인에게 직접 알릴 기회로 작용해 호응이 컸습니다. '시장'이 갖는 상징성이 그만큼 큰 의미가 있기 때문입니다. 상인의 일터이고 서민의 밥상과 직결된 가장 친숙한 곳, 서민의 치열한 삶의 현장이 생생하게 살아있는 곳이 '시장'입니다. 그리고 먹거리도 참 많습니다. 그래서 정치인들이 권위를 내려놓고 서민이 쉽게 즐기는 음식을 먹는 것이 갖는 의미와 이미지도 크게 작용합니다. 하지만 그것은 이내 정치인들의 이미지 마케팅으로 전락했고, '서민 코스프레', '구태한 퍼포먼스'라는 불만과 비판을 받았지만 그래도 선거 때만 되면 전통시장을 찾는 것은 어쩔 수 없는 필수가 되었습니다. 왜 '시장'을 이렇게 길게 열거했냐 하면요, 정치인의 '시장 나들이'가 이미지 마케팅, 서민 코스프레인 것을 뻔히 알면서도 속은 일례가 늘 언제나 변하지 않고 반복되기 때문입니다.

　서민을 대표하는 욕쟁이 할머니의 욕을 들어가며 국밥을 아주 맛있게 먹는 모습이 언론에 의해 말 그대로 이미지 세탁이 되어 마케팅이 성공했습니다. 그리고 아직 배고프다는 짧은 그 말처럼 실제로 참 많이 엄청나게 해 먹었었죠. 그 배고픈 욕심을 기생언론이 서민적인 이미지로 재탄생시킨 것에 사람들은 속았었습니다. 그런 아픔이 있는데도 불구하고 여전히 기생언론의 요망한 펜대에 속고 있습니다. 폐지가 실린 손수레를 미는 것을 의도적인 이미지 마케팅이라며 비판합니다. 사실 따지고 보면 정치인도 이미지가 중요하기 때문에 그 이미지 마케팅은 틀린 지적은 아닐 것입니다. 국밥을 먹는 것도 폐지가 실린 손수레를 미는 것도 다 연출입니다. 그런데요, 먹는 것을 연출한 것과 폐지의 손수레를 미는 연출 중 어느 것이 더 서민과 함께하고 서민을 위하며 서민을 생각하는 따뜻한 마음을 고민한 진정성을 가진 연출일까요? 아무리 그것이 의도된 연출이고 마케팅이라 해도 나타내려는 바를 확실하게 연출하는 의도와 인식의 차이가 있는 것입니다. 폐지 손수레를 미는 연출이 먹기 위해 시장에 왔냐는 비판에 눈치 보며 이것저것 값싼 식재료 아무거나 구매하는 쇼를 보여주는 값싼 인식과 비교가 되나요? 이제 우리도 기생언론에서 벗어나 스스로 자각하고 생각하는 능력을 길러야 합니다. 자신의 정치 생명만을 생각하는 쭉정이들과 기생언론의 비열하고 졸렬한 그러나 교묘하게 자극적이고 선동하는 천박하고 요사스러운 필체에 휘둘려 아예 자기 생각과 판단 자체를 망각하며 스스로 미물이 되는 어리석음은 이제 버리고 벗어나야 합니다.

"대한민국은 민주 공화국이다. 대한민국의 주권은 국민에게 있고, 모든 권력은 국민에게서 나온다."

"민주주의 최후의 보루는 깨어 있는 시민의 조직된 힘입니다. 이 것이 우리의 미래입니다."

나의 피가 살아 움직이고 있음을 처음으로 절절하게 느끼게 하는 한없이 설레고 또 설레는 말이었습니다. 힘없는 나를 위해 외치고 또 외치는, 대쪽 같이 부드러운 그 외침에 울컥하는 눈물로 설렜습니다.

"정치는 정치인이 하는 것이 아니라 바로 국민 여러분이 하는 것 입니다."

나의 피가 여전히 살아 움직이고 있음을 또다시 뼈마디 마디 사 무치게 깨닫게 하는 강하고 절절한 울림으로 예전처럼 나는 또 울 컥하는 눈물로 설렙니다. 이 울림이 또다시 허망하게 공중에 흩뿌려 져 사라지는 소리가 아니게 두 손 모아 꽉 움켜잡아야 하지 않을까 요? 여의도의 정치가 아니라 우리의 정치입니다. 여의도의 그분들은 우리에게 위임을 받았을 뿐입니다. 그것을 권리로 착각하지도 남용 하지도 마시기를 권고하며, 또 우리는 그런 착각과 남용을 용인해서 도 안 됩니다. 국민을 소재로 하는 여의도의 정치쇼, 국민을 팔면서 하는 여의도의 정치 장사를 끊어내는 것은 우리, 국민이 해야 합니 다. 우리가 우리의 정치를 되찾아 바로 잡아야 하며, 그러기 위해서 는 여의도의 정치가 아니라 우리의 정치라는 것, 역사가 특정한 세력 의 역사가 아니라 바로 우리 스스로 써가는 역사임을 마음에 강하 게 새겨지기를 바라고 또 바라는 마음이 정말로 간절합니다.

8.
자신이 믿는 '신'께 오물을 투척한 종교

아주 오래전에 내 의지가 아니라 친구의 집요한 요구를 외면할 수 없어서 마지못해 점집에 따라간 적이 있었습니다. 그때 친구의 점괘를 보던 무당이 갑자기 옆에 있던 나에게 어떤 말 한마디를 했습니다. 무속을 믿은 것도 아닌데도 그 말 한마디는 오랫동안 기억에 남았었습니다. 왜 그럴까요? 무속신앙을 믿지 않고, 무당의 말을 믿지 않아도 자의든 아니면 우연히든 듣게 된 그 말은, 그것이 좋은 뜻이든, 아니면 불길한 뜻이든 상관없이 머릿속에 계속 남으며 신경이 쓰이게 됩니다. 왜 그럴까요? 아마도 '신을 접하는 사람'이라는 인식 때문이 아닐까요? 그래서 사람들 대부분은 문제 해결을 위한 그들의 요구나 지시 등을 거부하지 못하고 그대로 행하게 됩니다. '신 접한 사람'의 말을 안 들으면 곧 '신의 뜻을 거스르는 것이고, 그러다가 '신'의 저주를 받게 되어 상황이 악화하거나 불미스러운 일이 일어날 것 같은 두려움이 작용하기 때문입니다. 그래서 비이성적인 미신이란 취급을 받으면서도 쉽게 끊어내지 못합니다. 그런데 그런 행동을 종교에 대한 믿음이라 할 수 있을까요? 깊게 신앙하고 주기적으로 상담받고 그에 따른 어떤 행동을 한다면 샤머니즘도 신앙의 한 체계이므로 종교라 할 수 있겠지만 평소 관심도 없고 믿지도 않았으나 우연히 그것을 접하고 그들에게 어떤 말을 듣게 되고 그 말을 믿으면 그것도 종교일까요? 만약 종교를 가진 사람이 우연히 무당에게 어떤 말을 들었고 그것을 믿었다면, 그 사람의 믿음은 어떤 종교를 향한 것일까요? 또 무당에게 다른 종교의 신의 계시를 듣고 그대로 행했다면 그 믿음과 행동은 어느 종교에 속한 것일까요?

한 예를 들어 보겠습니다. 너무나 명망 높은 어느 목회자의 유명한 간증임에도 무례하게 졸았던 탓에 앞부분은 잘 기억나지 않습니다. 기억나는 부분은 중간의 어느 한 부분부터인데요, 그분이 절망에 빠져 길을 가는데 어디선가 방울 소리가 들려 그곳으로 갔더니 굿판이 열린 곳이었다고 합니다. 그냥 가던 길 가려다가 멈춰서 그 굿을 구경하는데 굿을 하던 무당이 갑자기 굿을 멈추고 그분을 보더니 "예수 믿고 목사가 되어라."라고 벼락같이 소리를 질렀다고 합니다. 그때 신의 계시와 함께 어떤 깨달음을 받아 그 자리에 주저앉아 통곡하며 회개하고 교회에 다니게 되었고, 목회자까지 되었다는 내용이었습니다. 그런데 이 간증 내용에서 이해가 잘 안 되는 부분이 있는데요, 그 간증대로라면 '무당'이 '하느님'의 계시를 전한 것이 됩니다. 그러면 스치듯이 처음 만난 그 무당의 말에 '신'의 계시를 깨닫고 회개한 그분의 믿음은 어느 종교에 대한 믿음일까요? 기독교? 무속신앙? '하느님'의 뜻을 전한 무당의 말을 들은 것은 샤머니즘이고, 이후 목사가 된 것은 기독교신앙일까요? '신'의 부름을 받았다는 이분의 믿음을 어떻게 해석해야 할까요? 속지 마세요. 이것은 특정 종교도, 그리고 특정 종교와 신에 대한 믿음도 아닙니다. 그러면 무엇일까요? 샤머니즘, 무속의 관습에 익숙한 문화를 무의식적으로 학습한 조건반사적인 반응일 뿐입니다. 이것을 종교와 그것에 대한 믿음으로 해석하면 안 됩니다.

옛날부터 사람들은 신을 영접하고 신을 대변하는 사람, 즉 '제사장'과 그의 말은 절대적으로 믿고 따랐습니다. 신을 모시며 신과 함께하고 신의 뜻과 말씀을 전달했기 때문에 함부로 범접할 수 없는 그 어떤 특별한 능력의 소유자라 여겼고, 그 생각 자체가 굳어져 신에 대한 믿음이 그에게 전이되어 점차 집단 속에서 '제사장'은 절대적인 존재가 되었고, 그의 말은 법보다 더 강력한 힘을 가지게 되었습니다. 이러한 관습은 전 세계적으로 모든 역사와 함께해왔습니다. 이후 여러 종교의 등장과 성장으로 '무속신앙'은 '샤머니즘'으로 일차원적인 종교로 의미가 많이 축소되고 입지도 신흥종교에 밀려 약해졌지만 '제사장'의 절대적인 능력, 즉 '신'을 영접하고 대변하는 것에 대한 '신성함'과 그것을 절대적으로 믿고 함부로 하지 않는 관습은 그대로 남아 현재에도 유지되고 있는 것입니다. 그뿐만이 아니라 각각의 종교 내에서도 그 관습이 알게 모르게 그대로 적용되어 '종교지도자'들을 대하는 태도나 신뢰에 투영됩니다. 앞의 저명한 분의 간증에서 나타난 것도 그 관습에 대한 반사적인 반응이었습니다. 이것은 부인할 수 없는 사실입니다. '신접'하는 사람에 대한 익숙한 관습은 마치 본능처럼 나타나는 것으로 이 같은 현상은 무속뿐 아니라 불교나 기독교 등 모든 종교 내에서도 볼 수 있습니다. 그것을 전문적인 표현으로는 '종교의 토착화'라고 합니다. 좀 더 쉽게 표현하면 신흥종교를 받아들일 때, 이미 그 지역에 형성되어 있는 토착 신앙과 그에 의해서 형성된 문화와 그 습성과 관습을 바탕으로 해서 받아들이는 것을 말합니다. 즉 이것은 한 개인이 다른 종교로 개종하거나, 무교(無敎)에서 전도되어 종교인이 된 경우에도 이미 자신 안에 형성되어 있던 종교적인 습성 또는 사회적인 문화 내에 관습처럼 남아있는 정서적인 습성을 토대로 한 상태에서 받아들이는 것입니다. 그래서 각 종교가 처음 형성된 곳이 아닌 다른 지역에 전파되고 정착할 때 그 지역에 이미 형성되어 있는 종교적인 문화와 융합해서 정착되어 종교가 처음 형성된 곳과는 조금 다른 형태의 종교적인 습성이 생겨나고 미신적인 요소가 가미되는 것입니다. 우리나라에 들어온 종교도 마찬가지인데요, 특히 가톨릭과 기독교도 유교적인 배경에서 들어왔기 때문에 가톨릭과 기독교 내에서 유교적인 요소가 남아있습니다. 이런 면에서 볼 때, 가톨릭과 기독교가 유교적인 사상과 융합되면서 개방적일 것 같으나 반대로 더욱 보수적인 면이 강하고 어떤 면에서는 폐쇄적인 면이 강할 수 있는 것입니다. 여기에서 한 걸음 더 나가면 샤머니즘적인 요소와 유교적인 요소가 작용하면서 무형(無形)인 '신'을 인간의 이해로 해석해서 '형상화(形象化)'하기까지 합니다. 물론 그 자체도 인식 못 하기 때문에 '신'의 '형상화'라는 오류는 계속 유지됩니다. 그래서 무당의 말에 신의 부름을 깨닫고 목회자가 되었다는 간증도 나올 수 있고, 그 간증을 듣고, 그 안에서 신의 메시지를 찾을 수도 있고 감동도 나올 수 있는 것입니다. 따라서 '종교지도자'에 대한 인식은 일차원적인 샤머니즘의 '제사장'과 동일선에서 출발합니다. 그래서 신을 영접한 자, 신과 인간을 연결하는 중재자라는 이미지가 워낙 강해서 오랜 시간의 흐름과 시대가 변했어도 모든 '종교지도자'에게 여전히 적용되고 있습니다. '종교지도자'들의 말이 법보다 더 강한 힘을 가지는 현상을 우리는 너무나 쉽게 목격할 수 있습니다. 종교지도자가 '신'을 영접하고 '신'을 대변하며 신과 인간 사이에서 중재하는 사람이라서 '신성시'하는 심리가 은연중에 잠재되어 있기 때문입니다.

그런데 여기서 정말 짚고 넘어가고 싶은 것은 '종교'가 신비적인 것도, 기적도 아니란 것입니다. 물론 과학적으로 설명이 안 되는 신비로운 일이 전혀 없다고는 못 합니다. 그러나 그 기적이 반드시 종교를 통해 일어나지 않습니다. 그래서 종교는 기적이 아니고 기적은 믿음이 아닙니다. 즉 기적은 신비로운 일, 그 자체를 종교적인 믿음이나 신념으로 연결해 해석하고 설명할 수 있는 것이 아니란 것입니다. 그러나 사람들은 자신의 힘으로 해결할 수 없는 문제나 아니면 벗어나고 싶은 현실을 마주할 때면 기적을 믿고 싶어 하며 그것이 자신에게도 일어나기를 소원하게 됩니다. 그리고 종교를 의지하며 신을 찾습니다. 더러는 신께 어떤 약속을 하기도 합니다. 하지만 이렇게 종교를 기적과 연결 짓는 것은 아주 위험합니다. 종교는 어떤 것을 물리적으로 치유하거나 기적을 일으키는 것이 아닙니다. 또한 '신' 역시도 그 기적을 통해 인간이 약속한 것을 반드시 받아내지도 않습니다. '신'은 그렇게 유치한 방법으로 사람들의 믿음을 얻어내지 않습니다. 즉 종교는 기적의 극대화를 통해 자극적인 것을 강조하고 그 방법을 통해 인간의 영혼을 끌어내서 믿음을 구걸하듯이 받아내는 것이 아니란 것입니다. 하지만 아직도 종교를 통해 병이 낫고 어려운 문제가 해결된다고 믿는 현상이 유지되는 것은 일차원적인 샤머니즘의 영향 때문이라고밖에 달리 이해할 수가 없습니다.

종교와 기적을 연결하는 믿음이 위험한 것은 신비로운 능력의 존재를 믿고 선망하게 만들며 '신'과 '종교지도자'가 그 신비로운 능력을 소유한 것으로 믿게 하기 때문입니다. 이것은 '신'을 믿는 것이 아니라

'신의 능력'을 믿게 하는 것이고, '종교지도자'를 추앙하게 만드는 것입니다. 따라서 '종교지도자'에게는 일반인과 다른 어떤 대단한 능력 같은 것이 있을 것으로 생각 하고 그것이 믿음으로 이어지는데요, 그런 사고는 신과 인간을 연결하는 어떤 특별한 능력의 소유자이기 때문에 종교지도자의 말은 절대적인 것이 됩니다. 그래서 종교지도자의 요구는 무슨 일이 있어도 무조건 다 들어 줘야 하는 맹목적인 믿음이 되는 것입니다. 믿음이란 것 때문에 그 요구의 정당성 같은 것은 따져 볼 이성적인 생각 자체가 안 드는 것이죠. 그래서 일반인들이 보기엔 정말 말이 안 되는 사기성 발언에도 어처구니없이 순종이란 것으로 둔갑해 행하게 되고 돌이켜 보면 가정을 버리고 가족을 등지고 패가망신 당하게 되거나 사기 또는 성폭행 같은 것을 당하게 되는 것이죠. 종교에 대한 이러한 잘못된 인식을 고쳐야 합니다. 꼭 이런 것으로 이어지는 것이 아니어도 '종교지도자'들의 예배 집행 때, '신'의 메시지를 듣다 보면 '과연 저것이 신의 뜻일까? 아니면 개인의 신념일까?' 하는 의문이 들 때가 많았습니다. 그 의문이 너무 자주 반복되면 '종교지도자'에 대한 신뢰는 물론이고 '신'에 대한 믿음까지 희석되기 마련입니다. 하지만 그 관습에 너무 깊게 익숙하다 보면 '종교지도자'에게만 의지해서 자신의 이성적인 사고로 '신'의 메시지를 판단하고 받아들일 능력을 잃게 됩니다. 그래서 '종교지도자'의 말이 전부가 되고 절대적인 것으로 자리하게 되고 절대적인 순종으로 무조건 지켜야 하는, 법보다 더 강력한 것이 됩니다. 어떤 면에서 이 절대적인 강력한 신뢰와 순종은 이성을 잃고 그것을 맹신하며 집단행동까지 서슴지 않는 것으로 표출되는데요, 이런 모습도 주변에서 쉽게 볼 수 있습니다.

무의식중의 이런 이미지에 대한 신뢰는 자신의 처지나 상황에 따라서 무속신앙을 본능적으로 찾게 합니다. 사회적인 불안감(예로 코로나 19)이 팽대할 때는 특히 더 그렇습니다. 이것은 무속에 대한 개인적 신앙의 유무(有無)와는 상관없습니다. 당장 눈앞의 불안감을 해소하고 싶은 욕구 때문에 개인이 믿는 종교와는 무관하게 찾는 것입니다. 그래서 기독교나 가톨릭, 불교 등의 신도이면서도 무당을 찾는 사람들이 있는 것입니다. 이것을 단순히 그들의 신에 대한 믿음이 없거나 약하기 때문이라고 할 수는 없는 것 같습니다. 신에 대한 기도와 믿음만으로는 지금 닥친 좌절과 불안감, 절망감이 감당 안 되고 해소할 수 없기 때문인데요, 그렇다고 무속신앙을 권장하는 것은 아닙니다. 좀 재밌는 사실은요, 자신의 문제에 대한 답은 스스로 알고 있고, 그 해법 역시도 자신이 이미 알고 있다는 것입니다. 개인적으로 예전에 타로점을 간혹 본 적이 있었는데요, 그때마다 느낀 것은 타로 리더와 대화 도중에 고민의 답을 이미 내가 가지고 있다는 것입니다. 이것은 비단 나만의 경험은 아닐 것입니다. 사람들이 겪는 불안감은 미래에 대한 불확신 때문입니다. 사회적인 문제로 인해 생긴 불안감은 나라가 해결해야 해소될 일이 있습니다. 하지만 개인적인 불안감이나 답답한 상황이나 일, 그리고 고민과 갈등을 겪는 문제 등에 대한 답은 스스로 가지고 있고 또 해결할 수 있는 해법도 이미 알고 있는 것이 대부분입니다. 따라서 무속인이나 타로점을 통해서가 아니라 주변의 지인들과의 대화를 통해서도 답을 충분히 찾을 수 있는 것이며 오히려 어떤 것은 지인과의 대화에서 더 많은 도움을 얻을 수 있습니다. 그래서 무속과 점은 신앙의 대상도, 또 맹신할 대상이 못 되는 것입니다. 무속신앙에서 '굿'이나 '부적' 같은 것으로 액운을 제거하는 행동을 취하거나 미래의 행운을 기원하지만, 그것은 일차원적인 신앙심에 대한 위로와 안정감을 주는 하나의 형식적인 의식에 지나지 않습니다. 물론 그것의 효력을 믿는 것은 개인의 자유겠지만 그것이 어떤 상황을 바꾸거나 고민이나 문제의 본질을 해결할 효력은 없습니다. 그것을 통해 위안을 받으려는 강한 의지가 그들만의 '믿음'과 '확신'이 되는 것입니다. 그렇기 때문에 무속을 끊을 수 없고, 그것에서 쉽게 벗어나지 못하고 깊게 빠져드는 것입니다.

종교도 같은 맥락에 서 볼 수 있습니다. 사람들은 자신들의 불안 심리를 '신'의 영역에서 해결 받고 싶어 하며 문제의 해법도 찾고 싶어 합니다. '신'의 영역에서 불안 심리가 제거되고 문제의 해법을 찾게 되면 자신을 '신'의 사랑을 받는 자, 즉 '신'의 영역 안에 들어간 듯한 특별한 존재로 여기며 그 '신'을 더욱 신뢰하고 그 영역 안에 있기를 소망하게 됩니다. 그런 이유로 사람들은 종교를 찾고 또 의지하게 되는 것이며 종교에서 쉽게 벗어나지 못하고 빠져드는 것입니다. 그래서 사람들에게는 어쩌면 그것이 정통교단인지 이단(異端)과 사이비(似而非)인지는 그렇게 중요하지 않을 수도 있을 것 같습니다. 왜냐하면 자신의 불안심리를 해소해주고 안정감과 위로를 얻을 수 있는 것으로 만족감을 얻고, 그 만족감이 자신을 특별한 존재의 가치를 가지게 하는 것으로 작용하면 그 종교가 아무리 이단이고 사이비라 할지라도 빠져들 수밖에 없는 것입니다. 그래서 비종교인과 일반 전통교단의 종교인들이 보기에 이해가 안 되고 무지하고 무모해 보여도 더 깊게 빠져들고 헤어 나오기를 거부하는 것입니다. 사람들의 불안 심리를 완화해주고, 신의 사랑을 받고 있고, 그 영역 안에서 특별한 존재라는 것을 끊임없이 확인시켜주고 부각해 줌으로 안정감을 주고 확신감을 주는 역할을 바로 '종교지도자'가 합니다. 그렇기 때문에 '종교지도자'는 자극적이고 과격한 말로 사람들의 불안 심리를 완화시켜 주려고 합니다. 그리고 자신이 '신'께 특별한 능력을 받았기 때문에 불안과 고통이 치유 받아 완화된다며 자신을 과시합니다. 그 특별한 능력을 확인시키기 위해서 구연 되는 각종 미신과 억지로 만들어 낸 미신을 그럴듯하게 전합니다. 그래서 그 종교가 무엇이 됐든 상관없이 모든 '종교지도자'에 대한 이미지는 '무속'과 확고하게 연결되어 작용합니다.

아마도 '무속신앙'을 포함한 많은 '종교인'과 '종교지도자'는 나의 이런 생각, 즉 '무당'과 '종교지도자'를 동일선에 놓는 것에 반감을 느끼며 상당히 불편하고 불쾌할 것 같습니다. 하지만 종교의 역사와 그 뿌리, 그리고 그것의 성장과 발전을 놓고 보면 어느 종교든 '종교지도자'에 대한 '신도'의 태도는 한결같았음을 부인할 수 없습니다. 따라서 각 '종교지도자'의 인성과 사상이 상당히 중요한 것을 알 수 있습니다. 그러면 원론적인 질문을 해볼까요? 종교는 인간의 나약함과 절박함으로 만들어진 허구일까요? 아니면 실제로 존재하는 신에 대한 믿음일까요? 이 질문 자체가 우문인가요? 하긴 저마다 자신의 신념에 따라 다양한 답이 나올 수 있는 것인데 너무 일차원적인 질문이었습니다. 그러나 저 상반된 모든 것이 융합된 것이 종교입니다. 무교(無敎)인 인간이 '신'을 찾을 때는 가장 나약해진 자신을 느꼈을 때입니다. 인간이 가장 절박할 때는 자신이 아무것도 아닌 것을 느끼는 순간이고 그때가 바로 가장 나약할 때입니다. 스스로가 너무 나약하고 초라해서 아무것도 할 수 없는 존재임을 깨닫는 순간 모든 것이 절박해집니다. 물론 어떤 상황적인 절박함도 있겠지만, 인간은 누구나 자신의 약함을 깨닫는 순간 두려움이 덮치면서 모든 면에서 절박함을 느낍니다. 바로 그때 인간은 자신에게 가장 익숙한 종교를 찾게 됩니다. 그것이 점집이든, 교회 또는 성당과 절 등을 찾아갑니다. 하지만 내가 여기서 말하고 싶은 것은 '초월적인 신'에 대한 믿음에 관한 것이 아니라 '종교', 그 무게와 가치, 그리고 본질과 책임까지 잃은 허무한 허상에 관한 이야기, '종교'에 관한 그 복잡한 이야기를 해보려고 합니다.

　속담 중에 '물은 건너봐야 알고 사람은 겪어봐야 안다.'라는 말이 있습니다. 특히 사람은 어려운 상황을 함께 겪어봐야 알 수 있다고 합니다. 힘들고 어려울 때는 사람의 본성이 낱낱이 숨김없이 민낯을 드러내기 때문이겠죠. 즉 사람에 대한 신뢰의 문제죠. 그런데요, 종교도 그런 것 같습니다. 개개인의 어려운 상황에서 종교는 어떤 민낯을 할까요? 뭐, 하긴 그런 개개인의 상황에서 종교의 민낯은 각각의 믿음과 의지의 해석이 상당히 주관적인 만큼 그것을 논할 수는 없겠죠. 하지만 그 믿음이 사회적인 것으로 집단화되어 나타날 때는 문제가 다릅니다. 왜냐하면, 모든 '종교'는 사회적인 책임에서 자유로울 수 없습니다. '종교'는 절대적인 신께 대한 개인의 체험을 바탕으로 한 믿음에서 출발하고, 그것을 공유하는 공동체로서 결집을 위한 교리를 체계화시키고 신을 숭배하는 예배와 믿음을 실천하는 것을 나누는 조직적인 사회적 집단을 형성한다고 정의합니다. 따라서 '종교'는 초월적인 '신'을 믿는 '조직적인 사회적 집단'입니다. 그리고 이 '조직적인 사회적 집단'이란 것이 바로 '종교'가 갖는 '종교의 힘'이 아닐까 싶습니다. 모든 '종교'는 '조직적인 사회적 집단'으로서 인류 역사와 함께 시작했고 또 역사와 함께 흥망의 길을 같이 걸었습니다. '종교'는 개인의 믿음이지만 조직적인 사회적인 집단인 까닭에 사회와 유기적인 관계로 사회적인 책임 또한 회피할 수 없는 필수적입니다. 하지만 우리 사회에 나타나는 여러 현상을 보면 '종교'의 사회에 대한 책임은 그 어디에서도 찾아볼 수 없습니다. 특히 사회가 힘들고 어려움을 겪고 있을 때마다 나타난 여러 현상에 '종교'는 번번이 무책임했습니다. '종교'가 부패하면 '나라'가 망한다고 말하는 것은 '종교' 스스로가 사회와 유기적인 관계임으로 충분히 인지하고 있고, 인정한다는 것입니다. 게다가 더러는 그것을 강조하면서 종교의 중요성을 스스로 강조하면 그 위상을 높이기도 합니다. 그런데 왜 '종교'는 '사회적인 책임'을 회피할까요? 스스로에게 유리하게 작용할 때, 즉 이익이 되는 해석이 필요할 때만 강조되는 것인가요? 사회적 책임에는 이익되는 것이 없기 때문에 외면하며 피하고 싶고 부인하고 싶을까요?

대구에서 이슬람사원 건축을 두고 격화된 갈등이 폭발해 첨예한 대립으로 양쪽의 처지가 좁혀지지 않고 오히려 문제가 더 커지는 양상을 보였습니다.[40] 주민들의 이슬람사원 건축 공사중단의 거센 반발에 건축주가 공사중지 처분 취소 소송에서 1·2심 모두 승소했습니

---

40) 박기람 기자 「'이슬람·중국 OUT'… 외국인 공포·혐오 만연한 부동산 시장」 아주경제신문 2021.02.24, 황필규 기자 [세상읽기] 당당한 혐오국가의 민낯/황필규」 한겨레 2021.02.25, 박세현 기자 「"이슬람사원 주변에서 한국인은 살기 어려워요"」 CTS뉴스 2021.03.17, 복건우 기자 「지자체가 손 놓은 이슬람 사원, 고스란히 쌓이는 대현동의 갈등」 오마이뉴스 2021.04.17, 전재용 기자 「대구 이슬람 사원 건립 놓고 지역사회 갈등 심화」 경북일보 2021.04.29

다.[41] 주민들은 당연 그 결과에 불복하고 상고했으나 최근 법원이 본안 심리 없이 기각했고[42] 주민들의 분노는 집단행동으로 이어졌는데요, 이 과정에서 주민 2명이 업무방해로 입건되었다고 합니다.[43] 이런 부딪힘과 갈등은 이미 오래전부터 예견됐던 것이고 또 이미 많은 나라에서도 갈등과 과격한 충돌로 겪은 어려움인데요, 이것은 이슬람이 그동안 보여왔던 일관된 이기적인 태도 때문입니다. 그들에게는 생활이고 생명과 직결된 생존 자체인 국교이지만 타 종교탄압과 억압 및 배타적인 태도를 고수해 온 그들이 타국에서 종교의 자유와 문화의 다양성에 대한 인정을 요구하는 것은 누가 봐도 모순이며 극치의 이기적인 요구이기 때문입니다. '이슬람'은 타국에서 자신들의 종교와 정체성을 지키려는 노력만큼이나 그 나라와 사회에 자신들의 종교가 끼친 영향에 대한 책임 있는 태도를 보였어야 했습니다. 하지만 그들의 주장에는 권리만 있고 책임은 회피하는 태도로 일관했기에 신뢰를 얻기 힘든 것은 피할 수 없고 부인할 수도 없는 사실입니다. 그런데 이렇게 사회적인 책임을 외면하고 자신들의 권리만 주장하는 것은 '이슬람'만 그런 것이 아닙니다. 국적 불문 모든 '종교'가 자신의 권

---

41) 김정화 기자 「법원 "대구 이슬람사원 공사중지 명령처분 취소해야" 이슬람 측 승소」 뉴시스 2021.12.01, 대구 CBS 류연정 기자 「대구 이슬람사원 공사중지 항소심도 건축주 승..공사 재개 가능」 노컷뉴스2022.04.22

42) 대구CBS 류연정 기자 「대구 이슬람사원 건축 관련 소송 건축주 최종 승소」 노컷뉴스 2022.09.19

43) 박중엽 기자 「경찰, 대현동 이슬람사원 공사 방해 주민 "업무방해" 송치」 뉴스민 2022.09.27

리 주장에는 큰 소리를 내며 필사적으로 그것을 사수하려고 사력을 다하지만, 사회적인 책임은 언제나 늘 외면합니다. 현재 우리나라 내에서 일어나는 교회의 집단행동도 그것을 명확하게 증명해줍니다. 물론 교회가 조직적인 집단이기 때문에 집단행동은 일면 당연할 수 있습니다. 하지만 그 집단행동이 사회에 미치는 영향을 생각해야 합니다. 왜냐하면, 종교 단체는 일반 시민단체나 노동자 및 사회단체들의 집단행동과는 차이가 있기 때문입니다. 그만큼 종교가 갖는 특수성은 무시할 수 없는 엄청나게 큰 힘을 가지고 있습니다.

코로나19로 인한 팬데믹으로 전 세계가 처음 접한 이 상황에 사실상 패닉 상태에서 많은 혼란과 혼선을 겪었습니다. 확진자 수와 그 동선에도 민감하고, 마스크 대란에 평소 같으면 하지도 않았을 상식을 벗어난 행동을 하기도 하고, 이것이 길게 이어지면서 모두가 지치고 예민해져 있습니다. 경제적인 어려움까지 더해져서 극단의 선택을 한 사람도 적잖고 그 기로 위에 서 있는, 하루하루가 힘든 사람도 많습니다. 하지만 이러한 사회 모습과 너무나 동떨어진, 그래서 이질적인 느낌마저 들게 하는 이기적인 집단행동을 서슴지 않는 '종교'를 어떻게 보시나요? 모두가 모임을 자제하고 그것으로 생활고를 겪는 이들이 날마다 속출하고 있을 때 '종교'의 이기적인 집단행동은 그들의 사회적 책임과는 무관하게 자신들의 권리 침해만을 외치며 팬데믹 상황으로 인한 사회적 거리 두기를 '종교탄압'이라고 주장합니다.

그리고 '그들은 「이단」이라서 우리와는 무관하다.'라며 선 긋기에 바쁜 일부 일반 교회의 행태는 또 어떻게 보시나요? 정말 종교의 자유를 외치며 권리만을 주장하고 집단행동을 서슴지 않는 모습이 '이단'인 집단의 행동일 뿐 일반 교회와는 전혀 무관한 것일까요? 그러면 어느 일반 교회 내에서 확진자가 나온 것을 숨기기에 급급해 거짓말을 권하는 일부 목회자와 그것을 그대로 받아들이고 이행하는 교인들의 모습에서 사회적인 책임감을 가지는 모습을 찾아볼 수 있나요? 교회 내에서 확진자가 나온 것이 모든 교회에 악영향을 미칠 것 같아서 거짓을 권했다는 그것이 오히려 사회적인 책임을 회피하는 것보다 더 큰 악영향이 아닐까요? 이렇듯 사회에 무책임하고 '종교'의 권리만 주장하는 상당히 이기적인 모습에 종교인도 비종교인도 실망을 넘어 격분한 분노는 환멸로 이어졌습니다. 누구도 부인할 수 없는 사실입니다.

이런 단면을 포함, 역사를 살펴보면 모든 '종교'는 한결같이 국적 불문하고 사회적 책임을 일관성 있고 고집스럽게 회피했습니다. '종교'의 공통된 이기적 단합은 사회적 영향과 그 파장은 외면하고 그 결과에도 무책임으로 일관합니다. 이것은 '종교지도자'들의 인식과 태도 문제인데요, 그래서 절대로 간과해서 안 될 것이 바로 '종교지도자'들의 사상이며 태도입니다. 전 세계적인 팬데믹인 상황을 '종교탄압'이라고 단정하고 광분하며 선동하는 지도자와 그것을 곧이곧대로 믿고 받아들이며 거리 곳곳을 장악하는 집단행동을 아무런 거리낌 없이 당연한 권리 주장인 듯 행하며 주도하는 모습에서 사회적인 책임은 전혀 찾아볼 수 없습니다. 역시 옛 격언처럼 '종교'도 겪어봐야 참된 것을 구분해 낼 수 있나 봅니다. 물론 교회의 주일과 주일 예배가 갖는 의미와 그 중요성을 모르지 않습니다. 또 그것을 가볍게 여기는 것도 아닙니다. 하지만 전 세계적인 팬데믹 상태였고, 모든 사람이 처음 겪는 질병과 죽음의 공포를 피부로 느끼는 최고조로 격양된 두려움과 스트레스로 민감한 시국이었고, 그래서 사회적인 상황 자체가 특수 상황이었습니다. 이 어려운 상황에 생을 내려놓는 극단의 선택을 하거나 그 위기를 견디는 다수의 사람을 생각한다면, 그리고 그 다수의 사람이 함께 신을 믿는 공동체 안에 있었던 '성도' 중의 일인일 수 있을 거라는 생각을 단 한 번이라도 고심했다면 '종교지도자'들은 좀 더 신중하게 이 상황을 판단하고 '종교'의 권리만 주장할 것이 아니라 신을 예배하는 모임을 좀 더 유연하게 대처하는 방법을 적극적으로 모색해야 했습니다. 예배를 꼭 주일에만 해야 할까요?[44]

사실 교회 공간은 텅 빈 장소일 때가 더 많습니다. 대형교회도, 건물 내의 작은 교회도 특정일, 특정 시간이 아닌 날과 시간에는 항상 텅 비어있어서 비효율적이란 생각을 늘 했습니다. 그래서 평일에는 텅

44) 남정현 기자 「정부 요청에도.. 대형교회 66% "주일 예배 중단 안한다"」 뉴시스 2020.02.27, 도혜민 기자 「대형 교회들이 예배를 중단하는 가운데 CBS가 직원예배를 공지했다」 허핑턴포스트 코리아 2020.03.04, 양봉식 기자 「"코로나 감염 정부의 예배 간섭은 종교 탄압 수준"」 교회와신앙 2021.03.10, 기독인뉴스 기자 「홍호수 칼럼 정부의 강제 예배중지는 종교탄압」 기독인뉴스 2020.03.26, 권지연 기자 「[평화나무 리포트] 정부의 방역 협조 요청이 '종교탄압'?」 민중의소리 2020.03.29, 정경훈 기자 「코로나 빌미 교회 탄압? "완전한 오해..방역에 종교는 없다"」 머니투데이 2020.08.20

빈 그 공간을 사회에 기부해서 좋은 일에 사용되는 것이 효율적이란 생각을 늘 했습니다. 아무튼 교회의 집회도 일요일만 있는 것이 아니라 매일 새벽, 수요 집회와 금요 철야 등으로 많은 예배가 주중에 진행됩니다. 그렇다면 팬데믹의 특수한 상황을 고려한다면 예배를 꼭 주일만 고집할 것이 아니라 요일별로 나누어 일주일 내내 소수의 모임으로 예배를 집행할 수 있는 것입니다. 신께서는 꼭 반드시 '주일 예배'만 받겠다 하실까요? 그러면 새벽 집회와 수요 집회, 금요 철야 때의 예배는 안 받으시나요? 시국이 시국인 만큼 '지도자'의 재량껏 모임을 세분화시켜서 사람들의 수를 분산시키면서 정부 방침을 어기지 않고도 충분히 신을 예배할 수 있습니다. 그러나 오히려 불통의 모습으로 사람들을 자극하고 선동해서 사회를 더욱 어수선하게 만들고, 문제를 만들뿐아니라 더욱더 크게 확대했습니다. 안 그래도 어렵고 힘든 상황에서 사람들의 마음을 위로하고 품어야 할 '종교지도자'들이 오히려 사람들을 자극하고 선동하는 모습이 개탄스럽습니다. 그리고 여지없이 이번에도 선동만 있고 책임은 없었습니다.[45] 참된 '종교', 참된 '지도자'의 모

---

45) 유종환 기자 「"예배 금지하는 부당한 행정명령 굴복할 수 없다"」 기독교한국신문 2021.07.28, 홍연우 인턴 기자 「전광훈, 광화문집회 강행 예고…국민혁명당 "기필코 성사시킬 것"」 서울경제 2021.08.02, 김치연 기자 「보수단체, 광복절 행사 강행…도심 곳곳 충돌·실랑이(종합)」 연합뉴스 2021.08.15, 임혜지 기자 「[종교+] 광화문 막자 사랑제일교회로 800명 우르르… 전광훈 "우리가 이겼다"」 천지일보 2021.08.15, 박순종 기자 「[르포] 경찰이 꽁꽁 둘러싼 광화문광장 '합법 집회'…"여러분, 저 혼자선 못 이겨요!"」 펜앤드마이크 2021.10.04., 진용준 기자 「광화문 집회발 코로나19 확산 책임 민경욱 고발 당해… 8·15 광복절 집회 측 "정부 책임" 적반하장」 NEWSFIELD-뉴스필드 2020.08.22, 나무위키 백과 「사랑제일교회 코로나바이러스감염증-19 집단 감염 사건」 namu.wiki/w 2022.10.06

습과는 거리가 멀어도 너무 멀게 느껴집니다. 그런데 이렇듯 '종교지도자'들의 사상의 중요성과 그들의 선동이 사회적인 문제로 확대된 것이 이번이 처음은 아닙니다. 안타깝게도 '종교지도자'들의 선동은 과거에도 존재했었습니다.

사람들 사이에서 세상의 끝은 사후 세계만큼이나 궁금한 관심사입니다. 그래서 사람들은 그것에 관한 많은 질문을 하고 '종교지도자'는 그것에 대한 답을 주려고 노력합니다. 그 노력의 한 단면으로 모든 '종교지도자'는 종종 말세를 말합니다. 사람들은 '말세'와 '종말'에 관한 예언이나 언급에 민감한 반응과 함께 적극적으로 대응을 합니다. 그래서 '말세', '종말'은 신중하고 조심스럽게 언급해야 합니다. 신의 메시지라고 해도 종말론은 종교학자들도 조심하는 메시지입니다. 하지만 '종교지도자'들은 이것을 조용하고 신중하게 다루지 않습니다. '종말'에 관한 강의는 사회와 세계적인 움직임과 긴밀하게 연관되어 있습니다. 세계 곳곳에서 일어나는 지진, 화산과 같은 자연재해, 또는 세계 각국에서 일어나는 기아와 병, 내란이나 전쟁, 코로나19 바이러스로 인한 팬데믹 상황 등의 어수선하고 불안정한 상황을 말세와 연결하고 그 강조가 지나쳐서 불안감을 조성하거나 선동으로 이어지는 경우가 종종 있습니다. 그 불안감 때문에 사람들은 더더욱 '종교'를 의지하게 되고 더 열성적으로 헌신을 자처합니다. 그리고 그 '종말의 설교'는 유행처럼 전국적으로 불안감의 확산이 빠르게 퍼집니다. 물론 '종말'에 관한 것이

성서의 기록에 나와 있기에 그것을 설교하는 것은 문제 되지 않습니다. 하지만 종말을 포함한 신의 다른 메시지를 전달하는 설교 대부분이 '종교지도자' 개인의 사상이 첨가되면서 신의 메시지가 아닌 개인의 사상과 주장인 경우가 대부분입니다. 그래서 나는 그것을 설교가 아닌 강의라고 표현합니다.

예전에 '휴거'[46]로 우리나라는 물론이고 전 세계적으로 떠들썩한 적도 있었습니다.[47] 물론 모든 교회가 어느 사이비 종교처럼 '지구 종말'의 날짜까지 구체화 시키며 지나친 선동까지 이어지는 일은 없다고는 해도 '종말론'의 거론과 '신의 심판'을 강조하며 불안감을 자극했습니다. '종교인'이든 아니든 '종말'에 대한 사람들의 불안감은 똑같습니다. 그래서 이것은 사회적으로 확대되고 그 과정에서 새로운 불안감으로 번져 사회의 또 다른 문제를 재생산합니다. 하지만 그것에 대한 '종교지도자'의 책임은 없었습니다. 이런 안일한 태도와는 다르

---

46) 예수의 재림 때, 구원받는 사람이 순식간에 공중 부양으로 하늘로 올라가는 것으로 사람이 물처럼 한순간 증발하는 현상과 비슷할 듯하다. 그러나 예수의 재림이 꼭 지구의 종말을 뜻하는 것은 아니라고 생각하며, 휴거 역시 언제, 어떻게 발생할지는 아무도 모른다. 단, 신의 계획과 그 방법을 인간의 이해력으로 형상화나 정형화해서 해석하는 어리석은 오류는 삼가기를 바란다.

47) 위키백과 「다미선교회 시한부종말론 사건」 참고, 다미선교회 시한부종말론 사건은 이장림 목사를 중심으로 1992년 10월 28일 세계의 종말을 예언했다. 동시에 휴거가 일어날 것이라는 주장에 기독교뿐만 아니라 사회적으로도 상당한 파란을 일으킨 사건이다. ko.wikipedia.org/wiki, 「携擧 내세운 시한부 종말론 극성」 연합뉴스 1992.08.07, 「시한부종말론에 빠져 공무원 2명 퇴직」 연합뉴스 1992.08.20, 「'시한부종말론' 李長林목사 연행,조사중」 연합뉴스 1992.09.23, 위키백과 「2012년 종말론」 참고, 2012년 종말론은 2012년 12월 21일 지구 멸망의 주장이다. 이것을 기초로 할리우드 영화 《2012》가 제작됐고, 지구종말론이 전 세계적으로 퍼졌다. 그리고 우리나라 지상파 방송과 종편까지 장악할 정도 화제성이 컸다. ko.wikipedia.org/wiki

게 다소 선동적인 '종말론'은 사회적인 불안 요소의 확대로 '종교인'들이 늘어나는 현상으로 이어지긴 했습니다. 하지만 '종교'에서 거론되는 '종말'은 그런 불안감의 확대가 아닙니다. 언젠가 있을 지구 '종말'을 미리 대비하기 위한 신의 메시지도 아닙니다. 성서에 기록된 '종말론'은 '말세' 때에 신을 믿는 자들이 누리게 될 복과 불신자들에게 있을 환란을 설명해 놓은 것으로 신도들은 겁을 먹거나 두려워 불안해하거나 동요할 필요가 없다는 것을 알리는 것입니다. 그러므로 언제 어떻게 '종말'이 다가올지라도, 무슨 상황에서든지 두려워하지 말고 흔들림 없이 절대로 동요되지 말고, 거짓에 현혹되지도 말고 굳건하게 오직 신에 대한 믿음을 지키며 일상생활을 유지하라는 메시지입니다. 그러나 이런 메시지의 선포보다 불안요소의 강조와 그 '종말'에 관한 '종교지도자'들 각각의 책임 없는 해석만 난무할 뿐입니다.

그러면 과연 종교는 무엇일까요? 왜, 무엇 때문에 신을 믿는 것일까요? 모든 '종교인'은 기도를 하는데 그 기도의 목적은 무엇이며 누구를 위한 것이고 또 어떤 것일까요? 가장 많이 하는 기도는 가족에 관한 것이라고 합니다. 그다음이 건강과 사업의 번창과 미래 등이라고 하는데요, 무엇보다 다른 나라에는 없는 우리나라만의 특징 같은 공통된 기도가 있습니다. 매년 수능일이 가까워져 오면 전국 각지의 모든 산과 절, 그리고 성당과 교회에는 입시를 앞둔 자녀 기도를 위한 학부모들로 인산인해를 이루는 모습은 통과의례처럼 반복됩니다.

그래서 교회와 성당, 사찰 등에서는 입시생들을 위한 특별 기도회가 기획되어 진행되기도 하고요. 그런데 이런 기도의 공통점은 모두 개인적입니다. 물론 '종교인'의 기도가 늘 사적인 개인 자신만 위한 기도를 하는 것도 아니며 또 늘 거국적이고 거시적이어야 한다는 것도 아닙니다. 자신들의 안위를 바라는 것은 가장 기본적인 본능과도 같은 것이라서 그것에 대한 바람을 어떻게 뭐라고 지적할 수 있겠습니까. 하지만 '종교'는 원래 인간의 소원을 신이 들어주는 것이 아니라 신의 뜻에 인간이 맞춰 살아가는 것입니다. 이슬람과 유대교, 그리고 가톨릭과 기독교는 말할 것도 없고 불교 역시도 신의 말씀을 하루하루 자신들의 삶에 적용하며 신의 뜻에 맞춰 살면서 자신이 속한 사회와 나라가 신의 나라가 되는 것을 위해 노력하는 것입니다. 즉 신의 뜻이 이 땅 위에 실현되는 것, 바로 이것이 본래 '종교' 모습이며, '종교'의 최종 목표입니다.

가톨릭의 '주님의 기도', 기독교의 '주기도문', 정교회와 성공회의 '주의 기도'로 지칭되는 기도문도 처음부터 끝까지 신의 뜻을 인간들이 인간의 삶 속에 실천해서 신의 뜻을 이루는 것이 주제입니다. 즉 신의 뜻을 날마다 생활 속에서 이루기 위해서 온 마음과 생각으로 치열하게 몸부림치는것, 같은 종교인이 아닐지라도 혹은 다른 종교인, 또는 무종교인일지라도 화합하고 돌아보고 봉사하고 헌신하며 그래서 하루하루를 신의 뜻을 현실화하는 것, 자신의 생활을 천국의 삶으로 만드는 것, 이것이 '종교'의 최종 목표입니다. 불교 역시 다르지 않습니다. 욕심을 비우고 시비를 버리며 교만을 버리고 약자를 돌아보고, 베풀면서 화합과 상생인 부처의 가르침을 자신의 삶에 적용하며 살면서 열반에 드는 것입니다. 즉 모든 종교는 인간이 자신 개인의 소원을 이루기 위해서 신을 믿고, 신은 자신을 믿는 인간의 소원을 들어주는 것으로 응답을 하는 것이 아닙니다. 종교는 오히려 그 반대입니다. 신의 뜻에 따라 그 뜻에 맞춰서 인간이 살아가는 것이며, 그렇게 살기에는 세상의 유혹이 너무 강하고, 세상의 일이 너무 혹독해서 믿음을 지키기가 험난한데, 그것을 지혜롭게 극복하기 위해서 같은 믿음을 가진 사람들끼리 모여 신의 뜻과 메시지를 되새김하며 서로 위안을 나누는 것입니다. 그런데 우리 현실에서 보게 되는 '종교' 모습은 신의 뜻과는 동떨어지게 인간들의 뜻에 신이 맞춰야 하고 인간의 뜻에 신이 따라오게끔 하는 것, 즉 인간이 주체가 되고 신은 인간의 욕망을 채워야 할 의무가 있는 것처럼 보입니다. 신의 뜻은 없고 인간의 간절한 의지와 욕심만이 강하게 작용하는 모습입니다. 설교 안에도 신의 메시지는 없고, 지도자 개인의 난해한 해석만 있는 강연일 뿐이고, 신께 믿음을 고백하는 예배 대신 자신들의 소원을 이루기 위해 떼쓰는 투정만 있어 보입니다. 즉 자신의 뜻과 소원을 이루고 성취하기 위해 신의 능력 행사를 간절하게 바라고, 집요한 기도로 요구하는 것입니다. 이 정도뿐이라면 애교 수준입니다. 자신들의 탐욕과 그것의 성취, 그리고 각종 비리 등을 정당화하기 위한 방편으로 종교와 믿음, 더 나가서 신을 이용합니다. 이것은 단지 기독교에만 국한된 것이 아니라 불교를 포함한 모든 종교가 마찬가지입니다. 종교의 최종 목표는 처음부터 존재하지 않은 것처럼 어디에서도 보이지 않습니다. 너무 단정적이고 주관적인 해석인가요?

종교는 자기 성찰입니다. 세상에서 상처받고, 지치고, 스트레스받은 것을 정화 시키기 위해서 신을 의지하고 신의 말씀을 듣는 것이며 같은 믿음을 가진 자들과 마음을 나누는 것입니다. 신의 뜻대로 살기에는 세상은 너무 많이 악하고 거짓되고 지나치게 오염되었습니다. 그 안에서 올곧게 신의 뜻대로 살려고 몸부림쳐도 무시 받고 상처받고, 똑같이 악해지기도 하고 더러워지기도 하고 유혹에 넘어가기도 합니다. 그것은 어쩌면 너무나 당연한 모습이고 현상인데요, 왜냐하면 인간은 나약한 존재이기 때문입니다. 그래서 같은 믿음을 가진 사람들이 모여서 서로 위로하고 위로받고, 서로에게 용기를 주고 용기를 받고, 스스로 반성하며 자기 성찰을 하며, 세상에서 신의 뜻대로 올곧게 사는 방법과 지혜를 나누고 다짐을 하는 것입니다. 그래서 회당, 성당, 교회, 절 등의 장소가 중요한 것이고, 함께 모여 신을 예배하고, 신의 뜻을 되새기며 신앙을 나누는 시간이 필요한 것입니다. 이 과정에서 '종교지도자'의 역할이 매우 중요합니다. 앞에서 거론했듯이 종교는 기적이 아닙니다. 따라서 '종교지도자'는 어떤 특별한 능력을 소유해서 신비로운 능력을 발휘해서 기적을 일으키고, 모든 문제를 해결해 주는 해결사가 아니며, 신에게 특별한 선택을 받아서 신과 인간을 중재하는 역할을 하는 것도 아닙니다. 그래서 가장 연약할 때 종교를 찾고 신을 의지하는 절박하고 간절한 심리를 과격한 말로 자극하며 사람들을 현혹하며, 더 크게 확대 함으로써 자신의 말이 절대적인 진리임을 강조하며 신의 말보다 자신의 말을 더 참인 것으로 믿고 따르게 하고, 자신이 모든 문제의 해결사임을 자처하는 것은 참된 종교지도자라 할 수 없습니다.

신의 뜻은 어떻게 알 수 있을까요? 모든 종교의 경전에는 이미 신의 뜻과 방향성이 모두 다 기록돼 있으므로 누구나 경전을 통해서 신의 뜻과 신이 원하는 방향을 깨달을 수 있는 것입니다. 따라서 신의 뜻은 어떤 특별한 능력을 소유해야만 깨달을 수 있는 것이 아닙니다. 즉 '종교지도자'나 어떤 특별한 사람을 통해 신의 뜻이 계시 되거나 특별한 사람만이 신의 뜻을 통찰할 수 있는 것이 아닙니다. 우리나라 사람들은 공부를 무척이나 좋아하며 즐거합니다. 불교든 개신교든 간에 경전 공부에 매우 열심입니다. '불경 듣기'와 '설교' 듣기를 반복하는 것이 '입시생'보다 더 열심히 합니다. 특히 '성서 공부'는 나이 불문하고 마치 신학 박사학위를 딸 기세로 열심히 열성적으로 공부합니다. 그렇게 열정적인 학구열에도 불구하고 신의 계시를 다른 사람에게 듣기를 원합니다. 아닙니다. 신의 계시는 경전을 읽는 사람

모두가 알 수 있는 것입니다. 물론 개인의 처지와 상황과 이해력에 따라 신의 뜻을 잘못 해석하거나 이해하는 오류가 발생할 수 있습니다. 이것을 제지하고 바로 잡기 위해서 기준이 필요한 것이고 그 역할을 종교지도자가 하는 것입니다. 즉 종교 교리와 믿음의 기준을 잡아주는 것이 바로 종교지도자의 역할인 것입니다. 따라서 종교지도자는 특별한 능력을 소유하고 현대 과학으로 해결할 수 없는 불치병을 낫게 해주거나 신의 능력을 행하며 신을 대리하는 사람이 아니며 신을 영접할 수 있게 하는 특별한 능력이 있는 사람이 아닙니다. 마치 자신만이 신을 대변할 수 있는 어떤 특별한 능력의 소유를 사칭하면서 사람들을 선동하거나 사람들을 군림하는 자는 종교지도자의 자격이 없습니다. 오히려 종교지도자는 신에게 자신의 삶을 모두 받치며 헌신하는 자입니다. 신에게 자신의 삶 전체를 바치는 것의 의미는 사람들을 섬기며 희생하고 봉사하는 가장 낮은 위치에 있어야 하는 것입니다. 그런데 '종교지도자' 위치에 있는 사람들의 모습을 보면 성도들에게 대접받는 것에 익숙해진 모습을 보입니다. 다르게 보면 이것은 사람들에게 길들어져서 그들이 원하는 말을 해줌으로써, 그들의 행위에 타당성과 정당성을 주는 것이기도 합니다. 하지만 '종교지도자'가 가장 경계해야 할 것이 바로 성도들에게 대접받는 것이며, 섬김을 받는 것입니다. 하지만 '종교지도자'는 오히려 성도를 섬기는 낮은 위치와 낮은 자세를 가져야 합니다. 그래서 자신 개인의 뜻을 강조하며 선동하거나 불치병을 낫게 하는 능력을 강조하거나 자신만이 신의 뜻을 해석하고 전할 수 있다는 주장으로 사람들의 믿음을 현혹하는 자는 종교지도자가 아니라 사기꾼에 가까운 것입니다. 또한 강연에 가까운 것을 '예배'라 하고, 자신 개인의 사상을 전달하며 주장하는 것을 '신의 메시지'로 믿게 하는 것은 '신도'를 기만하는 것이며, 더 나아가 '신'을 기만하는 사기입니다. '종교지도자'의 자질 검증이 매우 까다롭게 요구되는 이유입니다. 그리고 가장 연약할 때 신을 찾는 사람의 그 마음의 상태를 고려해 봅시다. 그 여리고 불안 가득한 상태의 마음을 다정하게 위로하는 말을 과하게 자극적으로 하면 어떻게 될까요? 본래 말은 자극적일수록 오랫동안 기억에 남기 마련입니다. 그래서 핵심의 논리적인 말보다 짧고 간결한 문장으로 과격하고 자극적인 표현에 더 쉽게 선동당하는 것입니다. 그래서 더욱 열렬하게 믿고 맹목적인 지지와 절대적인 수호를 하면서 깊게 빠져듭니다. 이런 이유로 가짜뉴스나 이단, 사이비 같은 것에 사람들이 쉽게 선동이 됩니다. 그 안에는 논리도 없고 정확한 근거나 팩트도 없이 맹목적인 믿음과 확신으로 선동되어 더욱더 큰 목소리와 과격한 행동이 나오는 것입니다. 그래서 나는 선동을 매우 싫어합니다.

재차 강조하지만, 종교는 기적이 아니며, 그것을 추구하지 않습니다. 주변에 그것을 추구하는 종교가 있다면 그것은 100% 가짜 종교, 즉 사이비입니다. '종교지도자'는 일반인과 다른 염력과 특별한 능력을 소유했거나, 행하는 자가 아니고, 또 모든 문제와 고민의 해결사도 아닙니다. '종교지도자'는 신과 인간을 연결하는 중간 매개자도 아닙니다. 신의 뜻을 알고 싶다면 경전을 읽으시길 추천합니다. 어느 종교든 신의 뜻은 경전을 통해 모든 신자가 공유하고 깨달을 수 있는 것입니다. '종교지도자'는 신의 뜻과 메시지를 세상과 사회에서 실천 가능하도록 지혜와 방향을 제시해주는 것입니다. 그들은 혼탁한 사회에서 신의 뜻을 따라 살 수 있는 지혜의 메시지와 신의 말씀으로 인간의 어렵고 힘든 상황을 위로하고 용기를 주며 신의 뜻이 이루어지는 인간의 삶을 이끌어야 하며 사회를 정화하는 의무와 책임이 있습니다. 세상을 향해 신의 선한 메시지를 끊임없이 선포함으로써 신을 믿고 따르는 자들이 더 많아지게 하며 그로 인해 신의 나라가 이 세상에서 이뤄질 수 있게 하는 것입니다. 죽어서 가는 천국이 아니라 살아있는 삶에서 천국을 만드는 것, 그것이 신의 진짜 뜻이 아닐까요? 바로 이것이 신접한 무당과 다른 것입니다. 하지만 우리나라 종교지도자의 현재 모습은 각 종교의 다양함과는 다르게 모두 무당화가 되는 느낌입니다. 여기에 많은 반감이 있을 것 같습니다. 종교지도자만이 신의 뜻과 메시지를 해독하고 전달할 수 있다는 신념으로 신의 모든 것을 독점하고, 정작 메시지는 신의 뜻과는 전혀 상관없는 자신의 사상을 신의 뜻과 메시지처럼 전달합니다. 신의 뜻과 말씀을 현실화하는 실천보다 신도의 증감에 더 민감하며 그것을 목적으로 사람들의 관심을 끄는 행사에 더 집중합니다. 이런 것이 종교지도자의 무당화가 아니면 무엇인가요? 어쨌든 그렇게 종교지도자의 말이 절대적이 되고 맹목적이 되고 법보다 더 강합니다. 아니죠! 때로는 법보다 더 강한 그 말이 '신의 뜻'과 '신의 말씀'보다 더 강력하고 위력 있어 보입니다. 그래서 거짓으로 진실을 덮으려는 지시까지도 순응하게 만듭니다.[48] 하지만 사람들은 종교지도자가 하는 말의 진위나 그 선동 목적이 무엇인지도 따져 볼 생각조차 안 하고 무조건적으로 믿고 따르는 모습을 보이고 그것이 믿음이라 확신하고 시키는 것은 모두 다 합니다. 마치 그것이 신께 향한 충성이며 순종인 것처럼 확신하고 또 마치 그것이 믿음의 질량을 증명해주는 것처럼 열심히 순종합니다. 그 행동이 격하면 격할수록 신께 향한 믿음의 가치가 증명되는 것처럼 말이죠. 하지만 그것은 신께 향한 믿음이 아니라 '지도자'를 믿는 믿음입니다.

그러면 종교의 역할은 무엇일까요? '종교가 무너지면 나라가 망한다.'라는 절대 진리인 말이 있습니다. 앞에서 말한 것처럼 '종교'의 최종 목표는 신의 뜻을 현재에 이루는 것, 바로 삶의 정화와 사회 정화

---

48) 이주형 기자 「'코로나19 확진·의심자' 거짓 대응 우려 확산…"정확한 정부 지침 마련돼야"」 아시아투데이 2020.02.23, 백성호 기자 「[단독] '코로나19 확진' 부목사 동선, 명성교회 숨겼다」 중앙일보 2020.02.26, 이재림 기자 「'동선 거짓말' 코로나19 확진 교회신도들 기소…"목사가 종용"」 연합뉴스 2020.12.18, 우정식 기자 「"자매님, 교회 방문 숨기세요"…거짓말 종용한 목사 벌금 3000만 원」 조선일보 2021.03.10, 고상규 기자 「오미크론 목사 부부의 거짓말.."신앙은 무엇일까?"」 (주)미디어인천신문 2021.12.03, 최두선 기자 「"예배 안 했다고 해달라" 교인에 거짓말 시킨 목사」 한국일보 2022.10.02

입니다. 바로 이것이 종교가 해야 할 필수적인 것이며 역할입니다. 즉 종교는 그 종교에 소속된 신도 자신뿐이 아니라 세상 물욕을 정화하는 역할을 합니다. 그런데 현재 우리나라에 존재하는 종교와 종교지도자를 보면 정화와 너무나 동떨어지고 많은 차이를 보입니다. 지역적인 갈등에도 교회와 지도자가 있습니다. 세습으로 교회는 사업체가 되었고 종교는 거대 기업이 됐습니다. 자신만을 통해 신을 영접할 수 있다며 현혹하여 사람 위에서 군림합니다. 그리고 점차 맹목적인 믿음을 참된 신앙으로 전파하며 자신 스스로가 신인 듯 사람들의 이성을 마비시키고 신이 아닌 자기 말을 진리로 믿고 따르게 만듭니다. 신의 뜻이 아닌 자신 개인의 사상을 신의 뜻으로 해석 및 전파하며 사람들을 선동해 사회적인 문제를 일으킵니다. 교회 이미지를 위한다며 거짓을 조장하고 유도합니다. 각종 강연과 글을 통해 종교인의 청렴한 삶을 강조하며 그 이미지를 앞세워 자신 개인의 부를 쌓고 럭셔리한 삶을 즐깁니다. 거기에 사회적으로 소외된 자와 약자를 돌아보고 나눔과 베풂, 그리고 봉사와 헌신하는 모습은 없습니다. 종교지도자는 자신의 권위를 내세워 신도를 상대로 온갖 해악질을 합니다. 종교지도자란 직위를 이용한 사기로 신도의 재산을 빼돌리고, 교회와 절 등의 공동 재산이 마치 자신의 것인 양 독식하고 그것도 모자라 자녀에게 몰아주는 뻔뻔함, 공금 횡령, 강압적인 성추행 및 성폭행과 폭력에 의한 인권 유린도 종교라는 울타리 안에서 빈번하게 벌어집니다.[49] 이웃들과 법정 다툼, 종교집단끼리 과격한 종파 싸움, 종교지도자의 권력다툼, 거짓말과 사기 등 여러 면에서 무너진 종교가 너무나 뚜렷하게 보이지 않나요? 이것을 어느 한 특정 종교만이 행한 것일까요? 정교가 아닌 이단만이 행한 것일까요? 이것이 개신교에만 해당하는 것일까요? 불교도 마찬가지입니다. 모든 종교에서 복합적으로 일어난 일입니다. 이런 행보를 당당하게 하는 종교에 사회 정화는 커녕 개인의 정화를 바랄 수 있을까요?

'종교가 무너지면 나라가 망한다.' 역사를 보면 이것은 절대로 헛된 말이 아니며 흘려넘길 말도 아닙니다. 절대 진리인 말입니다. 현재 우리나라 종교를 향해서 진흙탕 속, 깊은 나락에 빠진 종교라고 합니다. 아닙니다. 현재 우리나라의 종교 모습은 자신들이 신앙하는 대상인 '신'께 오물을 투척하고 나락의 늪으로 밀어 넣는 모습을 하고 있습니다. 누구의 책임일까요? 누가 종교를 새롭게 구축하고 구할 수 있을까요? 신을 믿는 인간에 의해 오물을 뒤집어쓰고 더럽혀진 신께

---

49) 박순기 기자「<지방안테나>신도상대 사기 목사 구속」연합뉴스 1996.12.27, 김종우 기자 「16억대 사기행각, 40대 목사 검거」연합뉴스 1999.05.13, 김세미 기자「기독교, 돈 벌이가 영혼 구원으로 둔갑한 인권유린 개종 교육 사업」뉴스쉐어 2011.03.08, 서현욱 기자「호계원에도 은처승…H스님 성폭행·폭력 등 피소」불교뉴스 2017.08.14, 강경주 기자「"성관계 해야 천국 간다"…女신도 9명 상습 성폭행한 목사」한국경제 2020.06.05, 이서희 기자「교회 공금 10년간 횡령한 목사 벌금형」제주신문 2020.06.18, 박민기 기자「'통장 없는 스님' 지홍..유치원 공금 횡령 유죄 확정」뉴시스 2021.05.27, 김성환 기자「"봉은사 승려 집단폭행·인분투척, 계획된 폭행"」일요주간 2022.08.16, 정재우 기자「"믿을 놈은 아들밖에 없어"..500억 합의 직후 물려줬다」JTBC 뉴스 2022.08.17, 소봄이 기자「"벗어야지"…아동보호센터 목사, 매일밤 술판에 성폭행」뉴스1 2022.11.15, 나수진 기자「그 목사는 성폭력을 '영적 체험'이라고 세뇌했다」뉴스앤조이 2022.11.29

서 스스로 해야 할까요? 이건 인간이 더럽혀 놓은 것을 신께서 깨끗하게 돌려놓으라고 요구하는 적반하장인 것이죠. 신께까지 적반하장의 안하무인 태도를 고수하는 것, 부끄럽고 죄스럽지 않나요? 지금 현재 우리나라의 수많은 종교인은 어디에서 무엇을 하고 있으신가요? 종교인들, 그리고 종교지도자들, 지금 당신들이 해야 할 일은 무엇입니까? 자신들의 사적인 목적을 위해 사람들을 선동하고 그로 인해서 생기는 사회적 물의에는 책임이 없는 종교, 자신들의 명예와 부를 쌓기에 전력을 다하는 방법으로 사기와 거짓을 일삼는 종교, 이웃의 재산을 탐해서 온갖 명목으로 갈취하고, 이웃의 아내를 탐욕해서 성폭행을 행하는 종교, 자신들의 편익을 위해서 이웃과 화합하지 않고 섬기지 않으며 사랑하기는커녕 오히려 분쟁과 싸움을 일삼는 종교, 자신들이 특정한 집단이며 특별한 존재라고 스스로 권위적인 권력을 쌓고 군림하고 섬김을 받는 것이 당연하게 생각하며 약자에 대한 섬김과 봉사와 헌신이 없는 종교, 자신들은 신의 부름을 받았고, 신의 사랑을 받는 아주 특별한 존재인 것에 자부심을 갖고 있지만, 신의 뜻을 자신들의 생활에 적용하지 않고 현실화하지 않는 종교는 더 이상 종교가 아닙니다.

9.
요즘 애들과 라떼

초등학생들과 일상적인 대화를 할 때마다 나는 너무나 자연스럽게 자주 나의 할머니를 떠올립니다. 바로 아이들의 거침없는 말대답! 즉 말대꾸 때문인데요, 그들의 말대꾸와 실랑이를 하다 보면 예전 할머니와 옥신각신 아웅다웅했던 대화가 저절로 떠오릅니다. 아마도 격세지감 때문인 것 같습니다. 예전엔 나도 할머니께 이런저런 말대꾸를 참 많이 했었고, 그때마다 할머니께서 나무라셨던 모습이 지금의 학생들과 나의 모습과 크게 다르지 않기 때문입니다. 그래서 혼자 헛웃음을 짓게 되는 때가 많습니다. 이렇게 아이들과 대화에서 할머니와의 예전 대화가 자꾸만 떠오르는 것을 보면 세대는 달라도 세대 간의 아웅다웅은 비슷한 맥락에서 비슷하게 반복되기 때문인 듯합니다. 그리고 예전부터 늘 생각한 것인데 '어린 논리'는 항상 '늙은 논리'

를 앞섭니다. 그래서 기성세대는 그 당돌한 '어린 논리'를 반박할 논리를 찾지 못하면 항상 하는 말이 있습니다. '요즘 것들은 버릇이 없어!' 이 표현을 조금 더 주목해 보면요, 과거에는 '요즘 애들'도 아닌 '요즘 것들'이란 표현으로 어린 세대를 지금보다 더 가볍게 무시하는 것을 볼 수 있습니다. 이렇게 모든 기성세대가 당돌한 어린 세대들의 논리를 평가절하하며 강압적으로 뭉개버리는 '버릇없는 요즘 것들'이라는 국적 불문인 이 표현은 역사도 생각보다 꽤 오래됐습니다. 그래서 아마도 세대 간 갈등은 인류의 시작부터 현재까지 쭉 이어져 온 전통문화 같은 것이 아닐까 싶습니다. 기원전 425년경 그리스 철학자 소크라테스도 '요즘 애들은 버릇이 없다. 부모에게 대들고, 스승에게도 대든다.'라고 했고, 기원전 17세기경 수메르 시대의 점토판 문자를 해독해보니 '요즘 젊은이들은 너무 버릇이 없다'라는 내용이 있었다고 합니다. 그리고 1311년 볼로냐 대학교수였던 알바루스 펠라기우스는 '요즘 대학생들은 선생들 위에 서고 싶어 하고, 선생들의 가르침에 논리가 아닌 그릇된 생각들로 도전한다. 그들은 강의에는 출석하지만 무언가를 배우고자 하는 의지가 없다.'라고 한탄했었습니다. 그뿐만이 아닙니다. 조선왕조실록 숙종 때도 '세상이 갈수록 풍속이 쇠퇴해져서 선비의 버릇이 예전만 못하다'라는 기록이 있습니다. 젊은 세대를 평가절하하는 이런 기록들을 살펴보면 '요즘 애들은 버릇없다.'라는 표현은 국적 불문, 시대 불문하고 사용된 전 세계적이고 전 시대적으로 기성세대만 통용되는 세계 공통어가 아닌가 싶습니다. 그런데 이 것을 역으로 생각해보면, 국적 불문, 시대 불문으로 전 세계적이고 전 시대적으로 '꼰대'들은 존재했었다는 것입니다. 그러면 '꼰대'들에 대한 기록도 당연히 있어야 하잖아요. 하지만 유독 '요즘 애들'에 대한 기록만 있고 '꼰대'들에 대한 기록은 그 어디에도 찾아볼 수 없습 니다. 이것은 '요즘 애들'이 아무리 버릇없고, 네 가지 없이 되바라지 고 당돌해서 '꼰대'들의 눈 밖에 났다고는 해도 모든 주도권은 '요즘 애들'이 아닌 '꼰대'들에게 있었음을 알 수 있습니다. '꼰대'들은 과거 부터 지금, 현재까지도 큰소리로 자신들만의 관점에서 판단하고 강 압적으로 자신들의 사고를 관철하려는 고집스러움, 그리고 그것에 조 금이라도 반대되면 '요즘 애들'이란 표현으로 평가절하시키며 자신들 의 자리를 고수하며 그들을 밀어내 버립니다.

시대마다 그 시대를 대표하는 신조어가 있기 마련이고 그것은 전 국적으로 유행합니다. 그리고 그 신조어를 보면 그 당시 사회 상황과 문화가 어땠는지를 짐작할 수 있습니다. 그 신조어는 언제봐도 참 센 스가 넘치는데요, 언제, 누가 만들어서 처음 어떻게 사용이 됐는지 참 궁금합니다. 요즘도 센스 넘치는 신조어들이 많이 있는데요, 그중 가장 설득력 있게 와닿는 것이 바로 '라떼'입니다. 커피와는 전혀 상 관이 없는 신조어의 의미를 알고 나니 그 센스 넘치는 아이디어의 신 선함에 감탄하며 마냥 웃음만 나왔어요. 요즘의 많은 신조어 중 가장 돋보이고 너무 공감되는 경쾌한 신조어라는 생각을 했습니다. '나 때는 말야~' 이 표현을 어떻게 '라떼'와 연관 짓는 참신한 생각을 했을까요? 정말 요즘 애들답습니다. 역시 가만히 있을 '요즘 애들'이 아닙니다. 언제나 항상 그랬듯이 '요즘 애들'도 기성세대를 판단하고 평가합니다. 세대가 바뀌는 것처럼 시대도 변하면서 기성세대를 '꼰대'라 하는 표현의 등장과 격한 공감대, 그리고 대중적으로 빠르게 확산한 것이 그것을 증명합니다. 물론 '꼰대'란 표현이 갑자기 등장한 것은 아닙니다. 일부 특정 인물에게만 국한됐던 것이 그 범위를 넓혀서 기성세대를 가리키는 것으로 확대된 것인데요, 이 표현에 거부감보다 강한 수긍을 한 것은 '요즘 애들'뿐 아니라 기성세대도 마찬가지가 아닐까요? 그리고 이 '꼰대'보다 더 빠른 속도로 유행어가 된 '라떼', 웃음부터 나오는 이 표현이 개그 같기도 한 것은 각각의 상황이 너무도 쉽게 연상되기 때문입니다.

그러다가 그 '요즘 애들'이라는 그 표현을 생각한 스스로에 감전당한 것처럼 움찔했습니다. 언제부터인지 몰라도 '요즘 애들'이란 표현을 어색하지 않게 사용하는 '나'를 느꼈고 그것이 새삼스레 새롭게 인식되는 것은 무엇일까요? 전혀 생각지도 못하는 사이 어느새 나도 기성세대의 일원이 되어가고 있다는 것을 갑자기 확 깨닫게 되는 감정이 다소 낯설고 어색하기도 하고 뭔지 모를 억울함과 쓸쓸함이 막 밀려옵니다. 이런 느낌과 감정을 느끼는 사람이 많은 것 같습니다. 그래서 스스로 '라떼'인 것을 부인하고 그것에서 벗어나려고 현재 코믹한 코드를 학습하거나 '요즘 애들'이 선호하거나 그 사이에서 인기 있는 트렌드를 학습하는 등의 노력을 합니다. 그 과정에서 '요즘 애들'과 '라떼'의 차이를 알려주는 것도 유행합니다. 그러면 사람들은 왜 이토록 '꼰대'에 속하는 것을 부인하고 싫어할까요? 학습한다고 해서 '요즘 애들'에 속하는 것도 아닌데 말이죠. 여하튼 이처럼 일명 꼰대 세대에 해당하는 '라떼' 중에서 그 '라떼'에서 속하지 않고 분리되고 싶은 일명 신(新)꼰대의 등장이 있습니다. 이 현상은 '라떼'로 불리며 한물간 '꼰대'에 속하기보다는 시대에 뒤떨어진 사람이 아닌 것을 인정받고 싶어 하는 새로운 집단의 형성 때문입니다. 그래서 여러 가지 방법을 통해 '요즘 애들'의 문화를 익히고 아는 척하지만, 그렇다고 '요즘 애들'을 폭넓게 이해하고 받아들이는 것은 아닙니다. 그저 한물간 세대인 것, 나이가 들었다는 것 자체가 불편하고 어색한 것입니다. 기성세대들의 '요즘 애들'이란 판단과 평가는 괜찮고, 역으로 '꼰대'란 판단과 평가, 그리고 그것이 '라떼'로 비하되며 비판되는 현상은 불편한가요?

　이와는 정반대의 현상도 있습니다. 예전과 달라서 디지털 세대에 맞게 개인방송을 비롯한 여러 가지 방법으로 꼰대를 풍자한 것이 넘쳐나는데요, 이쯤 되면 이제는 '꼰대'들만 역사 속 기록을 장악하는 것이 아니라 '요즘 애들'의 기록도 역사에 남을 수도 있을 거란 기대를 해 볼 만하지 않을까요? 하지만 역사의 속성을 고려해 보면 반대로 그런 일은 없을 것 같기도 합니다. 왜냐하면 '꼰대'들도 과거에는 모두 '요즘 애들'이었기 때문입니다. 즉 '꼰대'들에 대한 '요즘 애들'의 기록은 시간의 흐름에 따라 '요즘 애들'이 '꼰대'가 되면서 스스로 삭제하고, 자신의 어릴 때와는 판이한 형태로 새롭게 등장하는 어린 '요즘 애들'의 행동에 대한 '꼰대'들의 판단을 기록으로 남기지 않을까요? '꼰대'들의 특성은 그리고도 남을 것이고, 또 그만한 힘이 있으니까요. 그래서 역사의 반복되는 속성대로 '요즘 애들'의 '꼰대'에 대한 기록보다 '꼰대'의 '요즘 애들'에 대한 평가만이 기록으로 남을 것 같습니다. 하지만 '요즘 애들'의 기록과 '꼰대'들의 기록의 역사가 중요한 것이 아닙니다. 기성세대, 즉 그들을 가리키는 '꼰대', 그 '꼰대'를 비하하는 '라떼'란 신조어의 현상을 그저 개그처럼 웃음으로 넘길 것은 아니란 것에 더 주목해야 합니다. '요즘 애들'에 대한 '꼰대'들의 편견인 판단보다 '꼰대'들에 대한 '요즘 애들'의 당돌한 판단입니다. 물론 이것이 웃음을 유발하는 풍자로 쏟아져 나오지만 그것이 매우 과격한 면을 가지고 있음에 집중해야 합니다. 그래서 '라떼'란 풍자와 해학적인 웃음을 끌어내는 단편적인 이해로 단순히 웃어넘길 수 없는 부분이 많습니다. 물론 그동안 '꼰대'들의 지배적인 감성과 문화에 눌려왔던 그 답답함과 억울함의 반작용이 크다는 것을 알고 있고, 그것을 고려해도 '요즘 애들'의 '꼰대'들에 대한 판단과 적개심은 기준도 없이 모호하게 극단적입니다. '요즘 애들'에 대한 '꼰대'들의 일방적인 판단보다 '꼰대'들에 대한 '요즘 애들'의 판단이 더 폭발적이고, 더 단호하며 더 편향적입니다. 그 안에 어떤 논리가 아닌 감정적으로 치우치는 경향이 더 짙어 보입니다. 자신들의 감성과 맞지 않으면 무조건적으로 '꼰대'가 되고, '라떼'가 됩니다. 그렇게 자신들의 감성과 무논리로 '꼰대'라 판단되면 더 이상 대화나 소통을 거부하고 단절해 버립니다. 그래서 처음 그 참신한 신조어였던 '라떼'가 갖는 편견과 차별적이고도 편파적인 편 가르기와 소통의 단절이 점차 수면화되는 것을 보면서 처음 가졌던 매력이 왜곡되는 듯한 느낌에 더 이상 그 신조어에 귀여운 미소를 지을 수 없는 씁쓸한 느낌이 강하게 듭니다. 이런 현상들은 세대 간의 갈등을 더욱 심화시키고 있으며 급기야 세대 간에 단절까지 일으킵니다.

나는 많은 부분 '요즘 애들'을 응원하며 '꼰대'들의 '꼰대질'에 혀를 차면서 깊은 한숨으로 답답해했습니다. 왜냐하면, 예전의 경험 때문일 것입니다. 나의 '라떼' 이야기 좀 할까요? 내가 '요즘 애들'이었던 시절에 가장 많이 들었던 말이 '너, 몇 살이야?', '어린 것이', '여자가 말야!'이란 말들이었습니다. '바른말', '옳고, 잘못됨'을 말하는 것에 왜 '나이'와 '성별'이 거론되는 것인지 그때도 지금도 이해가 안 됩니다. 여기서 '성별' 차별은 거론하지 않으려 합니다. 이 글의 주제는 '요즘 애들과 라떼'니까요. 아무튼, 나도 그렇게 '요즘 애들'이란 이유로 걸핏하면 무시당하는 설움을 겪은 탓에 '요즘 애들'의 처지가 더 가깝게 느껴지고 그런 이유에서 '라떼'란 재치 넘치는 신조어에 감탄하며 공감했습니다. 하지만 '요즘 애들'은 예전 '라떼'의 '요즘 애들'보다 더 무조건 적이고, 더 맹목적이고 극단적인 선 긋기로 단호한 소통의 단절, 세대 간의 갈등 심화로 이어지고 있습니다. 이것은 다르게 보면 그동안 기존 '꼰대'들이 '요즘 애들'에게 했던 행태를 그대로 복제하는 것과 다르지 않습니다. 자신들이 그토록 끔찍하게 싫어했고 소름 돋던 '꼰대'들의 그 행태를 자신들 스스로가 그대로 행해버리는 오류인 '역 꼰대질'을 '요즘 애들'이 범하고 있는 것입니다. 따라서 요즘은 누구든 '역 꼰대'가 너무나 쉽게 돼버립니다. 그리고 그 '역꼰대질'를 일컬어 '젊꼰'이라고 합니다. 즉 '요즘 애들'에 익숙한 세대가 점차 기성세대인 '꼰대'가 되었고, 어느덧 자신들이 비판하던 예전의 그 '꼰대'들처럼 그것에 익숙해져서 자연스럽게 그들의 습성을 그대로 답습하는 현상인데요, 즉 '젊은 꼰대'의 등장입니다. 새롭게 등장한 또 다른 신조어 '젊꼰'은 '라떼'보다 더 빠르고 비판적으로 퍼지는데, 표면적인 것이 아니라 수면 아래에서 은밀한 뒷담화로 번지는 것이 표면적인 비판을 받는 '라떼'보다 더 심각해 보입니다. 이 '젊은 꼰대'는 기존의 '꼰대'들보다 더 심하게 '꼰대질'을 합니다. '꼰대질'의 대상도 상당히 넓습니다. 기존의 '꼰대'는 물론이고 자신보다 '어린' 대상까지 포함하고 있습니다. 그리고 과거 기성세대의 '꼰대질'에 대한 반감과는 다르게 자신들의 감정에 따라 소통을 단절하는 많이 변절한 '꼰대질'입니다. 그리고 그 변절이 심화된 '꼰대질'이 더 문제인 것은 이 '젊은 꼰대'들은 기존의 '꼰대'들과는 달리 자신이 '젊은 꼰대'이고 심화 된 '꼰대질'을 한다는 것은 전혀 인식하지 못하고 또 인정하지 않는다는 것입니다. 왜 '젊꼰'은 '라떼'를 향한 비판의 소리를 높이면서 왜 '라떼'의 전철을 밟고, 또 그것을 왜 인지하지 못하는 걸까요? 그래서 기존 '꼰대'들의 '꼰대질'보다 '젊은 꼰대'들의 '꼰대질'이 더 심각한 것인데요, 소통 단절과 편 가르기만 남는 것 같아 씁쓸합니다. 세대 간의 갈등은 오랜 역사가 말해주듯이 없어지지 않겠죠. 하지만 그 정도가 무조건적이고 맹목적으로 너무나 극단적이며 감정적으로 치우치는 것을 우려하지 않을 수 없습니다. '젊꼰'은 '라떼'를 향한 비판의 소리를 높이면서 왜 '라떼'의 전철을 밟고, 또 그것을 왜 인지하지 못하는 걸까요?

1년 전쯤이었습니다. 버스정류장에서 버스를 기다리고 있었는데요, 옆에서 함께 버스를 기다리고 있던 초등학교 입학을 앞둔 어린아이가 엄마와 도란도란 대화를 이어갔습니다. 유치원에서 있었던 일을 엄마에게 들려주는 것이었는데 아이가 '나 때랑은 너무 달라! 나 때는 안 그랬거든!'이라며 정색하며 한 말이 참 오랫동안 생각에 남았습니다. 그 아이는 더 어린아이에게 '라떼'일까요? 어린 꼰대라…. 웃지 못할 상념입니다. 그러고 보면 조지 오웰의 '모든 세대는 자기 세대가 앞선 세대보다 더 많이 알고 다음 세대보다 더 현명하다고 믿는다.'라는 명언이 전 세대에서 통용되는 것을 생생하게 목격한 것 같아서 정말 명언 중의 명언이란 생각에 감탄했습니다. 그래서 어린 논리가 늙은 논리를 이긴다는 내 생각은 변함이 없습니다. 그러나 말 그대로 논리만 그렇습니다. 논리 면에서 어린 논리를 따라잡을 늙은 논리는 없습니다. 왜냐하면, 시간의 흐름과 함께 사회는 발전하고 사고 역시 다양해지면서 이전 세대를 빠르게 넘어서기 때문입니다. 따라서 어느 시대이건 발전한 사회의 변화 속에서 성장한 어린 논리는 항상 늙은 논리를 이깁니다. 빠르게 발전하며 빠르게 움직이는 사회에서 자라나는 어린 논리를 늙은 논리가 앞서기 위해서는 사회 변화를 받아들이고 함께 움직이며 적응하는 태도를 보여야 합니다. 그런 유동성이 없는 사고와 태도는 시대에서 도태될 수밖에 없으며 더 나가서는 스스로를 고립시키는 원인이 됩니다.

하지만 논리가 아닌 경험 면에서는 어린 세대가 꼰대 세대를 넘지 못합니다. 이것은 마치 초등학교 저학년생의 경험이 졸업을 앞둔 고등학생의 경험을 넘어설 수 없는 것과 같습니다. 그래서 늙은 논리는 자신들의 경험을 내세워 어린 논리를 제칠 수 있고 제압할 수 있는 것입니다. 그러나 이것이 강압적이고 위압적인 분위기와 방법으로 이뤄지기 때문에 '꼰대'인 것입니다. 그러면 세대 간의 갈등은 왜 없어지지 않고 여전한 걸까요? '꼰대' 본인들도 '요즘 애들'의 시대를 거쳐온 세대인데 말이죠. 시대가 바뀜에 따라 사고의 전환을 갖지 못한 것이 문제입니다. 하지만 그것을 인정하기 싫은 늙은 세대라서 경험이 빠진 그 당돌한 논리를 우습게 생각하고 쉽게 단정하며 자신들의 논리보다 낮게 봅니다. 하지만 시간의 흐름은 멈추지 않고 발전도 진화도 멈추지 않습니다. 그런 사회의 움직임과 변화에 '꼰대'들은 안타깝게도 점차 설 자리를 잃게 되고 존재감이 약해지는 것입니다. 그래서 '요즘 애들'에 대한 '꼰대'들의 무시와 반감은 커지고, 더 거세지면서 고집스럽게 자리 잡게 됩니다. 그렇게 '꼰대'들은 '요즘 애들'과의 소통에 폐쇄적이게 됩니다. 폐쇄적인 소통과 독자적인 이해관계로 '꼰대'들의 경험을 강압적인 행동으로 전달하려는 행동은 오히려 심각한 단절로 이어졌습니다. 그리고 그 원인을 자신이 아닌 '요즘 애들'의 탓으로 돌리고 그들을 평가절하며 그들에게 편견의 벽을 쌓습니다. 그리고 이 '젊꼰'이 등장하자 '라떼'들이 기다렸다는 듯이 '꼰대'의 탈퇴를 선언하듯이 '늙꼰', '중꼰'이라는 신조어로 분류하면서까지 자신들을 기존의 세대와 분리하려는 노력을 꾀합니다. 왜냐하면, 예전과 다르게 수명이 길어지면서 자신들이 비판해 왔던 꼰대 세력이 많이 생존해 있고, 그 집단에 하나로 엮이는 것이 별로 유쾌한 일은 아니기 때문입니다. 이 과정에서 '늙꼰' 세대의 집단에 해당하는 사람들은 사회로부터 '꼰대' 세력이라는 선입견의 시선을 받으며 편견에 의해서 철저하게 고립되고 외면당하며 무시당하기에 십상입니다. 그래서 자신들의 존재감을 찾기 위해 여러 방면에서 노력하지만, 현실은 쉽지 않습니다. 그 쉽지 않은 현실에서 스스로의 존재감과 자기만족과 필요성을 어필하기 위한 노력이 자극적이고 거칠게 표현되어 나옵니다.

그래서 더 자극적이고 더 강력한 행동으로 어필하며 본인들의 생각과 주장을 대중화시키려는 의도만 관철하려는 고집스러운 태도로 일관하며 대화를 단절합니다. 여전히 '꼰대스러움'을 탈피하지 못한 태도로 오히려 세대의 갈등을 더욱 악화하는 결과를 자주 보게 됩니다.[50] 그리고 '요즘 애들'은 '꼰대'들의 풍부한 경험과 지혜로운 노하우를 무시한 채로 강압적이고 폐쇄적인 소통만을 이유로 강한 거부감을 가집니다. '요즘 애들'은 '꼰대'들에게 풍부한 경험과 지혜로운 노하우를 배우는 것을 거부하는 모습이 '꼰대'들의 폐쇄적인 소통을 그대로 답습하는 것과 다르지 않습니다. 제삼자의 관점으로 보면 '늙꼰'과 '라떼'와 '젊꼰', 그리고 '요즘 애들'의 행동이 일관성 있게 똑같은데 마치 문제의 원인을 본인들만 모르는 듯한 악순환의 무한 반복 같습니다. 즉 같은 말을 서로 다른 표현으로 감정적인 주장을 하면서 자신만 옳다고 외치는 것의 반복이랄까요?

'요즘 애들'과 '젊꼰', '라떼'와 '늙꼰'을 구분하며 선을 긋는 것이 시대에 역행하는 것이고, 사회 발전을 저지하는 것으로서 서로에게 악영향을 주는 역기능으로 작용합니다. 그런데도 굳이 그 선을 긋고 대립각을 세울 필요가 있을까요? 감정을 접고 접근해보면 어울림이 보

---

50) 예를 들면 일명 태극기 부대가 그렇다. 나라와 사회를 위해 본인들의 여전히 건재한 존재감과 할 수 있는 역할이 아직도 있음을 보여주려고 뜻을 모으지만, 예전의 사고와 주장, 그리고 예전의 방식을 그대로 행한다. 자신의 주장을 강력하게 어필하고 그것만이 대안이 된다고 생각하기 때문에 대중에게 관철하고자 더 자극적이고 더 강력하게 표현하는 것이다.

입니다. '늙은 논리'에 없는 '신선하고 참신한 아이디어'를 '젊은 논리'는 가지고 있으며 '늙은 논리'들은 '젊은 논리'에는 없는 '효율적인 결단력과 계획적인 추진력, 그리고 실행력'이 충분한 경험을 가지고 있습니다. 이 양측이 서로의 장점을 인정하고 하나로 모을 수 있다면 정말 이상적인 사회상을 만들 수 있을 텐데 말이죠. '꼰대'들도 자신들보다 더 나은 사회에서 자녀들이 자라고 살 수 있기를 바라는 마음으로 시대의 변화를 추구한 만큼, 그 변화에 속에서 익숙하게 성장한 '젊은 논리'도 똑같은 마음으로 시대의 변화를 추구한다는 것을 인정해야 합니다. 즉 한 시대를 사는 모든 인류는 자신이 속한 사회 발전을 추구합니다. 그래서 '늙은 논리'는 '젊은 논리'가 추구하는 변화의 방향과 그 안에서 겪는 두려움과 어려움을 이겨낼 지혜로운 방법을 자신들의 경험을 통해 얻은 많은 지혜의 방법을 전수할 수 있는 것입니다. 그리고 '젊은 논리'는 경험 면에서는 '늙은 논리'의 경험을 인정하고 받아들이며 존중해주는 태도가 필요합니다. 자신들의 시대 논리를 아무런 소통 없이 불도저처럼 고집스럽게 밀어붙이는 것은 '늙은 논리'의 경험에 의한 지혜를 배울 기회를 스스로 차단하는 것입니다. 서로에게 향한 격한 불만의 감정을 접고 서로를 바라보는 방법은 서로를 인정해주고 받아들이는 것입니다. 모든 세대에 정말 간절하게 바라는 것은 서로의 감정은 건드리지 않았으면 합니다. 그러나 감정적인 공격을 당하면 정말 버릇없단 생각에 본능처럼 여지없이 그

'꼰대질'이 튕겨 나온다는 것입니다. 물론 감정을 건드리지 말아야 하는 건 '요즘 애들'도 '꼰대'들도 모두 지켜야 할 기본입니다. 하지만 '인격'을 무시하며 강압적이었던 것은 지금까지도 '꼰대'들의 특기였습니다. 그러나 그 '꼰대'들의 강제적이고 억압적인 그 태도를 그대로 복제하는 무모한 '요즘 애들'의 모순도 심각합니다. 한마디도 질 수 없다는 태도로 자신만이 옳다며 따박따박 따지는 모습은 비논리적이고 마치 무작정 싸우려 덤비는 모습입니다. 거기에 감정까지 건드리는 모습에서는 최소한의 예의는 찾아볼 수 없고, 자기 생각을 강요하는 억측과 고집스러움에 숨이 턱 막힙니다. 그 모습은 '꼰대'들을 그냥 그대로 답습하는 '요즘 애들'의 자기모순이고 버릇없는 '요즘 애들'일 뿐입니다. '요즘 애들'도 '꼰대'들도, 그리고 새롭게 등장한 '젊꼰'들도 세대는 달라도 모두 감정과 사고력이 있는 인격체잖아요. 서로의 견해가 판이하고 갈등을 해소할 수 없이 골이 깊어져도 서로가 선을 넘지 않고 지킬 건 지켰으면 좋겠습니다. 그래도 흐르는 물처럼 결자해지의 몫은 어른 세대인 라떼라 불리는 '꼰대'들에게 있습니다. 그래서 달콤하고 부드러운 라떼의 맛처럼 유연하게 열린 사고로 이해와 포용의 폭을 넓히고 너그럽고 여유 있는 태도로 수많은 경험의 노하우를 전수하는 모습을 보여줌으로써 요즘 애들에게 감미로운 달콤함이 부드럽게 녹아있는 라떼가 되어주는 것은 어떨까요? 바로 이런 것이 물이 거꾸로 흐르지 않는 이유와 같은 것 아닐까요?

10.
적득기반(適得其反)

1) 심리적 이간질

　출발은 일반적인 논란이었지만 사회적인 큰 논란으로 번지고 사건으로까지 확대되며 사회적인 큰 파장을 일으킨 하나의 사건이 있습니다. 너무 지나친 반응이 문제의 본질을 흐려놓고 감정적인 폭발로 양분화되어 대립각을 높이는 현상을 일으켰습니다. 무엇이냐 하면요, 한 유튜브 방송에서 유명 연예인의 언행이 '성희롱'을 연상시켜 야기된 논란이 있었는데요, 그 방송이 폐지되면서 논란은 일단락되는 듯했습니다. 차근차근 그 순서를 살펴보면요, 문제가 되는 방송 후 항의가 빗발치자 제작진은 해당 회차를 블라인드 처리하고 사과문을 발표했습니다. 그래도 논란이 계속 이어졌고, 당사자와 소속사가 공식적으로 사과를 하기에 이르지만, 논란은 사그라지지 않았습니다. 결국, 그 방송은 폐지 절차를 밟았는데요, 그런데도 논란은 좀처럼 수그러들지 않고 그녀가 출연하는 모든 프로그램에서 하차할 것을 요구했습니다. 그 가운데 한 사람이 그녀를 정보통신망법 위반 혐의(불법 정보 유통)로 경찰에 고발했습니다. 그 방송을 보기는커녕 방송 존재의 유무 자체도 몰랐던 나로서는 문제의 장면이 어떤 문제가 있었는지는 몰라도 뉴스만으로도 그 불쾌함의 강도가 어느 정도인지 느낌으로 충분히 전해졌고 그 반발감도 충분히 이해했습니다.

그런데 이 논란이 고발당할 정도로 '성추행, 성희롱'과 직접적인 연관이 있는 것인지, 그리고 당사자의 출연 중인 모든 방송에서 하차를 요구할 정도의 사건인지는 의아했습니다. 물론 논란 자체는 이해합니다. 그런데 이 논란이 왜 '남과 여'를 구분하고 '페미'로까지 확대되는지, 왜 공격이 유독 그녀에게만 쏠려있는지 이해가 어려웠습니다. 그녀가 성희롱 및 성추행한 대상은 누구인가요? '만약 남자가 방송에서 그랬다면 연예계에서 매장됐을 것'이란 주장은 너무나 주관적이고 일방적이란 느낌이 강했습니다. 이것이 왜 '젠더' 문제로 확대되어야 하는지 이해가 어려웠고 안타까웠습니다. 논란의 주체는 부적절한 언어의 사용과 행동을 제작진이 문제로 인식 못 하고 방송에 그대로 내보낸 것입니다. 그러나 그것이 한 출연자에 집중되고 흑백논리의 극단적인 사고로 매장에 가까운 여론 확대는 지나친 '젠더 갈라치기'의 억지 논리처럼 보였습니다. 그렇다고 해서 그 논란 중심인물의 행동을 감싸려는 의도는 없습니다. 분명 잘못된 행동이고 질타를 받아 마땅하다는 것은 동의합니다. 하지만 사과를 하고 반성의 뜻을 밝혔음에도 '젠더 갈등으로 확대하면서까지 발끈할 정도로 큰 문제인가?' 하는 의문이 들고 신고로까지 이어진 것이 과하다 싶은 거죠.

　여기서 내가 주목한 것은 논란을 초래한 인물이 여성이고 심하게 충격을 받고 감정에 타격을 받은 상대는 남성이란 것입니다. 즉 여성이 가해자이고 남성은 피해자란 인식으로 이 논란이 '젠더 갈등'으로까지 확대되고 거기에 동조한 남성들의 심한 반발을 끌어냈으며 급기야 직접적인 피해자가 없는 가운데 신고까지 하기에 이른 것입니다. 분명 지나친 과도한 흥분상태의 확대해석으로 논란이 심각한 사건으로 진행된 것입니다. 하지만 이것을 바꿔 보면요, 여성에 대한 남성의 피해 인식이 생각보다 심각하다는 것이 됩니다. 이것은 미처 생각도 못 했던 부분이라 남성의 여성에 대한 피해의식은 지금도 매우 낯설고 어색합니다. 그러나 이렇게 지나치다 싶을 만큼 한목소리로 들끓는 것은 분명 이유가 있겠죠. 그 부분에서 생각해 볼 것은 남성 대부분이 갖는 공감성인데요, 바로 '만약 남자가 그랬더라면 매장됐을 것이다.'라는 댓글이 대표적입니다. 즉 역차별 논리로 남성의 발끈이 격하게 일어난 것이라 보입니다. 이런 생각에 동조하며 과도한 흥분으로 분노를 나타내는 사람들이 안타깝기도 하고 안쓰럽기도 합니다. 그리고 이 같은 말에 쉽게 동조하며 '젠더 갈등'의 이분법적인 사고에 고착될 정도로 남성들의 심리적인 상처가 크다는 것입니다. 따라서 이 사건을 성(性)에 대한 양면성의 충돌로 이해하고 해석하는 것은 이 문제의 본질을 파악하지 못한 것입니다. 이 문제의 본질은 성(性)이 아니라 따로 있습니다.

무슨 말이냐 하면요, 남녀의 문제가 사회적으로 나타난 범죄 및 사건 대부분은 여성을 상대로 한 남성의 잔인하고 악질적인 가해에 초점이 맞춰졌습니다. 따라서 크고 작은 남녀 문제가 대두할 때마다 여성은 늘 예비 피해자, 남성은 늘 예비 가해자로 인식됐습니다. 이런 인식은 사회적으로 언더도그마란 인식으로 빠르게 굳어졌고, 남성을 예비 가해자로 인식하는 것과 그것에 동조하는 분위기의 빠른 확산은 남성에게 무시무시한 칼날이 됐을 것입니다. 그런데 시간이 지나면서 남성을 상대로 한 여성의 잔인하고 악질적인 범죄도 나타나기 시작했고, 이에 예비 가해자로 몰리던 남성들이 소리를 모으기 시작한 것이죠. 남성도 피해자일 수 있다는 것인데요, 바로 남성들의 이런 연합과 움직임이 사회적으로 굳어진 언더도그마를 비판하면서 '젠더 갈등'을 초래하는 이분법적인 흑백논리를 만들어 냈습니다. 즉 여성 가해자가 아닌 여성 전체를 향해서 '만약 남자가 저랬어 봐라!'라고 불만을 터트리는 것입니다. 그런데 나는 언더도그마도 문제지만 그것을 비판하는 것도 큰 문제라고 보며 그것을 심리적 이간질이라고 하고 싶습니다. 사람의 심리를 교묘하게 자극해서 분열하고 서로 대립하게 만드는 것인데, 솔직히 남녀의 문제가 양극화로 분열하고 서로 극단의 격한 감정적으로 대립할 정도의 심각한 논제는 아니라고 봅니다. 그런데도 심리적 이간질의 등장과 거기에 동조하는 현상 자체를 보면 분명 문제가 있기 때문에 나타나는 현상이라고 봅니다. 그러면 왜 저런 현상이 나왔을까요? 곰곰이 생각해보면서 그 문제점을 찾아봤습니다.

근현대를 거치면서 여성의 인권에 대한 많은 소리가 곳곳에서 나왔고 점차 강조되기 시작하며 여성 인권이 사회 곳곳에 새로운 인식의 변화를 끌어내는 과도기에서 문제점을 찾아봤습니다. 과거에서 근대로 넘어오는 시대의 흐름과 사회의 변화는 그동안 주도적인 사회의 생각 밖에 있었던 암흑의 세계에 존재하던 인권에 대해 고찰을 하게 되고 돌아보게 됩니다. 그 안에 여성이 있었습니다. 여성의 존재감을 알리기 위해 더러는 파격적인 여성상으로, 또 더러는 상당히 이성적으로 문학과 예술 등 전반적인 곳에서 표현하기도 했습니다. 하지만 현실에서 여성의 위치와 인권은 큰 변화는 없었습니다. 사회는 점차 변화하는데 현실에서 여성에 대한 인식 변화와 사회적인 위치 변화가 없는 것에 대한 여성들의 불만과 사회적으로 나타나는 여성을 상대로 한 잔인한 범죄가 끊이지 않자 사회와 남성들을 상대로, 또 국가를 상대로 여성들은 더 간절하게 현실을 극대화하면서 더 큰 목소리로 여성에 대한 인식의 변화와 여성 인권을 외쳤습니다. 그 과정이 문제라고 봅니다. 왜냐하면, 여성의 인권, 여성의 사회적인 위치 등 여성의 존재를 강화하는 과정이 상대적인 약자, 상대적인 피해자인 것을 강조했고, 주장하는 것만 주력했습니다. 즉, 그 과정에 여성을 이해시키는 노력은 생략이 된 거죠. 남성도 여성도 서로가 다름을 이해할 수 있는 시간적인 여지를 갖는 것이 생략된 겁니다. 주도권을 가진 남성이 사회의 변화와 함께 여성의 자리와 위치 변화에 대한 이해, 그리고 여성 자체에 대한 이해가 없는 상태에서 여성이 상대적인 피해자이고 상대적인 약자인 것을 주장하고 여성 인권 강화의 요구는 남성의 처지에서는 충분히 불만일 수 있습니다. 그런 심리적인 것이 잠재된 상태에서 터진 '미투'는 강한 화력으로 작용했던 것 같습니다. 어느 것이 '맞다'와 '틀리다'가 아닌 '다르다'로, 또 '어떻게 다른지'로 이해하고 받아들이는 것이 엄청난 차이를 보이며 생각지도 못한 엄청난 결과와 사건으로 나타나는 것 같습니다. 그리고 이것은 여성 역시 남성에 대한 이해가 부족했음의 반증이기도 합니다. 즉 여성은 그동안 남성중심 사회에서 쌓인 불평등에서의 강한 해갈을 원했을 뿐, 그것이 남성들의 처지에서는 빼앗김을 당하는 갈취 같은 느낌이 있을 수 있다는 것을 생략한 것입니다.

모두 인지하고 있듯이 모든 사람은 인격이 있고 이것이 침해받으면 안 되잖아요. 하지만 과거 엄격한 신분제도 내에서 여성은 인격은 고사하고 존재감 역시 미미했습니다. 근현대를 겪으며 그나마 조금씩 인권에 대한 권리를 요구하고 사회적인 진출도 적극적이었습니다. 이 과정에서 남성의 견해에서는 자신들이 누렸던 것을 나눠줬는데 점차 그것을 당연한 듯 받아들이고 이후에는 더 많은 것을 요구하며 강탈해 가는 것으로 이해한 것 같습니다. 자신들이 가진 것을 빼앗기는 느낌, 자신들이 가해자, 범죄자가 되는 느낌이 불편하고 불만이 쌓이고 있는데 여성의 요구는 점차 많아지고 더 넓어지는 것을 보면서 불만을 넘어 자신들의 위치에 대한 불안 심리도 생기지 않았을까요? 이런 분위기에서 언더도그마가 빠르게 형성되고 그것에 대한 강한 반발감이 생긴 것 같습니다. 언더도그마는 힘의 차이를 근거로 선악을 판단하려는 분명한 오류를 가진 일그러진 사회적 현상입니다. 약자는 무조건 선(善)하고 강자는 무조건 악(惡)하다는 인식인데요, 이것의 가장 큰 오류는 이성보다 감성이 더 강조되고, 그로 인해서 원칙과 절차가 유명무실해진다는 것입니다. 이런 위험한 인식의 사회적인 현상은 미투 운동에 힘입어 빠르게 확산하고 정착되는 분위기가 조성됐습니다. 실제로 미투 피해자는 모두 약자입니다. 그들이 용기를 내서 가해자를 소환해 표면화시키며 자신의 피해를 알리는 유일한 통로인데요, 그 피해 사례가 낱낱이 드러나면서 선과 악이 적용되면서 가해자를 악마화시키는 흐름이 강화되다 보니 언더도그마가 더욱더 도드라지면서 남과 여를 바라보는 시선에 그것이 적용되다 보니 남성들은 불편하고 불쾌한 마음이 자리 잡게 된 것으로 생각됩니다. 그 와중에 미투를 악용하는 소수 여성의 등장이 있었고, 그러자 마치 기다렸다는 듯이 곧바로 격한 반발감이 폭발적으로 분출하며 심리적 이간질이 본격적으로 가동됐다고 봅니다. 그 연예인을 고소한 사건은 바로 그런 심리를 이용해서 갈등을 조장하자 거기에 불같이 격한 반응으로 빠르게 응집한 결과라고 보입니다.

하지만 미투는 피해자가 용기를 내어 가해자의 악행과 함께 자신의 피해 상황을 알리는 차원을 넘어 사회에 만연해 있는 성범죄의 심각성을 알리며 더 이상의 피해자와 가해자가 없기를 바라는 운동입니다. 즉 성범죄 가해자의 사회적인 위치와 악의적인 행동과 그 심각성을 알리고 사회 전반적인 각성과 변화를 요구하는 것으로 미투 운동은 선악을 구별하는 것이 아니라는 것입니다. 그래서 언더도그마가 위험한 것입니다. 이 언더도그마를 비판하는 것이 엉뚱하게도 핵심을 벗어나서 심리적 이간질로 이어지는 것이 안타까울 따름입니다. 아직도 사회에서 여성의 위치와 존재감은 미비합니다. 물론 예전과는 차이가 있죠. 그런데도 다양하고 넓은 분야에서 여성은 여전히 많은 부분에서 다양한 방법과 이유로 차별을 받고 있습니다. 그런데도 이런 심리적 이간질에 쉽게 동요되는 것은 여성들의 폭넓은 권리의 요구는 여성의 견해에서는 당연하지만, 남성들의 견해는 돌려준다는 느낌보다 원래 자신의 것을 나눠준다는 태도에서 한층 더 강화된 빼앗긴다는 피해의식이 더 강하게 표출되기 때문입니다. 여성들에게 느끼는 남성들의 이런 피해의식은 평소에도 공공연하게 표현되어 나타났습니다. '밥은 전기밥솥이 하고, 설거지는 식기세척기가 하고, 청소는 청소기가 하고, 빨래는 세탁기가 하는데 여자만 편해진 세상이지!' 그냥 표면적으로 들으면 이 말이 맞는 것 같습니다. 바로 이런 것이 묘한 심리적 이간질에 속합니다. 쌀을 씻어 밥솥에 넣고 다 된 밥을 공기에 담아내어 상을 차리는 것은 여성이 합니다. 식기를 세척기에 넣고 작동을 시킨 후 뒷정리를 하는 것도 여성입니다. 청소기를 작동시켜 집 안 구석구석 청소하는 것도 여성이 합니다. 로봇 청소기 역시 뒤처리는 여성이 합니다. 빨래를 종류대로 나눠 세탁기에 넣고 작동시키고 그것을 꺼내서 널고 또 마르면 걷어 차곡차곡 개어 정리하는 것도 여성입니다. 물론 최근에는 집안일을 함께하는 부부가 늘어나긴 했습니다. 하지만 그 수는 아주 미미하고, 아직도 집안일은 주로 여성의 몫이고 이것이 일반적입니다.

이 심리적 이간질을 좀 더 구체적으로 예를 들면요, 최근에 많은 주목을 받은 드라마 '이상한 변호사 우영우'에서 '권모술수'로 불리는 변호사가 있습니다. 그는 우영우의 능력은 동료들의 배려와 희생으로 나타난 결과물이라고 생각해서 우영우에게 과도한 경쟁의식과 생존 본능을 가지고 동료들의 그녀에 대한 배려에 늘 불만이었죠. 왜냐하면, 그녀에 대한 동료들의 배려가 그에게는 공정한 것이 아니었으니까요. 그의 불만은 이렇게 폭발합니다.

"그 우영우가 강자예요! 모르겠어요? 로스쿨 때 별명도 '어차피 일등은 우영우였다.'면서요. 이 게임은 공정하지가 않아요. 우영우는 매번 우리를 이기는데 정작 우리는 우영우를 공격하면 안 돼! 왜? 자폐인이니까. 우리는 우변한데 늘 배려하고, 돕고, 저 차에 남은 빈 자리 하나까지 다 양보해야 한다고요! 우영우가 약자라는 거, 그거 다 착각입니다."

바로 이런 것이 언더도그마의 핵심을 비켜서 비판하는 심리적 이간질입니다. 그의 견해에서 보면 이 말은 맞는 것처럼 보입니다. 하지만 우영우가 사회에서 받은 수많은 차별을 생략한 논리이며 자신만의 피해 심리 작용으로 인한 매우 주관적인 논리인데, 이와 비슷한 감정의 소유자가 있다면 쉽게 동조할 수 있는 것으로 심리를 이용한 이간질입니다. 여성의 사회적 차별을 장애인과 같은 상황으로 말할 수는 없을 것입니다. 그래서 이 비유를 불편해할 분들이 있다면 죄송합니다. 하지만 남녀의 갈등 문제를 핵심을 벗어난 심리적 이간질은 '젠더' 갈등으로 확대되고 빠르게 퍼지면서 더 큰 문제를 가져왔습니다. 그리고 그 '젠더' 갈등은 아주 사소한 것까지 연결되어 남녀의 갈등을 감정적으로만 바라보게 되고, 그래서 문제를 보는 시야가 좁혀지고 이성보다 상한 감정에만 치우쳐서 갈등의 해소보다 대립의 각을 높이게 되는 문제가 생기는 것입니다. 그래서 앞서 이야기한 여성 연예인의 언행에 강한 반발로 신고까지 하는 극단의 일까지 생기는 것입니다. 많은 질타를 받은 일이 하나의 사건으로 확대되었습니다. 이것이 좀 씁쓸한 이유는 단순히 내가 여성이기 때문이 아닙니다.

'성희롱', 사실 따지고 보면 이 말이 처음 등장하고 그 개념이 보편적으로 자리 잡고 성(性)에 관한 말을 조심하는 것은 얼마 되지 않습니다. 오랫동안 성(性)을 농담거리로 사용하며 각종 음담패설을 생산해 낸 것은 남성의 주도하에서 이뤄졌습니다. 그리고 남성이 그것을 아무 거리낌 없이 일상에서 아무런 제약 없이 일반적인 대화처럼 말하는 것은 개방적이고 솔직함으로 평가되었고, 그것을 불편해하는 여성은 내숭으로 비하되었습니다. 그뿐인가요? 여성이 남성처럼 성(性)에 관한 대화를 주도하거나 참여하면 '발랑 까졌다'는 평가를 받았습니다. 게다가 똑같이 성(性)에 관한 이야기나 농담을 해도 남성과 여성의 평가는 전혀 다르게 나타났고, 그 다른 평가도 당연한 것으로 여겨졌었습니다. 이것을 다르게 보면 사회 모든 면에서 주도적이었던 남성과 종속적인 관계를 형성해왔던 여성의 처지를 엿볼 수 있습니다. 불과 몇 년 전 드라마를 다시 보면 여성의 성(性)을 비하하는 장면이 너무나 자연스럽게 연출된 것을 볼 수 있습니다. 이것은 드라마뿐 아닙니다. 농담으로 넘기기엔 천박하고 노골적인 성(性)적 표현과 아무렇지도 않은 일상의 대화처럼 쏟아내는 음담패설이 각종 연예 프로그램에서도 희화된 것을 볼 수 있습니다. 물론 그것을 주도한 것은 남성이었고, 그런 것이 하나의 추세처럼 유행을 타기도 했습니다. 이것이 아주 오래된 일이 아니라 불과 십여 년 전까지 있었던 일입니다.

시간의 흐름과 함께 여성 스스로 '성희롱', '성추행'에 대한 반발과 거부감이 거세지자 남성들은 '성희롱', '성추행'에 경각심을 갖기보다는 오히려 빈정거리며 평가 절하하기도 했습니다. 드라마 및 예능 프로그램에서 '요즘 여자들 무서워서 편하게 말도 못 해!'라던가 '잠깐 더 이상의 표현은 안 됩니다.' 등의 대화나 진행자가 출연자의 말을 막거나 했습니다. 이런 반응으로 알 수 있는 것은 남성들의 '성희롱' 발언과 음담패설이 얼마나 자연스럽게 일상적으로 사용되었다는 것을 쉽게 짐작할 수 있습니다. 실제로 정말 그랬고요. 즉 '성희롱' 발언과 그 소재로 사용된 음담패설, 드라마에서 여성 비하하는 장면이나 말 등에 경각심을 가지고 그것을 경계하는 것이 자리 잡기까지 이십 년도 채 안 되는 짧은 시간이 걸렸고, 반대로 보면 불과 십여 년 전만 해도 여성들은 남성들이 주도하는 일상적인 '성희롱'의 발언과 온갖 음담패설을 참아내야 했습니다. 하지만 그 불편하고 불쾌한 '성희롱'을 농담으로 들어야 했던 여성들은 신고는커녕 그 불쾌한 감정조차도 드러내지도 못했습니다. 감정적으로 보면 남성보다 여성들이 더 많이 쌓이지 않았을까요?

그런데 여성 연예인의 불편한 언행을 불쾌하다는 이유로 뚜렷한 대상이 없었음에도 신고까지 했다는 것은 역시 아직도 모든 면에서 주도권은 남성에게 있고, 여성과 종속적인 관계라는 생각이 지배적이라서 여성에 의해서 남성의 특권이 많은 부분에서 박탈당하는 불쾌감이 작용하는 게 아닐까요? 아니면 남성의 주도권과 특권, 그리고 여성과의 종속적인 관계를 형성했던 과거로의 회귀를 원하는 본심이 드러난 것 아닐까요? 즉 나는 이 사건이 그녀의 혐오스러운 언행에 대한 반발감만으로 보이지 않는다는 것입니다. 남성 자신들의 주도권, 특권에 대한 도전처럼 느낀 것은 아닐까 하는 생각이 들었습니다. 하지만 그렇게만 치우쳐 생각하면 나 역시 언더도그마의 모순에 빠져 감정적인 대립각을 세우는 것과 다르지 않기 때문에 그 위험성은 피하고 싶습니다. 그런데 왜 여성들의 감정을 건드리는 남성의 주도권에 대해 거론했냐 하면 남성들은 성(性)에 관하여 여성의 불쾌감이 남성보다 더 많이 쌓였고, 그것을 참아낸 것을 모르는 것 같아서입니다. 여하튼 감정 소모는 그만하고요, 여기서 분명하게 해야 할 것은 남녀의 대립, 갈등 문제는 주도권 다툼이 아닙니다. 그리고 감정의 대립으로 각을 세워서도 안 됩니다. 따라서 언더도그마를 적용하는 것은 더욱 위험합니다. 사실 남녀 문제를 '페미', '젠더'로 대립하는 것 자체가 감정적 대립으로 언더도그마의 형성을 빠르게 촉진 시켰습니다.

남녀 갈등의 시작은 여성이 자기 권리를 찾기 위한 목소리가 높아지고 적극적인 행동의 범위가 넓어지면서 상대적으로 남성은 자신이 누리고 소유했던 것을 나눠주는 것에서 빼앗기는 느낌, 강탈당하는 느낌으로 이어지다가 점차 자신의 위치까지 위협받는 생존 경쟁자로 인식이 되면서 과도한 경쟁 상대로 경계대상이 된 것입니다. 그런데요, 원래 남성이 누렸던 모든 것은 모든 인간이 똑같이 누렸어야 할 것이었고, 남성 중심 사회에서 남녀 공동체 사회로의 변화에 따라 남녀 모두가 함께 똑같이 누려야 하는 것입니다. 나눠준다는 개념, 빼앗긴다는 개념, 강탈당한다는 개념에는 분명한 소유자인 누군가가 있다는 것을 전제로 합니다. 그 소유자가 자신의 것을 타인에게 나눠주는 것이고, 타인에게 빼앗기고 강탈당하는 것으로 부당하다는 감정적 분노의 논리가 당연하게 따라오는 것입니다. 하지만 여성은 본래 자신의 것을 되찾기 위해 목소리를 높이고, 행동 영역이 넓어지는 것이지 남성의 것을 빼앗는 약탈자가 아닙니다. 즉 원래 남성의 것이 아니라 모두가 함께 누리고 가져야 했을 것을 사회적인 구조에 의해서 남성 중심으로 남성만이 독차지했었고 누리며 소유했었기에, 남성은 당연한 것으로, 여성은 마치 그것이 남성의 특권처럼 굳어졌던 것입니다. 하지만 사람의 가치는 존귀한 것이며 모든 사람에게 동등한 것입니다. 이것이 당연한 이치라는 것은 누구나 다 인정하며 이것에 반대할 사람도 없잖아요. 인간의 가치를 되찾는 일이고 그 가치를 함께 찾아주는 것을 함께 할 수는 없나요? 이것은 소유했던 것을 아깝지만 나눠주는 것이 아니고, 빼앗기는 것도 아닙니다. 따라서 감정 적으로 각을 세워 심리적 이간질에 의한 대립은 문제를 해결은커녕 더 많은 문제를 만들고 큰 논란으로 세대를 이어질, 끝이 보이지 않 는 감정 소모의 갈등으로 이어질 뿐입니다. 이것은 감정적으로는 절 대로 해결할 수 없습니다. 따라서 남녀 문제는 감정을 배제한 제도적 인 평등으로 어느 쪽도 차별을 느끼지 않도록 접근해야 합니다. 제도 적으로 차근차근 단계적으로 많은 보완을 통해서 해결해야 할 문제 입니다. 세대마다 제도적으로 나타나는 문제는 다르고 매우 다양합 니다. 그때마다 제도를 유연하게 고치며 적용하며 해결해야지 단번 에 해결할 수는 있는 문제가 아닙니다. 그리고 남녀가 서로 틀린 것 이 아니라 다름을 인식하고 배려하는 마음이 서로에게 필요합니다.

2) 억압당하는 자유

어느 날 한 어린 유명 연예인의 부고에 가슴 시린 안타까움과 억 누르기 힘든 분노가 치솟았고, 한동안 그 격한 감정에 힘들었습니 다. 그러나 사실 그녀의 유명세와는 다르게 그 분야에 별 관심이 없 던 나는 그녀를 잘 몰랐고 따라서 그녀를 좋아하는 팬도 아니었습니다. 그녀의 유명세와는 다르게 내게는 존재감이 없었던 그녀가 내 관심을 끈 것은 같은 여성으로서 공감할 수밖에 없는 자유를 갈망하는 행동 때문이었습니다. 사실 그녀의 행동은 지극히 평범하고 지극히 자연스러운 것이었어요. 하지만 그것이 기사화된다는 것 자체가 자유가 보장된 우리나라 사회가 갖는 모순된 편협함 때문이라서 한편으로는 불편했고, 다른 한편으로는 그녀의 행동이 유난히 돋보이며 용감해 보였어요. 그래서 그녀의 그 용기가 부러웠고, 힘찬 응원의 박수를 보내며 그녀의 행동이 나비 효과로 번져 그녀가 추구했던 그 자유가 나를 비롯해 더 많은 여성이 동참하면서 우리 사회가 변하기를 은근히 기대했던 나였습니다. 그랬는데 느닷없는 그녀의 부고는 적잖은 충격과 함께 이 사회의 편협한 시선에 삭일 수 없는 분노는 컸으며, 그로 인해 매우 힘들었습니다. 왜냐하면, 그녀의 부고는 그녀 스스로 한 선택이었고, 비슷한 선택으로 떠난 다른 연예인들보다 그녀의 선택이 더 큰 충격과 함께 안타까움이 더욱더 진하고 강하게 남는 이유는 그녀가 자신을 포기하는 선택을 하도록 극한의 상태로 몰아간 것이 우리 사회의 저속하기 짝이 없는 날 선 시선이었기 때문입니다.

그녀의 부고로 인해 쉽게 가시지 않는 나의 분노는 크게 세 가지로 요약되는데요, 하나는 앞에서 말한 것처럼 그녀를 극한 상황으로 몰고 간 사회의 날 선 편협한 시선, 즉 악성 댓글로 표면화된 우리 사회의 모순적인 여론 형성입니다. 물론 많은 대중 앞에 알려진, 그래서 사생활 범위가 좁을 수밖에 없는 공인과 공인에 가까운 사람들은 자신의 잘못된 행동에 대한 날 선 비판에 책임을 져야 합니다. 하지만 비판을 넘어선 비난은 선을 너무나 쉽고 간단하게 넘어버립니다. 자신만의 생각과 기준만으로 너무나 쉽게 타인을 단정하는데, 그 칼날이 엄청난 공격성을 띠고 상대를 향해 돌진하는 것을 가볍게 간과하며, 그런 자신의 행위에 대해서는 그 어떤 책임감도, 죄책감도 못 느끼는 모순을 자행하고 있습니다. 여기까지는 모두가 공감하며 그 악성 댓글에 대한 자성의 소리도 있었습니다. 하지만 나의 분노가 쉽게 가시지 않는 것은 그 내용에 있습니다. 그녀를 향한 악성 댓글의 내용은 우리나라가 여성을 얼마나 억압하고 있는지, 그 저속한 편협함을 아주 적나라하게 보여주는 단면이며 이것이 두 번째 분노입니다. 그리고 그 편협함에 길들어져 있는, 그래서 아예 변화 자체를 생각 못하는 것일 수도 있는 우리 여성들의 사고 자체가 나의 분노의 세 번째 이유가 됩니다. 이 세 번째 이유, 즉 우리 여성들에게 향한 것으로 변하지 않은 사회의 시선과 그것에 익숙하게 길들어진, 변화를 두려워하는 것인지 아니면 사회의 시선에 길들어져서 아예 변화 자체를 생각 못 하는 것인지 모를 우리 여성들의 사고 자체에 고개를 저어야 했고, 나 역시 그 안에 속했다는 현실에 깊은 절망 같은, 그래서 그 분노는 나 자신을 향한 것일 수 있기에 더 깊은 좌절 같은 허망함을 느끼며 힘들어했습니다.

 그녀를 향한 악성 댓글의 시발점이 무엇인지 기억하시나요? 바로 그녀가 자기 자신에게 준 자유, 그 자유가 기사화되고 그동안 그녀의 모습, 과거 행동과 연관을 지으면서 각종 이야기가 쏟아져 나오면서 많은 악성 댓글이 생산되고 재생산되는 것이 반복됐습니다. 모순적이지 않습니까? 그 자유가 왜 유독 여성에게는 혐오스러운 편견의 저급한 시선으로 편협하게 해석이 되어야 할까요? 우리 사회에서 여성이 자유를 꿈꾸는 것이 잘못인가요? 이 질문에 당연히 '아니다.'란 답을 할 것이지만 질문을 살짝 바꾸면 '아니다.'라고 쉽게 답하지 못할 것입니다. 그리고 나는 유독 여성들에게 가혹한 그런 우리의 현실이 참담할 뿐입니다. 그 어린 연예인이 자신에게 준 자유는 바로 '노브라!', 바로 자신의 가슴에 자유를 준 것입니다. 아마도 어린 나이에 연예인이 되고 인기를 얻으면서 여러 가지 이유로 해외 나갈 기회가 많았을 그녀입니다. 그러면서 자연스럽게 외국의 문화를 접하고 많은 것을 봤을 것입니다. 그중 가장 매력적인 것이 바로 해외 여성들의 자유로운 가슴, 그래서 자신도 그 자유를 느꼈을 것이고, 그것을 모국인 우리나라에서도 고집했을 것입니다. 그녀가 자신의 가슴에 자유를 준 그 행동이 기사화됐을 때 나는 그녀에게 격한 공감을 하면서 한편으로는 그런 것이 기사화되는 우리나라의 현실에 쓴웃음을 지어도 봤습니다. 이런 것이 기사화될 정도로 여성들에게 향한 우리 사회의 고정된 시선은 편협했고, 저급했으며 매우 잔인하게 그녀의 과거 행적과 태도 등 모든 것을 소환하고 연결하며 모든 것을 열열하게 난도질했습니다.

　내가 그녀의 그 행동에 격하게 공감하면서 그녀의 행동을 지지하며 응원한 것은 나도 외국에서 그녀와 비슷한 경험을 했기 때문입니다. 내가 독일에서 잠시 생활했는데요, 시작은 겨울부터였습니다. 시간의 흐름과 함께 날이 따뜻해지면서 옷이 가벼워지고, 또 더워지면서 가벼웠던 옷이 점차 얇아지면서 유독 눈에 띄는 것은 많은 여성의 가슴이 나와는 다르게 자유롭다는 것입니다. 처음 그것은 나에게 적잖은 충격이었습니다. 그것을 단지 문화충격으로만 받아들일 수 없는 어떤 강한 느낌이 있었습니다. 자유로운 가슴을 숨김없이, 너무나 자연스럽게 다니는 그녀들을 보며 같은 여성인 내가 당혹스러웠고 난감한 시선 처리에 어찌할 바를 몰라 쩔쩔맸었습니다. 거리 곳곳에서 오가며 부딪히는 그 많은 여성의 자유를 처음 보는 나는 쉽게 이해하지도 받아들이지도 못했었습니다. 그러던 어느 날 한 친구와 공원 산책 중 잠시 앉아 이야기를 나눌 때였습니다. 지나가던 낯선 여성에 대한 시선 처리가 여전히 부자연스럽고 매우 난감했는데 오히려 친구가 그런 나를 의아해했습니다. 그래서 친구에게 나의 난감한 시선처리와 문화 충격을 털어놨습니다. 그러자 친구는 "난 오히려 네가 더 이상해! 안 불편해?" 그 말에 "아!" 하는 나의 편견에 스스로 부끄러움을 느꼈습니다. 그들은 그저 그 갑갑함을 벗어버리고 자유를 누리고 있을 뿐인데, 그것을 성(性)적으로 바라보는 나의 시각과 사고가 잘못됐음을 처음으로 느꼈습니다. 저속한 편견, 그 편협함으로 그들의 자유를 이상하게 보는 나의 협착한 사고를 반성했습니다. 그리고 그날 집에 오자마자 내 가슴에 자유를 주었고 엄청난 편안함과 자유로움을 만끽할 수 있었습니다. '그동안 왜 이토록 간단하게 누릴 수 있는 이 자유를 왜 몰랐을까?' 그리고 아무도 나의 자유를 저급한 시선으로 보거나 해석하기는커녕 관심 자체를 두지 않았습니다. 물론 그들도 때와 상황에 따라서는 그 자유를 잠시 억압하기도 합니다. 즉 그것의 착용 여부는 개인의 자유로운 선택에 의한 것이며 그것을 사회적인 편견이나 어느 하나의 기준을 들이대며 비난하지 않습니다.

우리나라에 돌아와야 할 때 가장 먼저 하게 된 고민 그리고 가장 많이 했던 고민도 바로 즐겁게 누리던 그 자유를 계속 유지할지 아니면 다시 포기해야 할지였습니다. 우리나라 정서를 모르는 바가 아니었기 때문입니다. 그리고 그런 고민을 해야만 하는 현실에 짜증이 났습니다. 왜 우리나라는 여성들에게 말도 안 되는 저급한 편견의 잣대를 들이대면서 인간으로서 당연히 누려야 할 자유를 누리지 못하도록 속박하고 억압하는 것일까요? 깊은 고민의 결과, 결국 나는 우리의 그 편협한 시선을 감당할 자신이 없었기에 다시 자유를 포기하는 것으로 결론을 내렸고 그 자유를 억압하고 들어와야 했습니다. 이런 소심한 나의 행보와는 다르게 어린 그녀는 훨씬 더 용감했고, 당당하게 자신의 자유를 포기하지 않았습니다. 나와는 결이 다른 그녀의 결단을 환호하며 열렬한 응원을 어떻게 안 할 수가 있을까요? 그런 것이 기사화된다는 것이 씁쓸했지만 그녀의 과감한 행동과 당당함에 박수를 보내며 긍정의 나비 효과를 기대하기도 했습니다. '대중적으로 알려지고 인기도 있는 여성이 했던, 충분히 박수받고도 남을 만한 행동을 많은 여성이 따라 한다면 덩달아 나도 자유를 만끽할 수 있지 않을까.' 하는 용기 없는 자의 실낱같은 기대감도 크게 부풀어 있었습니다. 하지만 그런 그녀의 자유를 우리 사회의 편협한 시선이 그냥 놔두지 않고 날카로운 칼날을 던졌습니다.

여성들이 자신의 가슴에 자유를 주는 것이 왜 그토록 날카롭게 비판을 받아야 하는 것일까요? 이것이 어떻게 '쉬운 여성!', '밝히는 여성', '헤픈 여성', '싸구려', '천박함' 등으로 해석될 수 있죠? 자신들의 가슴은 단 한 번도 우리 여성들처럼 강한 압박으로 자유를 억압당한 적이 없으면서, 여성들의 자유에는 왜 그렇게 저급하고 혐오적이면서 편협한 시선을 아무런 책임감 없이 거침없이 쏟아내나요? 단 한 번도 여성들처럼 자유를 억압당해 본 적이 없는 자들이 과연 그럴 자격이 있을까요? 안타깝게도 어린 그녀에게 쏟아지는 수많은 기사와 악성 댓글의 시작과 그 초점이 바로 그것에 맞춰져 있었습니다. 단지 자기

가슴에 자유를 주었다는 이유로 어린 그녀는 우리 사회의 편협하고 저급한 날카로운 칼날을 고스란히 다 받으며 견뎌내야 했습니다. 심지어 그 자유를 당당히 고수하는 그녀의 현재형 행동에 과거의 태도와 행동까지 소환되어 온갖 비난과 독설로 공격하며 그녀를 폄훼했습니다. 다시 질문을 해보겠습니다. 우리 사회에서 여성이 자유를 꿈꾸는 것이 잘못인가요? 여성이 자기 몸에 자유를 주는 행동이 저런 천박한 말을 들을 정도로, 갖은 비난과 독설의 공격을 받을 정도로 잘못인가요? 그러면 독일을 포함한 유럽 여성들의 자유를 '가볍고 쉬움, 밝힘, 헤픔, 천박함'으로 단정할 수 있나요?

그런데요, 여기서 또 절망적인 것이 같은 여성의 시선조차도 그 편협한 것과 별반 다르지 않다는 것입니다. 그녀에게 향한 악성 댓글들이 남성들만이 아니라 많은 여성도 섞여 있었고, 그들 역시도 한결같이 그 편협하고 저급한 시선이었죠. 이것은 가부장적인 사회와 남성 중심의 관점에 길들어진, 그래서 남성들의 그 저급한 시선보다 오히려 더 거세고 날카롭고 가혹하게 그녀를 향한 칼날을 세웠습니다. 그렇게 남녀 할 것 없이 자신에게 쏟아지고 날아오는 그 모든 것들을 어린 그녀는 용감하게 감당해 내는 듯 보였으나 결과는 스스로 모든 것을 내려놓는 것이었습니다. 그녀의 극단적인 선택이 유난히 안타깝고 치밀어 오르는 분노를 쉽게 삭이지 못하는 까닭이 또 있는데요, 그녀의 극단적인 선택을 단순히 악성 댓글로만 그 원인을 돌리는 것에 또 화가 일렁거렸습니다. 악성 댓글에 대한 비판은 아직도 우리 사회에 만연해 있는 여성들에 대한 편협한 관점과 그것으로 여성들을 속박하는 것에서부터 시작되었으나 아무도 그것을 거론하지 않았고 그 중요한 본질을 너무나 쉽게 간과해버렸다는 것입니다. 악성 댓글이란 이슈로만 대두되는 것을 보고도 여성단체조차 여성을 향한 편협한 편견과 저속한 시선에 대해서는 거론하지 않았습니다. 남성 중심의 관점에 길들여져 변화 자체도 생각 못 하는 것일 수도 있는 우리나라 여성들의 현실을 적나라하게 직면하면서 절망이란 낱말이 저절로 떠올랐습니다.

　남성들은 모를 것입니다. 고무줄과 와이어의 강한 압박을 하루 종일 견뎌야 하는 고충을 말입니다. 게다가 천편일률적인 수치로 나와 있는 것은 가뜩이나 답답한 고무줄과 와이어의 강한 압박과 함께 신체적인 특징을 무시한 일방적인 수치라 그 갑갑함을 더합니다. 그러나 단 한 번도 자신들의 가슴을 억압해 본 적이 없이 늘 자유로운 남성들이 그 고충을 알 리 없죠. 그래서 나는 종종 그런 생각을 해 봅니다. '남성들이 여성들처럼 고무줄과 와이어로 자신들의 가슴을 압박하고 하루 종일 생활하며 그 고충을 체험해 봤으면.' 아마도 하루는커녕 단 몇 시간도 아닌 몇 분도 못 버티지 않을까 싶네요. 아, 아쉽게도 신체 구조상 와이어의 압박은 느끼지도 못하겠네요. 하지만 그런데도 남성들이 여성 언더웨어의 불편함을 꼭 체험해 봤으면 합니다. 이런 발상을 일부에서는 변태적이라고 해석할 수도 있겠네요. 그렇다면 그런 관점 자체가 딱 우리나라의 편협한 관점인 것을 반증하는 것이 아닐까요? 그러나 한번 보세요. 여성 언더웨어가 얼마나 비현실적으로 나와 있는지! 이 비현실적인 것은 단순히 고무줄의 짱짱한 압박감과 거추장스러운 와이어의 조임이 아닙니다. 편안함과는 거리가 멀어도 한참 멉니다. 그리고 하나같이 화려한 레이스의 원단을 사용하거나 하늘하늘하고 야들야들, 야시시하고 요염한 예쁨만을 강조한 것들뿐입니다. 언더웨어가 왜 이렇게까지 예뻐야 하는지 모르겠습니다. 편안함 같은 기능성과는 전혀 상관없는 그런 원단과 디자인은 누구의 아이디어이며 누구를 위한 것일까요? 그런 디자인을 한 사람은 그것을 한 번이라도 입어봤을까요? 그러면 '그렇게 불편한 것 말고 편안한 것을 찾아 착용하면 될 것을 무슨 불만이 많냐!'라고 지적할 수도 있을 것 같습니다. 참 답답한 생각입니다. 편안함을 강조하는 원단과 디자인은 최근에서야 나오기 시작했고요, 이전의 불편함을 보완한 편안함을 강조한 것이라도 직접 착용해 보시라고 권하고 싶습니다. 아무리 편안함을 강조했다고 해도 천편일률적인 치수로 나온 것이 개개인의 다른 특징의 체형에 맞을 리가 없고 자유가 억압당하는 것은 마찬가지입니다.

그러면 혹자는 또 이런 지적을 할 것 같습니다. 천편일률적인 치수가 불편하면 개인 맞춤을 할 수 있지 않냐고요. 있었습니다. 개인

체형에 맞춤이 한동안 유행처럼 번지면서 그 업계가 많이 늘기도 했는데요, 그런데 그것이 한때 유행으로 끝났습니다. 왜냐하면, 개인 체형에 맞춤이라고 해도 원단과 디자인은 기존의 것을 그대로 사용했기 때문입니다. 화려한 레이스와 하늘하늘, 야들야들, 야시시하고 요염한 예쁨만을 강조한 원단과 디자인을 그대로 사용했기 때문에 개인 맞춤이라고 해도 불편함은 그대로 남았고 그래서 한때 유행으로 떴다가 조용히 사라졌습니다. 그리고 최근 나온 것이 기존의 불편함을 보완한 편안한 원단과 디자인을 강조한 것들입니다. 그러나 생각해 보세요. 이것이 아무리 편한들 억압하지 않은 남성들의 자유만큼 편하겠냐는 말입니다. 게다가 더 말이 안 되는 것은 보정 언더웨어라고 나와 있는 것들입니다. 겉으로 드러나는 몸매를 보기 좋게 만들기 위한 목적으로 만들어진 그것은 놀라운 신축성으로 군살을 숨겨준다고 하지만 여기저기 박혀있는 와이어와 꽉 조이는 고탄력 밴드는 보는 것만으로도 숨이 막힙니다. 왜 여성들이 그런 숨 막히는 고통을 감수하면서까지 그런 것을 착용해야 할까요? 여성들의 모든 언더웨어는 겉옷 착용 시 드러나는 몸매, 즉 S라인에 맞춰져 있기 때문입니다. 특히 특정 부분의 보정 언더웨어는 드러나는 몸매를 보기 좋기 위해서 만들어진 것인데, 그 보기 좋음이 누구의 시각에 좋음에 맞춰진 것일까요? 물론 남성들의 관점에만 맞춰진 것이라고 단정할 수는 없습니다. 그러나 우리 사회 전반적인 관점, 그 인식에 남성의 관점과 사고가 지배적인 것은 부인할 수 없는 사실이잖아요. 우리 사회는 아직도 남성 중심적입니다. 물론 예전과 비교하면 여성의 인권이 신장하였고 여성들의 목소리가 커진 것은 사실이지만 그래도 여전히 우리 사회는 남성 중심 사회입니다. 오죽하면 'V라인, S라인'이라는 민망한 광고와 노랫말이 유행할 정도였으니, 외모에 집착하는 사회 분위기, 특히 여성 외모에 집중된 집착증적 분위기를 쉽게 짐작할 수 있습니다. 그래서 겉으로 드러나는 몸매 교정을 위해서 꽉 조이는 고탄력에 군살 잡아준다는 와이어를 곳곳에 넣은 것을 착용해서라도 막연하게 '보기 좋았더라'를 실현하게끔 유도하고 사회적인 분위기와 인식을 조장합니다. 여성의 아름다움은 각자인 여성 스스로 추구하고 만족할 수 있는 아름다움이 되어야 합니다. '남성들의 눈요기에 보기 좋았더라'에 맞춰지는 아름다움과 예쁨이 아니라, 누군가에게 보여주기 위한 타인의 시선과 사회가 만들어 낸 인위적인 아름다움 기준에 맞추기 위해 자아가 망가지는 그런 천편일률적인 개성 없이 찍어낸 아름다움이 아니라, 자기만족인 아름다움을 추구하는 것이 진정한 아름다움을 만들어 내는 것이 아닐까요? 이렇게 말하면 남성 역시 사회적으로 굳어져 버린 남성다움에 대한 불만을 토로할지도 모르겠습니다. 예, 남성도 마찬가지입니다. 개인적으로 사회적 남성의 이미지가 남성에 의해 만들어진 여성의 이미지처럼 여성들에 의해서 만들어진 것이 아니라고 생각하지만, 그러나 성(性) 상품화에서 남성 역시 자유롭지 못했고 그렇게 만들어진 남성의 사회적인 이미지 역시 남성의 자유를 제한하고 있습니다. 그래서 남성이든 여성이든 개개인 스스로 자기만족 안에서 아름다움이 추구되어야 하며 진정한 아름다움이 이뤄지며 사회적으로 만들어진 편협적인 이미지는 개인의 다양성으로 개선되어야 한다고 봅니다.

예전 드라마 하나를 소환해보겠습니다. 거기에 나오는 한 배우의 역할이 언더웨어를 미착용하는 캐릭터였습니다. 그녀의 직장 남성 동료들은 그녀를 '밝히는 여성', '헤픈 여성'으로 단정하고 뒷말하기도 하고 노골적인 성(性)적 접근을 하기도 했습니다. 그것을 보면서 여성들이 갖는 당연한 자유가 남성들의 저급한 편견에 의해 속박당하는 우리의 현실을 작가가 비판하는 것 같았고, 여성의 자유에 대한 것을 다루려는 것인가 싶어서 흥미롭게 계속 봤습니다. 그리고 드라마 속 그녀의 친구들도 그녀의 직장 동료들과 한 치의 오차도 없이 똑같은 시선으로 그녀의 그런 행동을 지적하는 장면들을 보면서 남성 중심의 관점과 해석에 길든 여성들의 문제점도 지적하는 것 같아 은근히 그 드라마 작가에 관심이 생겼고 응원하기도 했습니다. 하지만 그 드라마 속의 그녀는 자신의 가슴에 자유를 주기 위함이 아니었습니다. 드라마 끝에는 그녀가 개개인의 몸에 맞춘 수제 언더웨어를 창업하는 것으로 이야기를 맺더군요. 즉 기성화의 불편함에서 완전한 자유가 아니라 개개인의 맞춤으로 계속 그 자유를 억압하는 것을 유지하는 끝맺음이었습니다. 사회의 편협할 뿐만 아니라 불편하고 저급한 그 관점에 스스로 맞춰지고 길드는 것으로 끝나버린 것 같아서 실망했었던 적이 있었습니다. 여성의 변화 자체를 꾀하는 것에 기대하고 응원했던 기대치가 와르르 무너지면서 씁쓸한 뒷맛에 허망했습니다. 하긴 나 역시 변화 자체를 앞장서며 꾀하지 못했기에 이미 길든 채로 부동인 여성들을 비판할 수는 없습니다. 그런데 모순적이지만 왜 자꾸만 화가 날까요? 우리 사회에서 여성의 자유는 정말 꿈도 꿀 수 없는 걸까요?

왜 여성의 언더웨어가 사회 전반적인 인식과 그것에 의한 문화의 편향성에 맞춰져야 하죠? 여성이 입는 옷인데, 여성들의 편안함과 건강과는 괴리감이 있는 원단과 디자인으로 시판될까요? 심지어 그런 불편함이 싫어서 자유를 선택하면 저속한 시선으로 보며 '가볍고 쉬움, 밝힘, 헤픔, 천박함' 등 노골적으로 성(性)적으로 저급하게 단정합니다. 왜죠? 여성들은 원더우먼도 아닌데 사춘기 때부터 짱짱한 고탄력의 고무줄과 와이어의 압박을 죽을 때까지 평생을 족쇄처럼 감수하며 살아야 합니다. 남성들은 단 한 시간도 못 버티는 그 불편함을 말이죠. 그리고 그것으로부터 자유를 느끼는 것 자체가 무슨 큰 죄를 지은 범죄자처럼 눈총을 받습니다. 왜죠? 여성들의 가슴은 남성들처럼 자유로우면 안 되나요? 그것이 범죄자 취급을 받을 정도로, 그리고 성(性)적으로 헤프고 천박함으로 인식될 만큼 큰 잘못인가요? 그 짱짱한 압박에서 벗어난 자유를 단 한 번이라도 느끼면 다시는 그 압박을 경험하고 싶지는 않습니다. 그래서 난 독일의 생활이 자주 그립습니다. 물론 그들도 상황에 따라서 착용 여부는 여성 개인의 자유의지로 선택합니다. 하지만 일상적인 생활에서는 대부분 자기 몸에 자유를 줍니다. 독일에서는 만끽할 수 있는 그 자유가 왜 우리나라에서는 유독 어려운 것일까요? 대한민국에서 여성들이 사회적인 편견을 받지 않고 자기 몸에 자유를 주는 것이 자연스러운 그런 날이 과연 올 수 있을까요?

3) 강자(强者)의 논리에 얽매인 자유

'오늘은 뭘 입지?' 출근과 외출 전에 이런 고민을 안 해 본 사람은 없을 겁니다. 외출 전에 옷을 고르면서 한두 번, 아니면 매일 하는 사람도 있을 텐데요, 물론 나도 그중 한 사람입니다. 하지만 나의 고민은 일반적인 것과는 좀 다른데요, '이 옷을 입어도 되나?', '과연 이것들을 언제까지 입을 수 있을까?' 하는 고민입니다. 왜냐고요? 나의 옷은 대부분 오래된 과거의 옷이고, 어렸을 때의 옷이라 지금 내 나이와 차이가 많이 나기 때문입니다. 이런 고민을 하면서도 예전 옷을 정리하지 않고 계속 입는 이유는 순전히 엉뚱한 고집 때문인데요, 그 고집의 첫 번째 원인제공을 한 것은 몇 년 전 동료의 말이었습니다. 어느 날 그가 불쑥 나이에 맞게 옷을 입으라는 말을 직설적으로 말하더군요. 느닷없는 동료의 말에 다소 황당했으나 그 의도는 빠르게 알 수 있었습니다. 유치한 질투가 묻어있는 동료의 말에 헛웃음만 나왔죠. 그는 20대 후반으로 출산이 얼마 남지 않았거든요. 물론 그의 투정 어린 질투와 말이 이해 안 되는 건 아니었지만 젊고 어린 그에게서 낡은 생각의 말을 들으니 낯선 감정과 함께 좀 묘했습니다. 옷이란 것은 본인의 만족감입니다. 유행에 민감하든 아니든, 남에게 보여주기 위함이든 아니면 아무 생각 없이 손에 잡히는 대로 대충 입든, 어떤 이유에서든 옷은 자신의 만족감입니다. 그리고 옷에 나이가 쓰여 있는 것도 아니고, 나이에 맞는 옷이 따로 있는 것도 아닙니다. 그래서 나는 나이에 맞는 옷이 어떤 것인지 되물었고 그는 내 물음에 아무런 답을 못했습니다.

하지만 사실 그의 말은 내게도 많은 여운을 남겼습니다. 그 말을 듣기 전까지는 내가 입는 옷에 크게 신경 쓰지도 않았고, 또 신경 쓸 만큼 마음의 여유도 없는 시간을 보냈었습니다. 동료의 말에 옷들을 유심히 살펴봤습니다. 인식 못 하고 있었는데 가만가만 보니까 대부분 지금 내 나이와는 많이 동떨어진, 20~30대에 입었던 오래된 옷들이었습니다. '정리할까?' 하다가 갑자기 오기가 생기는 겁니다. 나이가 들었다고 해서 예전 옷을 입지 말라는 법도 없고 못 입을 이유도, 안 입을 이유도 없지 않나요? 예전의 옷이 안 맞으면 모를까, 여전히 몸에 맞고, 오래된 옷이지만 많이 낡은 것도 아닌데 굳이 나이와 어울리지 않는 옷이란 이유만으로 정리해야 할까요? 그래서 오기로 그대로 두고 여태껏 입고 있습니다. 그런데 해가 지날수록 그 옷들을 보면서 '이 옷을 입어도 되나?', '이것들을 언제까지 입을 수 있을까?' 하는 고민을 나도 모르게 하고 있었습니다. 어떤 옷은 꺼냈다가 다시 걸어 놓기를 여러 번 반복하다가 결국 익숙한 옷을 선택합니다. 자주 손이 가는 옷도 있고, 몇 해가 지나도 손이 안 가는 옷도 있는데 어쩌다가 한 번은 여러 해 동안 안 입었던 옷을 꺼내 입기도 합니다. 그러면 정말 새 옷을 입는 듯한 좋은 기분이 들 때도 있고, 또 어떤 옷은 안 어울리는 어색한 느낌에 어정쩡하게 거울 속 나를 빤히 보며 묘한 미소를 씁쓸하게 짓게 됩니다. 그 옷은 이젠 정말 내 나이와 안 어울리는 것이죠. 이런 현상을 보면요, 나이에 맞는 옷이 따로 있는 것도 맞는 것 같습니다. 그래서 이젠 정말 오래된 옷들을 정리해야겠다는 굳은 결심을 했었습니다.

아마 그즈음이었을 겁니다. 내가 어렸을 때의 옷을 여전히 고집하는 그 두 번째 이유가 새롭게 등장했습니다. 그것은 우연히 보게 된 한 특별한 전시회 때문이었습니다. 벨기에 브뤼셀에서 'Is it my fault?(내 잘못인가요?)'라는 이름으로 열린 옷 전시회였습니다.[51] 그곳에 전시된 옷들은 하나같이 너무나 평범한 일상복이었지만 메시지는 너무나

---

51) 전승엽 기자·김지원 작가·장미화 인턴기자 「성폭행.. 노출 심한 옷 차림 때문이라고요?」 연합뉴스 2018.01.25.

큰 것이었습니다. 전시된 그 평범한 일상복은 성폭력 피해자들이 피해 당시 착용했던 옷이었다고 합니다. 그런데 전시회의 이름이 'Is it my fault?(내 잘못인가요?)'인 것을 보면요, 굳이 긴 설명이 없어도 어떤 의미인지 알 수 있지 않나요? 이에 앞서 노출이 심한 옷 때문에 성범죄가 일어난다는 말이 안 되는 궤변에 가까운 편협한 억지 논리가 확산하고 이것이 성폭력 피해자에게 2차 가해로 이어졌습니다. 그러자 이에 대한 강한 반발이 세계적으로 퍼지면서 '내 잘못인가요?'라는 전시회까지 이어진 것입니다. 도대체 어떤 뇌 구조면 피해 원인이 피해자 본인에게 있다는 논리가 아무렇지도 않게 나올 수 있을까요?

그런데 흐름이 이상하게 흘렀습니다. 미투 운동과 함께 여성의 성(性) 상품화 반대 움직임이 보였습니다. 이 움직임 자체는 반가웠습니다. 성(性)의 상품화가 문제로 지적된 것은 어제오늘 일이 아닙니다. 특히 여성의 성(性) 상품화는 그 정도가 점점 심화하여 마치 선정적이고 자극적인 것을 경쟁하듯이 야한 성인 잡지의 영상화 같은 각종 매체의 움직임과 전달에 불쾌함과 역겨움이 느껴질 정도였기에 그런 것에 대한 규제가 약한 것이 불만이었습니다. 그래서 여성의 성(性) 상품화가 가장 심했던 그랜드 걸 폐지는[52] 정말 반가운 움직임이었습니다. 하지만 이 반가

---

52) 김주동 기자 「F1에서 '그리드 걸(레이싱걸)' 사라진다」 머니투데이 2018.02.01, 이현우 기자 「F-1 레이싱걸 폐지, 각 분야 '걸' 퇴출의 신호탄 될까?」 아시아경제 2018.02.02, 김민성 취재기자 「미투 운동 전세계적 확산 여파, 레이싱걸에 이어 아트걸도 사라질 듯」 시빅뉴스 2018.06.06, 송은석 기자 「[청계천 옆 사진관] 미리 보는 2019 서울모터쇼...'레이싱 모델'이 변했다」 동아일보 2019.03.28

운 움직임의 흐름이 조금 이상하게 흘렀습니다. 무슨 말이냐 하면요, 성폭력의 원인이 노출이 심한 옷 때문이라는, 이미 전 세계적인 파란으로 전 세계의 모든 여성의 공분으로 한바탕 논란을[53] 일으킨 그 문제의 발언이 미투 운동의 확산에 발맞춘 성(性) 상품화의 반대 운동이라는 명목하에 정당성을 갖게 된 것입니다. 노출이 없는 의상 착용 또는 여성이 아닌 남성 모델로 대체되면서 오히려 노출 의상이 성폭력을 유발한다는 황당한 궤변을 뒷받침하는 모양새가 된 것입니다. 성(性)의 상품화로 노출이 경쟁적으로 가열되어 쓸데없이 노골적으로 선정적인 것이 강조된 것의 문제를 해결하려는 움직임이 아니라 단순히 노출만 줄이는 것으로 할 일 다 했다는 식의 움직임도 문제지만 그로 인해서 노출 의상이 성폭력을 유발한다는 황당한 그 궤변을 그대로 받아들이는 움직임에 힘이 빠지는 것 같았습니다. 그리고 아직도 여성과 성범죄에 대한 심각성은 물론이고 그 원인조차도 파악 못 하는 인지능력을 가진 자들과 피해자의 보호는커녕 그 피해 원인이 피해자에게 있었다는 이 해괴한 사고 능력을 고수하는 우리 사회의 변하지 않은 부동의 모습에 아주 오래전 기억이 소환되었습니다.

과거 화성 연쇄살인이 사회적인 문제로 급부상할 때였습니다. 뉴스와 기사는 마치 투명인간처럼 잡히지 않는 범인의 행방이 중심이었습니다. 범행 수법이 매우 잔인하며 연쇄적으로 일어난 사건이었고, 좀처

---

53) 최민우 기자 「수백 명의 여성들이 SNS에 누드사진을 올린 진짜 이유」 국민일보 2018.02.01

럼 잡히지 않는 범인의 묘연한 행방에 남녀 할 것 없이 전 국민이 두려워했고 뉴스와 기사의 모든 초점도 그것에 맞춰져 있었습니다. 하지만 피해자가 모두 여성이란 것, 그리고 그 피해자 모두는 성폭력을 당한 이후 희생됐다는 것은 크게 주목받지 못했습니다. 물론 피해자가 여성이고 성폭력을 당한 이후 희생됐다는 사실 자체는 계속 보도되었지만, 뉴스와 신문기사, 그리고 사람들의 관심도 한결같이 연쇄살인에 쏠려 있었습니다. 해가 지나면서 계속된 범행으로 피해자가 나오자 그제야 여성을 노린 계획적인 범행이란 것에 집중하게 되었고, 성폭력에도 관심을 두게 되었습니다. 물론 그토록 잔인한 살인이 연쇄적으로 일어난 것이 경악스러웠기에 그쪽으로 관심이 쏠렸을 수도 있겠지만 피해자가 모두 여성이란 것, 그리고 살해당하기 전 성폭행을 당했다는 일관된 공통점은 왜 뒤늦게 주목을 받았을까요? 남성 중심의 관점 때문이라고 하면 지나친 것일까요?

이후, 성범죄가 사회적인 문제로 대두되었습니다. 가뜩이나 화성 연쇄살인 사건이 해결되지도 않았는데 성범죄까지 사회적인 문제로 떠오르자, 그제야 피해자가 여성인 것과 성폭행 이후 끔찍한 일을 당했다는 것에 점차 주목하기 시작했습니다. 그러면서 늦은 밤 귀가하는 여성들의 안전이 화두가 되며 어두운 주택가 길, 허술한 가로등 관리, 그 개수의 부족한 것도 취재되고 기사화되기 시작했습니다. 그리고 얼마 후, 한 방송 프로그램에서 여성들이 자신 스스로를 지킬 수 있는 능력을 갖춰야 한다며 호신술을 소개했습니다. 여러 가지의 방어 기술을 자세하게 선보였고 유행처럼 많은 프로그램에서 앞다투어 호신술을 소개하자 실제로 그것을 배우는 여성도 많았습니다. 그것을 보면서 나는 좀 허탈함을 느꼈습니다. 범죄의 표적이 될 수 있는 약자의 안전을 약자 스스로 지켜야 한다는 논리이고, 또 연쇄살인의 피해자들이 그 호신술을 배우지 못해서 그 일을 당한 것은 아니잖아요. 하지만 나의 허탈함과는 무관하게 그 호신술에 이어 쏟아져 나온 것은 여러 가지 호신용품이었습니다. 역시 방송에서 여러 호신용품과 사용 방법이 여러 프로그램에서 자세히 소개되었죠. 다분히 의도적임에도 많은 여성이 학원에서 호신술을 배웠고, 또 많은 호신용품을 구매했습니다. 정말 씁쓸하지 않나요? 언제든 범죄의 대상이 될 수 있는 약자의 안전을 지키기 위해 모색한 방법이 고작 약자의 안전은 약자 스스로 지키라는 논리와 그것에 발 빠르게 움직이는 자본주의를 약자인 나는 그저 씁쓸하게 지켜만 봐야 했습니다. 하지만 수많은 약자가 호신술을 배우기 위해 학원에 다녔고, 다양한 호신용품도 시판되어 방송은 그것의 사용 방법과 쓰임에 대해 자세한 설명을 경쟁적으로 하기도 했습니다. 그래서 호신술을 가르치는 학원도, 다양한 호신용품도 상당히 많이 소비되었습니다. 그리고 이것은 여성이 성범죄의 원인을 제공했을 수도 있다는 인식이 자연스럽게 생성되는 사회적 분위기의 초석이 되고, 그래서 예비 피해자일 수 있는 여성 스스로가 자신 스스로를 지킬 수 있어야 한다는 인식도 자연스럽게 생성된 것입니다.

하지만 성범죄는 줄지 않았고 오히려 성범죄의 대상은 여성에게서 아동에게까지 확대되었습니다. 아동을 상대로 잔인한 성범죄가 이어지자 또다시 이상한 논리가 나왔습니다. 즉 약자의 안전은 약자 스스로가 지켜야 한다는 그 논리가 변함없이 등장했는데요, 모두 기억할 것입니다. 어린아이들이 자신의 몸을 지킬 줄 알아야 한다며 '안 돼요. 싫어요.'라고 말하도록 가르쳤습니다. 실제로 많은 유치원에서도 한동안 유행처럼 아이들에게 그것을 가르쳤습니다. 어린아이들을 상대로 저런 말을 가르칠 아이디어를 내고 또 그것을 실제로 가르치게 한 사람들은 정말로 그것의 효과를 기대한 것일까요? 이미 괴물이 되어버린 범인이 아이가 싫다고 하는 그 말에 과연 자신의 행동을 멈출까요? 그것을 기대하고 어린아이들에게 그것을 가르친 것일까요? 성인 여성의 필사적인 거부에도 멈추지 않는 범행입니다. 하물며 어린아이인데 싫다는 그 거부가 통할까요? 도대체 어이없고 말도 안 되는 이 무지의 아이디어는 누구 머리에서 나왔을까요? 그런데도 이 무지한 아이디어는 인형극으로까지 만들어져 유행처럼 당연하게 전국 유치원을 순회하기까지 했습니다. 하지만 아동 성범죄는 사라지지도, 줄어들지도 않았습니다. 시간의 흐름에 따라 한동안 유행어처럼 아이들에게 가르치던 그 말이 사라졌습니다. 하지만 이 관점, 즉 피해자에게 원인을 찾는 관점과 피해자가 스스로를 보호해야 하는 분위기는 조금도 변함없고, 그 해괴한 궤변이 아이들이 피해자가 되는 상황에서도 여전히 자연스럽게 나온 것입니다.

　그런데 여기서 드는 의문 한 가지가 있습니다. 과연 여성의 노출이 심한 옷 때문에 성범죄가 발생한다는 그 어처구니없는 궤변을 궤변이라고 인식한 사람들이 있었을까요? 글쎄요, 회의적입니다. 왜냐고요? 예전부터 '여자가 밤늦게 돌아다니면 위험하다', '여자가 얌전한 옷을 입어야지!', '여자가 야한 옷을 입으면 성폭력 위험이 있다'라는 말로 여성의 안전을 위한 조언처럼 하는 말이었지만 실제로는 여성을 통제하는 말이었고, 경고인 동시에 약자의 안전은 약자 스스로가 지켜야 한다는 궤변과 의미가 상통하는 말에 익숙하기 때문입니다. 그리고 2016년 여성가족부에서 '성폭력과 노출이 심한 옷'의 관계를 조사한 결과 '성폭력은 노출이 심한 옷차림 때문에 일어난다'에 그렇다고 답한 사람이 남성 54.4%, 여성 44.1%이었다고 합니다.[54] 여성의 44.1%의 긍정 답변이 놀라운데요, 이것은 노출이 심한 옷 때문에 성폭력을 당한다는 궤변에 직접적인 동의는 아니지만, 수긍은 할 수 있다는 이중성이라고 봅니다. 어렸을 때부터 세뇌당하듯이 늘 저런 협박 같은 조언으로 통제받는 사회적인 분위기에서는 당연히 그런 이중성이 나타날 수 있다고 이해됩니다. 하지만 질문 자체를 달리하면 그 응답의 결과는 완전히 다르지 않을까요? 이런 질문을 해 보면 어떨까요? '약자의 안전은

---

54) 이소연 인턴기자 「성범죄 피해자는 정말 노출이 심한 옷을 입는가?」 머니투데이 2019.04.09.

약자 스스로 지켜야 한다.' 동의하십니까?

　본론으로 다시 돌아가 볼까요? 이 이야기의 시작은 옷에 관한 것이었습니다. 패션과 색상에 가장 민감한 사람은 배우와 연예인들입니다. 그래서 TV 드라마 또는 시사 예능 프로그램에 출연하는 연예인들을 보면 그해(年)에 유행하는 색과 디자인을 한눈에 알 수 있습니다. 그런데 성(性) 상품화를 반대하는 것으로 노출을 줄이는 움직임에 따라서 TV 속 여성들의 의상이 모두 똑같이 노출을 최대한 막아버린 개성 없는 것으로 딱히 유행 디자인이랄 것이 없는 천편일률적으로 똑같았습니다. 치마는 아무리 짧아도 무릎을 덮는 길이이거나 발목까지 내려가 치렁치렁하기 길어졌고, 바지는 몸매가 드러나지 않는 통바지로 통일된 옷을 모든 여성 출연자나 배우에게서 볼 수 있었습니다. 물론 민망하게 노출이 심한 옷이 없어져서 내 눈이 편안해진 것은 있지만, 시기적으로도 영상 매체가 갖는 교육적인 효과를 노린 것으로 여성의 노출을 막기 위한 의도가, 너무나 분명하고 명확해 보였고, 더 나아가 여성을 제한하고 길들이려는 묘하고 강압적인 움직임 같이 느껴졌습니다. 사실 내가 어렸을 때의 옷들을 정리하려고 할 때라서 새 옷을 마련하기 위해 인터넷 쇼핑을 할 때와도 맞물리는 시점이라 여성의 옷의 변화가 유난히 눈에 띄었습니다. 인터넷상에 올라와 있는 옷들도 하나같이 치렁치렁 길어진 치마와 통이 넓어진 바지, 그 바지 역시도 발목을 덮을 정도로 길었습니다. 개인의 취향 같은 것은 찾아볼 수 없고 특별한 디자인이 필요 없이 최대한 노출을 줄이는 것에 최적화된 옷들뿐이었습니다. 시점이 오묘하게 짜맞춘 것처럼 절묘하지 않나요?

얌전해진 옷들로 영상 매체를 가득 채우는 그 의도가 너무나 뻔해서 유치하게까지 느껴지는데요, 무엇인가 보이지 않는 편협된 사고와 그 힘의 소리 없는 움직임이 여성들을 길들이고 있고 여성들은 아무것도 눈치채지 못한 채로 그대로 길드는 느낌을 강하게 받았습니다. 물론 그저 한때의 유행일 뿐인데, 나의 해석이 지나치다고 할 수도 있을 것 같습니다. 하지만 해마다 다른 색상과 다양한 디자인으로 화려하게 의류 시장을 장악하던 움직임이 최근 몇 년 동안 없었습니다. 여성의 옷을 통제하는 것으로 여성의 성폭력 피해를 줄이려는 그 졸속인 유치한 시도가, 문제의 본질을 똑바로 인식 못 한 극도의 무지한 용기가 참담할 뿐입니다. 성범죄가 노출이 심한 여성의 옷 때문이라는 해괴한 궤변과 함께 노출이 심한 옷은 소멸하다시피 완전 사라지고, 그래서 여성들 스스로가 노출이 심한 것을 자제하는 것이 아니라 노출 없는 옷을 선택할 수밖에 없는 현실을 보면서 여전히 남성 중심으로 해석되고 움직이는 현상에 갑자기 치사함으로 인한 강한 오기가 생겼습니다. 노출이 심한 옷이 성범죄를 유발한다는 말도 안 되는 궤변의 해괴한 논리에 수긍하고 끌려가고 싶지 않았습니다. 물론 노출증이 의심되는 과도한 노출이 있는 옷, 화려한 옷을 주장하고 권장하려는 것이 아닙니다. 노출증을 의심할 정도로 과하게 선정적이거나 보는 사람이 불편할 정도로 노출이 심한 옷이 사라지는 것은 이런 강압적인 의도 때문이 아니라 여성들 자신의 선택으로 사라져야 하는 것입니다.

성범죄가 여성의 옷 때문이라는 발언으로 문제의 본질을 회피하는 논리에 강한 반감이 생기면서 정리하려고 차곡차곡 개어 놓았던 옷들을 다시 꺼내서 하나하나 옷걸이에 걸어 놨습니다. 그 옷들은 예전 옷이라 현재 여성들의 옷을 장악하다시피 한 일관된 디자인을 기준으로 보면 노출이 자유로운 옷이었습니다. 그런데 문득 이 상황이 참 기묘하게 느껴졌는데요, 과거 윤복희의 미니스커트가 생각났습니다. 과거로 회귀한 듯 얌전한 요즘 디자인에 비하면 내 예전 옷들은 윤복희의 미니스커트라 할 만합니다. 유행이 돌고 돌아 복고풍이 유행이기 때문이라고 굳이 우긴다면 그럴 수도 있을 것 같지만, 그러나 우연이라 하기에는 너무나 매우 공교롭고 또 변명치고는 무논리로 매우 궁색합니다. 참 유별난 오기, 그러나 쓸데없는 오기로 보일 수 있겠지만, 그리고 또, 나 한 사람이 이런 오기를 부린다고 해서 그 궤변의 해괴한 논리와 편협한 사고가 우리 사회에서 없어지는 것도 아니지만 적어도 그것에 따른 사회 현상에 수긍하지 않는 사람이 한 사람 정도는 있음을 보여주고 싶었습니다.

아직도 여성들의 옷을 검색하면 얌전하고 차분하고, 노출도 없는 옷들이 만들어지고 판매되고 있고, 많은 여성이 그것을 입고 다니는 것을 길에서 쉽게 볼 수 있습니다. 하지만요, 그런데도 여전히 성범죄는 계속 진행 중이고 피해자는 계속 나오고 있습니다. 이것은 여성들이 호신술은 못 배워서도 아니고, 호신용품을 지니고 있지 않아서도 아니며, 노출이 있는 옷을 입어서도 아닙니다. 여군들의 성폭력 피해가 자기 방어를 못 해서, 또는 노출이 심한 옷과 관계가 있을까요? 게다가 성폭력의 원인이 그들에게 있다는 잔인한 2차 가해가 너무나 안일하게 가해지는 현실이 참담합니다. 하지만 이것이 얼마나 심각한 폭력인지 제대로 인지를 못 하는 것 같습니다. 그래서 그 해괴한 논리를 성폭행 피해 아동에게도 똑같이 적용해볼까요? '아이들이 자기방어를 못 했고, 노출이 심한 옷을 즐겨 입었으며, 사생활이 문란했기 때문에 성범죄의 대상이 되었다.'라고 하면 이것은 말이 될까요? 아니잖아요. 성폭행 피해 노인에게도 똑같은 논리를 적용할 수 있을까요? '할머니가 자기방어를 못 했고, 호신기구 사용에 허술했으며, 노출이 심한 옷을 즐겨 입었기 때문에 그런 피해를 당했다.'라고 하면 '아! 그렇군!' 하고 수긍할 사람이 있을까요? 즉 성범죄의 원인을 피해자에게 찾거나 물을 수 없다는 것입니다. 이런 남성 중심의 사고와 관점, 그리고 그에 결부된 해석을 이제는 좀 버릴 때가 되지 않았나요? 언제까지 그 해괴한 궤변의 논리가 반복돼야 하는지 숨이 턱턱 막히고 답답합니다. 성범죄의 원인은 피해자에게 있지 않습니다. 하지만 남성 중심의 사고가 바뀌지 않는 한 언젠가는 우리나라도 여성들이 종교와는 상관없는 한국판 차도르를 입어야 할 날이 곧 올 수도 있을 것 같습니다. 차도르의 등장 이유를 아시나요? 잠시 그 이유를 살펴보겠습니다.

신은 인간이 짐승과 다름을 강조하는 방법으로 불륜을 금했습니다. 십계명의 일곱 번째 계명이 간음하지 말라는 것이었습니다. 이것은 남녀 모두에게 적용되는 것이고, 열 번째 계명에서 다시 재차 강조됩니다. '이웃집을 탐내지 마라. 이웃의 아내나, 남종이나 여종이나, 소나 나귀나, 그 밖에 이웃의 어떠한 것도 탐내지 마라.' 신께서 여러 번 강조한 것을 신중하게 생각한 남자들이 한 가지 방법을 고안해 낸 것이 바로 차도르입니다. 여성들의 몸과 얼굴을 가리면 남성들이 여성을 볼 수 없으므로 신의 일곱 번째와 열 번째의 계명을 지킬 수 있다고 생각 한 것입니다. 즉 남성 중심 사회에서 남성 중심적으로 모든 계명이 해석되었기 때문에 남성의 생각, 즉 가치관의 경각심을 일깨우며 늘 경계하라는 신의 경고와 명령조차도 남성 중심적인 관점에서 이해한 것이고, 그 관점에서 죄를 차단하려는 방법으로 차도르를 여성에게 입힌 것입니다. 하지만 분명한 것은 신께서 주의를 시키고 경고한 대상은 여성이 아니라 남성이었습니다. 그러나 남성들은 자신들을 향한 경고의 원인이 여성에게 있는 것으로 단정하고 여성을 탓합니다. 따라서 여성을 조심시키면 자신들은 자연히 죄짓지 않을 것이라는 해괴한 발상으로 여성의 온몸을 가리게 만든 것입니다. 이것은 노출이 심한 옷 때문에 성범죄가 일어난다는 말과 똑같은 논리 아닌가요? 즉 신께서 남성들에게 조심하고 경계하라는 명령을 남성들은 여성을 원인 제공자로 만들고 조언과 보호라는 억지스러운 말로 억압하고 통제하며 여성의 안전에 대해서 자신들의 책임을 회피할 수 있는 논리를 만들어 놓은 것입니다. 그리고 그 해괴한 논리에 기초한 궤변이 아직도 통하고 있는 사회입니다. 그래서 곧 그 차도르를 종교와는 상관없이 우리나라에서도 착용해야 할 날이 머지않은 듯합니다.

4) 아줌마를 없애자!

내가 그의 이름을 불러주기 전에는 그는 다만 하나의 몸짓에 지나지 않았다. 내가 그의 이름을 불러주었을 때, 그는 나에게로 와서 꽃이 되었다. 내가 그의 이름을 불러준 것처럼 나의 이 빛깔과 향기에 알맞은 누가 나의 이름을 불러다오. 그에게로 가서 나도 그의 꽃이 되고 싶다. 우리들은 모두 무엇이 되고 싶다. 너는 나에게 나는 너에게 잊혀지지 않는 하나의 눈짓이 되고 싶다.

「김춘수의 꽃」이란 시입니다. 마음과 생각이 고요해지는 잔잔한 호수 같은 시입니다. 내가 누군가의 이름을 부르고 그가 나에게로 와서 비로소 꽃이 되는 것이 마치 맑고 조용한 수면 위로 이파리 하나가 조용히 떨어져 작은 물결을 만들고 그 파동이 호수 전체로 퍼지는 것을 연상시키기 때문입니다. 누군가의 이름을 부르는 것, 그래서 그 누군가에게 아름다운 의미가 되고 새로운 관계가 형성된다는 것은 인간 사회에서는 너무나 자연스러운 현상이라서 특별하게 느껴지지 않는 때도 있고, 또 어느 때는 아무런 감각도 없이 체감 못 하고 지나치는 때도 있습니다. 왜냐하면, 우리는 일상생활에서 항상 누군가를 부르고 또 누군가에게 불림을 받기 때문입니다. 하지만 이름은 특별한 관계에서만 부르는 것입니다. 친한 친구와 가족 사이에서 평범하게 일상적으로 불리는 이름이 시인의 노래처럼 특별한 관계의 형성으로 특별한 의미로 자리 잡을 때가 있습니다. 바로 사랑하는 연인들의 첫 만남이 아닐까 싶은데요, 연인의 이름을 불러줌으로 인해 친구 사이에서 연인 사이가 될 수도 있고, 아주 모르는 사이였다가 서로에게 아주 특별한 의미인 꽃이 되어 주기 때문인데, 그래서 시인의 「꽃」은 아직도 많은 사랑을 받고 있나 봅니다.

　그런데 우리는 일상생활에서 누군가를 부를 때 이름 말고 사용하는 호칭이 있습니다. 이상하죠? 이름이 있는데 왜 이름이 아닌 호칭을 부를까요? 그것은 바로 관계 때문입니다. 사람은 누구나 타인과 관계를 갖습니다. 혈연 관계인 가족부터 친한 친구와 연인의 관계, 그리고 사회적인 관계에 이르기까지 많은 관계의 형성 과정에서 생활하기 때문에 상대를 부르는 호칭은 필수입니다. 공통으로 통하는 통칭, 사회적 호칭, 직장 내의 관계로 인한 수평적, 혹은 수직적 호칭 등. 그래서 호칭에도 예의가 있습니다. 보통 이름 뒤에 '~씨', 또는 '~님'을 붙여서 부릅니다. 이것은 상당히 단순하고 일반적인데, 우리 사회에서 통용되고 있는 호칭을 조금 더 자세히 들여다보면 상당 부분 복잡하고 또 비효율적인 것을 알 수 있습니다. 그 이유를 찾기 위해서 조금 더 깊게 들여다보면 호칭의 비효율성이 먼저 보입니다. 바로 상하 수직적인 관계 구성을 강조한 위압적이고 권위적인 호칭이 상당히 많고, 그것이 각 개인의 직장에 따라 자율적으로 정해진 것이라서 상당히 복잡한 것입니다. 이렇게 호칭이 상하 수직적인 관계를 강조하는 분위기가 대세이다 보니 직장이 아닌 일상생활 내에서 특별한 의미 없이 가볍게 스치는 관계에서의 호칭도 수직적인 것을 선호하고, 갑을 관계의 대립이 은연중 생겼습니다. 즉 '어르신, 고객님, 사장님, 사모님' 등의 호칭이 별다른 의미 없이 가볍게 사용될 수 있음에도 상황에 따라 격한 감정의 대립으로 심한 막말의 고성까지 오가는 상황이 나타나기도 합니다. 그리고 언제부턴가 각종 음식점에서 일하시는 분들을 '이모', '언니'로 통칭하는 것이 유행처럼 번지고, 이후 당연한 호칭으로 자리 잡았는데, 점차 이 호칭의 부작용이 나타나면서 비판적인 인식이 생기기도 했습니다.

수직적인 호칭이 수직적인 관계를 만드는 것인지, 아니면 반대로 수직적인 관계가 수직적인 호칭을 만드는 것인지 불분명한 주장이 나오며 많은 논란으로 대립하는 가운데, 일부 대기업에서 호칭과 직급의 파괴를 시도했습니다. 직장 내의 권위적이고 수직적인 관계가 아닌 수평적인 관계로 탈바꿈하면서 호칭도 '~님'이나 '~프로' 등과 같은 수평적인 것을 과감하게 시도했습니다. 상당히 긍정적이라고 생각되는데요, 기업의 효율적인 능률의 발전을 꾀하는 목적과는 다르게 이 직급과 호칭 파괴는 우리 사회의 복잡한 호칭을 단순화시키고 효율적으로 사용할 필요가 있기 때문입니다. 우리 사회 구조는 상당히 위압적이며 상하 수직적인 관계를 조성합니다. 이런 사회 분위기에서는 직급이 확실한 직장을 벗어난 일상생활에서는 가볍게 스치는 관계에서도 수직적인 관계 형성을 의도적으로 계산하게 되며 그 안에서 갈등과 스트레스는 피할 수 없습니다. 그래서 나이·성별·직업에 따라 권위적인 태도가 우선시되며 동시에 상하 관계의 형성으로 갑을관계가 형성됩니다. 따라서 자연히 나이, 성별, 직업 등의 차별이 생기고 편안한 일상생활에서도 엄청난 갈등과 스트레스를 겪게 됩니다. 대기업의 직급과 호칭 파괴로 수평적인 관계 형성과 수평적 호칭이 자리 잡게 되면, 따라서 우리 사회의 복잡한 호칭도 단순해지면서 인식도 많이 변화되고, 나이·성별·직업에 따른 수직적인 관계 형성에 대한 집착 및 만족감이나 차별로 인한 갈등이 약화될 수 있는 순기능을 기대해 봅니다.

하지만 앞에서 살펴본 것과는 다르게 특수한 직업 때문에 사회에서 통칭되는 호칭이 있습니다. 의사·간호사 등 의료와 연관된 직업과 교사·교수 등 교육계의 업종, 그리고 각 종교지도자 등 공적인 호칭이 있습니다. 공통으로 통용되는 이 호칭에 대해서는 앞에서 살펴본 갈등이나 스트레스가 없는 대신에 다른 문제점이 있습니다. 특정 직업에 따른 호칭도 매우 다양하고 복잡하기 때문에 나타나는 오류가 엄청나게 많다는 것입니다. 그 몇 가지 오류를 살펴보면요, '목사님'과 '교수님', '의사 선생님'과 '간호사 선생님'입니다. 먼저 우리나라에서 '교수'는 대학에서 학생들을 가르치는 '강사(講師)'의 직급을 나타냅니다. '강사'는 스승 사(師)를 사용하는 높임의 존칭이고, '교수'는 '강사'들의 위치를 나누는 직급에 해당합니다. 즉 '강사'는 높임 표현이고, '교수'는 '사장·과장·실장' 등과 같은 직급 호칭이라고 할 수 있습니다. 따라서 대학에서 가르침을 받는 학생이 '시간 강사' 또는 '교수'(부교수, 조교수, 정교수 포함)를 부를 때나 대화할 때는 '교수님'이 아닌 존경과 배움의 감사를 포함한 호칭인 '선생님'으로 부르는 것이 맞습니다. 학생이 '교수님'으로 부르는 것은 사제관계가 아닌 호칭으로 마치 심부름이나 견학으로 회사에 간 학생이 회사원들을 상대로 '과장님', '실장님' 하고 부르는 것과 같습니다. 사제관계가 아닌 학교 업무적인 관계자와 각종 매체에서 인터뷰와 강연 등에서는 '교수님', 자신의 직업을 소개할 때는 '교수'라고 하는 것이 맞고 사제관계에서는 높임의 표현인 '선생님'이 맞는 것입니다. 하지만 부르는 학생도, 불리는 교수도 '교수님'이라는 호칭을 '선생님'보다 더 선호하는데, 아마도 초·중·고 교사와 차별화를 두려는 것 같습니다. 하지만 '교수'는 높임 표현이 없기 때문에 '선생님'이 너무 평범해 보인다면 차라리 '박사님'이 더 나은 호칭입니다. 그런데 간혹 초·중·고 교사분이 자신의 직업을 소개할 때 종종 '학교 선생님'이라고 하는 것을 봅니다. 이것도 잘못된 습관입니다. 자신의 직업을 소개할 때는 '교사'가 바른 표현입니다. 자신을 '선생님'이라고 하는 표현은 스스로를 높이는 잘못된 표현입니다. 하지만 다른 사람이 소개하는 경우라면 틀린 표현이 아닙니다. 예를 들면 아나운서가 출연자를 소개할 때 '~학교 선생님이십니다.'라는 표현은 맞는 표현입니다. 그리고 '목사(牧師)', '의사(醫師)', '간호사(看護師)' 등의 호칭도 스승 사(師)를 사용하는 존칭입니다. 이미 호칭 자체에 높임의 의미가 들어있는 높임 표현이기 때문에 그 호칭 뒤에 '~님'을 붙이는 것은 극존칭이 됩니다. 따라서 '~님'을 생략하는 것이 맞습니다. 그런데 그 '~님'을 생략하면 왠지 버릇없고 상대를 하대하는 느낌이 들어서 '~님'을 생략할 수 없을 것 같습니다. 그러면 어떻게 해야 할까요? 상대가 없을 때는 '~님'을 생략하고 말할 수 있습니다. 예를 들면 '이번 주 목사의 설교가 감동적이었어!', '그 의사, 정말 친절하시더라!' 등, 이렇게 말하면 됩니다. 그러면 그 대상 앞에서는 어떻게 부르면 될까요? 대체어가 있습니다. '목사'는 '목회자님', '의사와 간호사'는 '선생님'으로 부르면 됩니다. '목회자님, 오늘 설교가 위로됐습니다. 감사합니다.', '선생님 진료 덕분에 많이 좋아졌습니다.' 등으로 부르면 됩니다. 극존칭의 오남용은 수평적 관계를 무의식적으로 상하 권위적이고 지배적인 관계로 형성하기 때문에 바르게 고쳐야 합니다. 그러면 직업에 '사'가 들어가면 ~님'을 붙이면 다 잘못된 것일까요? 아니요! 판사·검사·변호사, 물리치료사, 상담사, 보험·건축설계사, 중개사 등은 스승 사를 쓰지 않습니다. 그래서 '~님'을 붙이는 것이 예의입니다.

이렇게 공적인 호칭 외에도 고쳐야 할 아주 일반적인 호칭이 있는데요, 바로 '아저씨'와 '아줌마'입니다. 저마다 각각 낯선 사람에게 말을 걸 때, 사용하게 되는 호칭이 다를 텐데요, 그러나 부름을 받은쪽에서는 선호하는 호칭이 있습니다. 가장 선호하는 호칭은 아마도 '학생'이 아닐까요? '학생'이 갖는 이미지가 '어리다'는 것이 있기 때문에 그렇게 불리면 어려 보인다는 것이기 때문인듯합니다. 가장 일반적인 호칭은 남성의 경우 '아저씨', 여성의 경우 '아줌마'가 아닐까요? 그런데 남성의 경우는 잘 모르겠지만 여성의 경우에는 '아줌마'라는 호칭이 달갑지는 않습니다. 그래서 모르는 여성을 부를 경우는 나이에 상관없이 무조건 '아가씨'라고 한다는 어느 영업사원의 영업 전략이 수긍됩니다. 왜냐하면, 미혼일 경우 예의 있게 느끼고, 기혼일 경우는 '젊음'이라는 개념과 함께 '예쁨'과 '풋풋함'이 함께 느껴지기 때문이 아닐까요? 그런데 모든 여성이 왜 '아줌마'라는 호칭을 싫어할까요? 누구든지 여성을 향해 가볍게 부를 수 있는 호칭, 아무리 조심스럽게 불러도 '싸구려'처럼 들리는 호칭이 바로 '아줌마'입니다. 그 가볍게 부를 수 있는 것, 장소를 가리지 않고 아무렇게나 가볍게 부를 수 있는 호칭인 '아줌마'는 친근함보다는 여성을 비하하는 느낌이 더 강합니다. 왜 그럴까요?

우리나라에서 아줌마란 호칭은 언제부터 왜 사용하게 되었을까요? 내가 이런 궁금증을 갖게 된 이유는 우리나라에는 성(性)이 세 개가 있는데, 여성과 남성, 그리고 나머지 하나의 성(性)은 바로 '아줌마'라는 것 때문이었습니다. 뭔가에 비유적인 말이 아니고 그냥 단순히 이런 것이 있다는 정도의 상황적인 설명뿐이었는데, 듣는 순간 왠지 모르게 여성을 비하한다는 느낌을 받은 것과 또 의외로 이 말에 공감하고 동조하는 사람이 생각보다 상당히 많은 것도 놀라웠습니다. 그래서 아줌마의 유래를 한 번 찾아봤습니다. 그런데 의외로 정말 '아줌마'가 제 삼의 성(性)으로 인식되고 굳어진 것을 쉽게 접하면서 나의 불쾌함과 놀라움이 함께 상승했습니다. 왜 이렇게 '아줌마'란 호칭이 여성을 비하하는 말로 전락하였는지 그 궁금증이 유래보다 더 앞섰습니다.

아줌마의 형태는 '아즈마=아자마=아줌마'로 변형되었고, 16세기

문헌에 '아즈마'로 나오며 '작다'는 뜻의 '앗-'과 '어머니'를 뜻하는 '마(母)'의 합성어로 '작은어머니'로 풀이할 수 있고, 부모와 같은 항렬(行列)의 남자를 '아재'라고 했듯이 '아줌마' 역시도 같은 항렬(行列)의 여성을 불렀는데, 고모와 이모를 '아자마(아줌마)'라고 칭했다고 합니다.[55] 그 의미가 확장되면서 '나이 든 여성을 이르는 일반적인 말'이 되었고, 자신과 같은 항렬인 사람의 아내를 높여 부를 때 '아주머니'라는 표현을 썼다고 합니다.[56] 조선 시대에는 형의 부인을 '아주머니'라고 불렀다고 합니다.[57] 즉 '아줌마'는 '아주머니'에서 유래된 것으로 같은 의미를 가집니다. 그런데 어쩌다가 여성을 비하하거나 심하게는 폄훼하는 호칭이 되었을까요? 더구나 제 삼의 성(性)이라는 오명(汚名)까지 얻게 된 이유는 뭘까요? 우리 사회가 근대에 들어오면서 상황에 따라 긍정과 부정을 오가며 '억척스럽고 자녀를 위해 헌신하는 여성'이란 것이 보편적인 인식이라고 합니다.[58] 아마도 그 억척스러움이 더 강하게 인식되고 굳어지면서 '진상'과 '혐오'라의 이미지가 첨가되면서 제 삼의 성(性)이란 오명을 갖게 된 것 같습니다.

어쨌든 나는 이 '아줌마'란 호칭이 맘에 들지 않고, 그래서 일반적

---

55) 조항범 「우리말 어원이야기」

56) 최태호 교수-연재 「 [최태호의 우리말 바로 알기] 아재와 아줌마」 프레시안, 2022.08.12.

57) 위키백과, 아줌마 참고-ko.wikipedia.org/wiki

58) 위키백과, 아줌마 참고-ko.wikipedia.org/wiki

인 호칭으로도 사용하지 않았으면 합니다. '아줌마'에게 '억척스러운' 이미지가 덧입혀지고 각종 진상 프레임을 씌워 부정적이고 여성을 비하 내지는 폄훼하는 혐오적인 이미지화로 고착되는 까닭이 여성에 대한, 특히 기혼 여성에 대한 많은 오해 때문이란 생각이 듭니다. 한 낱말이 긍정적이든 부정적이든 어떤 하나의 이미지로 고착되고 굳어지는 경우는 대부분 매체가 그 중심 역할을 합니다. 그렇게 이미지화된 낱말 중 하나가 '아줌마'였고, 각종 매체를 통해서 '억척스러움'이 유난히 강조되어 전달되는 과정에서 그 이미지가 고착되고 그대로 굳어졌습니다. 많은 매체 중 하나는 드라마인데요, 예전에는 '어머니'의 모습을 통해 '아줌마'의 이미지가 전달됐는데 주로 주인공의 주변 인물로 조연인 경우가 많아 분량이 많지 않아서 주목받지 못했습니다. 그러다가 주연 못지않게 중요한 역할로 부상하고 서브 주인공 역할로 자리 잡으면서 주목을 받게 되면서 '어머니'의 이미지에서 '아줌마'의 이미지로 빠르게 전환됐습니다. 대부분은 자녀를 위해 희생하는 '어머니상'은 변함없이 그대로 두고 그 희생의 과정을 '억척스러움'의 이미지를 덧입혀 전달했습니다. 그리고 그것이 대중의 공감을 끌어내자 그 '억척스러움'이 자주 소비되는 이미지로 확대되며 그 과정에서 희화되기도 했습니다. 그런데 점차 어머니와 연결되었던 '아줌마'의 이미지는 점차 독립된 여성으로 이미지화되면서 희화되는 면이 더 많아졌고, 그러면서 자연히 부정적 이미지가 두드러지면서 점차

'아줌마'의 대표 이미지로 '억척스러움'이 고착되고 부정적인 편견이 생성되고 여성을 비하하며 혐오 대상으로 폄훼하기까지 이른 것입니다. 그리고 이제는 그 '억척스럽다.'라는 이미지는 '아줌마'의 대표 이미지로 확실하게 굳어져 여전히 소비되고 있습니다.

그런데 남성 중심 사회에서 여성이 살아남기 위해 애쓰는 모습, 부당함에 필사적으로 저항하는 모습에 왜 억척스러움이라는 프레임을 씌우고 부정적인 면을 강조했을까요? 남자 화장실에서 남자들이 오가는 때에도 청소해야만 하는 여성 청소 노동자가 느꼈을 수치심은 생략하고 '억척스러움'으로 단정해버리는 단순한 무지(無智)! 이것은 억척스럽고 뻔뻔한 것이 아니라, 안타깝고 안쓰러움이 먼저 연상되어야 하는 것 아닐까요? 여성 청소 노동자에 대한 배려가 없는 청소하청 업체의 독단적인 판단은 여성 청소 노동자의 감정을 무시한 폭력이었습니다. 왜 여성 청소 노동자가 남성의 화장실 청소를 아무런 감정 없이 할 것으로 생각하나요? 어쩔 수 없는 노동환경을 꾸역꾸역 참아낸 것이란 생각은 왜 안 할까요? 이에 대한 문제 제기가 있었지만, 아직도 많은 여성 청소 노동자가 청소 하청 업체의 무배려로 인해 그 수치심을 참아가며 남성 화장실을 청소하고 있습니다. 이왕 화장실 이야기가 나온 김에 하나만 더 지적해 볼까요? 공공화장실의 구조와 개수를 보면 여성에게 무배려인 것이 너무나 잘 드러나 있습니다. 여성은 남성처럼 빠르게 일 처리를 할 수 없습니다. 그래서 여성 화장실은 남성 화장실보다 더 많이, 그리고 넓은 공간이 필요합니다. 하지만 공간도 좁고, 화장실 수도 적습니다. 그나마 도시는 나은 편입니다. 물론 최근의 신축 건물 내 화장실은 여성을 많이 배려했습니다. 하지만 이미 오래전에 설치된 공공시설 안의 화장실은 예전 문제점이 그대로 남아있습니다. 특히 사람이 많이 모이는 터미널에 있는 여성 화장실의 불편함은 남성들이 절대로 이해 못 할 구조입니다. 과거에는 요즘보다 더 심했습니다. 과거 휴게실 내의 남자 화장실에 여성들이 우르르 몰려 들어와 민망함보다는 당황함이 더 앞섰을 남성들의 감정을 이해 못 하는 것은 아니지만, 그것이 남성일 경우 변태 소리를 들었을 것이란 생각과 제삼의 성(性)을 먼저 생각하기보다는[59] 차 출발 시각이 촉박하고 긴 줄은 줄어들지 않는 상황에서 급박함을 참지 못하고 남자 화장실이라도 급습해야 하는 여성들의 암담한 사정을 먼저 생각할 수는 없을까요? 그런 경우 여성은 수치심이 없어서, 창피함을 몰라서 남성의 화장실로 들어가는 걸까요? 솔직히 노상에서 일을 처리할 수는 없는 노릇 아닙니까! 수치심이 올라와도, 창피해도, 어쩔 수 없이 그곳을 쳐들어가는 여성의 처지는 생각해 보셨나요? 제 삼의 성(性)을 소유해서가 아니라 여성을 배려하지 않은 행정처리 때문에 일어나는 현상이고 문제입니다.

59) 최태호 교수-연재「[최태호의 우리말 바로 알기] 아재와 아줌마」 프레시안, 2022.08.12.

그런데 이것들은 단적인 예일 뿐입니다. 일일이 거론하기에는 이런 사례는 너무 많습니다. 하지만 남성의 처지에서는 별로 크게 와닿는 이야기는 아닐 것입니다. 그래서 다른 예를 들어 보려고 합니다. 우리나라는 영어에 상대적인 열등감이 있는 것 같습니다. 그래서인지 영어의 오남용인 줄 알면서도 참 많이 사용하는데 영어의 집착증 같은 면도 있습니다. 그런데 영어권에서 대화가 '나와 너'로 이루어져도 예의를 표현하는 말이 있습니다. 그 예의를 지키는 호칭인 'Mrs, Miss' 중 우리나라에서는 'Mrs'보다 'Miss'를 더 많이 사용했습니다. 그런데 그 예의를 지키는 호칭, 매너 있는 'Miss'도 싸구려 호칭으로 만들어버리는 우리나라 남성들의 독보적인 수준! 이런 실력 참 대단하지 않나요? 우리나라에서 여성의 성(姓) 앞에 'Miss'를 붙여 부르는 것을 예의 있다고 느끼는 사람은 없습니다. 이것은 여성을 대하는 남성의 권위적이고 지배적인 태도의 아주 단적인 예입니다. 이런 사회적인 분위기에서 부정적인 이미지로 각인된 '아줌마'란 호칭이 그 대상에 대한 배려심을 전제한다고 생각하는 사람은 없을 것입니다. 실제로도 그런 배려는 전혀 느낄 수 없습니다.

그래서 나는 그 '아줌마'란 호칭을 없애서 아예 사용하지 않았으면 합니다. 그러면 '아줌마'란 호칭을 대처할 다른 것이 있냐는 반문이 있을 텐데요, 있습니다. 여성을 배려하며 예의를 지킬 수 있는 '여사'라는 호칭이 있습니다. 이 호칭은 어느 한 특정한 사람들에게만 적용하고 있는데요, 아마도 '여사' 뒤에 '~님'을 붙이기 때문인 것 같습니다. 그런데 일반적인 호칭에 '~님'을 붙여 사용하면 안 되나요? 안 될 이유는 딱히 없잖아요. 그래서 이 '여사님'이라는 호칭이 지금처럼 특정화되는 것이 아니라 일반적이고 보편화되어야 한다고 봅니다. 특정한 일부의 여성들에게 '사모' 또는 '여사'라는 호칭에 '님'을 붙여 존칭으로 사용하는데요, 우리나라가 그렇게 집착하는 영어권에서 사용하는 'Mrs'가 그렇게 사용되고 있습니다. '사모'보다는 '여사'가 의미적으로도 더 일반적이며 사용의 폭도 넓습니다. 그런데 여담 한 가지가 있는데요, 내가 전통시장에서 장을 볼 때였습니다. 물건을 구매하며 가격을 치르는 과정에서 나는 상인분을 '여사님'이라고 불렀습니다. 그러자 그분은 얼떨떨하게 생경한 표정으로, 그러나 그다지 기분 나쁘지 않은 듯 한동안 나를 빤히 바라보다가 쑥스러워하시면서 덤으로 이것저것 더 담아 주셨습니다. 덤을 받으려는 의도는 없었는데 말이죠. 아직 '여사'란 호칭은 특정인에게만 쓰인다는 생각이 더 강하고, 아직 사회적인 합의나 공통된 인식 없이 나 혼자 사용하는 것은 무리인듯합니다. 또 어쩌면 의도와는 다르게 역효과로 나타날 수도 있을 것 같습니다. 하지만 나는 아직도 '여사'란 호칭이 일반화되어 대중적인 호칭으로 자리 잡기를, 그래서 우리 일상생활에서 모든 여성에게 사용되는 호칭이 되기를 바랍니다. 누군가를 부르거나 누군가가 나를 부를 때 친근함의 예의를 표현하는 것이 호칭입니다. 누군가를 부를 때 꼭 나와 특별한 관계 형성을 위한 것이 아닐지라도 상대의 기분을 좋게 할 수 있는 호칭을 사용한다면, 단순히 예의를 떠나서 자신에 대한 호감도를 높일 수 있고, 또 서로 웃을 수 있고, 또 누군가는 그 사소함에 소소한 행복을 느낄 수도 있기에 참 좋은 영향력으로 번지지 않을까요? 사회적으로 공용되는 호칭이 부르는 대상 전체를 낮게 보며 비하하는 것이라면 그것은 분명 문제가 있는 것 아닐까요? 모든 사람의 존재는 그 가치가 매우 존귀하며, 그 누구도 함부로 무시를 받아 마땅한 사람은 없습니다. 그래서 상대를 비하하거나 낮게 부르는 호칭의 사용은 분명한 문제가 있는 것이며 사용을 자제해야 하는 것입니다. 누군가를 부를 때, 꼭 상대의 기분을 좋게 하려고 애쓸 필요는 없겠지만, 그래도 그 누군가에게 불쾌함을 주는 것, 상대를 비하하는 호칭은 사용하지 않는 것이 좋지 않을까요? 개인적으로는 기혼 여성을 낮게 보며 하대하는 듯한 '아줌마'라는 호칭을 영구적으로 소멸시키고 '여사님'이 일반적이고 보편화 되어서 자연스럽게 대중적으로 자리 잡았으면 하는 바람이 정말 큽니다. 그래서 시인의 노래가 더 애틋하고 더 깊은 울림으로 다가옵니다.

「내가 그의 이름을 불러주기 전에는 그는 다만 하나의 몸짓에 지나지 않았다. 내가 그의 이름을 불러주었을 때, 그는 나에게로 와서 꽃이 되었다. 내가 그의 이름을 불러준 것처럼 나의 이 빛깔과 향기에 알맞은 누가 나의 이름을 불러다오. 그에게로 가서 나도 그의 꽃이 되고 싶다. 우리들은 모두 무엇이 되고 싶다. 너는 나에게 나는 너에게 잊혀지지 않는 하나의 눈짓이 되고 싶다.

김춘수-꽃.」

5) 적득기반(適得其反)

두 개의 그림을 놓고 정해진 시간 내에 틀린 것 5개 찾기란 놀이가 있습니다. 그런데 '틀렸다'는 표현은 '맞다'는 것의 반대잖아요. '빨간색과 파란색은 틀려!'라는 표현에서 틀린 색은 뭘까요? 빨간색? 파란색? 빨간색도 파란색도 틀린 것은 없습니다. 표현이 잘못된 것이죠. 따라서 '빨간색과 파란색은 틀려!'가 아니고 '빨간색과 파란색은 달라!'가 맞는 표현입니다. 그래서 두 개의 그림을 놓고 '틀린 것 찾기'가 아니라 '다른 부분 찾기'가 옳은 표현입니다. 하지만 이런 잘못된 표현은 생활 곳곳에서 너무 자연스럽게 많이 사용하고 있는데요, 그중 하나가 남녀 차이가 아닌가 싶어요. 남녀의 차이를 말할 때 '남녀는 ~이 틀려!'라는 식으로 말이죠. 최근에는 우리말 바르게 사용하기 위한 노력으로 이런 잘못된 표현을 고치려고 노력을 하고 있는데요, '남녀는 ~이 달라!'라고 말이죠. 그리고 그 다름의 이해를 행동으로 보이는 사람들이 여러 매체를 통해 간혹 보였습니다. 그때마다 이해 폭을 넓히려는 움직임과 그 노력에 박수를 보내기도 했습니다. 그 여러 행동 중 임신 체험이란 프로그램이 눈에 띄었는데요, 나는 그 프로그램을 보면서 그 영역이 좀 더 확대되었으면 좋겠다고 생각했습니다. 그 프로그램은 결혼한 예비 부모들만 참여하기 때문인데요, 내가 바라는 확대 영역은 남성의 여성 체험입니다. 즉 신체 구조가 달라서 겪는 어려움, 스토킹, 성추행과 성희롱 및 성폭력 등 그리고 삼삼오오 모여서 지나가는 여성을 음흉한 눈빛으로 훑어보며 조롱 섞인 음담패설의 대화를 들었을 때 느끼는 동일한 강도의 스트레스와 불쾌함과 모멸감, 수치심과 역겨움, 그리고 혐오스러움 및 불안과 공포를 똑같이 느끼는 체험을 한다면 여성의 고통을 좀 더 이해하고 그런 파렴치한 행동과 범죄는 좀 줄어들지 않을까요? 정말로 AI를 통한 그런 프로그램이 나오고 남자들이 경험해볼 수 있는 그런 날이 꼭 오기를 바라는 마음이 커졌습니다. 여성이 느끼는 불쾌감, 모멸감과 수치심, 불안과 공포를 남성이 똑같은 강도로 느끼면 여성의 감정을 이해하는 것에 도움이 될 것입니다. 이것은 단순히 여성을 배려하는 것이 아니라 남녀가 똑같은 인격체임을 자각하고 여성을 대할 때 말과 행동 변화가 동반될 것이란 기대감이 있었습니다. 그래서 남성의 임신 체험이 기혼자에 한한 것은 아쉬웠지만 그래도 그 노력은 반가웠습니다.

남성의 사고 전환이 없이는 양성평등은 불가능합니다. 시간의 흐름에 따라 사회에서의 여성의 역할과 영역이 넓어지지만, 아직도 우리 사회는 남성 중심적인 사회이고 그래서 많은 부분에서 여성은 만능 능력자인 원더우먼이 되어야 했습니다. 사회에서도 그런 여성을 원하는 면도 없지 않았지만, 여성은 AI도 원더우먼도 아닙니다. 하지만 이런 여성의 불합리한 위치와 어려움은 남성들의 이해에서 제외되었고, 배려 또한 매우 빈약했습니다. 그래서 남성들의 여성에 대한 체험이 필요하다고 생각했습니다. 남성도 여성이 느끼는 불쾌감, 모멸감과 수치심, 그리고 불안과 공포를 똑같이 느끼면 여성을 이해하는 데 도움이 되고, 그래서 관음증처럼 주변을 서성거린다거나 대놓고 스토킹을 하거나 더 나아가 위협을 가하려는 시도 및 강압적인 폭력 등의 시도를 각성하고 여성이 안전을 보장받을 수 있는 사회적인 분위기를 조성할 수 있을 거라는 믿음이 순식간에 와르르 무너졌습니다. 한 사건으로 인해 나의 그런 생각과 바람이 참혹하게 무너지는 것을 보게 됐고, 남녀의 견해차가 너무나 크다는 것을 새롭게 깨닫게 됐습니다. 남녀의 다름을 체험을 통해 해결할 수 있다는 내 생각이 너무 단순했습니다. 바로 앞에서 거론했던 한 여성 연예인의 무지각한 언행의 파장에 격분한 한 남성이 신고까지 한 사건 때문입니다.

분명 그 연예인의 언행은 남녀를 떠나 모든 사람의 공분을 샀고 비판을 받았으며 공개적인 사과를 거듭할 정도로 제작진 및 언행의 주체자 스스로도 잘못을 인정했습니다. 나 역시도 그 연예인의 언행을 감싸거나 옹호할 생각은 없습니다. 남성이 느끼는 불쾌한 감정, 갖게 되는 분노를 충분히 이해했고, 공감했기 때문입니다. 하지만 뚜렷한 대상이 없고 피해자도 없는 상황에서 신고까지 했다는 것은 남녀의 갈등을 더 심각하게 심화시켰을 뿐만 아니라 남성 자신들이 느끼는 그 불쾌감과 모멸감 문제의 본질을 파악하지 못한 것이기도 합니다. 또한, 그뿐만이 아니라 남성의 여성에 대한 체험이 반가웠고 서로 다름을 알아가며 이해할 기회인 동시에 그 체험의 범위가 넓어지기를 바라던 내 작은 기대가 꺾이는 순간이었습니다.

'결과가 바라는 바와 정반대가 된다.'라는 뜻의 '적득기반(適得其反)'이라는 사자성어가 있습니다. 즉 좋은 뜻의 행동이 반드시 좋은 결과만 불러오지 않고, 때론 나쁜 의도의 행동보다 더 나쁜 결과를 불러오기도 한다는 것입니다. 남성이 여성을 체험하는 것과 그것의 긍정적인 결과를 기대하는 내 기대가 꼭 이렇습니다. 앞선 예의 그 여성 연예인의 언행에 남성도 여성이 느꼈을 불쾌한 감정과 모멸감을 느꼈고 분노했을 텐데 나타난 결과는 달랐습니다. 그동안 여성들이 느꼈을 불쾌감과 모멸감에 공감하고 그것에 대한 경각심을 가질 줄 알았는데 그것은 나만의 생각만으로 그친 헛된 바람이었습니다. 곰곰이 생각해 보니 나의 헛다리는 두 가지입니다. 첫째는 내가 남성에 대한 이해가 너무 없었습니다. 단 한 번도 여성과 같은 억압과 통제를 당하거나 겪어 본 적이 없는 남성입니다. '몸가짐이 조신해야 한다', '정숙해야 한다', '몸가짐을 바르게 해야 한다', '밤늦게 다니지 말라', '앉을 때는 다리를 오므리고 앉아라', '음식을 소리 내서 먹지 마라', '쓸데없이 참견하지도 말고 함부로 말대꾸하지 마라' 등의 조언처럼 위장된 강요와 통제를 받아 본 적이 없는 그들입니다. 그리고 나는 잊고 있던 것이 또 있었습니다. 이것이 내 헛다리의 가장 큰 원인이었습니다. 여성의 직장 내 성희롱에 대한 항변에 여상사들의 수위 높은 성희롱 당하는 남성의 고충을 말했습니다. 성추행에 대한 항변에는 친밀감을 표현한 가벼운 실수일 뿐이라고 말했습니다. 가정폭력에 대한 문제를 말하면 매 맞는 남편이 늘어나는 추세라고 말했습니다. 데이트 폭력에 대한 피해를 말하면 꽃뱀 피해를 말했습니다. 성폭력의 피해를 말하면 노출 의상으로 성(性)적인 자극을 한 것은 여성이라고 말했습니다. 남성들은 원래부터 항상 이랬습니다. 여성의 피해를 심각하게 자각하고 남성 자신들의 언행에 경각심을 갖는 것보다 남성 자신들의 피해를 읊는 것을 우선으로 하며 문제의 본질을 흐리고 번번이 핵심을 비껴갔습니다. 그런 남성들을 상대로 내가 너무나 과한 기대를 했기 때문에 너무나 가볍게 외면당했습니다. 말 그대로 헛다리였고, 쓸데없는 기대였습니다. 원래 말도 통하는 사람과 하는 것처럼 기대도 가능성이 있는 사람에게 하는 것인데, 내가 너무 쉽게 생각하고 너무 쉽게 기대했습니다. 오호통재라! 적득기반!

왜 우리나라는 남녀의 다름을 서로가 이해하고 배려하는 것이 이토록 어렵고 인색한지를 생각하다가, 문득 '우리의 사고가 너무 한쪽으로 치우친 것은 아닌지.' 하는 생각이 들었습니다. 바로 우리나라의 성(性)이 너무 폐쇄적이라는 것입니다. 그래서 남녀의 문제가 감정적으로 접근하게 되고, 자연히 강한 파열음을 내며 부딪히게 마련이고 서로가 깊고 깊은 상처를 남기게 된 것이라고 봅니다. 사람들은 여기서 또 오해할 수 있는 것이 우리나라의 성(性)이 폐쇄적이라는 표현인데요, 폐쇄의 반대는 개방인데, 그러면 개방적인 성(性)을 떠올리게 되고, 개방적인 것을 문란함과 동일하게 생각하기 때문에 많은 오해가 생길 수 있습니다. 그러나 개방적인 것은 문란한 것과 다르며, 따라서 개방적인 성(性)과 문란한 성(性)은 다르다는 것을 분명하게 알아야 합니다. 개방적인 성(性)인식을 '음담패설이 공식화되어서 가벼운 농담으로 일상 대화에서 쉽게 주고받는 대화가 가능한 것'으로 이해하는데, 바로 이런 식의 이해가 폐쇄적인 성(性)인식입니다. 즉 쉽게 표현하면 개방적인 성(性)인식은 앞에서 거론했던 여성 가슴의 자유가 스스럼없이 자연스러운 인식으로 일상적인 것으로 자리 잡고 여성 스스로 자신의 자유를 쉽게 선택하는 것이 가능한 것입니다. 그러나 폐쇄적인 성(性)인식은 여성 가슴의 자유를 '가볍고 쉬움, 밝힘,

헤픔, 천박함' 등의 퇴폐적으로 해석하기 때문에 여성이 자신의 가슴에 자유를 선택할 생각조차 못 하는 것입니다. 그래서 성(性)의 인식이 폐쇄적이 아닌 개방적인 인식으로 바뀌어야 합니다.

하지만 여기서 내가 말하고 싶은 것은 폐쇄적인 우리나라의 성(性) 인식 때문에 너무 한쪽으로 치우친 성(性)만을 생각한다는 것입니다. 우리나라에서 성(性)을 말할 때는 남녀의 다른 인체 구조, 즉 생물학적인 성(性)만을 생각하고 거론하며 교육한다는 것입니다. 왜 공통의 성(性), 즉 인격적인 공통의 성(性)에 관한 이야기는 왜 거론하지 않을까요? 학교에서 교육하는 성(性) 역시 생물학적인 성(性)에만 초점이 맞춰져, 남녀 공통의 인격적인 성(性), 즉 인성(人性)은 그 존재조차도 찾아볼 수 없을 정도로 외면합니다. 남녀 모두가 인간의 존귀한 가치의 인격을 소유한 사람이란 것, 그 소중한 가치를 지켜야 하는 것은 알고 있지만, 사실 그것은 막연한 인식입니다. 하지만 이것은 막연한 인식이 아니라 분명하게 배우고 또 일상생활 모든 의식 속에서 분명하고 명확하게 각인되어 있어야 하는 것입니다. 그런데 이 교육은 생략되었습니다. 필요성을 못 느낀 걸까요? 생물학적인 성(性)만을 교육하고, 그것에만 치중하다 보면 이성적인 판단은 희미해지고 점차 사라지며 본능에만 치우는 것입니다.

인성(人性)은 남녀 모두가 가지고 있는 본성과 환경에 따라 형성된 성격, 그리고 생각에 배움으로 얻은 지식과 지적인 사고 능력과 도덕적인 요소의 복합인데, 이것이 남녀가 차이가 있습니다. 도서『화성에서 온 남자 금성에서 온 여자』를 통해 알 수 있듯이 남녀는 같은 것을 봐도 관점과 사고 자체가 다르고, 따라서 느낌도 감정도 다르고 표현도 다릅니다. 이것은 단순히 개인의 취향 범주가 아닙니다. 남자는 시야가 넓은 대신 깊이가 얕고, 여자는 시야가 좁은 대신 깊이가 깊다는 말이 있습니다. 즉 남자는 시야가 넓어서 숲 전체를 보게 되고, 그래서 생각도 숲 전체를 생각하기 때문에 남자는 거시적(巨視的)이라고 합니다. 하지만 숲 전체만 보고 생각하기 때문에 숲을 이루는 나무와 풀꽃 같은 부분을 간과해서 깊이 있는 생각을 못 한다고 합니다. 이와는 반대로 여자는 시야가 좁아서 숲이 아닌 나무와 풀꽃 같은 부분을 보기 때문에 상대적으로 '속 좁다'라는 말을 듣지만, 부분에 대한 관찰이 뛰어나 '속이 깊은' 이면이 있다고 합니다. 즉 남녀의 생물학적인 성(性)이 다른 것처럼 인격도 다르다는 것입니다. 그래서 인격도 성(性)처럼 교육을 통해 서로 다른 인식의 체계를 배우고 알아야 한다는 것입니다. 남녀의 인격적인 성(性)은 어떤 차이가 있으며, 그 다름을 서로가 어떻게 이해하고, 서로를 어떻게 보며 또 서로가 어떻게 화합할 수 있는지에 대한 것은 안 가르치잖아요.

　인간이 동물과 다른 것은 본능을 제어할 수 있는 의식, 즉 사고의 능력을 갖추고 있는 인격적인 존재라는 것입니다. 하지만 이 인성에 대한 교육이 생략되면서 성(性)은 한쪽으로 치우친 생물학적인 성(性)

인식으로 폐쇄적으로 되었고, 그 폐쇄성 때문에 왜곡되었습니다. 성(性)의 폐쇄적인 인식은 성(性)을 부끄럽고 밖으로 드러낼 수 없어 숨기는 은밀한 것, 비밀스러운 움직임을 통해 어둡고 음습한 뒷거래처럼 음침하고 음란하고 음흉함으로 표현되며 성(性)을 추잡하고 퇴폐적으로 왜곡시키는 원인으로 작용했습니다. 그렇게 왜곡된 성(性)을 부끄럽게 공유하면서 여러 가지 사회적 문제를 만들어 내고, 또 더 큰 범죄로까지 확산했습니다. 하지만 우리 인간의 성(性)은 부끄러워 숨기는 은밀한 것이 아니라 일상생활에 자연스럽게 나타낼 수 있는 아름답고 존귀한 것입니다. 그래서 성(性)은 폐쇄적이 아니라 개방적으로 이해되어야 합니다. 생물학적인 성(性)과 인격적인 성(性)에 관한 모든 것을 균형 있게 가르치고 알아야 하며, 똑같이 거론해야 성(性)과 연관된 크고 작은 많은 사회적인 문제의 본질에 더 가깝게 접근하고 해법도 잘 찾을 수 있지 않을까요? 그런데 그 인격적인 성(性)에 대한 교육은 왜 생략되고 있나요?

사회적으로 나타난 모든 성(性) 문제에 이 인격을 결합해서 이해해보면요, 음담패설과 성희롱은 인격을 멸시하며 조롱과 희롱하는 것이고, 성추행은 인격을 모독하고 모멸감과 수치심을 주는 것이며, 성폭력은 인격을 죽이는 행동입니다. 모든 성범죄를 인격과 연결해서 이해하면 그것이 얼마나 최악의 잔인하고 극악무도한 범죄인지를 새삼 깨닫게 됩니다. 한 사람의 인격을 말살하는 것은 한 사람의 인생,

삶 자체를 말살시키는 사실상 살인죄입니다. 그래서 성(性)은 생물학적인 성(性)과 인격적인 성(性)이 하나로 조합될 때 완전한 것으로 절대로 따로 떼어서 생각할 수는 없는 것입니다. 따라서 남녀의 다름을 알아가고 이해할 때도, 서로 다른 소리로 날카로운 각을 세워 감정 소모를 해도, 다른 관점에서 이해가 판이해도, 남녀 모두가 다른 성(性)을 포함 똑같은 하나의 공통된 성(性), 즉 인격을 소유한 소중한 가치가 있는 인간인 것을 잊어서는 안 됩니다.

11.
모멸과 농락당하는 고결한 사랑

1) 사랑이 악할 수도 있을까?

우리의 일상을 채우고, 삶 전체를 차지하는 사랑 자체는 모두 핸드메이드죠. 사람은 누구나 자신만의 사랑을 매일 매일 만들며 삽니다. 가족과의 사랑, 연인과의 사랑, 친구와의 사랑 등 모두 자기 스스로 만듭니다. 그리고 그것에는 책임이 반드시 뒤따르죠. 모든 핸드메이드는 책임이란 것이 필수이니까 자신의 핸드메이드 사랑도 분명 자신의 책임이 반드시 있습니다. 하지만 요즘 현실을 보면 그 책임을 너무나 쉽게 저버리는 것 같아 쓸쓸함을 넘어 분노로 번질 때가 있습니다. 사실 세세하게 따져보면요, 요즘이 아니라 과거부터 계속 있었던 것인데요, 바로 '가정폭력'이란 것입니다. 이것이 요즘에는 '데이트 폭력'으로 확대되어 나타난 사회적 문제인데요, 이 문제의 심각성을 '법'과 그것을 만드는 '분들'만 잘 모르는 것 같습니다. 내가 아직도 기억하는 것은 '가정폭력'이 가정 안에서 사회적으로 그 모습을 드러내면서 표면화될 때였습니다. 그때 가장 많이 들었던 말이 '여자가 맞을 짓을 했겠지!', '남자가 괜히 폭력을 썼을까? 여자가 맞을 만한 뭔 일이 있었겠지!'였고 이것이 사회의 일반적인 반응이었습니다. 설령 맞을 만한 일을 했다고 해도 그 어떤 상황에서도 폭력은 절대 불가란 인식은 그 어디에서도 찾아볼 수 없었습니다. 폭력의 피해자인 여자에게 원인을 찾는 것이 주류를 이루는 분위기였고, 그것의 문제를 지적하는 내 생각은 '어리다'란 이유와 '여자'란 이유로 너무나 쉽게 무시당했습니다. 그리고 시간의 흐름과 함께 '데이트 폭력'의 등장에도 처음 사회적인 반응은 예전 '가정폭력'과 너무나 같은 반응이었습니다.

가해자를 이해하고, 그 폭력을 옹호 및 정당화시키며 오히려 피해자가 폭력을 유발했다는 이 궤변의 논리가 아직도 통용되는 해괴한 현실이 그저 개탄스럽기만 합니다. 실제로 변호사가 피해자가 폭력을 조장 및 유발한다며 가해자의 폭력을 정당화시키며 옹호하는 강의를 한 기사를 보고 소름 돋았었습니다.[60] 왜 유독 우리 사회는 가해자에게 관대하고 피해자에게 그 피해 원인을 찾으려 할까요? 가정

---

60) 박수주 기자 「[단독]법무관 연수 부적절 발언 논란…"가정폭력 피해자, 나도 때리고 싶더라", 연합뉴스TV 2021.07.28.

폭력을 사회 문제가 아닌 개개인의 '사적인 문제'로 인식하는 것이 가장 큰 문제입니다. 가족 구성원 간의 폭력을 '피해자가 처벌을 원치 않는다.'라는 말로 가해자를 처벌하지 못하는 현실은 바로 그런 인식의 영향을 받았기 때문입니다. 가정폭력의 처벌은 곧 '가정의 해체'라는 위기이고, 이것을 막으려는 조치로 형성된 이상한 법 조항과 가정폭력의 은폐성만 짙게 만들었습니다. 이것은 분명한 피해자를 보호하기는커녕 외면하고 방치하는 것인데, '가정의 해체' 위기의식이 '가정폭력'의 피해자보다 왜 더 앞서는 걸까요? '가정폭력'이 은폐가 쉬운 것은 가족이라는 굴레와 다른 가족에 대한 죄책감 때문입니다. 남편을, 부모를, 자녀를 신고하는 것이 가족이라는 구성원과의 관계를 파괴하고 가정이라는 울타리를 파탄 내는 주요 원인으로 꼽히기 때문입니다. 즉 아내가 남편을 신고하는 것보다 폭력을 견디는 것이, 자녀가 부모를 신고하는 것보다 폭력을 견디는 것이, 부모가 자녀를 신고하는 것보다 폭력을 견디는 것이 가정이라는 울타리를 지켜내는 것이고, 가족이라는 구성원을 지켜내는 일이라고 보는 것입니다. 이것은 피해자에게 '가정의 해체 주범'이라는 프레임으로 가해자로 만들어 버리는 동시에 자신을 가해한 가해자를 감싸야 한다는 것을 은연중에 강요하는 것인 동시에 또 다른 암묵적인 폭력을 가하는 2차 폭력입니다. 그리고 가족이라는 굴레로 신고를 못 하고 또 어렵게 고소한 것조차도 취소하게끔 종영하는 것은 사랑도, 용서도 아닌, 그저 피해자를 두세 번 죽이는 가혹한 폭력일 뿐입니다. 즉 가정폭력의 원인도, 그 결과도 모두 피해자의 몫으로 만들어 버리는 것이고, 그런 이유로 법과 사회가 피해자에게 또 다른 폭력을 행하는 것입니다. 이것이 '가정폭력'을 개개인의 '사적인 문제'로 볼 수 없는 이유입니다.

계속 반복되는 집중적인 과한 폭력을 견디는 것이 가능한 사람이 있을까요? 그런데 은연중에 사회적 분위기 역시도 가정폭력을 바라보는 시각은 매우 미온적이었습니다. '오죽했으면 때릴까.', '맞을 짓을 했겠지.' 등으로 피해자에게 폭력의 원인과 문제점을 찾았습니다. 오히려 가정폭력의 정당함과 필요성을 강조하기도 했습니다. 그래서 변호사가 피해자를 보며 자신도 폭력을 가하고 싶었다는 말을 학생들을 가르치는 강의 시간에 스스럼없이 할 수 있나 봅니다. 왜 번번이 피해자에게 원인을 찾는 걸까요? 만에 하나, 백번 양보해서 피해자에게 원인이 있다고 가정을 해 봅시다. 정말 참을 수 없는 폭력을 자초했다고 쳐도 폭력이 정당화될 수 있는 걸까요? 어떤 상황에서도 폭력은 정당화될 수 없는 중범죄입니다. 그런데 왜 유독 '가정폭력'은 각 가정의 갈등이고, '가정의 해체'의 염려로 인해 미온적인 대처를 할까요? 그럴 수밖에 없는 사회적인 관점과 통념이 더 큰 문제입니다. 남편이라서, 부모이니까, 자녀라서…… 즉 가족의 굴레라는 관점과 통념을 은연중에 강조하고 암묵적으로 은폐를 조장하는 사회적인 분위기가 가장 큰 문제입니다. 사회의 이런 관점으로 가정폭력을 방임하고 방치하는 것 자체가 사회가 각 가정을 향해 가하는 또 다른 형태의 폭력입니다. 폭력은 폭력입니다. 그 이상도 이하도 아닌 폭력 그 자체로 인식하고 사회적인 관점과 통념도 바꿔야 합니다. 가정폭력은 더 이상 각 가정의 사적인 문제가 아닙니다.

「가정폭력범죄의 처벌 등에 관한 특례법」이 가정폭력범죄는 피해자가 처벌을 원하지 않으면 그 의사를 '존중'해야 한다고 정하고 있는데요, 이 법의 목적이 '가정의 평화와 안정'으로 규정되어 있고, 피해자의 신고는 '가정의 해체' 위기를 유발한 것이며 실제 가해자의 처벌을 원하면 가정을 완전히 파괴 및 해체하는 가해자가 되게끔 장치해 놨습니다. 실제로 가정폭력의 피해자는 신고한 때부터 재판받는 과정에서 '가해자를 처벌할 의사'의 유무를 '확인'이라는 미명으로 끊임없이 반복된 질문을 받는다고 합니다. 이런 분위기에서 가해자의 처벌을 원하는 것은 강한 죄책감을 강요하는 것이며, 이것은 처벌 의사의 철회가 불가피한 선택으로 이어집니다.[61] 그래서 한국에서 가정폭력은 사실상 형사 처벌되지 않는다는 것을 의미한다는 것입니다. 즉 가정폭력의 피해자에게 가정폭력의 문제를 스스로 선택하고 해결하고, 그 결과에 대한 책임도 피해자의 몫이라는 것을 암묵적이고 강압적인 분위기로 강요하는 것으로 정말 지독하게 가혹한 법인 동시에

---

61) 군산여성의전화-성명 및 논평 「가정폭력 가해자, 피해자 분리조치에 피해자 동의가 필요했었나?」 다음카페 cafe.daum.net/kswhl21 22.09.14

폭력적인 악법입니다.[62] 폭력의 반복성을 고려한다면 더 이상 각 가정의 문제라는 인식과 가정폭력의 문제를 피해자가 해결을 선택하고 책임져야 하는 알고 보면 사악한 법은 바뀌어야 하지 않을까요? 어떻게 폭력이 사회 문제가 아닌 개개인의 '사적인 문제'가 될까요? '가정의 해체'를 막기 위한 것이라는 말은 궤변입니다. 폭력이 가정 내에서 일어난 사적인 갈등으로 사적인 영역에 속한 것 자체가 궤변입니다. 폭력은 그 자체가 강력범죄입니다. 그러나 가정폭력이 다른 폭력 이상으로 심각한 것은 가정 내에서 일어나는 일이라서 가해자와 피해자만이 아니라 가족 전체로 확대되는 심리적·인격적인 폭력으로 이어져 또 다른 폭력을 잠재시킴으로 이것은 단순히 각 가정의 문제가 아닌 사회적인 문제이며 그 잠재된 폭력이 어떻게 폭발할지는 예측 불가능하며 사회적인 파장 역시도 예측할 수 없습니다. 가정폭력이 다른 폭력보다 더 잔인한 것은 '사랑'이란 포장 때문에 더 잔인하고 더 악랄한 범죄입니다. 물론 폭력은 어떤 형태로 나타나든지 범죄입니다. 그러나 사랑이라는 이름으로 행해지는 가정폭력의 집요하게 반복되는 악랄한 잔인성은 상상을 넘어선 끔찍한 결과로 나타납니다.

---

62) 대법원이 "가정폭력 피해자 동의 없어도 가해자 분리조치 가능"하다는 판결에 한여전(한국여성의전화) 측은 이러한 판례에도 불구 "(가정폭력) 피해자가 가해자의 처벌을 희망하지 않는다는 의사표시를 하면 그 의사를 '존중'해야 한다고 정하고 있는" 현행 '가정폭력범죄의 처벌 등에 관한 특례법'이 근본적으로 변하지 않는 이상 "가정폭력의 해결을 피해자에게 떠넘기는" 현실도 변하지 않을 것이라 지적했다.-한예섭 기자 「한국에서 가정폭력은 사실상 형사처벌 되지 않습니다」 프레시안, 2022.09.12.

어떻게 사랑이 폭력을 수용할 수 있나요? 데이트 폭력 역시 마찬가지입니다. '사랑'이라고 주장하지만, 그것은 그저 폭력입니다. 다른 어떤 것이 개입할 수 없는, 그냥 중범죄인 폭력일 뿐, 그 어디에도 사랑이 속해 있지 않습니다. 폭력이 '사랑'을 더 이상 농락하지 않게, 더 이상 '사랑'이 폭력에 의해서 폭력을 당하지 않도록 사회적인 인식을 바꿔야 하지 않을까요? 가정폭력은 더 이상 각 가정의 사적인 갈등이 아닙니다. 단순한 부부 다툼이 아니고, 단순한 부모와 자녀의 갈등이 아니고, 연인들의 단순한 꽁냥꽁냥하는 다툼이 아닙니다. 사회와 법이 더 적극적이고 구체적으로 개입을 해야 할 사회적인 문제입니다.

'사랑'은 폭력을 수용하지도 포용하지도 않습니다. 사랑에 폭력이 수반될 수 없다는 것입니다. 그런데 우리 사회는 아주 오래된 과거부터 '사랑'의 범주 안에 폭력을 집어넣었습니다. 가장 익숙한 것이 '사랑의 매'란 것입니다. '매'는 사람이나 짐승을 때리는 막대기나 몽둥이, 회초리 따위를 통틀어서 이르는 말로 옛날부터 자녀를 훈육을 위한 방법의 하나로 사용되어왔습니다. 즉 사랑이란 명분으로 회초리의 가해가 공공연하게 행해졌고, 또 그것을 적극적으로 권장하기도 했습니다. 집과 학교 내에서 회초리로 가하는 폭력이 당연하게 진행되었습니다. 그런데 때려서 말을 듣게 하는 훈육은 너무 동물적인 방법 아닌가요? 나는 이 '사랑의 매'의 훈육을 보면서 서커스의 동물들이 떠오릅니다. 너무 지나친 연결인가요? '오죽하면 매를 들겠는가!'에 동의하시나요? 매, 회초리는 폭력입니다. 그리고 폭력은 인격과 정신을 파괴하고 말살하는 것입니다. 아무리 훈육을 위한 사랑의 한 방법이라 하더라도, 아니, 아니, 오히려 훈육이기 때문에 더더욱 폭력은 안 되는 것입니다. 그런데도 우리나라에는 유교적인 가르침이라는 명목하에 '사랑의 매'가 적극적으로 활용되고 권장하는 분위기였습니다. 이것은 가부장적인 분위기 때문이기도 하지만 꼰대의 지배적인 심리도 한몫했다고 봅니다. 체벌이 금지된 지금도 가끔, 말을 지나치게 안 듣고 엇나가는 비행을 일삼는 자녀나 학생을 두고 '매'가 필요하다는 하소연 같은 말을 합니다. 구타를 유발하는 청소년의 사건들을 보면 때려서라도 바른 훈육이 필요하다는 소리가 모이기도 하는데요, 얼핏 들으면 그 말이 맞는 것처럼 느껴집니다. 사회적으로 나타나는 청소년 문제를 보면 사람이기를 포기한 것처럼 보이는 이성을 벗어난 사건들에 기함하게 되는 현상을 보면 매를 들어서라도 바른 교육이 필요하다는 의견이 옳은 것 같습니다. 하지만 폭력으로 올바른 교육이 가능할까요? 오히려 폭력은 폭력을 낳고 가정폭력은 대물림되어 또 다른 형태의 가정폭력으로 이어지는 것을 모두가 인정하고 알고 있는 사실이잖아요. 체벌이 없어졌지만 그런데도 그 체벌이 부활해야 한다는 생각이 안타깝습니다.

'사랑의 매'는 학교뿐 아니라 각 가정에서도 사라졌습니다. 하지만 그것이 없어지면서 훈육도 같이 사라진 것이 심각한 문제입니다. 가정과 학교에 체벌이 사라진 공백을 다른 것으로 메워야 하는데 그러지 못했습니다. 즉 체벌로 훈육하던 것이 사라지면 다른 방법의 훈육이 대처돼야 하는데 그것이 사라지자 훈육도 함께 사라진 것입니다. 즉 현재 우리 아이들은 가정에서도 학교에서도 훈육 부재의 상황을 겪고 있습니다. 교육은 있으나 가르침은 부재인 상황이 우리 사회가 안고 있는 문제입니다. 따라서 학교에서 타인에 대한 배려와 양보, 대화와 타협을 가르쳐도 그것은 그저 글자만의 의미로 고착된 이론에 불과한 것이 되었고 생활화되지 않습니다. 거기에 자녀에 대한 무한 사랑의 오류까지 더해져 이성을 잃은 삐뚤어진 사건을 일삼는 청소년들의 기행(奇行)이 점점 늘어나며 그들이 올바른 사고를 비웃고 역행하는 것이 멋짐으로 인식하는 동안 점차 괴물이 되는 것이며 이 역시 일그러진 '가정폭력'의 형태입니다. 무슨 말이냐 하면요, 사람이 사람답게 생각하고 사람답게 사회구성원으로서 배워야 하는 기본적인 가르침을 가정과 학교에서 배우지 못한 것이 자기 자녀에게 정신적·심리적인 학대로 이어지고 이것이 격한 분노로 폭발하면서 사회적인 물의를 일으키는 것으로 나타난 것입니다. '매'가 사라졌다고 해서 가르침이 없어져도 되는 것은 아닙니다. 물론 많은 가정에서 나름의 가르치시겠지요. 하지만 사회적으로 나타나는 청소년의 문제를 들여다보면 역으로 많은 가정에서 인성 교육이 진행된다고 해도 일정한 기준이 없다는 것입니다. 다시 말하면 각 가정에서 행해지는 인성 교육, 즉 훈육은 각 부모의 상식과 기준에 따라 다르게 진행되기 때문에 가정에서 이루어지는 훈육만으로는 인성 교육이 완성될 수는 없습니다. 그러나 학교 내에서의 훈육은 가정보다 더 열악합니다. 교권이 무너진 지 오래됐고, 또 자기 자녀가 혼나는 것을 다수의 학부모는 못 참습니다. 여러 교육 현장에서 여러 방법으로 진행되는 훈육을 자녀의 인격 침해와 모독으로 해석하는 학부모가 강하게 거부합니다. 내 자녀의 잘못된 행동으로 상처받은 교사나 다른 학생들은 생각 안 합니다. 혼을 내도 자신이 할 부분이지 교사가 하는 것은 못 참겠다는 것입니다. 글쎄요. 교사가 훈육을 가장하여 개인 화풀이하는 상황이 전혀 없다고는 못 하지만 전체로 볼 때 과연 얼마나 차지할까요? 부분을 전체로 확대 해석하고 자기 자녀에 대한 꾸중도 똑같이 부분을 전체로 확대하며 자녀의 인격 모독 및 인권과 존엄성의 침해라는 학부모들의 움직임은 교육 현장에서 당연히 동반되는 훈육을 위축시켰을 뿐만 아니라 교권이 바닥으로 빠르게 떨어지는 것에 한 몫을 차지했습니다. 물론 교권의 추락은 교사가 자초한 면도 없지는 않지만, 학교 훈육에 대한 학부모의 간섭도 일부분을 차지한 것도 부인할 수 없는 사실입니다. 그리고 이 훈육의 부재는 교권의 추락과 함께 교사의 본질과 자질, 사명감 등 총체적인 붕괴마저도 자초했습니다. 따라서 어린 학생을 상대로 한 성범죄가 아무런 죄의식 없이 계속 발생하고 있습니다. 심지어 그것을 사랑이라고 정당화하는 헛된 주장까지 등장하며 파렴치한의 끝을 보여주고 있습니다. 하지만 이에 대한 규제와 처벌은 상당히 미약하고 또 이것을 근절하지도 못하고 있습니다. 그리고 학생들의 교사 기만하는 행동과 교사의 인권 모독행위가 점점 대범해져도 이것을 제재할 방법과 대처할 방법이 없습니다. 청소년들은 옳고 그름을 본능적으로 짐작만 할 뿐이지, 옳고 그름의 기준이 모호해졌습니다. 그래서 긴가민가하면서도 그릇된 행동을 하고, 그 행동에 참여하면서도 아무런 가책을 못 느낍니다. 왜냐하면, 그것을 가르치는 부모의 기준도 매우 주관적이라 모호하고 제각각이라, 정확한 기준이 없기 때문입니다.

각 가정과 학교에서 가르침의 부재, 훈육의 부재는 사회적으로 나타나는 청소년 문제에서 확인할 수 있습니다. 청소년 범죄가 잦아지는 것도 문제지만 그 형태가 잔인해지고, 그 가해의 살벌함이 상상을 넘어 악랄해집니다. 반성도 없고 오히려 마치 게임을 즐기는 것처럼 자신이 저지른 죄질의 사악함을 전혀 인식하지 못하는 태도도 봅니다. 가장 흔하게 일어나는 것이 학폭인데요, 여기에서 문제는 부모입니다. 많은 부모가 흔하게 하는 말, 또 쉽게 공감하는 말이 있습니다. '내 아이를 위해서는 무엇이든지 다 할 수 있어!', '무슨 짓이든 다 할 거야!' 이 말이 자녀를 망치는 말입니다. 자기 자녀가 학폭 가해자이면 피해자는 뒷전이고 자녀의 생기부에 오점이 남을 것을 먼저 염려합니다. 여기서 자유로울 학부모는 없다고 봅니다. 모든 부모가 이 상황에서는 자기 자녀의 생기부에 오점을 남기지 않으려고 2·3차 가해를 서슴지 않습니다. 정말 무슨 짓이든 다 합니다. 이것은 학폭뿐만이 아닙니다. 자녀의 다른 비행에도 오로지 그 생기부에 기록이 남지 않게 하려고 수단과 방법을 가리지 않고 총동원해서 막습니다. 이런 현상은 사회면 기사에서 어렵지 않게 볼 수 있습니다. 그 안에서 자녀들은 무엇을 배울까요? 자신의 감정만을 중요하게 생각하는 그 단순한 행동이 다른 누군가에게 엄청난 상처가 되어도 자신과는 무관하다는 것을 배울 것입니다. 자신들의 비행이 누군가의 인격을 모독하는 행위여도 상관없다는 것을 배울 것입니다. 부모가 자녀를 올바르게 가르치지 않은 것, 바로 이것도 자녀를 학대하는 것이며 또 다른 형태의 정신적·심리적 폭력임을 알아야 합니다.

부모라면, 좋은 부모라면, 그리고 자녀를 정말 사랑한다면 자녀를 위해서 무엇이든 다 할 수 있다가 아니라 자녀가 올바르게 성장할 수 있게 무엇이든 할 수 있다가 되어야 맞는 것입니다. 자녀를 위해서 무슨 짓이든 다 하는 것이 참사랑이 아니고 때로는 이것이 가정폭력의 또 다른 모습이란 것입니다. 따라서 촉법소년법 연령을 낮추는 것이 청소년의 중범죄 문제의 해결이 아닙니다. 교육의 중요성은 아무리 강조해도 지나치지 않은데요, 가정에서도 학교에서도 체벌의 공백을 메우지 못한 것이 가장 큰 오류입니다. '체벌'이 없어져야 할 악한 것이지, 훈육이 없어져야 할 것은 아니지 않나요? 훈육 대신 사랑으로 채운다고 해서 부모에 대한 존경과 사랑을 배우는 것이 아니고, 체벌 때문에 교권이 바로 선 것도 아니며 그것이 없어졌다고 해서 교권이 무너진 것이 아닙니다. 학교와 가정에서 사라진 '가르침'이 선행되어야 합니다. '사랑의 매'란 체벌이 사라진 것과 동시에 자취를 감춘 훈육이 다시 돌아와서 체벌이 아닌 다른 방법의 가르침으로 자리잡아야 합니다. 어떤 형태로든 인간의 도리에 대한 '가르침'은 있어야 합니다. 유치원과 학교에서 가르치는 배려와 양보, 대화와 타협은 고착된 이론에 불과한 것이 되었고 생활에 적용되지 않고 있습니다. 공교육 내에서도 '사랑의 매'에 의존도가 높았고, 그것이 사라진 자리에 다른 방법의 훈육에 대한 기본과 표본을 제시하지 못했기 때문입니다. 따라서 교권은 끝없이 나락으로 곤두박질치며 자멸을 자초했고, '가정폭력'의 형태는 '사랑'이란 포장으로 더 다양하고 치밀하게 진행되어 예전과는 판이하고 기이한 형태의 사회적인 문제로 나타나고 있습니다.

폭력은 강력범죄입니다. 이것은 누구나 인정하는 부인할 수 없는 정설입니다. 현재 기사로 접하게 되는 다양한 사회적인 문제의 다수가 '가정폭력'에 기초한다고 봅니다. 왜냐하면, 범죄자들 모두가 '가르침'의 부재에서 나타난 형태의 죄질로 사악하고 악랄한 것이 점차 진화하고 있는 것으로 보이기 때문입니다. 범죄의 연령이 낮아지는 것역시 동일선에서 이해되는데요, 어떻게 한 시대의 사회에서 사이코패스와 소시오패스 성향의 사건이 나날이 진화하며 수많은 형태의 범죄로 나타날 수 있나요? 그 가해자들이 모두 사이코패스와 소시오패스 질환을 앓고 있는 것일까요? 아니요, 가르침의 부재, 훈육의 부재 때문입니다. 배우지 못했기 때문에 사회에 적응이 힘들고, 반사회성 인격장애를 앓게 되고 죄의식조차도 없는 것입니다. 이것도 가정폭력과 무관하다 할 수 없습니다. 즉 제대로 가르침이 없는 사랑, 무조건적인 사랑, 그것도 가정폭력의 또 다른 모습입니다. 우리나라는 유난히 체벌 훈육에 의존도가 매우 높았습니다. 체벌과 함께 훈육이 사라진 것이 유감인데요, 훈육 없는 '사랑'은 자녀의 인성에 무관심한 것이고 방임하는 것인 동시에 보이지 않고 소리 없는, 어떻게 보면 가장 잔인한 가정폭력입니다. 왜냐하면, 이것으로 인해 자녀가 괴물의 모습으로 사회에 나타날 수 있기 때문입니다. 그러면 체벌 훈육의 부활로 그 악행을 멈출 수 있을까요? 아닙니다. 이것은 마치 구타 유발 범죄자를 보면서 사형제도의 강화를 주장하는 것과 다르지 않습니다. 사형을 찬성하는 사람들의 의견도 일리는 있습니다. 하지만 사형을 반대하는 한 사람으로서 사형을 반대하는 것은 그것이 폭력이기 때문입니다. 사형 반대가 범죄자의 인격을 존중해서가 아니라 폭력성으로는 범죄를 약화할 수 없기 때문입니다. 단 사형제도를 없애는 대신 사형에 해당할 만큼의 초중형 집행제도를 마련해야 합니다. 그래야 사형을 찬성하거나 반대하는 사람들 모두의 수긍을 끌어낼 수 있습니다. 마찬가지로 체벌 훈육 역시 같은 선상에서 이해해야 합니다. 폭력적인 훈육을 대처할 훈육이 자리를 잡지 못하는 사이 청소년 범죄는 상당히 저질적이고, 악질적이며 어른의 범죄 못지않게 잔인해지며 빠르게 진화하면서 급증했고, 그러자 사람들은 청소년 범죄의 적용 범위를 넓혀야 한다는 주장과 함께 그것을 위한 촉법소년법 연령을 낮춰야 한다는 여론이 형성되었습니다. 하지만 이 역시 촉법소년법 연령을 낮춘다고 해서 진화하며 급증하는 청소년 범죄를 막을 수는 없습니다.

개인적인 생각일 수 있는데요, 촉법소년법의 연령을 낮추는 것보다 보호자의 책임을 더욱 강화하는 것이 더 효율적일 수 있습니다. 자녀를 올바르게 가르칠 훈육의 책임과 피해자에 대한 보상 등의 책임을 보호자가 져야 합니다. 한 예로 병원에서도 아주 사소한 진료와 치료임에도 연령과는 상관없이 보호자를 찾습니다. 성인의 치료도 반드시 보호자에게 설명해야 하고 보호자의 승낙이 있어야 비로소 치료가 가능합니다. 그만큼 보호자의 역할과 책임이 크다는 것인데요, 청소년의 범죄 역시 동일하게 보면 답은 의외로 쉬울 수 있습니다. 범죄의 직접적인 가해자는 아니어도 가해자의 보호자로서 책임을 지게 해야 하지 않을까요? 학폭 기사를 보다 보면 학폭의 직접적인 가해자보다 그 부모에게 더 많은 화가 날 경우가 많습니다. 왜냐하면, 자녀들의 이력에 오점이 남는 것을 피하려고 정말 무슨 짓이든 합니다. 그것이 피해자와 그 가족에게 2·3차로 가해지는 폭력이라는 생각은 전혀 안중에도 없습니다. 그런 인면수심의 면피하려는 행동을 볼 때마다 왜 보호자의 책임은 묻지를 않는지 항상 궁금했고 가해 청소년의 보호자 책임도 함께 소환해야 한다는 생각이 들었습니다. 사회적인 합의를 끌어내어 보호자의 책임과 대가가 합리적으로 마련되고 적용되어야 하지 않을까요? 그렇게 보호자의 책임을 강하게 하면 체벌과 함께 사라진 훈육이 다시 제자리를 찾지 않을까요? 인성 교육의 공백을 그냥 두고 볼 수는 없습니다. 물론 체벌 없이 할 수 있는 훈육의 다양한 방법과 기준 역시도 빠르게 마련돼야 하며 학교 및 교육계 내의 훈육도 부활해야 합니다.

여하튼 사랑은 악의 모습을 가질 수 없습니다. 단지 훈육이 생략된 '사랑'의 안일함이 자녀를 방치하게 되고 방관함으로 범죄에 무방비한 상태로 드러낸 것입니다. 그리고 자녀의 범죄를 막기보다는 덮어주는 행동이 범죄의 인식을 막아버리는 작용을 해서 똑같은 범죄를 저지르고, 죄의식이 없어서 반성의 태도를 볼 수 없게 하는 것입니다. 그렇게 부모가 나서서 범죄를 덮어주는 과정에서 촉법소년 법을 악용하는 일이 빈번해지면서 마치 그 법으로 인해 문제가 더 심각해지는 것처럼 보이게 했습니다. 하지만 법 이전에 가르침이 생략된 잘못된 사랑, 아니, 그것을 사랑이라고 믿고 오히려 자녀에게 가하는 폭력을 인식하지 못하는 것이 문제입니다. 그리고 본래 사랑은 악의 모습을 소유하지 않습니다. 비틀어지고 왜곡되고 삐뚤어져 일그러진 사랑의 본래 모습을 찾아서 제자리에 돌려놓아야 합니다. 즉 가정폭력, 데이트 폭력, 그리고 사랑에 집착하는 스토킹 등, 그 모든 것이 '가정폭력'에서 출발하며, 거기에는 가르침이 빠진 왜곡된 사랑도 포함되는 것입니다. 자녀를 향한 무조건적 사랑이 아니라 올바른 사고의 체계를 가르치는 훈육이 자녀를 진심으로 사랑하는 방법임을 깨닫고 비틀린 사랑, 왜곡된 사랑, 삐뚤어진 사랑을 가르치지 말아야 합니다.

2) 더럽고 추해도 사랑일까?

나는 드라마를 좋아합니다. 많은 드라마가 선호하는 주제는 바로 '사랑'입니다. 그리고 드라마의 여주인공은 캔디형, 신데렐라형, 남주인공은 왕자와 귀공자형, 재벌 2·3세, 똑똑하고 머리 좋은 엘리트 등이 주로 소모되는 캐릭터입니다. 여기에 주인공들의 직업은 전문직인 디자인, 건축이 등장하다가 의학, 법학이 등장했습니다. 물론 사극과 역사 드라마도 빠질 수는 없습니다. 여하튼 '사랑'이라는 커다란 주제를 놓고 '풋풋한 사랑', '배신과 복수', '탐욕과 욕망, 쟁취 안에서 갈등을 겪는 사랑' 등의 방향을 정하고 거기에 맞는 시대와 사회적인 배경, 주인공의 직업과 배경 등 대략 이런 것이 정해지면 이야기의 전체적인 맥락은 잡히게 마련입니다. 이야기는 발단과 전개와 위기, 그리고 절정과 결말이 있는데 여기서 사람들의 관심을 끌기 위해서는 위기로 갈등을 극대화해야 합니다. 그 갈등을 극대화하기 위해서는 자극적인 요소가 필요한데요, 그것이 바로 '사랑의 배신과 복수', 그리고 '고부갈등'과 '출생의 비밀'입니다. 그래서 드라마 대부분의 변함없는 굵직한 기초 소재로 '사랑의 배신과 복수', '고부갈등'과 '출생의 비밀'입니다. 이 변하지 않는 법칙 같이 또 때로는 규칙처럼 모든 드라마에 사용되는 소재를 뻔히 알면서도 드라마를 계속 보게 되는 것은 사람들의 관심을 끄는 호기심 때문일 것입니다. 여기에 사람들의 공감까지 더해지면 인기 있는 드라마가 됩니다.

그랬던 내가 그 좋아하던 드라마를 거부하듯이 멀리하게 된 까닭은 '욕하면서 끝까지 본다.'라는 소위 막장 드라마의 역풍 때문이었습니다. 사극과 역사 드라마까지도 막장으로 만드는 클래스는 혀를 내두를 수밖에 없었는데, 막장 드라마의 역풍은 참 대단했습니다. 개연성 없는 이야기의 전개는 차치하더라도 중범죄에 해당하는 일들이 아무렇지도 않게 전개되고 온갖 모략과 부정과 부패가 혼재한 아비규환 같은 내용이 끝없이 전달되고, 악랄한 범죄로 이어지는 복수와 잔인한 표현이 아무런 제재 없이 송출되는 것에 없던 화가 날 정도로 환멸을 느꼈기 때문입니다. 그뿐이 아닙니다. 복수의 타당성을 덧입혀 그것이 아무리 잔인하고 악랄하게 전개되어도 그 복수를 응원하게끔 전개되는 것도 억지를 넘어 범죄와 폭력이 정당화되며 변호까지 받는 느낌이 싫었습니다. 그리고 자극적인 사랑이 지나치다 못해 선정적으로 연결되고 급기야 불륜을 미화하기까지 하는 것은 역겨움을 넘어 혐오스러웠습니다. 도대체 '이런 드라마를 왜 만드는가?' 하는 질문에 '욕하면서도 끝까지 보잖아!' 하며 시청률을 내밀면서 소비성 때문에 만든다는 말 같지 않은 논리를 앞세운 제작자들과 이하 모든 관계자의 안일함에 반감이 들면서 드라마를 멀리하게 됐습니다. 뭐, 나 한 사람이 안 본다고 해서 크게 영향력이 있을까요? 영향력은 고사하고 새 발의 피도 안 될 행동이고, 드라마 제작자들에게 먹힐 만한 것도 아닙니다. 그래도 막장 드라마로 인해 드라마를 선별하는 기준이 생겨서 한편으로는 다행이라는 생각이 듭니다.

그런데 어느 날, 한 예능 프로그램에서 한 예능인이 '사랑에 빠진 게 죄는 아니잖아!'라며 성대모사 하는 것을 봤습니다. 그 말이 한 드라마에서 가장 인상 깊은 장면의 대사였고, 유행어가 됐다는 것을 함께한 다른 출연자들의 호들갑스럽고 대단한 호응으로 알았습니다. 도대체 왜 타당성 있는 당연한 그 말이 사람들의 관심과 호들갑스러운 호응을 끌었을까 싶어서 찾아봤습니다. '사랑에 빠진 게 죄는 아니잖아!' 맞는 말입니다. 사랑하는 것이 어떻게 죄가 될까요? 그런데 저 말을 자기 부인에게 당당하게 소리치며 말한 것이라면 다르죠. 자기 부인 앞에서 다른 사람을 사랑한다는 것을 시인하는 것인데 적반하장으로 당당하게 소리친 것입니다. 아! 어쩌다가 불륜이 이렇게 당당할 수 있게 된 걸까요? 게다가 이 당당한 불륜의 말이 전국적으로 유행하다니… 나의 이해력으로는 받아들이기 힘든 상황입니다. 실제로 불륜으로 일어난 사회적인 사건을 보도한 기사에는 엄청난 분노의 댓글들을 쓰는 것은 사람들의 감정이 불륜에 대한 느낌이 부정적인 것을 반증하는 것인데, 어째서 자신의 불륜을 당당하게 부인에게 어필하는 불륜 스캔들에 불과한 더러운 궤변의 대사가 유행을 탈 수 있는 것인지, 나의 이해력으로는 도저히 이해 불가능합니다.

'이슈는 더 큰 이슈로 막고, 사건은 더 큰 사건으로 덮는다.'라는 공식에 익숙한 것처럼 막장 드라마의 자극적인 것이 점점 더 지독해지고 점점 더 강해지는 것에 익숙해지다 보니 이제는 저렇게 자신의 불륜을 당당하고 떳떳하게 외치는 더럽고 추한 말도 자연스럽게 유행할 수가 있나 봅니다. 사회적으로 일어나는 많은 사건과 사고가 드라마보다 더 극단적이고 자극적이며 영화보다 더 영화 같은 치밀한 잔인함으로 지독하게 악랄한 사건이 불륜과 함께 일어나는 것을 어렵지 않게 볼 수 있습니다. 그러는 사이 이기적인 자기합리화를 비판하던 '내로남불'은 자연스러운 일상어가 되면서 그 심각성이 모호해졌습니다. '나의 사랑은 로맨스이고, 남의 사랑은 불륜이다.'라는 이 말의 일상화가 심각한 문제가 되는 것은 자신이 하는 그것이 사실은 불륜이긴 하지만 불륜이 아니며 오로지 로맨스인 사랑임을 강조하고 있는 것입니다. 이것은 자기 배우자 앞에서 당당하고 떳떳하게 '사랑에 빠진 게 죄는 아니잖아!'라고 지껄이는 것과 다르지 않습니다. 특히 이런 불륜이 드라마 속이 아니라 현실에서 막장 드라마보다 더한 불륜이 아무렇지도 않게 벌어지는 것을 보면 마치 우리나라가 막장이 일상인 나라, 문란한 사생활이 일상인 나라처럼 느껴지기까지 합니다. 이것은 '사랑'에 대한 예의가 아닙니다. 즉 우리는 '사랑'에 예의를 잃어가는 모습을 보고 있고 그런 사회에서 살아가는 것입니다. 하지만 보도되는 사건이 나날이 진화하는 것을 보면서 어느새 불륜의 일반화와 문란한 사생활로 치부하며 자연스럽게 개인 일탈과 문란함으로 받아들여 덤덤해지는 것, 그래서 어느 순간에는 그 '내로남불'이란 본래 의미도 희미해질 것 같습니다. 그래서 본래 '사랑'이 가지고 있는 아름답고 존귀한 가치가 망가지는 것에도 무뎌질 것입니다. 그래서 불륜과 폭력, 그리고 중범죄가 '사랑'이란 보기 좋은 포장으로 '가정폭력'과 '데이트 폭력', '스토킹의 폭력'이 스스럼없이 자행되고, 여기서 더욱 진화된 사이버 로맨스 사기까지 지침도 막힘도 없는 폭주가 가능한 것 아닐까요? 이 모든 것은 사랑에 대한 모욕이며 사랑을 능멸하고 기만하는 것입니다.

철저하게 모욕당하고 농락당하는 사랑의 처절한 절규가 안 들리고 안 보이시나요? 왜 우리는 이토록 '사랑'이 모욕을 받고 능욕당하는 현실에 무감각해지는 것일까요? 예전에 '사랑이란, ~이다!'라는 '사랑의 정의'가 유행한 때가 있었습니다. 그때 공감되는 많은 '사랑의 정의'가 있었는데요, 최근 불륜을 보고도 무감각해지는 현실과 '사랑'을 가장한 비정한 '가정폭력'과 잔인한 데이트 폭력, 사악한 스토킹과 악의적인 사이버 로맨스 사기를 보면서 예전의 그 많던 '사랑의 정의'가 무기력하게 느껴지기도 합니다. 원론적인 질문을 해 볼까요? '사랑'이란 뭘까요? '사랑이란, ~이다!'라는 과거의 표현과는 다르게 최근에는 '사랑은 ~이 아니다'라는 표현이 맞는 것 같습니다. 이것은 그만큼 '사랑'을 바라보는 관점이 변한 것인데요, 사랑을 긍정적인 시각으로 보면 '사랑이란, ~이다!'라는 정의가 나오며 부정적인 시각으로 보면 '사랑이란, ~이 아니다!'라는 정의가 나오는 것 같습니다. 그리고 이런 시각의 변화가 나만의 느낌은 아닐 것 같습니다. 그래서 더욱더 안타깝습니다. 우리 모두가 생각하는 상식적인 '사랑'이란 것은 부정적이거나 불쾌하거나 폭력적이지 않습니다. 사랑은 불륜이 아닙니다. 사랑은 문란하지 않습니다. 사랑은 음란하지 않습니다. 사랑은 탐욕이 아닙니다. 사랑은 천박하지 않습니다. 사랑은 집착이 아닙니다. 사랑은 소유가 아닙니다. 사랑은 욕심이 아닙니다. 사랑은 손익을 우선하지 않습니다. 사랑은 거래가 아닙니다. 사랑은 일방적이지 않습니다. 사랑은 불통이 아닙니다. 사랑은 불쾌하지 않습니다. 사랑은 강요가 아닙니다. 사랑은 배신이 아닙니다. 사랑은 복수가 아닙니다. 사랑은 폭력이 아닙니다.

우리는 이성이 없는 동물이 아닌 만큼 우리가 사는 이 사회를 적어도 동물의 세계를 만들지는 말아야 할 의무가 있습니다. '사랑'에 대한 최소한의 예의를 지키자는 것입니다. 현재 사회적으로 나타나는 '사랑'의 모습을 직시하고 그 '사랑'이 어떤 모습인지 고민해 봐야 합니다. 개인의 사적인 생활을 참견하거나 비판하려는 것이 아닙니다. 하지만 그 사적인 생활이 공적인 사고력을 무기력하게 하고, 기존의 가치를 왜곡하고 변절시키는 것이라면 막아야 한다고 생각합니다. 불륜이든 부적절한 관계이든 아니면 일탈을 즐기는 퇴폐이든 당사자는 개인의 사적인 영역이라고 주장하지만, 그 사적인 생활이 그 범주를 이탈해서 사회 문제로 나타나는 것, 그것도 그 부적절하고 저속하며 그저 즐김의 퇴폐적인 것이 사랑의 기존의 가치를 덧입고 아름답고 존귀함의 포장으로 정당화되어 당당하고 떳떳하게 표면화되려고 하지만 사회로 나타나는 모습은 최악질의 범죄, 또는 천인공노할 사건으로 사랑을 모욕하고 멸시하는 것입니다. 불륜은 불륜이고 부적절한 관계는 부적절한 관계일 뿐이지 사랑이 될 수는 없습니다. 문란함은 문란한 사생활일 뿐이지 사랑이 될 수 없습니다. 스토킹은 스토킹일 뿐이지 사랑이 될 수 없습니다. 사랑이 어떻게 폭력적으로 나타날 수 있나요? 사랑하기 때문에 그렇게 천인공노할 엄청난 사건을 벌였다고요? 제발 개인의 일탈, 부적절한 관계, 불륜을 사랑의 한 단면이라는 헛소리로 '사랑'을 모독하고 능멸하지 마시기를 바랍니다. 우리 사회에 나타난 '사랑'의 모습이 일그러지고 찢겨 너덜너덜한 모습, 오명으로 모욕당하고 왜곡으로 능욕당해서 뒤틀려있는 모습으로 절규하는 것처럼 보입니다. 정말 마음이 매우 아픈데요, 그것은 참된 사랑이 아닙니다. 부정한 것이 '사랑'이란 포장으로 아름답고 존귀해질 수 있는 것이 아닙니다. 사랑의 참된 모습을 찾아주고, 아이들에게 가르쳐 주어야 하는 책임이 우리에게 있지 않나요? 사랑의 그 존귀한 가치와 아름다움을 지켜야 하는 책임이 있고, 그 책임을 가르치고 배워야 할 의무도 있어 보입니다.

사회적으로 나타나는 사랑의 모습이 중요한 것은 동시대(同時代)를 사는 우리의 사랑 모습일 수 있으며 이것은 어린 세대에게 무방비로 노출되어 사랑이 더욱 왜곡되고 그 과정에서 추하고 악하고 천박하게 변질할 것이기 때문입니다. 그래서 자신의 사랑을 들여다봐야 합니다. 각자 자신의 사랑은 어떤 모습을 하고 있는지 섬세하게 들여다봐야 합니다. 사적인 일탈과 불륜은 그저 개인 각자가 즐기는 사적인 생활 영역을 참견하며 판단하고 싶지 않지만, 사회적으로 나타나는 각종 문제와 사건을 볼 때마다 난도질당하는 '사랑'의 날카로운 비명이 들리는 것 같아 안타깝습니다. 자신들의 삐뚤어진 감정과 행동을 사랑이라고 우기는 억지와 그것도 사랑의 한 부분이라는 생각을 멈추기를 바랄 뿐입니다. 사랑에 대한 예의가 없다면 그것은 사랑이 아닙니다. 사랑이라고 주장하고 싶다면 먼저 '사랑'에 대한 최소한의 예의를 갖춘 후에 하기를 바랍니다. '사랑에 빠진 게 죄는 아니잖아!'라고 자신의 배우자와 연인에게, 세상을 향해서 외치고 인정받고 싶은가요? 가소롭습니다. 불륜이, 부적절한 관계를 사랑이라 인정받으려는 심리 자체가 자신들의 행각 자체가, 그 행동이 이미 사랑이 아님을 알기 때문입니다. 아직 감정이 미숙하고 스스로 사랑을 자각하고 판단하는 것이 미숙한 어린 청소년들의 감정에 함부로 개입해서 자신의 감정을 일방적으로 강요하고, 그 가스라이팅을 통해 사랑이라고 주입하는 행동을 정말 사랑이라고 주장하는 것 자체가 사랑을 모독하고 능멸하는 것입니다. 즉 부정한 관계로 미성숙한 감정을 난도질하는 것으로, 불륜의 뒤틀린 상처투성이의 모습으로, 일회성의 가벼운 천박한 즐김의 퇴폐가 사랑이란 포장으로 우겨도 본래 사랑의 본질이 될 수 없습니다. 게다가 학생을 가르치는 교육 현장에서 일어난다는 것이 더 끔찍하고 치 떨리는 분노가 치솟는데, 그것을 사랑이라고 주장하는 추악한 모습은 참을 수 없는 역겨움과 혐오를 유발합니다. 어린 학생들의 사랑과 성에 대한 가치관을 처참하게 짓이겨 놓고 파괴한 것도 모자라 사랑을 모욕하고 능멸하기까지 한 그들이 사람으로 보이나요? 이성의 판단 없이 본능적인 행동을 하는 것은 동물로 살겠다는 굳은 의지를 보이는 것입니다. 그래서 나는, 부정한 일탈, 저속한 퇴폐, 로맨스를 가장한 불륜, 그리고 가정이 있음에도 이웃집에 홀로 사는 여성 주변을 서성거리며 흘깃거리면서 훔쳐보는 역겨운 천박한 행동, 지나가는 여성을 음흉한 눈빛으로 훑어보며 조롱 섞인 음담패설의 대화를 나누는 것을 포함한 모든 스토킹, 사이버상에서 오가는 모든 음란한 짓들 모두가 발정 난 개와 다를 것이 없다고 봅니다. 정상적인 사람으로 보이지 않을 뿐만 아니라 경멸하고 역겨운 극혐(極嫌)입니다.

'내로남불' 자체가 사랑을 모욕하고 능멸하는 것으로 없어져야 할 비유입니다. 그리고 그 표현에 무감각해지는 것 역시 사랑의 본질과 존귀함을 비틀고 왜곡시켜버리는 것입니다. 부적절한 관계와 불륜의 행동, 옆에 있는 연인과 배우자가 아닌 다른 이성에 관심을 두는 것이 단순하게 개인의 사적인 영역이고 그들만의 사랑법이라고 무감각하게 넘기시나요? 각자 자신의 사랑은 어떤 모습인지 들여다봤으면 합니다. 여러분은 현재 어떤 사랑을 하고 계시는가요? 일상의 일탈이 마냥 즐겁고 좋아 보이나요? 혼자 사는 이웃집 여성을 힐끔거리는 스토킹, 지나가는 여성을 음흉한 눈빛으로 훑어보며 조롱 섞인 음담패설의 대화는 치가 떨리는 극혐이고 역겨운 천박한 행동인 동시에 또 다른 형태로 나타나는 무언의 상황적인 정신적 폭력입니다. 동시에 그런 행동의 주체자인 자신의 감정을 파괴하는 것이기도 합니다. 가정이 있든 없든 간에 혼자 사는 여성, 또는 지나가는 여성에게 음흉한 눈길로 서성인다는 것은 자신의 감정을 탐욕으로만 채우는 것이며, 고의로 의도적인 악을 만들 수 있으며 스스로 저질스러운 더럽고 천박한 늪에 빠트리는 것이며 그 안에 사랑이란 고결한 감정은 없습니다. 부정한 것을 모르고 부정을 행하는 경우는 드문 일입니다. 의도적인 사기가 아닌 이상, 자기 행동이 비정상적이고, 부정한 것이라는 것을 모르지 않습니다. 알면서도 그 부정한 것을 계속한다는 것은 본능대로만 살겠다는 것이고, 이것은 이성의 판단을 거부하는 것입니다. 즉 스스로 인간이 아닌 한낱 미물, 동물이 되겠다는 굳은 결심을 현실로 실행하는 것입니다. 동물적인 그것을 아름다운 로맨스이고, 사랑이라고 할 수 있을까요? 배우자, 또는 연인 앞에서 '사랑에 빠진 게 죄는 아니잖아!'라고 당당하게 외친다면, 아니 그런 생각만으로도 저 말은 분노 유발의 말이며 사랑을 모욕하고 능멸하고 있는 것입니다. 자신의 사랑을 천박하고 추악하며 악취 진동하는 더럽고 역겨움으로 가득 찬 쓰레기 더미에 던지지 마시기를 바랍니다. 사랑이란 아름다운 감정을 로맨스로 만드는 것도 역겹고 추한 부정한 것으로 만드는 것도 자신 스스로가 만드는 핸드메이드입니다. 사랑에 대한 예의를 다 하고 있나요? 사랑에 정답은 없지만, 그러나 지켜야 할 예의는 있는 것입니다.

3) 핸드메이드 러브

언제부터인가 그리스 로마 신화 모티브를 드라마에 접목하는 것이 유행처럼 번지더니 하나의 장르로 자리를 잡았습니다. 그리스 로마 신화 속 신들은 모두가 잘 알듯이 신의 고결한 특성과 전지전능한 영역을 벗어나 인간들이 가진 희로애락을 가지고 인간들처럼, 아니 어쩌면 인간들보다 더 치열하게 사랑하고, 질투하고, 오해하고, 어리숙하며, 실수도 하고, 죄도 짓고, 또 분노하며, 격렬하게 싸우고 복수하면서 수많은 이야기와 함께 역사를 이끌어 갑니다. 신이 감정상으로는 인간과 다르지 않다는 것, 다른 것이 있다면 인간에게는 없는 놀라운 능력을 소유했고, 그것을 이용해서 치열하고 열정적으로 자신의 감정만을 위해서 최선을 다한다는 것이죠. 그것이 다른 누군가에게 치명적인 불행이 된다는 것을 알면서도 말이죠. 이런 강렬한 모티브가 여러 세대를 거쳐도 무척이나 매력적인가 봅니다. 사람들은 여전히 그리스 로마 신화에 빠져들고, 많은 영화와 드라마, 그리고 소설과 게임에 그 모티브가 꾸준히 차용되는 것을 보면 말이죠. 그리스 로마 신화의 모티브가 작가들만의 상상력 안에서 여러 가지 이야기로 재탄생하면서 많은 사람에게 재미와 흥미로 소비되고 있습니다. 그러나 시작은 흥미롭지만, 중간쯤에 아니면 마지막이 모호해지고 흐려지는 아쉬움이 있는 작품들도 더러 있지만 그래도 신화는 사람들에게 꽤 흥미 있는 소재이긴 합니다. 전지전능한 신은 우리 인간이 인지할 수 있는 영역이 아니라 감정이입이 쉽지 않은 데 반해 신화 속의 신들에게는 감정이입이 쉽습니다. 그래서 신화는 많은 사람에게 끊임없이 소비되는 것 같습니다.

핸드메이드 러브! 우연히 보게 된 단막극인데요, 이 드라마 역시 신화를 모티브로 하고 있습니다. 인간 세상에서 옷으로 인간을 위로하는 일이 채워져야 하늘로 돌아갈 수 있는, 어떤 잘못으로 인해 신들의 세계에서 쫓겨난 신과 인간들의 이야기입니다. 잠깐 이 단막극의 내용을 들여다보면요, 신들의 세계에서 쫓겨난 신이 자신의 잘못으로 인한 벌칙을 거룩하게 행하듯이 인간을 위해서 옷을 만듭니다. 신이 만든 한 사람만을 위한 단 하나의 옷을 입게 될 사람은 연인과 오해로 이별 직전의 위기에 있거나 이별 후, 아파하고 괴로워하는 사람들인데요, 신이 만든 그 옷을 입은 후 연인과 오해를 풀 수 있는 소통의 기회를 얻고, 재회하며 서로의 감정을 확인하고 이전보다 더 깊은 사랑하게 되는 이야기입니다. 싫증 날 수도 있는 뻔한 전개이긴 한데요, 그래도 내가 좀 신선하게 느낀 부분이 있었습니다. 신을 돕는 임무를 맡은, 역시 신의 세계에서 함께 온 심복이 신에게 묻습니다. '주인님! 저는 100년이 지나도 잘 모르겠는데, 인간들은 왜 사랑을 할까요? 서로 저렇게 상처를 주면서요!' 그러자 신은 '글쎄, 멍청해서!'라고 답합니다. 신의 대답이라 더 신선했습니다. 멍청해서 아픈 줄 알면서도 사랑한다는 신이 인간의 사랑을 위한 옷을 만들고, 인간들이 화해하는 모습을 통해 인간의 감정을 깨닫고, 또 인간을 통해 치유 받고, 인간을 통해 안식을 얻고 또 인간과 사랑에 빠집니다. 그리고 그 신은 학수고대하며 기다리던 신들의 세계로 돌아갈 기회를 포기하고 인간 세상에 남아 계속 인간들의 사랑을 위해 옷을 만드는 것을 선택하며 끝납니다.

전지전능한 신은 원래 처음부터 인간을 사랑합니다. 하지만 그 드라마 속의 신은 인간을 통해 무엇인가를 깨닫고 얻는다는 것, 그래서 제대로 인지하지 못했던 인간의 사랑을 이해하고 인간과 사랑에 빠지는데 그것은 아가페가 아닌 지극히 인간적인 사랑입니다. 그 사랑 때문에 신의 세계로 돌아갈 기회를 포기하고 인간 세상에 남는다는 것이 인상적이었습니다. 이것은 전지전능한 신과 완전히 대비되어 신선한 흥미를 돋웁니다. 그런데 사실 내가 여기서 신화의 모티브 말고도 더 집중한 것이 있습니다. 바로 핸드메이드 사랑인데요, 드라마 속의 연인들은 모두 오해로 인해서 서로에게 상처를 주고 또 이별 위기에 처하거나 뼈아픈 이별을 합니다. 물론 연인들의 이별에는 오해 말고 더 다양한 많은 이유가 있지만, 그래도 사소한 오해로 인해 쌓인 감정이 한순간 폭발하면서 위기와 이별의 상황을 맞이합니다. 그러면 그 오해는 왜 하게 되는 것일까요? 바로 소통의 부재 때문에 생기고 또 그 오해는 소통의 부재로 이어집니다. 그래서 드라마 속의 신은 그 오해와 소통의 부재로 인해 힘들어하고, 이별을 앞둔 연인들을 위해 옷을 만들어 줍니다. 하지만 그 옷을 입고 연인을 만난다고 해서 서로의 소통을 통해 모든 오해가 풀리는 것은 아닙니다. 신은 단지 그들이 함께 이야기할 수 있는 소통의 기회를 자신이 만든 옷을 통해 줄 뿐입니다. 더 이상 그들의 사이에 개입하거나 참견도 간섭도 전혀 하지 않습니다. 그저 여러 가지로 꼬인 연인을 서로가 얼굴을 마주할 기회를 가질 수 있게 해줄 뿐입니다. 연인들은 자신들의 이별 위기, 이별의 상황을 두고 서로가 여러 가지 이유로 그동안 하지 못했던 자신의 마음을 꺼내 놓으며, 그 소통을 통해 서로를 오해했음을 깨닫습니다. 그리고 자신들의 감정을 확인하고 화해하며 성숙한 모습으로 자신들의 사랑을 완성해가거나, 오해를 풀고 화해를 한 뒤 감정을 내려놓고 각자의 길을 가기도 합니다.

그런데 사실 알고 보면 모든 연인의 사랑은 핸드메이드이기에 새로울 것이 없습니다. 그리고 드라마 속에서도 신이 만든 옷과는 상관없이 연인들 둘이서 둘만의 사랑을 만드는 것입니다. 그래서 '굳이 신이 필요했나?' 하는 의문이 들었습니다. 드라마 속 연인들에게 필요한 것은 그들이 이별 위기의 원인을 따지는 것이 아니고 누가 더 많은 상처를 받고 힘든지, 그 책임이 누구에게 있는지에 대한 잘잘못을 가리는 것도 아닙니다. 서로가 서로에게 집중하며 귀를 기울이면서 서로의 눈을 마주 보고, 서로의 마음을 볼 수 있는 소통의 기회가 필요한 것입니다. 그리고 그 소통 기회는 그 연인들의 지인 도움이면 충분한 것으로 굳이 신을 등장시키지 않아도 됐습니다. 이것은 비단 드라마 속의 연인들에게만 적용되는 것이 아닙니다. 현실에서의 모든 연인에게도 서로에게 귀를 기울이며 집중하며 소통할 그런 기회가 필요합니다. 따라서 모든 연인의 지인도 많은 조언보다는 두 사람이 만나 얼굴을 마주할 기회를 만들어 주는 것, 그것으로 충분합니다. 그리고 우리는 모두 주변의 연인에게 지인이 되어 줄 수 있고, 또 주변 지인의 도움을 받을 수 있는 연인이기도 합니다.

주변을 돌아보며 도움을 줄 수 있는 지인이 되어 줄 수 있을 우리인데, 주변을 돌아볼 여유가 우리에게는 너무 없는 걸까요? 아니면 아무리 친한 지인이라도 타인의 일에 나서는 것이 간섭처럼 느껴져서 애써 외면하는 것일까요? 그것도 아니면 사생활이라는 이유로 타인의 관심을 차단하는 개인주의, 그래서 아무리 친한 지인이라도 자신의 생활을 알리기 꺼려서, 혼자 해결하려는 고립된 생각 때문에 선뜻 지인의 도움이 내키지 않아서일까요? 전자든 후자든, 어느 이유에서든 사람들의 사랑은 그들의 주변 지인들의 크고 작은 도움이 필요합니다. 흔히 연인들 사이의 일, 부부의 일은 그들 자신만 안다는 말이 있습니다. 틀린 말은 아닐 것입니다. 두 사람만이 해결해야 할 두 사람만의 문제가 있게 마련입니다. 하지만 그 본질적인 문제를 해결하기 위해 두 사람의 감정을 완화해주고 연결해 줄, 그러나 깊게 개입하지는 않는 그런 지인은 필요합니다. 우리가 그 지인이 되어 줄 수도, 또 지인의 도움을 받을 수도 있다는 것입니다. 도움을 주고, 또 도움을 받을 수 있는 것은 엄청난 축복입니다. 왜냐하면, 오해로 인해서 제대로 시작도 못 하고 끝나버린 허망한 인연, 도움을 받을 수 있는 지인도 없어서 그 오해를 풀 기회조차 없이 끝난 인연도 있습니다. 그래서 이렇게 시작도 못 하고 끝나버린 인연에 비하면 지인의 도움을 받을 수 있는 것은 축복입니다. 그리고 드라마의 신처럼 지인은 위기에 처한 연인들이 만날 기회를 마련해 주는 것, 딱 그 정도의 도움을 주는 것으로 충분합니다. 그래서 누구나 연인들의 지인이 되어 도움을 줄 수도 있고, 또 지인의 도움을 받을 수 있습니다. 그렇다면 자신들이 겪고 있는 사랑의 갈등과 위기를 홀로 감당하기보다는 지인의 도움을 받는 것도 자신의 사랑에 대한 지혜로운 행동이고 대처가 아닐까 싶습니다.

그런데요, 드라마 속의 심복처럼 나도 사람들의 사랑에 여러 가지 의문이 생깁니다. 연인들은 서로 사랑하는데 왜 소통의 부재와 오해가 생길까요? 사랑하는 사람과 소통하는 것이 그렇게 어려운가요? 사랑하면 더 많은 대화를 하고 서로에게 집중하며 배려하지 않나요? 이렇게 사랑하고 배려하는데도 오해와 소통의 부재가 생기는 것은 그 사랑과 배려가 자신의 상황과 판단만으로 일방적인 진행일 때가 대부분입니다. 연인의 사소한 말 한마디, 행동 하나에 의미를 부여하고 그것을 자신만의 기준과 잣대로 판단하는 것은 아닐까요? 물론 오랜 시간 함께 했다면 눈빛만으로 서로의 감정을 알 수 있습니다. 하지만 그것이 사이가 좋거나 서로 확신할 수 있는 감정과 느낌일 때는 문제 되지 않지만, 그 반대일 경우에는 상대에게 정확하게 확인하지 않고 자신 스스로 단정하는 것은 문제가 됩니다. 그 때문에 충분한 대화 없이 한쪽의 생각 안에서 일방적으로 해석되기 일쑤이고 그런 것이 쌓이면서 사랑하는 사이임에도 벽이 생기기 마련입니다. 그런데 이런 것의 시작은 왜 생기는 것일까요? 아마도 상처받기 싫은 본능 때문이 아닐까요? 상처받기 싫은 행동들은 본능처럼 자신을 방어하지만 때로는 자신의 의도와는 다르게 그것은 사랑하는 상대를 향해 날카롭게 돌진해서 상처를 주기도 합니다. 이런 것을 보면 상처받기 싫은 본능은 사랑이란 감정보다 우선적인가 봅니다. 이 본능은 사랑이라는 힘으로도 제어가 안 되는 것일까요?

가만 보면 우리나라 정서는 사랑의 표현, 더 정확하게는 사랑의 말에 너무나 인색합니다. 왜일까요? 그 '사랑의 표현'에 너무나 경직된 느낌이 있는데요, 내 개인적인 생각으로는 그 사랑의 표현을 너무나 성(性)적인 것으로 치우쳤기 때문 아닐까 싶습니다. 독일에서 잠깐 생활했을 때의 일입니다. 한 교수의 저녁 초대로 그의 집에 갔었습니다. 그는 저녁 식사 자리에서도, 또 거실에서 담소를 나눌 때도 수시로 자신의 아내에게 과하지 않은 정도의 터치와 부드러운 말로 사랑의 표현을 했습니다. 그러면서 함께 자리한 다른 이성이 불편하거나 어색하지 않게 하는 배려도 잊지 않습니다. 물론 나 역시 기숙사에서 함께 생활한 부부인[63] 친구들을 통해 익숙해진 것이기에 그들의 사랑 표현을 지켜보는 내내 불편하지 않았습니다. 그런 그들의 사랑 표현은 자신의 앞에 다른 이성이 있어도 자신의 사랑이 오로지 연인에게만 있음을 끊임없이 확인시켜주는 것으로 연인에 대한 배려고 예의입니다. 그리고 그것은 아주 일상적인 것으로 남성만이 아닌 여성들도 자신의 연인에게 똑같은 사랑의 표현을 합니다. 그런 연인들 사이에는 소통의 부재, 서로에 대한 불신 등이 비집고 들어갈 틈은 없어 보입니다. 물론 그들 사이에도 갈등과 이별이 없지는 않죠. 하지만 그들은 최소 소통의 부재로 인한 갈등은 매우 적습니다. 또한, 자신이 사랑하는 연인의 감정이나 상황을 자신만의 생각이나 직감으로 단정하는 오류를 범하는 확률은 낮아 보였습니다. 그와는 대조적으로 우리나라에서 사랑의 표현은 '닭살'로 비하되는 때가 많습니다. 이것은 사랑의 표현이 성(性)과 연결된 말과 행동으로 나타나기 때문에 함께 있는 다른 사람에게 불편을 초래합니다. 그러나 사랑의 표현을 굳이 성(性)이 아니라 인격과 연결해서 표현해도 문제될 것은 없습니다. 오히려 인격적인 접근이 연인에 대한 사랑을 더 확고하게 각인시키는 효과가 있지 않을까요?

---

63) 독일 기숙사에는 1인실 외에 부부나 동거인에 대한 배려로 2인실이 층마다 하나씩 있다.

소통이 중요한 것은 꼭 배우자나 연인들에게만 적용되는 것이 아니기 때문입니다. 누군가에게 좋은 이성의 감정을 혼자서 느끼는, 즉 혼자만의 짝사랑을 시작한 경우와 거절당한 것을 인정하지 못하면서 혼자만의 이별을 못 한 경우에도 이 소통은 적용됩니다. 혼자 좋아하는 짝사랑은 혼자만의 감정입니다. 거절 역시도 같습니다. 자신의 감정을 강요하는 것은 거절당할 수도 있다는 것을 인정하지 못한 상태에서 나오는 분노와 오기로 관계를 유지하려는 감정입니다. 그리고 이런 감정 역시도 소통의 부재로 인해서 생기는 문제입니다. 짝사랑은 자신만의 감정이고 상대에게 강요할 수 없는 것이며, 거절은 누구나 할 수 있고 받을 수 있는 아주 흔한 상황인데 이것을 인정 못 하고 거절 또는 이별에 분노합니다. 그래서 자신만의 감정으로 상대의 주변을 서성거리는 것, 즉 스토킹 역시 소통의 부재에서 생기는 문제입니다. 이렇게 보면 원론적인 흔한 말 같지만, 소통은 사랑에 대한 예의의 가장 기본입니다. 사랑의 진행이 아니라 일방적인 짝사랑과 이별일 때는 배려나 예의를 지키는 것은 어려워 보입니다. 자신의 상한 감정이 앞서기 때문에 이성이 마비되는 것을 볼 수 있는데요, 이것이 행동으로 빠르게 나타나면 바로 범죄의 형태로 나타납니다. 그런데 사랑의 감정에 대한 배려와 예의는 배우자나 연인, 또는 짝사랑의 대상이나 이별을 통보한 연인을 향한 것이 아니라 본인 자신에게 향한 것입니다. 자신의 사랑에 대한 배려이고 자신의 사랑에 대한 감정과 그 추억에 대한 예의입니다. 즉 사랑에 대한 예의는 자신의 감정과 추억에 대한 예의로 자신을 위한 것입니다. 사랑에 대한 예의를 지키는 것은 자신의 연인과 배우자와 가족에 대한 추억을 아름답게 지키는 것으로 자기 자신의 감정에 대한 예의이고 배려입니다. 모든 사람의 사랑이 자신의 의도대로 진행되지는 않습니다. 자신의 사랑이 끝까지 아름다울 수도, 아쉬움으로 끝날 수도, 자신과 다른 감정 때문에 거절당할 수도, 시작조차 못 하고 끝날 수도 있습니다. 그러나 사람들의 사랑과 그 과정이 어떤 모습이 되었든 그 다양성은 범죄의 모습만 빼고 모두 가능합니다. 그래서 자신의 감정과 사랑에 배려와 예의를 지키는 것이 바로 핸드메이드 사랑이 아닐까요? 자신의 감정을 아름다운 사랑으로 남길 것인지 더럽고 추악한 불륜으로 남길 것인지 아니면 최악의 비극인 범죄로 남길 것인지 매 순간 이성으로 중심을 잡고 자신의 사랑 감정에 최선의 배려와 최고의 예의를 갖춰야 합니다.

사랑, 아마도 그것은 '신'이 우리에게 남긴 가장 아름답고 고결한 만큼 단순한 듯 단순하지 않은 어려운 과제인 듯합니다. 아마도 가장 완벽한 사랑은 '신'만이 할 수 있는 것 같습니다. 그래도 모든 연인에게 바라는 것은 서로에게 그리고 '사랑'에 최소한의 예의를 지키며 아름답고 행복한 핸드메이드 사랑을 추구하시기를 바라는 마음이 큽니다. 우리 사회에서 사랑이 더 이상 모욕당하지 않고 그 자체의 아름답고 존귀함으로 빛나기를 바라기 때문입니다.

12.
학습하고 답습된 악습, 그 끝 없는 소모전

    아이들이 하는 말과 행동을 보면 그 부모의 언행은 물론이고 습관도 어느 정도는 예상할 수 있습니다. 아이들은 부모의 모든 것을 그대로 학습하고 답습하기 때문입니다. 심지어 어투나 대화의 방향성까지도 부모를 학습하고 그대로 답습합니다. 그래서 아이를 보면 그 부모를 알 수 있다고 하는 것입니다. 그런 이유로 아이들 앞에서는 물도 함부로 마시면 안 된다고 하고, 아이는 어른의 거울이라고 합니다. 하지만 이런 것을 알면서도 오류를 범할 수밖에 없죠. 매일 함께 생활하면서 의지와는 상관없이 평소 자신의 습관대로 말하고 행동하게 됩니다. 그래서 만약 자녀의 모습에 화가 나거나 밉게 보이는 언행, 짜증 나는 모습이 있다면 그것은 부모인 자신을 닮았기 때문이라는 말도 있습니다. 반대로 부모의 가장 싫은 모습이나 습관,

가장 닮기 싫었던 말이나 행동을 자신도 똑같이 행하는 것을 어느 순간 깨닫게 되는 때도 있습니다. 이렇듯이 부모의 모습이 자녀에게 투영되는 것은 지극히 자연스럽고 당연한 결과입니다. 그런데요, 자녀들 모습에 부모의 모습이 그대로 투영되는 것과 비슷하면서도 전혀 다른 결과물로 나타나는 것이 있습니다. 바로 고부갈등을 부르는 시집살이입니다.

시집살이에 대한 애환이 사회적인 문제로 대두되어 드라마의 단골 소재로 활용되다가 최근에는 관찰 예능으로까지 그 활용 범위가 넓어질 정도로 자극적이고 화제성 높은 주제이기도 합니다. 드라마와는 달리 관찰 예능은 많은 공감의 출발과는 달리 수많은 논란의 불똥이 곳곳으로 마구 튀는 예측 불허의 문제만 퍼졌다가 서서히 사라졌습니다. 이렇듯 예상 못 한 많은 논란은 '시집살이'의 문제가 그냥 각 가정의 애환으로 이해되고 넘길 단순한 문제가 아니란 것입니다. 기혼녀들 사이에서 '시댁'과 '시집살이'를 연상시키는 '시'로 시작되는 낱말에도 진저리를 칠 정도인데 이것이 사라지지 않고 해마다 반복되는 것을 보면 독한 시집살이를 해 본 사람이 더 독한 시어머니가 되어 더 맵고 혹독한 시집살이를 시킨다는 말이 전혀 근거 없는 말은 아닌 것 같습니다. 모든 기혼 여성은 과거에는 며느리였고 시간이 지나면 시어머니가 되며, 누구든 시누이와 올케의 처지에 있고 그 관계를 형성하기 때문입니다. 그렇다면 어른도 아이들처럼 습자지가 물을 빨아들이는 학습력으로 빠르게 '시집살이'를 습득하고 그것을 그대로 후대에 답습하는 일차원적인 모습을 가집니다. 차이가 있다면 답습할 때, 자신의 축적된 경험과 상황에 따른 응용력이 추가되어서 창의력을 발휘해 더 혹독하고 더 매서운 시집살이라는 결과물을 초래합니다.

그런데요, 점차 이것이 각 가정의 문제로 머물지 않고 사회적인 문제로 나타난 것이 어제오늘 일이 아니라 꽤 오래됐고 이 문제에 대한 많은 지적 및 해결점을 위한 여러 가지 조언들이 난무하지만, 왜 근본적인 문제는 해결되지 않을까요? 다양하고 많은 조언이 무색하게 '시집살이'의 문제점은 여전히 진행형이라는 것이 더 큰 난항입니다. 그런데 내가 정말 이해되지 않는 점은요, 현재의 시어머니들은 예전에는 모두 며느리였습니다. 그리고 현재의 기혼녀는 누군가의 며느리인 동시에 누군가의 시누이이기도 합니다. 그런데도 그 고부간의 갈등은 늘 진행형이고 때리는 시어머니보다 말리는 시누이가 더 밉다는 말도 여전히 진행형입니다. 왜 이것은 늘 진행 중일까요? 자랑스러운 전통도 아니고 후대에 물려 줄 만한 가치가 있는 것도 아닌데, 더구나 많은 사람의 아픔과 고통을 동반하며 뿌리 깊은 전통처럼 악순환이 계속 반복되는 것을 보면 이것은 사회를 좀먹는 악습이라 할 수 있습니다. 그 악습을 굳이 끊어내지 못하는 까닭은 뭘까요? 개인적인 생각으로는 아마도 보상심리 때문이 아닐까 싶습니다.

보상심리는 신조어의 일종이라고 하는데요, 심리학에서는 이것을 인지 부조화에 의한 자기합리화에 가깝다고 합니다. 사람은 누구나 자기 행동에 부합되는 대가를 원하는데요, 행동의 주체자가 어려운 환경에서 벗어날 것을 기대하는 보상을 원하지만, 그것을 받지 못하면 부정적인 행동으로 바뀔 수 있는데, 그것을 '보상심리'로 보는 것입니다. 그리고 이것은 말 그대로 보상받기를 원하는 심리의 본질적인 의미보다 부정적인 의미로 더 많이 사용되는 것이며, 득보다는 실이 많은 것을 어렵지 않게 짐작할 수 있습니다. 매슬로우의 욕구계층이론에 의하면 '보상심리'는 가장 강력한 자아실현 욕구와 연관되어 긍정적인 면에서는 쉽게 해소되지만, 부정적인 면에서는 끊임없이 성장한다고 합니다. 인간은 자신이 겪은 안 좋은 일에 대해서 어떤 형태로든 보상받고 싶어 하는데 보상이 없을 때는 이 본성이 뒤틀린 방향으로 표출되어 타인도 자신만큼 당하고 잃기를 바라기 때문에 피해 원인을 개선하고 없애기 위한 노력을 하는 사람이 드물다고 합니다.[64] 이 본능적인 심리의 작용으로 인해 '시집살이'란 매서운 악습을 쉽게 끊어내지 못하나 봅니다.

보상심리에 해당하는 '나만 당하는 것은 불공평하다.'라는 심리는 분명한 문제점이 있음에도 다 나름대로 배울 점이 있다고 강조하며 무조건 따를 것을 강요하며 다음 세대에 나타날 문제에 대해서는 안

---

64) 나무위키 백과-보상심리 참고 namu.wiki/w

하무인 격인 태도, 바로 이런 태도가 악습을 낳고 방치하는 것입니다. 즉 '이 부당한 일을 나만 당하는 것은 불공평해!', '나도 겪은 일인데, 다른 사람이 못 겪을 리가 없지!'라며 학습된 악습을 그대로 답습하면서 더 퍼트리고 확고하게 하는 것이죠. 이것은 자신이 당한 일이 부당하게 느꼈고 비합리적이라는 반발감이 있어도 수긍하며 열심히 맞추려는 노력에도 불구하고 결과적으로 결핍된 보상에 불만을 품게 되고 이 억울한 감정을 타인이 똑같이 겪게 하면서 풀려고 하는 무의식적인 행동을 통해 보상을 얻으려고 하는 것 같습니다. 하지만 보상받지 못한 자신이 겪은 일을 다른 사람들에게 똑같이 보상 없이 행하고 나서야 비로소 공평하고 정당한 상황이 되었다고 만족을 느끼는 이 대리 만족감은 오히려 상황을 더 악화시킵니다. 그리고 행동의 주체인 자신에게도 이렇다 할 특별하거나 큰 이득이 없는 소모적인 행동이죠. 여기에 시간적인 흐름과 함께 자신은 누리지 못한 사회 발전을 누리는 세대에 대한 질투심 역시 강한 반발감으로 '보상심리'를 자극하게 하는 요소로 작용하면서 결국 소모적인 감정과 연결된 이 악습은 쉽게 고쳐지거나 개선되지 않는 것입니다. 이처럼 '예전엔 나도 심하게 겪었으니 너도 당해봐라.'라는 식의 일방적인 무적논리는 사회 악습으로 남아 벗어나기 힘든 올가미처럼 자신을 포함해 타인을 옭아매고 함께 상처받고 함께 소멸해가는 것으로 인격의 회복과 소통에 늘 걸림돌이 됩니다. 악이 악을 낳고 악이 악을 답습하고 악이 더 지독한 악을 창출해내는 뫼비우스 띠처럼 무한 반복되는 이 소모전을 이제는 끊어내야 하지 않을까요?

　사람들은 고부갈등을 '한 남자를 사랑한 두 여자'에서 비롯된 갈등이라고 희화하기도 하는데요, 가볍고 무심하게 보면 저 말이 맞는 것 같습니다. 하지만 저렇게 해석하고 이해하는 것은 안 된다고 봅니다. 왜냐하면, 그렇게 되면 이것은 또 다른 문제로 이어지는데요, 바로 '대리만족'입니다. 물론 '보상심리' 안에도 '대리만족'이 어느 정도 포함되어 있기는 하지만 '시모의 아들에 대한 대리만족'과 '아내의 남편을 통한 대리만족'은 '시집살이'문제 자체가 확대되어 더 넓어진 갈등의 문제로 나타납니다. 부모와 자녀 간의 대리만족은 부모가 자녀를 자신을 대신할 성공의 도구로 보는 것입니다. 따라서 이루지 못한 꿈에 대한 부모의 트라우마와 부정적인 경험의 결과가 자녀를 통해 해소하고 탈출하려는 욕구로 자녀가 받는 스트레스와 트라우마는 자녀의 인격을 파괴할 수도 있고 삶 자체가 파괴될 수도 있는 위험성이 있습니다. 여기에 며느리를 경쟁 상대로 인식하고 아들의 모든 행동에 예민한 반응을 보이며 '대리만족'을 채우지 못하면 나타나는 문제는 더 확대됩니다. 며느리 역시 시어머니를 악인으로 인식하고 그것에서 자신을 구해 줄 유일한 대상을 남편으로 여기며 기대하지만, 그 만족을 느끼지 못할 때 나타나는 문제 역시 간단하게 해결되지 않습니다. 그리고 '대리만족' 역시 '보상심리'처럼 부정적으로 이어진 결과가 더 많습니다. 따라서 고부갈등을 '한 남자를 사랑한 두 여자'의 갈등으로만 회화하는 것은 매우 위험하다고 봅니다. 그러면 어떻게 이 고부갈등의 반복되는 악습을 끊어 낼 수 있을까요? 개인적인 생각에는 '피해의식'을 버리는 것부터 시작되어야 한다고 봅니다.

　'보상심리'가 무조건 부정적이라고 할 수는 없습니다. 어떤 일의 노력에 대한 보상을 원하는 것은 당연하기 때문입니다. 하지만 이것의 부정적인 면이 너무 두드러지다 보니 그것만 집중해 보는 경향이 있는 것 같습니다. 이 부정적인 면이 확대되고 두드러지는 것은 아마도 뿌리 깊은 '피해의식'에서 나오는 감정이 아닐까 생각됩니다. '피해의식'도 어떤 일부의 사람만 가진 예민한 감정이 아니라 모든 사람이 가지고 있는 공통의 본성이라고 봅니다. 개인의 성향과 상황에 따라서 그것의 강약이 다르고 표면화되는 것과 유지되는 시간적인 차이가 있을 뿐 자신이 손해 보는 느낌은 모두가 가지고 있는 감정입니다. 이 피해의식을 해소하기 위해서 사람들은 무엇인가를 끊임없이 과시하면서 대리만족을 얻으려고 합니다. 그 과시의 대상은 주로 자녀들인 경우가 대부분인데요, 그래서 자녀를 통한 대리만족과 보상을 받으려는 심리가 강하게 작용하는 것 같습니다. 따지고 보면 '피해의식'으로 인해서 '대리만족'과 '보상심리'가 가지처럼 굳건하게 뻗어 나옵니다. 그리고 이 피해의식은 약자일 때 더욱 크게 작용합니다. 즉 피해의식이 강할수록 뭔가를 내세워 과시하며 자신의 약한 부분을 감추거나 덮으려고 합니다. 그래서 대리만족과 보상심리가 뒤틀려서 더욱 강하게 표출되는데요, 피해의식과 아주 밀접한 관계로 이어져 있는 까닭에 아니, 꼭 이런 이유가 아니더라도 피해의식에서는 벗어나야 합니다.

　그리고 또 한 가지, 동질감을 회복 해야 합니다. 사람들에게는 동성끼리 공감할 수 있는 동질감이 있습니다. 군이 예를 들면 아버지와 아들, 어머니와 딸, 동성 친구, 동성 선후배 등 서로에게 느끼는 친밀한 감정이 있습니다. 그래서 남성에게는 아들이 필요하고 여성에게는 딸이 필요하다는 말이 갖는 의미가 남다른데요, 아무리 부부의 사이가 좋다고 해도 서로를 통해 해소할 수 있는 감정은 한계가 있다고 합니다. 이런 것을 보면 나이와 세대를 뛰어넘을 수 있는 것은 아마도 동성끼리만 통하는 동질감이 아닐까 싶습니다. 나도 가르치는 여학생들과 함께 일하는 동성 동료를 보면 느끼는 동질감이 있습니다. 신체의 변화로 겪는 어려움, 나중에 사회에서 느낄 수 있는 어려움 등의 경험으로 그들의 어려움이 예상되기 때문에 그들을 대하는 태도가 남학생들, 이성 동료들과 같을 수는 없습니다. 그런 동질감을 시어머니와 며느리가 함께 느낄 수는 없는 걸까요? 시어머니는 이미 자신이 시집살이의 고충을 경험했고 그 고충을 알고 있으므로 며느리의 어렵고 조심스러운 마음과 고충을 예상하고 그것을 먼저 제거해 줄 수는 없는 것일까요? 며느리는 자신의 엄마에게 느끼는 동질감을 시어머니와 함께 느낄 수는 없는 것일까요?

'보상심리'를 단순히 '강력한 자아실현 욕구에 의한 본능'으로만 인식하면 안 됩니다. 악습은 시간이 걸리더라도 뽑아내서 근절시켜야 건강한 사회를 만들 수 있습니다. 이 악습을 끊어내지 못하는 것은 '보상심리'의 부정적인 면을 '본능'이라는 것으로 이해하고 그 인식은 너무나 쉽게 합리화를 시키기 때문이 아닐까요? 그래서 그 '보상심리'를 동성만이 느끼는 동질감으로 지속해서 해소하며 풀어가야 하지 않을까요? 보통의 여성이라면 일반적으로 결혼을 통해 누군가의 며느리가 되고, 형제를 통해 시누이와 올케의 관계를 형성하며 또 자녀를 통해 시어머니가 될 것이기 때문에 '보상심리'보다 '동질감'을 형성하기가 더 쉽지 않을까요? 그래서 동성의 동질감 회복과 함께 강한 의지로 '피해의식'에서 의식적으로 벗어난다면 세대를 잇는 '시집살이'란 악습을 끊어낼 수 있지 않을까요? 그리고 옛말에 '내리사랑은 있어도 치사랑은 없다.'라는 말이 있습니다. 윗사람이 아랫사람을 사랑하는 일은 자연스러운 일이지만 아랫사람이 윗사람을 사랑하기는 어렵다는 뜻입니다. 부모 세대인 시어머니가 먼저 자녀 세대인 며느리에게 마음을 열고 손을 내밀며 내리사랑으로 아래 세대를 품어주는 여유로운 덕목을 먼저 보여줘야 하지 않을까요? 이상한 악습의 세습으로 이상한 나라가 되어버린 우리의 모습이 비정상적이고 정말 우스꽝스럽고 아주 이상한 것 아닌가요? 이 비정상적이고 추한 악습을 끊어내는 것은 윗세대가 먼저 해야 합니다. 물과 사랑은 위에서 아래로 흐르는 것이 자연스러운 것이며 세대의 흐름 역시도 같은 이치이기 때문입니다. 악습을 끊어 낼 수 있는 것도, 그리고 그런 의무를 갖는 것도 먼저 모든 것을 경험한 윗세대입니다.

13.
언어 독립

    시대를 대표하는 유행어가 있습니다. 웃음과 해학이 들어간 개그적인 것도 있고, 인기 드라마나 영화에서 독보적인 강한 인상을 남기며 많은 패러디를 통해 유행되는 말도 있습니다. 그 많은 유행어 중의 하나가 바로 '납득이'입니다. 이 유행어를 만든 배우의 능청스러운 연기와 독특한 어투가 유행에 톡톡히 한몫했습니다. 그리고 그 유행어는 폭넓게 퍼지고 스며들어 아주 일상적이고 보편적으로 다양하게 사용되고 있습니다. 그런데 한때 유행하고 사라지는 많은 일반적인 유행어와는 다르게 꽤 오랫동안 지속해서 지금까지도 생활 곳곳에서 다양하게 사용되고 있습니다. 뉴스와 신문 같은 보도 매체는 물론이고 시사 매체와 드라마, 그리고 각종 예능 매체, 심지어 개인방송에서까지 자주 사용하는 것을 보면 '납득', '납득하다.'라는 말은 더 이상 유행어가 아닌 일상적인 낱말이 되었습니다. 그 이유를 보면 그 낱말의 사용은 좀 배운 티를 내는, 뭔가 좀 지식인처럼 보이기에 적합한 낱말처럼 인식된 것도 있고, 무엇보다 어렵지도 않잖아요. 그런데 이 낱말을 단순하게 한자로 알고 있는 것 같습니다. 하지만 이 낱말은 일본에서 온 말입니다.

'납득(納得)하다. 남의 말이나 행동 따위를 잘 알아 이해하는 것을 가리키는 일본식 한자어이다.'[65] 이 '납득'을 대신할 순화어로는 '이해(理解)'가 있습니다. 물론 '이해(理解)' 역시도 한자어이기 때문에 '납득(納得)' 대신 '이해(理解)'의 사용을 권장하는 것이 별 의미 없다고 할 수도 있습니다. 하지만 이것은 한자어와 중국어를 같게 생각하는 오해 때문인데요, 즉 한자는 문자이며 그 한자로 표기된 언어가 중국어는 아니란 것이며 동아시아 공용문자라고 보는 것이 맞는 것입니다. 유럽 각국 언어가 라틴 문자를 공유하듯이, 동아시아의 여러 언어에서도 '한자'라는 문자를 공유하는데 과거 우리도 우리말을 한자로 표기했었고 이 낱말들은 한국어이지 중국어가 아니란 것입니다. 그리고 한자와 한문을 똑같은 개념으로 이해하는 것도 잘못된 이해입니다. 한문은 한자라는 문자를 사용한 고대 중국어 문체로 '학(學)'이나 '습(習)'처럼 쓰이는 것은 한자이고, '학이시습지불역열호(學而時習之不

---

65) 다음 백과, 납득하다 참고 100.daum.net/encyclopedia/view

亦說乎)'라고 쓰인 것이 한문입니다.[66] 따라서 '이해(理解)'가 한자라 해도 그것을 중국어라고 하지 않는 것이며 일본식의 한자 발음인 '납득(納得)' 대신 우리식의 한자 발음인 '이해(理解)'를 사용하는 것이 우리말을 아끼고 보존하는 것입니다. 이런 식의 일본어가 우리 생활에서 엄청나게 많이, 그리고 너무나 자연스럽게 우리말처럼 사용되고 있습니다. 그중 하나가 '입장(立場)'인데요, 이것도 '납득(納得)'과 마찬가지로 너무나 자연스럽게 우리의 일상에서 흔하게 사용됩니다. 이 낱말을 순화할 수 있는 우리 낱말로는 생각·처지·주장·관점·의견·견해·태도 등이 있습니다.[67] '입장' 대신 이런 말로 대처하려니 익숙하지 않아서 어떤 낱말로 대처할지 난감하기도 했지만, 또 계속 대처 낱말로 사용하려고 노력하고 문장에 알맞은 낱말을 찾으며 사용해보니 빠르게 익숙해지는 우리 낱말입니다.

그런데 이런 한자가 아닌 영어의 사용 역시도 똑같은 현상이 나타날 때가 많습니다. '파이팅(fighting)'인지 '화이팅'인지 우리말로 그 표기조차도 모호한 이 말은 너무나 오랜 시간 동안 사용되었고 굳어져서 이제는 그것을 대처하는 '아자'라는 말이 무색해졌죠. 일본이 먼저 사용한 것을 받아들였다는 주장과 우리가 먼저 사용했다는 주장 등 정확성을 잃은 주관적인 해석만 난무할 뿐인데 정작 영어권에서

---

66) 나무위키 백과, 한자 참고 namu.wiki/w/
67) 나무위키 백과, 입장 참고 namu.wiki/w/

는 사용하지 않는 말입니다. 그런데 최근, 이 '파이팅'처럼 영어권에서는 사용하지 않는 말이 우리 일상생활에서 너무나 자연스럽고 자주 사용되고 있는 영어가 또 있습니다. 바로 '텐션(tension)'인데요, 이 텐션의 사용이 늘면서 여러 상황에 맞는 여러 신조어가 합쳐진 하이텐션, 텐션 업, 진텐(찐텐), 억텐, 저텐 등의 파생된 새로운 신조어가 만들어져 빠르게 퍼지면서 사용되기도 합니다. 그런데 이 '텐션'의 사용이 일본 영향을 받은 것인데요, 그래서 우리도 일본처럼 원래 뜻을 무시한 채로 활력이 넘치고 기분이 좋다는 긍정적인 뜻으로 사용하지만, 영어권에서 이것은 긴장하거나 불안한 상황에서 사용하는 부정적인 의미가 크기 때문에 하이텐션은 극도의 긴장감, 위태로움을 의미합니다. 그런 이유로 영어권에서는 '파이팅'처럼 '텐션'도 일상적인 말로는 잘 사용하지 않습니다.

그런데 일본의 영향을 받은 영어는 이것들 말고도 또 있는데 바로 영어의 잘못된 발음입니다. 'cm'와 'kg', 'km', 'ml' 등의 발음이 '센티미터'가 아닌 '센치미터'로, '킬로그램'이 아닌 '키로그램'으로, '킬로미터'가 아닌 '키로미터'로, 그리고 '밀리리터'가 아닌 '미리리터'라고 발음합니다. 이런 현상은 이상하게도 아주 어린 초등생들에게도 나타나는데요, 수학책에 분명한 발음이 한글로 '센티미터', '킬로그램', '킬로미터', '밀리리터'라고 읽는다고 우리말로 설명해 놓았지만, 아이들은 누가 가르쳐 준 것처럼 일제히 '센치미터'와 '키로그램', '키로미터', '미리리터'라고 발음합니다. 이런 영향은 모두 일본 영향입니다. 이것 말고 또 있습니다. LA(엘에이)를 '에레이'라 발음하죠. 그래서 '엘에이 갈비'가 아니고 '에레이 갈비'라고 합니다. 이것은 옅은 미소로 가볍게 넘길 수 있을 것 같습니다. 왜냐하면, 이것은 모두가 알고 있듯이 콩글리시이기 때문입니다. 하지만 이 콩글리시를 단순하게 생각할 수 없는 것이 콩글리시 대부분이 일본의 재플리시의 영향에 의한 것입니다.[68] 일제 강점기를 거치면서 영어가 일본을 통해 들어 왔고, 그래서 일본어식 영어 표현과 발음을 그대로 차용했습니다. 그렇게 일본을 통해 들어온 일본어식 영어의 표현과 발음과 일본어는 여전히 남아서 우리의 일상생활에 그대로 쓰이며 우리 말과 글을 침범하고 우리 말과 글의 발전을 막고 있습니다.[69] 이런 일본식 콩글리시 말고 문제가 되는 것은 더 있습니다. 해석조차 미묘한 어려운 법률용어와 행정용어, 그리고 건축현장용어 대부분에 일본식 표현과 일본말이 여전히 우리말처럼 사용되고 있습니다. 가끔 보는 드라마 등장인물의 이름이 일본을 연상시키는 예도 종종 볼 수 있으며, 심하게는 일본

---

68) 위키 백과, 한국어식 영어 ko.wikipedia.org/wiki, 나무위키 백과, 콩글리시 참고 namu.wiki/w

69) 아직도 우리 주변에 남아서 우리말처럼 흔하게 사용되고 있는 일본어를 알리는 글로 「우리말을 혼탁 시킨 일제 그림자」 계간 시와 늪(시와늪문인협회, 시와늪문학관) 다음카페, 2021.02.23, 해드림 출판사, 2021.02.23.가 있으며, 가나다순으로 정리가 잘된 낱말은 「생활 속 우리말 같은 일본어 모음」 재경 진주고 44회 동기모임, 다음카페, 2014.03.21, 그리고 일본어의 침투로 인해 잘못된 영어를 바로 잡기 위해서 연재한 글 148회 '일본이 잘못 만든 일본식 영어, 바로잡는 노력이 필요하다.' 오마이뉴스 소준섭 연재, 2021.09.01.~2022.02.03. 등을 검색해 보기를 바란다. 우리 일상 속에 침투해 뿌리 깊게 박힌 일본어를 근절시켰으면 하는 바람이 있어서 정리가 잘된 곳을 소개해 본다.

식 사고가 정석인 것처럼 반영되기도 합니다. 일본식 표현이나 일제 잔재로 남아있거나 새롭게 모방해서 들여온 일본말을 우리말로 순화된 대체어가 있어도 사용 자체를 아예 안 하는 것도 있고, 그런 대체어가 있다는 것 자체를 모르기도 하면서 우리말로 순화하는 것이 어려운 것도 있습니다. 또 한편으로는 우리가 우리말 홍보에 미온적인 태도를 보이는 측면도 있고, 우리말을 가볍게 여기는 측면도 있습니다. 우리는 외국어, 특히 영어에 자격지심, 또는 열등감이 있는 것처럼 영어의 사용을 무분별하게 남용합니다. 영어와 외래어를 사용하면 지식인처럼 보이는 걸까요? 아니면 어렸을 때부터 각종 영어학원에 들인 돈과 시간이 아까워서 배운 티를 내려고 우리말보다 영어의 낱말과 외래어를 사용하는 걸까요? 그것도 영어 정석의 발음이 아닌 일본식 재플리시의 영향을 받은 콩글리시의 발음을 굳이 사용하면서까지 말입니다.

언어는 단순히 의사소통의 수단이 아닙니다. 언어는 의사소통의 수단 그 이상의 것을 의미합니다. 말은 생각을 지배하고 생각은 곧 행동으로 나타나고 그 행동은 곧 인격이 됩니다. 그래서 평소 그 사람이 하는 말을 보면 그 사람의 됨됨이와 인격을 알 수 있다고 합니다. 말이란 것은 그냥 나오는 것이 아닙니다. 물론 언어의 습관은 어렸을 때부터 함께 한 부모를 많이 닮습니다. 그러나 성장기를 거치면서 자아의 형성과 함께 생성된 가치관이 말을 지배합니다. 그래서 말은 곧 생각이 되고, 생각은 행동으로 이어지게 되고, 행동은 그 사람의 인격을 나타내므로 옛 선조들은 말조심을 많이 강조했던 것 같습니다. 그런데 유독 일본어가 우리 생활 속에 뿌리 깊게 침투해있고, 일본어식의 영어 표현과 발음도 우리에게 너무 익숙한 것으로 남아 마치 원래 우리 것처럼 인식되는 것은 바로 일제 강점기가 있었기 때문입니다. 언어, 즉 말이 생각을 지배하고 행동으로 연결되는 것을 너무 잘 알았기 때문에 우리말을 말살시키기 위해서 일제는 온갖 수단과 방법을 총동원했나 봅니다. 즉 우리 민족 자체를 말살시키고 일본식으로 생각하고 말하게 하려는 움직임으로 우리 말과 글을 없애려고 총력을 다했던 것이죠. 이것은 우리 민족의 영혼을 말살하려는 움직임이었고, 완벽하게 우리를 지배하고 일본화시키려는 목적으로 가장 기본이고 기초작업을 언어 장악을 통해 실현하려 했고, 그 계획을 실행한 것이죠. 그러나 온갖 수모를 겪으면서도 우리 선조들은 우리 말과 글을 지켜냈습니다. 그것은 단순히 우리 말과 글을 지켜낸 것이 아니라 우리나라의 가치, 우리 영혼, 우리 고유 민족성을 지켜낸 것입니다.

하지만 우리는요? 우리의 선조가 목숨 걸고 필사적으로 지켜낸 우리 말과 글을 잘 이어가며 지켜내고 있나요? 아직도 우리 말과 글은 일제 강점기를 못 벗어난 것처럼 남아있는 일본어와 일본어식의 영어 표현, 그리고 발음이 혼재해 우리 고유의 것을 잃어버리는 착각마저 듭니다. 우리말 속에 남아있는 일본어는 특정 직업에서 남아있다거나, 어린 나이에 일제 강점기를 보내신 연세 많으신 어르신들께 한해서 여전히 사용될 거라는 생각은 오판입니다. 앞에서 예를 든 것처럼 우리말인 줄 알고 사용하지만 알고 보면 일본어, 일본어식의 표현인 경우가 생각보다 많고, 그래서 우리는 일본어와 일본어식의 표현에 무방비로 노출되어 있습니다. 관심을 가지고 찾아보기 전에는 일본어인 것과 일본식의 표현인 것을 모를 정도로 일본어와 일본어식의 표현이 우리 말과 글에 섞여 혼재되어 있습니다. 그래서 영어의 우리식 표기를 콩글리시라고 우스개로 가볍게 넘길 수 없으며, 그 역시 일본식의 재플리시에 기초한 것입니다. 영어의 발음은 물론 영어의 원래 뜻을 무시한 채로 오남용하는 것 역시도 일본식의 해석과 사용을 그대로 차용하는 것이 대부분입니다. 물론 일상 속의 일본어를 바로 잡기 위한 노력으로 예전보다 우리말로 많이 순화된 것도 사실입니다. 하지만 우리의 생활 속에서 너무나 익숙한 영어의 오남용이 일본식에 의한 것이 대부분인 것은 정말 심각한 문제입니다. 이런 현상이 계속 지속되면 머지않아 우리가 우리식의 생각이 아닌 일본식의 생각을 하게 되며 예전 일본이 우리 말을 말살시키며 우리의 정신을 지배하려 했던 그 의도대로 되는 것은 아닐까요? 아, 어쩌면 현재 이미 지배당하는 중이지 않을까요? 이런 우려가 지나친 기우인가요? 이미 많은 외국어가 우리말처럼 자리 잡고 외래어로 쓰이고 있는데 무슨 유난이냐는 반문도 있을 것 같습니다. 하지만 언어는 생각을 지배하고, 생각은 행동을 만들기 때문에 평소 사용하는 말의 중요성은 아무리 강조해도 지나치지 않습니다. 그리고 일본말과 일본식 표현의 위험성은 뉴라이트와도 연결됩니다.

'뉴라이트'는 영국의 대처, 미국의 레이건 행정부의 정책 기조로 1980년대에 등장한 자유주의와 보수주의가 결합한 사상으로 개혁적인 보수성향의 '신보수주의(neo-conservatism)'라고도 합니다. 또 보수우파(right)를 계승하되 새로 태어나는 뜻을 가지며 신우파 이념에 속하는 '신자유주의(new freedom)'와 '신보수주의'로도 표현하기도 합니다. 뉴라이트에서 전면적으로 내세우는 자유주의는 개인주의·제한적인 작은 정부·자유시장이라는 전통적인 자유주의 가치로 구성되어 있고, 보수주의는 사회·종교·도덕적 보수주의에 기초한 사회적 질서와 권위의 확립을 강조합니다.[70] 이들은 케인스주의의 복지국가론을 비판하고 공공정책을 위한 시장기구의 부활과 시민권의 제한을 주장합니다. 한 걸음 더 나가서 '신보수주의'는 국가개입의 축소와 작은 정부를 지향하고,[71] 시장기구를 옹호하며 인위적인 평등지향을 배제하

----

70) 네이버 지식백과, 뉴라이트, (시사상식사전, pmg 지식엔진연구소) 참고 terms.naver.com

71) 작은 정부는 케인스의 복지국가를 반대하는 정책으로 등장한 것이다. 대공황 이후, 경제 정책이 위기에 직면하자 경제발전의 저해 원인을 복지 비용과 정부의 재정 부담에서 찾았고 정부의 재정 부담을 지적하는 논리는 복지 예산의 감축으로 이어졌을 뿐만 아니라 기업의 경제 활동 활성화라는 명목으로 기업 감세 정책을 단행했다. 영국의 '대처'와 미국의 '레이건'이 이 정책을 가장 강력하게 추진한 대표적인 정치인이다. 그래서 작은 정부를 지향하는 정책을 '대처리즘(Thatcherism)'과 '레이거노믹스(Reaganomics)'라고 부르면서 영·미의 강력한 보수정치를 대변하고 있다. 「작은 정부의 의미」 굿에이징소사이어티 blog.naver.com/jane017 2022.10.06.

고 재산권을 다른 시민권보다 우위에 두는 특징을 갖습니다.[72] 이런 흐름은 우리나라에도 영향을 미쳤는데요, '신자유주의'의 등장에 우리 사회에서 가장 민감한 반응을 보이며 거품 물고 비판한 것은 바로 기독교였습니다. 그 이념에 관심도 없었고, 뜻도 잘 몰랐던 나로서는 별스럽지 않게 무감각하게 넘겼습니다. 이후 우연한 계기에 잠깐 보면서도 세계적인 주류로 자리 잡은 탈근대주의의 포스트모더니즘에서 파생된 하나의 흐름이라고 생각했었습니다. 어느 시대든 기존 세대에 대한 반발 작용이 있기 마련이고, 그것이 어떤 계기로 강하고 빠르게 응집하고 폭발적인 영향력으로 나타나면서 하나의 큰 주류를 형성하는 자연스러운 현상이라고만 생각했습니다.

그런데 우리나라에서는 그 '신자유주의'의 흐름이 세계적인 흐름과는 많이 다르게 움직이는 느낌을 강하게 받았습니다. 2004년부터 활성화가 되었다는 '뉴라이트'는 기존의 보수와 다른 신흥 우파가 표방하는 이념으로 주로 좌파 운동권 출신이 전향하여 기존의 진보와 보수에 대한 극복을 주장하고, 실용주의 노선으로 경제, 정치, 역사, 사회적으로 새로운 세력화를 꾀하는 정치적인 계파[73]로 해석이 되지만 우리나라 뉴라이트의 이런 흐름은 세계의 '뉴라이트'와 차별화해서 해석해야 합니다. 왜냐하면, 다른 나라의 '뉴라이트'와는 다르게

....

72) 네이버 지식백과, 뉴라이트, (두산백과 두피디아, 두산백과) 참고 terms.naver.com

73) 다음 백과, 뉴라이트 참고 100.daum.net

더 심하게 극단적인 양비론을 내세우고, 더 과격한 주장으로 폭력적인 행동을 선동하고, 완벽한 불통의 태도로 기존에 형성된 모든 것을 파괴하며 자신들만이 옳다는 것을 설득이 아닌 강압적으로 강요하고 압박하는 독재자의 위압적인 군림을 모방하고 추구하기 때문이고, 그 모습은 소름 그 자체입니다. 물론 나라마다 구성원과 문화 등의 차이로 나타나는 현상과 양상 차이는 있을 수 있지만, 우리나라의 뉴라이트는 철학적 논리가 없는 무조건적인 억지 주장을 내세우는 무법자의 모습입니다. 그들은 자신들만의 기준이 되는 철학이 없기 때문에 자신들 주장의 정당성을 위해 여기저기서 많은 논리를 끌어다가 인용하지만, 그것은 여러 가지 잡스럽고 지저분한 논리가 마구잡이로 뒤섞인 추잡한 논리일 뿐만 아니라 서로 연결이 되지 않습니다. 그래서 그들의 추잡한 논리를 기초로 한 모든 주장은 모순투성이의 억지와 온갖 잡스러운 비방만이 가득한 것들이라서 듣는 귀가 매우 불편하고 아픕니다. 어린아이 떼쓰는 것도 아니고 자신들을 설명하고 설득하는 논리는 없고 자신들의 모순투성이인 주장을 관철하기 위한 목소리만 일방적으로 높입니다. 그래서 여러 방면에서 많은 모순이 얽혀 비현실성과 비합리적인 저급한 비방으로 나타나지만, 자신들의 모순을 불인정, 불인식 등의 태도로 일관하며 자신들의 추잡한 논리의 모순을 급기야 자신들을 비판하는 세력의 '음모론'이라는 희한한 역공을 하기에 이릅니다. 이것은 자신들의 논리에 한계가 있다는 것을 스스로 인정하는 것이고, 기초와 기준이 되는 철학이 없기 때문에 나타나는 현상입니다.

그것을 가장 대표하는 것이 일베와 보수기독교 단체, 그리고 태극기 부대가 아닐까요? 그런데 세계적으로 일어난 흐름을 가장 먼저, 그것도 가장 민감하게 비판하며 경계했던 것이 기독교였습니다. 왜냐하면, 기독교 교리가 시대와 환경에 따라 유연성을 가져야 한다는 자유주의의 주장이 기독교 교리는 불변의 진리라는 기독교의 주장과 대치되기 때문입니다. 그리고 자유주의는 신과 인간의 관계를 구분하는 것을 거부하며, 성서 기록의 오류 가능성을 주장하기 때문에 기독교는 강력하게 그들을 반대했고 사탄의 세력이라고 악마화시키면서까지 그 자유주의 신학이 우리나라에 자리 잡는 것을 매우 꺼렸고 민감하게 경계했습니다. 그랬던 기독교가 그 흐름을 받아들이고 흡수하면서 보수기독교 단체를 형성하는 희한하고 기이한 현상을 가져왔습니다. 게다가 일베를 장악하다시피 한 젊은 층은 기존 세대를 비방하고 희화시키는 재미로 시작되었을지 모르지만, 현재 일베의 주류는 완전히 다른 것으로 사회의 여러 곳에서 다양한 문제와 갈등을 만들고 있습니다. 그들은 무조건 기존의 사상과 철학, 그리고 제도 자체를 비웃고 반대합니다. 그리고 그것에 대한 기존 사상과 철학의 반응을 즐깁니다. 현존하는 것을 비난하고 비웃는 것을 아마도 그들 자신은 명석한 비판이며 명쾌하고 재치 있는 풍자와 해학이라고 여기는 것 같습니다. 자신들은 단순한 재미와 오락처럼 여기며 그 것이 자신들의 멋스럽고 재치 있는 유머이며 문화적인 해학의 일부라고 자부하지만, 그 행태가 점차 더 과감해지고 심해지면서 괴이해지는 등 수위 높은 비아냥은 그저 웃고 넘길 수 있는 희화된 개그가 아니었습니다. 진실을 비웃고 더 나가서 비하하고 왜곡하고 폄훼합니다. 역사적인 사실도 부정하고, 역사의 비극적인 사건으로 희생된 희생자와 그 유가족을 비하하고 희화시키고, 왜곡하고 폄훼하며 두 번 세 번 영혼에 못 박아 죽이는 일을 서슴지 않는 잔인한 행동을 즐기는 그들의 개소리가 사회 문화를 재치 넘치는 풍자로 비판하는 것과 어떻게 같을 수가 있나요? [74] 하지만 그들은 마치 하나의 게임처럼 즐기며 사회의 다양한 분야에 많은 문제를 일으켰습니다. 그러나 그들은 자신들의 문제에 전혀 신경을 쓰지 않습니다. 오히려 그것을 즐기며 더욱 다양한 분야의 모든 것을 부인하고 부정하면서 그 수위를 더욱 끌어 올리는데, 그것이 무조건적이라는 것이 위험한 문제입니다. 그들에게는 잡스러운 추잡한 논리 자체도 없습니다. 이런 오판과 오류의 틈을 뉴

---

74) 정대하 기자 「"홍어 택배라니요?"..일베 언어 테러에 쓰러진 5·18 유족」 한겨레 2013.05.22.
　　정대하 기자 「'5·18 희생자 택배 비하' 일베 회원 반성」 한겨레 2013.11.28.
　　김민석 기자 「"보험금이나 타갈 것이지".. 일베, 이번엔 세월호 실종자 가족 비하」 국민일보 2014.04.18.
　　강성원 기자 「일베 "분탕치는 유족..선장 홍어" 김문수는 자작시」 미디어오늘 2014.04.18.
　　장민서 기자 「[여객선 침몰] 일베, 세월호 피해자 가족에 '유족충' 막말…경찰 수사 시작」 아시아투데이 2014.04.20.
　　정대하 기자 「주검을 "택배" 조롱..인간성 상실한 5·18 망언, 퇴출 방법은」 한겨레 2019.02.14.

라이트가 너무 쉽게 파고 들어가 장악하고, 주류를 형성했습니다.

그런데도 그들은 그 위험성을 깨닫지 못하고 점차 뉴라이트 성향에 지배를 받으면서 기존 세대의 모든 성향과 성과와 우리나라의 역사관까지 완전히 반대하며 모든 것을 왜곡하기에 이르렀습니다. 그리고 이들의 철학과 논리가 없다는 것보다 더 위험하고 염려되는 것은 철저하게 일본의 식민사관으로 점철된 역사관입니다. 역사적인 사실을 부정하고 왜곡하고 폄훼하며 비웃는 것이 어떻게 해학과 풍자가 될 수 있나요? 자신들에 대한 비판이 생각 이상이었는지, 아니면 자신들도 찔림이 있었는지는 잘 모르겠지만 한동안 역사와 희생자들을 폄훼하는 표현은 뜸했습니다. 하지만 어느 순간부터 우리 역사를 왜곡하고 폄훼하는 활동이 다시 시작되었고, 이전에 없었던 무논리가 식민사관으로 점철되어 일본 역사관의 주장을 그대로 복사해서 읊으며 그것을 자신들의 논리라고 주장합니다.[75] 이것은 역사 왜곡을 넘어 나라를 통째로 일본에 넘긴 을사오적의 행동과 한 치의 오차도 없이 똑같은 것입니다. 그런데 이 뉴라이트를 지지하는 사람들의 수가 점차 많아지고, 각계각층으로 확대되고[76] 그 활동 영역도 계속해서 넓어지는 것을 보면서 '분별력과 변별력이 없는 사람이 저렇게 많았나?' 하는 의심이 들었고, 판단력 장애를 가진 자들

---

75) 한승곤 기자 「"日 아베에 진심으로 사죄..韓 배은 망덕한 나라" 일부 집회 발언 파문」 아시아경제 2019.08.06.

76) 장영락 기자 「막말·갑질·명예훼손… 정권 퇴진 선언한 '지식인'들의 면면」 이데일리 2018.10.28.

처럼 보였습니다. 다른 한편으로는 '혹시 일본이 저들의 활동을 후원하는 것은 아닌지' 하는 지극히 주관적인 논리의 합리적인 의심이 들었습니다. 왜냐하면, 그들의 논리와 역사관이 일본의 것을 판박이가 아니라 마치 일본 사람인 듯 착각을 일으키는 열성적인 앵무새 발언과 추앙을 숨김없이 당당하게 전면에 드러내놓고 하기 때문입니다.[77] 일본의 양면삼도(兩面三刀)로 일관된 외교 전략을 보면 충분히 가능한 것으로 추정되는 의심입니다.

그런데 더 이상한 것은 이들의 '뉴라이트' 운동을 염려하고 비판하는 사람들이 적잖게 있음에도 이들을 반대하고 그들의 행동을 제지하며 그들과 맞서는 기능을 하는 단체나 흐름은 아직도 형성되지 않고 있는 현실입니다. 즉 종교개혁과 그것을 반대하는 반종교개혁의 흐름, 또 포스트모던과 반 포스트모던의 흐름처럼 '뉴라이트'를 반대하는 흐름과 단체는 없습니다. 물론 반대 흐름을 자극해서 각을 세우는 갈등을 선동하는 주장이 아닙니다. 하나의 흐름이 있으면 그것의 균형감을 이루는 다른 흐름이 비슷한 시기에 일

---

77) 안수찬 기자 「신우익 본질은 '강자 추종'」 한겨레 2006.05.15.
　　안수찬 기자 「"신우익은 실체 모호·일우익 모방"」 한겨레 2006.05.19.
　　정의길 기자 [유레카] 뉴라이트=신친일파 / 정의길」 한겨레 2006.12.19.
　　허환주 기자 「"일제 침탈 → 근대화, 쿠데타 → 혁명" 이런 역사책을 우리가 배워야 하나」 오마이뉴스 2006.12.14.
　　오점곤 기자 「뉴라이트 역사교과서 정식 출간」 YTN 2008.03.25.
　　안수찬 기자 「역사교사들 '뉴라이트 역사관 못 듣겠다'」 한겨레 2008.08.01.
　　곽우신 기자 「정진석, '식민사관' 논란 사과 요구에 "가소롭다" 반발」 오마이뉴스 2022.10.11.
　　구민지 기자 「정진석 "식민사관 아닌 역사 그 자체"..사학계에서도 비판 목소리」 MBC 뉴스 2022.10.12.

어나기 마련인데, 그것이 없다는 것입니다. 특히 '뉴라이트'의 역사적인 편향성에 맞설 철학적인 흐름이 없습니다. 물론 '~nism' 식으로 꼭 특정한 사상이 반드시 꼭 필요하다는 것은 아닙니다. 하지만 분명 잘못된 흐름을 견제하고 바로 잡을 흐름은 필요한데, 뉴라이트를 비판하는 많은 소리는 있지만, 그것이 하나로 모여 그들을 견제하고 맞서는 분명한 흐름은 없다는 것이 아쉽습니다. 그래서 8년 전부터 50년 안에 일본에 독도를 빼앗길 수 있을 것 같은 불길한 생각이 들었습니다. 8년 지났으니까 이제 42년 남았나요? 하지만 최근에는 독도를 빼앗기는 것이 아니라 마치 과거 을사늑약 때처럼 고이고이 헌납할 수도 있겠다는 치욕스러운 예감마저 소름 돋게 감돌았습니다. 제발 혼자만의 너무 지나치게 앞서 나간 쓸모없는 기우였으면 좋겠습니다. 애국자도 아닌 내가 왜 이렇게 지나친 걱정을 해야 할까요? 역사의식이 살아있는 사람들 사이에서는 이런 현상을 놓고 일제 청산이 제대로 되지 않았기 때문이라고 원인을 지목합니다. 그래서 일각에서는 애국가까지 다 바꿔야 한다는 소리도 나왔습니다. 익숙함보다 일제의 잔재를 싹 다 없애야 한다는 것인데, 동감합니다. 각 나라의 사정에 따라서 국명도 바꿀 수 있는데, 우리나라를 상징하고 익숙하다고 해서 애국가를 바꾸는 것이 절대 불가한 것은 아니라고 봅니다. 익숙하다는 이유만으로 남겨두면 그 틈을 파고들어 오는 것이 아직도 남아서 부를 독식할 뿐만 아니라 우리의 역사관까지 뒤흔드는 친일파 세력과 뉴라이트입니다. 애국이라는 명목하에 여러 가지 추잡한 논리를 앞세워 시위하며 사회적인 물의를 일으키고, 거기서 그치지 않고 정치까지 집요하게 파고들면서 개입하기도 합니다.[78] 그래서 우리에게 너무나 자연스럽게 스며들어 안착한 모든 익숙함을 넘어서야만 제대로 된 일제청산을 깨끗하고 속 시원하게 할 수 있다고 봅니다.

일제 강점기를 우리나라 근대화로 해석하고, 위안부를 부인하는 것이 일본의 주장과 똑같은 우리나라 뉴라이트 세력입니다. 독도·강제 징용·위안부 등의 문제가 거론될 때만 목소리를 높여야 할까요? 일본의 행동을 두뇌 싸움을 하면서 현미경으로 아주 면밀하게 봐야 하는 이유가 있습니다. 야스쿠니신사 참배는 전쟁의 희생자를 추모하는 것이 아니라 전범들을 신격화시켜서 그들의 전쟁 사상을 현재든 미래든, 즉 언제든지 실현 가능하다는 것을 공개적으로 강조하는 것입니다. 즉 이것은 과거 자신들의 벌인 전쟁을 정당화하려는 의도와 함께 미래의 전쟁 가능성을 계속해서 암시하고 있는 것이고, 또

78) 이준혁·김대연·김이지 기자 「뉴라이트단체 정치참여 급류」 헤럴드경제 2005.11.07.
　　이승규 기자 「"이명박 안 찍으면 생명책에서 지울 거야"」 오마이뉴스 2007.10.05.
　　고석표 기자 「기독당 추진 전광훈 목사 발언 무리」 노컷뉴스 2011.08.31.
　　이활 기자 「'막말 선동' 전광훈·주옥순, 한 자리에 만나다」 베리타스 2019.08.14.
　　이율 특파원 「주옥순 등 4명 베를린서 "소녀상 철거" 시위에 독일인들 분노」 연합뉴스 2022.06. 27.
　　선영 기자 「김문수 "태극기 세력이 중심되야 한다" 신당 창당 선언」 e-주간시흥 2020.01.27.
　　이용필·이찬민 기자 「자유한국당과 결별한 전광훈·김문수, '자유통일당' 창당 "한 손에는 태극기, 한 손에는 십자가 들겠다"」 뉴스앤조이 2020.01.28.

한 우리나라를 지배했던 자신들을 과시하는 것으로 우리를 무시하는 것을 넘어 모욕을 주는 행동이고, 언제든지 우리나라를 일본화시킬 수 있다는 것도 암시하는 것이기도 합니다. 그 모든 것이 그들의 목적이며, 그래서 야스쿠니신사 참배를 계속 진행하고 있는 것입니다. 물론 과거 식민제도의 부활은 없을 것입니다. 아마 다른 형태의 식민제도가 등장할 것이고, 일본은 아시아에서 자신의 위상을 높이며 그 새로운 형태의 식민제도를 석권하려 할 것입니다. 그들의 드러나지 않은 치밀한 계획과 계략으로 우리는 우리가 인식 못 하는 사이 과거와는 전혀 다른 새로운 형태의 식민 생활을 하게 될 수도 있습니다. '아차!' 할 때는 늦은 것입니다. 바로 이것 때문에 그들의 양면삼도(兩面三刀)의 외교 전략을 현미경으로 면밀하게 살피며 두뇌 싸움을 하는 외교를 해야 하는 이유입니다. 일본의 드러난 행동에 분개하며 강하게 맞대응하지만 드러나지 않은 그들의 속셈에는 그다지 큰 관심을 두지 않습니다. 또 같은 맥락으로 우리 생활 속 깊숙이 뿌리내려 마치 우리의 것인 양 행세하는 일본어와 일본식의 표현은 뿌리를 뽑아내지 못하고 있습니다. 바로 잡으려는 노력이 전혀 없는 것은 아니지만 그래도 일본식 말과 표현에 대한 우리의 태도는 생각보다 매우 호의적이고 너무 미온적입니다. 우리가 독립한 지 반세기를 넘어 한 세기를 채워가는 중인데, 하지만 우리는 아직도 많은 부분에서 친일을 청산하지 못했고, 이것을 다르게 보면 어쩌면 아직도 독립을 못 한 많은 것이 존재하는 것입니다. 현존하는 친일 세력과 친일 언론 등 청산을 못 한 부분 중에 언어도 속해 있습니다. 많이 늦기는 했어도 일본식 말과 표현으로부터 우리말 독립을 해야 하지 않을까요? 일본말과 일본식의 표현이 우리말처럼 우리 생각을 지배하며 익숙한 언어습관으로 자리 잡은 것에서 벗어나야 합니다. 우리는 우리말 독립을 언제쯤 할 수 있을까요?

14.
기울어진 상식

사람은 누구나 매일 크고 작은 선택의 갈등을 겪기도 하는데, '선택'의 주체는 본인 자신이기 때문에 '선택'은 상당히 주관적인 움직임입니다. 그리고 그 '선택'의 주체인 본인의 자유의지로 진행되는 것이기 때문에 '선택'의 결과가 기대 이하여도 자기합리화로 그 선택과 결과를 옹호하며 여러 의미 부여를 통해서 만족감을 느끼려고 합니다. 이것은 자신의 선택에 대한 불만족을 인정하고 싶지 않은 오기란 심리가 작용하는 것입니다. 왜냐하면, '선택'을 권한으로 인식하기 때문이고 자신이 가진 선택의 권한을 행사함으로 인해 만족감이 상승하며, 그것을 곧 행복으로 느끼기 때문에 자신의 선택에 의한 결과에 대해서 어떤 방식으로든 합리화를 통해 정당화하려는 움직임을 보이는 것입니다. 그래서 사람들은 최고의 선택을 위해 합리적인 판단의 근거를 마련합니다. 각 개인에 따라 그 기준은 매우 다양할 텐데요, 그 다양한 기준에 정보는 필수적으로 포함이 됩니다. 뭔가에 대한 정보가 없이 최고의 선택을 할 수는 없습니다. 그런 이유로 과대 과장 광고가 등장하고 가짜뉴스도 등장하는 등 혼란을 초래합니다. 과대 과장 광고를 제재하듯이 가짜뉴스도 제재했으면 좋겠는데 이런 법안은 마련 안 되나요? 여하튼 사람들의 선택을 받기 위해 온갖 광고와 정보, 그리고 뉴스들이 홍수처럼, 폭포처럼 마구마구 쏟아지기도 하고 거대한 태풍과 해일처럼 휘몰아치기도 하며 사람들을 현혹하기도 합니다.

그런데요, 이렇게 엄청난 광고와 진짜와 가짜뉴스의 과하게 비대해진 정보에 파묻힌 상황에서 한 개인이 각자가 '선택할 수 있는 자유의지의 권리'를 누리면서 '최고의 선택'이 가능할까요? 선택의 권한을 행사할 기회가 많을수록 높은 만족감과 자유를 느낄 수 있을까요? 자세히 살펴봐야 할 것은 과거보다 현재, 현재보다 미래 사회가 복잡해지고 복잡해진 만큼 변동도 심해질 것인데, 이 변동이 심해질수록 '선택'은 권한의 자유가 아니라 오히려 스트레스가 될 수가 있다는 것입니다. 더구나 전 세계가 지구촌화되어 있는 현재는 개인의 일상적인 생활이 세계의 정치·경제·사회의 움직임과 무관할 수 없고 어떤 식으로든 영향을 받기 때문에 복잡하고 불확실한 것이 더 증폭될 것입니다. 코로나19 바이러스처럼 통제할 수 없는 상황도 더 증폭될 수 있는 상황에서 '선택'할 수 있는 권한은 자유보다는 고민거리가 될 수도 있는 것입니다. 왜냐하면, 사람은 누구나 불안전한 존재이고 개인의 한정된 지식과 제한적인 정보만을 가지고 바로 단 1시간, 또는 10분, 1분 후의 예측이 안 되는 불확실한 미래를 놓고 합리적인 판단으로 '최고의 선택'을 해야 하기 때문입니다. 우리에게 제공되는 정보가 과다하게 많은 것 같지만 사실 따지고 보면 상당히 제한된 정보입니다. 하나의 제품에 대한 정보들을 보면 공통으로 겹치는 정보가 있습니다. 그것은 누구나 다 인정하는 사실입니다. 그 중심이 되는 사실을 근거로 해서 자신들의 제품이 더 좋은 것이라고 더 많이 더 크게 소리 높이는 것입니다. 그 과정에서 자신의 제품이 가진 특징을 극대화하고 자극적인 문장으로 사람들의 관심을 끌어내고 집중시키는 정보를 제공하는 것입니다. 따라서 모든 정보 매체는 각각의 목적을 가집니다. 거기에 가짜뉴스의 합류는 '선택'을 위한 생각을 흩트려놓고, 결국 '최고의 선택'이 불가능하게 합니다. 즉 정보는 엄청난 양을 쏟아내며 사람들의 생각을 압박하고 결국 그 생각을 지배합니다. 거기서 멈추지 않고 때로는 가짜뉴스와 야합을 꾀하기도 합니다. 가짜뉴스 역시 각각의 분명한 목적이 있고, 그 목적을 얻기 위해 어느 한 부분만 극대화한 상당히 제한적인 정보라는 것입니다. 그래서 사람들은 그 많은 정보를 통해서 자유로운 자의로 '선택'하는 것이 아니라 반대로 '선택'을 강요당하는 것입니다. 따라서 선택할 수 있는 권한이 자유롭게 우리에게 있는 것처럼 느껴질 수도 있지만 사실 '선택'은 압박이고 강요이며 스트레스가 될 수 있습니다. 그리고 '최고의 선택'이 반드시 꼭 좋은 결과와 행복으로 이어지지 않기도 합니다.

최근 몇 년 동안 우리나라에서 부정적인 의미로 가장 많이 표현된 낱말 중의 하나가 바로 '선택'입니다. '선택적 정의', '선택적 공정', '선택적 분노' 등 비판하는 상황에서 사용하는 이 표현에 격하게 공감하면서도 다른 한편으로는 이것이 또 다른 형태의 '선택'을 강요하는 것은 아닌가? 하는 슬픈 자문을 해봤습니다. 앞서 살펴본 것처럼 누구나 '선택'의 자유가 있습니다. 그리고 자신의 선택으로 자유를 느끼며 행복한 감정을 누리기도 합니다. 간혹 자신의 '선택'이 좋은 결과로 이어지지 않으면 나름의 합리화로 정당한 의미를 부여하며 애써 불만족한 결과에 대한 불만과 불안감을 해소하려고 노력합니다. 그런데 이것이 개인의 일상에만 적용되는 것이면 문제 될 것이 없습니다. 개인이 자신이 한 선택 결과에 책임을 느끼면 되는 것입니다. 하지만 그 '선택'이 개인의 일상에 한정된 것이 아니라 공동체의 삶과 연결되었을 때는 그 느낌이 확실히 다릅니다. 그 '선택'의 무게를 너무 잘 표현하는 말이 있습니다. '선택은 개인의 몫이지만 결과는 공동체의 몫이다.', '선택은 개인의 몫이지만 결과는 도박 같은 운명이다.'라고 합니다. 이것은 개인의 일상에서의 선택과는 확연한 차이가 있는 '선택'으로 그 무게와 책임이 단순하지만은 않습니다. 그래서 공동체 내에서 행해지는 '선택'은 신중에 신중을 거듭해서 기해야 하는 것입니다. 자신의 선택으로 결과를 공동체가 함께 해야 하는 것이기 때문에 그 결과가 공동체 내의 모두가 만족하기 위해서 말이죠. 그런데 여기에 한 가지를 더 덧붙여 말하면 반대로 '선택은 공동체의 몫이지만, 결과는 한 개인의 몫이다.'인데요, 실제로 이것이 잔인하고 혹독하게 진행 중이어서 큰 빚처럼 마음에 남아 편하지 않습니다.

몇 년 전 많은 사람, 국민의 대다수가 올바르게 잡히기를 원했고 그것의 실현을 간절히 바란 것이 있었습니다. 마침 그 일에 딱 맞는, 아주 적합한 한 사람이 있었고, 그가 앞장서서 그 일을 해주기를 간절하게 원했습니다. 그 한 사람은 다수의 국민이 원하는 그 간절함을 수락했고, 그 응원에 힘입어 자리를 이탈한 것을 올바로 잡기 위한 일에 기꺼이 앞장을 섰습니다. 하지만 그 결과는 처참했고, 오로지 혼자서 그 결과를 힘들게 감당하고 있습니다. '엄마·아빠 찬스'는 강력한 파워로 공정을 파괴하는 원흉의 하나로 작용합니다. 과거 국정 논란으로 전국이 충격과 분노로 휩싸였던 때, '부모 잘 만난 것도 능력'이라는 오만의 극치인 막말 반박의 발언에 수많은 청년의 분노 유발을 촉진했고 촛불로 빠르게 이어졌었습니다. 그런 이유로 그 한 사람의 자녀에게 향한 '금수저' 논란과 '엄마·아빠 찬스'라는 프레임은 과거 '부모 잘 만난 것도 능력'이라는 분노의 막말을 떠올리게 했고, 그 것과 똑같은 해석으로 상대적 박탈감을 자극하는 것으로만 극대화된 제한적인 정보는 섶으로 온몸을 감싸고 기름통까지 들고 불난 집에 뛰어 들어가는 형국을 만들었습니다. 그러나 제한적인 정보는 거기서 멈추지 않았고, 편향적인 '제한된 정보'는 '선택을 할 수 있는 힘'과의 야합으로 엄청난 양의 편향적인 제한된 정보를 거의 초 단위로 쏟아내며 사람들의 감정을 자극하며 제한된 정보의 선택을 강요하도록 강압적인 선동을 했습니다. 사람들은 그 제한된 정보가 편향적인 것은 인정했지만 결국 초 단위로 쏟아져 나오는 제한된 정보의 어마어마한 물양과 그 자극적인 표현으로 압박하며 강요된 선택을 결국 받아들이며 선택했습니다. 수많은 사람은 자신들이 원하는 것을 앞장서서 해줄 것이라 믿었던 그 한 사람에 대한 믿음에 배신당했다는 느낌이 강하게 작용했고, 대학생들과 청년들은 과도하게 흥분했고 분노하면서 '엄마·아빠 찬스'를 대대적으로 규탄했습니다. 정의를 실현해 줄 의인처럼 여겼던 그분이 한순간에 나라의 역적이 되는 순간이었습니다. '엄마·아빠 찬스'가 작용해서 많은 청년의 공정한 기회를 파괴한 것이 정말인 것처럼 여겨졌지만, 그래서 모든 것을 싹싹 뒤집어엎어 가며 그 '엄마·아빠 찬스'라는 확실한 증거를 찾으려 했지만 결국 찾지 못했습니다. 떠들썩하게 요란을 떨었는데, 그냥 덮을 수는 없고 억지 프레임을 씌어 다시는 제기가 힘들 정도로 한 개인을 주저앉혔고 멸문지화시켰습니다. 그러나 강요된 선택을 한 사람들, 특히 젊은 청년들과 학생들은 압박감과 강요에 의한 선택이었지만 깨닫지 못하고 자신들의 선택과 그 결과에 침묵하고 있습니다.

그 한 사람은 다수의 '선택'에 따른 결과에 두 번이나 절망스러운 좌절을 홀로 겪고 있습니다. 다수의 선택적 분노에 힘을 얻은 것의 억울한 결과는 철저하게 개인의 몫이 된 것입니다. 그렇게 시간이 지나면서 비슷한 상황이나 아니면 더 심한 문제 상황이 나타나면서 점차 사람들은 과하게 흥분하고 과하게 분노하던 대학생들과 청년들을 향해서 '왜 지금은 조용하냐? 그때의 분노와 지금의 침묵은 선택적인 분노, 선택적인 정의를 했다는 증거 아니냐!'라고 비판합니다. 물론 나도 그 말에 동의했고, 그들에게 분노했습니다. 하지만 다른 한편으로 보면요, '그때 그 다수의 '선택적 분노'가 정당했는가?'에 대한 것보다 '그 다수가 오로지 자신들의 자유의지에 의해서 그토록 흥분하고 분노를 표출했을까?' 하는 것입니다. 그 다수의 분노는 그들의 자유의지에 의해서 선택된 분노가 아니라 '강요에 의한 선택적 분노는 아닐까?' 하는 생각이 듭니다. 왜냐하면, '엄마·아빠 찬스'에 대한 정보가 매우 제한적이었기 때문입니다. 제한적인 정보 내에서 가장 민감한 '엄마·아빠 찬스'란 표현으로 공정성 파괴란 감정을 건드리며 상대적 박탈감이라는 여론을 확산시키며 분노를 강요한 것으로 보였기 때문입니다. 즉 다양성을 잃은 정보였고, '사실에 근거한 정보'가 많은 부분 생략된 정보였고, 분명한 목적을 가지고 만들어진 의혹에 근거한 자극적이고 극대화된 매우 제한적인 정보뿐이었기 때문에 그 당시 그들의 과도한 흥분과 분노는 그들의 온전한 사고와 자유의지에 근거한 선택이 아니라 강요에 의한 억지 선택이었을 가능성이 매우 짙었습니다. 그래서 그들은 자신들의 분노는 정당했다고 생각하고 믿을 수도 있습니다. 그래서 나의 분노를 자극하는 그들의 현재 침묵은 당연해 보이기도 합니다. 그래서 똑같은 논리를 그들에게 적용하면 그들의 분노를 '선택적 분노'라 비판하며 현재의 침묵을 '선택적 침묵'이라 비판하는 것은 역으로 그들에게 내 논리의 '선택'을 강요하는 강압적인 논리인 것 같아서 그들을 향한 '선택적 침묵'이라는 비판에서 한 발자국 뒤로 물러선 상태입니다.

여기서 우리가 주목해야 할 또 하나의 사실은 이 제한적인 정보가 상당히 한쪽으로 기우는 편향성이 매우 짙다는 것입니다. 사실에 근거하지도 않고 정확도가 떨어지는 '엄마·아빠 찬스'만 극대화되고 집중된 제한적인 정보에 끓는 피가 역류하는 분노를 뱉어냈던 대학생들과 청년들은 자신들이 선택한 분노가 사실은 강요된 선택이었음을 여전히 모르고 있을 것입니다. 그렇기 때문에 자신들이 선택한 분노는 정당하고 합당하다고 믿고 있을 것입니다. 왜냐하면, 아직도 그 '엄마·아빠 찬스'라는 만들어진 의혹에 근거한 자극적이고 극대화된 매우 제한적인 잘못된 정보, 그 편향적인 오류가 아직도 그대로 유지되고 있기 때문입니다. 그래서 그 '엄마·아빠 찬스' 의혹보다 더 확실한 사실에 근거한 구체적인 증거와 이것을 뒷받침한 증인들이 가리키는 팩트에 의한 정보에 침묵하는 그들을 깨우칠 수 있는 것은 그들을 향한 '선택적 분노', '선택적 공정'이라는 비판과 비난이 아닙니다. 그들이 스스로 제한된 정보, 치우친 정보의 목적에 의해서 강요된 선택이었다는 것을 깨닫게 하는 것입니다. 자신들을 광분하게 하고 분노를 치솟게 한 그 정보가 하나의 분명한 목적을 위해서 만들어진 의혹에서 출발한 것이며, 심리를 자극하는 민감한 표현과 낱말의 조합을 이용한 상당히 제한적인 정보만이 엄청난 양으로 휩몰아치며 '분노'를 선택하게끔 강압적인 분위기를 조성한 것을 깨달아야 합니다. 그렇게 강요된 선택에 의해서, 그들의 목적에 따라 자신들이 '분노'를 선택한 것, 그 분노의 선택이 사실은 강요와 압박에 의한 것이었음을 깨달아야 비로소 그때의 분노가 헛된 것이었음을 알게 되고, 돌아설 것입니다. 그 깨달음이 없으면 그들은 그때의 분노가 계속 정당했다고 믿을 것입니다. 그래서 그때의 분노가 분명한 죄악에 대해서는 침묵을 유지하는 태도에 대한 비판은 오히려 강압적인 강요이고 압박으로 느낄 수 있으며, 그래서는 그들의 공감을 끌어낼 수 없습니다.

그 당시는 물론이고 아직도 여전히 그 한 사람에 대한 정보는 유난히 편향성이 짙은 제한적인 정보란 것에 주목해야 합니다. 제한적인 정보는 '선택'의 다양화를 지향하지 않습니다. 오히려 '선택'의 폭을 좁히고 사고를 제한합니다. 더구나 그 제한적인 정보가 한쪽만 바라본 채로 그쪽만 강조하기 위해 극대화한 것이고 원하는 목적을 위해

한 방향을 향한 제한된 정보를 엄청난 양으로 정신없이 쏟아내면 그 제한된 정보에 선택할 자유를 박탈당하고, 생각에 강한 압박을 당하면서 선택을 강요당하는 것입니다. 정보는 늘 목적을 가지는 것을 잊으면 안 됩니다. 제품에 대한 광고든 지식적인 소모든 모든 정보는 제공자의 이익을 그 목적으로 합니다. 그런 이유로 정보는 목적을 위해 한쪽만을 극대화하여 제한적으로 움직입니다. 그 제한적인 정보를 계속해서 접하다 보면 그 정보에 익숙하게 되고 길들면서 점차 복잡한 것을 싫어하고 거부하면서 생각 자체를 멈추게 됩니다. 그리고 제한적인 정보에 의존하게 되고, 그 정보가 전체고 진실인 것처럼 생각하게 되어 그 익숙한 정보를 맹목적으로 믿고 따르게 되기 때문에 자신의 선택이 강요에 의한 것인 것조차도 인식하지 못합니다. '충동 구매!' 도 따지고 보면 소비를 강요당한 '선택'입니다. 이런 경우에는 구매 후 후회감이 들어도 자신이 습득한 정보의 오류를 탓하기보다는 먼저 자신의 구매습관을 탓합니다. 제한적인 정보는 사람을 자신에게 익숙하고 길들이는 것으로 끝나지 않고 생각 자체를 멈추게 하고 자신들이 대신 생각해주고 대신 판단하는 역할을 하며 자신의 이익을 추구하는 목적을 달성합니다. 즉 정보는, 다양성을 제한하고 자신에게 유리한 것만 강조한 정보를 계속해서 제공함으로써 자신의 정보만이 옳다고 속삭이며 사람들의 욕구를 자극하며 목적을 달성하는 것입니다. 그리고 때에 따라서 제한된 정보는 사람을 대신해서 생각하고 판단하고 선택하기까지 합니다. 하지만 그 강요된 선택의 결과는 개인의 몫이 됩니다. 만족이든 후회이든 자신을 탓하면서 말이죠.

따라서 자신의 선택이 자의가 아닌 강요에 의한 것과 그것이 '정의와 공정'에 반대되는 것조차도 인식하기 어려워지는 지경까지 이르게 되기도 합니다. 그리고 그 제한적인 정보는 제한된 내용만 극대화해서 '선택'이 상식을 벗어나 개인의 '손익'을 우선하게 합니다. 즉 본인의 이익과 편리가 없으면 다수의 권리를 위한 '선택'이 당연한 상식일지라도 걸림돌로 인식하게 됩니다. 예를 들면 택배 차량의 출입을 금지한 아파트 주민들의 선택이 여기에 해당합니다. 주민들의 이익과 편리의 침해라는 이해와 공감의 확대는 택배 차량의 자유로운 출입이라는 당연한 상식이 강하게 거부되는 현상입니다. 그 선택에는 '정의와 공정'은 생략되었습니다. 뒤집어 보면 자신들의 이익과 편리에 '정의와 공정'은 불필요한 요소가 될 수도 있는 것입니다. 그래서 자신의 이익에 방해되거나 반대되는 것은 '정의와 공정'과는 상관없이 '선택'하며, 그것의 당위성까지 주장하게 됩니다. 또 그 결과의 불편함과 불공정 역시도 자신과는 전혀 상관없는 것이고 남의 몫이 되는 것에도 전혀 관심이 없습니다. 그래서 아주 간단하게 다수의 권리를 부정하게 되고 외면할 수 있는 것입니다. 즉 불의는 참아도 불이익은 못 참는 현상이 나타나는 것입니다. 이렇게 제한적인 정보는 편협한 흐름을 주도하면서 사람을 이기적인 사고와 선택이 '정의'가 되고 '공정'

인 것처럼 고착시킵니다. 따라서 모든 사람이 일반적으로 알고 있는 사전적인 의미의 정의와 공정은 더 이상 현실에 존재하지 않게 되고 지금 우리 현실에서 보고 느끼는 '선택적 정의'와 '선택적 공정'이 자리하게 되는 것입니다. 그리고 그 기준은 개인의 손익에 따라 유동적으로 선택할 수 있다는 것입니다.

그래서 사람들은 '선택을 할 수 있는 힘', 즉 권력을 가지려고 혈안이 된 것 같습니다. '갑질'에 당한 을이 바로 뒤에 있는 '병'에게 화풀이하듯이 '을질'을 하는 까닭도 어떻게 보면 저 '선택을 할 수 있는 힘'의 행보로 인해 튕겨나온 패악은 아닐까요? 분명한 것은 이렇게 저 '선택을 할 수 있는 힘'이 돈과 권력에 의해서 더 강하게 나오고, 정보는 그 돈과 권력에 의해 선택적으로 제한되고 극대화되어 움직이며, 그 제한된 정보에 의한 강요된 선택이 대중화되는 움직임입니다. 이것이 점점 더 심각한 이유는 의도된 정보만 강조하기 위해 자극적인 것으로 극대화되어 제한된 정보를 인용하는 과정에서 손익에 따라 의도적으로 부풀려지기도 하고, 악의적인 전달로 인해 가짜 정보까지 만들어져 합류했고, 혼재된 상황에서 '정의와 공정'의 기준은 혼탁해졌습니다. 그런데요, 여기서 우리가 정말로 주목해야 하는 것은 '선택을 할 수 있는 힘'보다 더 무섭고 더 악한 것은 언제든지, 또 어떤 상황이든지 자신들의 의도와 목적대로 선택하게끔 만들 수 있는 자신감 뿜뿜하는 '제한된 정보'입니다. 즉 '제한된 정보'를 자극적으로 극대화해서 자신들의 의도를 선택하게끔 강요하는 것이 '선택을 할 수 있는 힘'보다 더 큰 문제고, 경계해야 할 대상이란 것입니다. 그런데 이보다 몇 배로 더 무섭고 끔찍한 것은 사람들의 생각을 압박하며 선택을 강요하는 '제한된 정보'와 '선택을 할 수 있는 힘'의 야합입니다. 왜냐하면, 그 '선택을 할 수 있는 힘'은 자신들의 손익을 위해서 필요한 정보만을 활용하려고 할 것이고, 제한된 정보는 자신들의 손익을 따라 '선택을 할 수 있는 힘'에게 유리하고 필요한 정보만을 제공할 것입니다. 그리고 이 단순한 추정을 뛰어넘어 제한된 정보와 선택을 할 수 있는 힘은 서로의 야합을 통해서 진실이 왜곡되거나 아예 처음부터 진실은 없는 것처럼 생략될 수 있고, 진실이 거짓이 되고 반대로 거짓이 진실로 조작될 수 있는 엄청난 위력을 발휘할 수 있고, 그것이 권력으로도 작용할 수 있기 때문에 그 위험성은 상상 이상이 될 수 있습니다. 누구든지 없는 죄가 사실처럼 만들어질 수 있고, 피해자가 피도 눈물도 없는 잔인한 가해자가 될 수 있습니다. 예전 광주민주화운동처럼 많은 부분이 왜곡되어서 지역갈등이란 사회적인 반향이 여전히 굳건하게 존재하는 것을 보면 '제한된 정보'와 '선택을 할 수 있는 힘'의 야합의 힘은 무한대가 될 수 있고 공통의 사회상식을 초월할 수 있습니다. 그렇게 양측은 서로의 이익을 위해서 서로를 유리하게끔 만들면서 온갖 부정과 부패와 권력 유착을 아무 거리낌 없이 자행하면서도 그 추악한 모습은 감추고, 또 다른 한편으로는 자신들의 목적을 위해 자신들의 의도한 것을 선택할 수 있도록 사람들의 선택을 압박하며 강요하기 위해 온갖 수단과 방법을 가리지 않고 엄청난 물량의 정보를 쏟아내며 가스라이팅을 가동할 것이기 때문입니다. 그래서 사람들 스스로가 자유의 의지로 자유롭게 선택한 것처럼 착각하게 만들수 있기 때문입니다. 이 과정에서 그 제한된 정보는 가짜뉴스와 야합하기도 하고 또 더러는 그 가짜뉴스를 스스로 만들어 내기도 합니다. 그리고 이 가짜 정보는 아무런 규제와 제약 없이 극대화된 자극을 통해 사람을 쉽게 선동하고 사람들은 이미 그 제한적인 정보에 익숙하고 길들어졌기 때문에 쉽게 선동당합니다. 바로 이점 때문에 자신의 손익을 위한 목적과 의도대로 언제든지 방향을 바꿀 수 있으며 그 편향성에 대한 당위성 역시도 쉽게 끌어낼 수 있다는 자신감이 충만한 정보 매체입니다. 그리고 이 제한적인 정보는 권력과 부의 소유에 강한 집착을 보이며 가짜 정보와 쉽게 유착할 수 있습니다. 그 과정에서 온갖 부정과 부패, 그리고 비리 자체를 정당화시킬 수 있는 위험성이 아주 짙습니다. 그리고 자신들의 정보가 제한적인 것을 감추기 위해서, 그리고 그것을 정당화하기 위해서 '정의와 공정'을 쉽고 간단하게 바꿉니다. 하지만 돈과 권력에 의해 정의와 공정이 움직일 수는 없는 것입니다. 아니, 절대로 안 되는 것입니다. 즉 개인 또는 어떤 공동체의 손익에 따라서 정의와 공정이 움직이고 고착되어 정당화되는 것이 일반화가 될수록 사회가 아비규환에 빠지게 되는 것으로 분명히 엇나가는 행보이며 반드시 바로 잡아야 할 병폐입니다.

우리가 살아가는 현재 이 사회는 과거의 절대 왕정 시대가 아니며, 독재 권력의 정권 시대도 아니며, 또 약육강식이 정석인 동물의 세계는 더더욱 아닌, 인간인 우리가 공동체가 더불어 사는 민주주의 사회입니다. 따라서 '선택을 할 수 있는 힘'과 권력, 그 뒤에 숨어서 조용히 자신의 손익에 따라 자신에게 유리한 방향으로 정보의 흐름을 정한 후, 선택을 강요하고 생각을 압박하는 엄청난 양의 제한된 정보를 제공하며, 따라서 편향된 손익에 따라 깃털보다, 먼지보다 더 가볍게 움직일 수 있게 된 정의와 공정 등 이 모든 것은 더불어 사는 공동체의 민주주의 사회에 뿌리내리면 안 되는 절대적인 폐해입니다. 개인의 손익에 따른 '선택적 정의', '선택적 공정', '선택적 분노'는 다른 공동체에 불이익이 되며 분명한 '죄'의 범주 안에 포함됩니다. 다시 말하면 '선택적 정의', '선택적 공정', '선택적 분노'가 가장 큰 힘이 되어 나타나는 것은 돈과 권력 안에서입니다. 그리고 돈과 권력에 좌지우지되는 정의와 공정은 온갖 더러운 악행과 추잡한 비행으로 인한 온갖 부정부패, 그리고 비리의 장악을 부채질할 것입니다. 그렇게 되면 선의의 희생자와 희생을 강요당하는 상대적인 약자가 생겨날 수밖에 없고, 악취만 진동하는 썩은 사회가 될 것은 누구나 예측 가능한 것입니다. 하지만 제한된 정보의 편향에 쉽게 동요되고 움직이며 의도된 정보를 언제나처럼 쉽게 선택하게 됩니다.

제한된 정보, 그것도 모자라 자신의 손익에 따라 언제든지 유동적인 편향성을 가지고 극대화된 지극히 제한적인 정보로 '선택'의 자유를 꺾고 강요할 권리는 누구에게도 없습니다. 또한, 정의와 공정은 상황에 따라서, 또 개인의 손익에 따라서 '선택'하고 주장하면서 때에 따라 변하고 움직일 수 있는 것이 아닙니다. 더구나 돈과 권력에 따라 움직일 수 있는 것도 아닙니다. 물론 붙박이장처럼 사전적인 의미로만 굳어져 있어서도 안 되며 사회 곳곳에서, 우리의 일상 가까운 모든 곳에서 탄탄한 기준이 되어야 합니다. 누구나 모든 사람이 인정하고 받아들일 수 있는 공통의 사회상식 안에 있어야 올바른 '정의'이고, '공정'입니다. '상식'의 사전적인 의미는 일반적인 사람이 다 가지고 있거나 가지고 있어야 할 지식이나 판단력입니다.[79] 따라서 사리 분별이 가능한 사람이라면 누구나 상식을 가지고 있는 것이며 때문에 공통의 사회상식을 가질 수 있다고 봅니다. 공통의 사회상식이 '댄 페냐'의 주장[80]처럼 꼭 공통의 경험에 의한 공통적인 관념의 형성에 의한 것만 포함되는 것은 아닙니다. 본능적인 인식 역시 '상식'에 포함된다고 보기 때문입니다. 만약 어린 아기가 위험한 칼을 집어 든 것을 봤다면 누구나 그 칼을 빼앗을 것입니다. 이것은 누구나 칼의 위험성

---

79) 다음 어학 사전, 상식 참고 dic.daum.net/word/view.do

80) 「상식은 공통의 경험에서 생겨나야 한다. 우리가 동일한 환경에서 나고 자라고 교육받았다면 우리는 분명 공통의 관념을 형성할 것이다. 하지만 실제로 개인의 배경은 각양각색이라 풍부하고 다양한 경험에 영향을 받는다. 그러니 공통의 관념이라는 게 어떻게 존재하겠는가? '상식'이라는 것은 없다!」 -댄 페냐, 「슈퍼 석세스」, 황성연, 최은아 역, 한빛비즈 출판사(2021)

을 알고 있기 때문입니다. 즉 선과 악함, 죄악과 피해, 위험과 안전 등에 대한 공통된 느낌과 생각, 그 상황에 대한 인식 자체는 누구나 똑같이 판단할 수 있습니다. 반드시 같은 환경에서 똑같은 경험을 해야만 공통의 인식이 가능한 것은 아닙니다. 다양한 환경에서 다양한 경험을 해도 위기 상황과 선과 악, 위험과 안전, 좋은 것과 나쁜 것 등을 판단할 수 있는 능력은 똑같습니다. 즉 개인적인 처지와 상황과 취향에 따라 상식이 될 수도, 비상식이 될 수도 있는 유동적인 그런 지극히 개인적인 상식[81]이 아니라 본능적으로 깨닫는 사회 공통으로 형성된 공통의 사회상식으로 판단할 수 있는 정의와 공정은 어느 한쪽으로 기울 수 없는 것입니다. 하지만 우리 사회에서 나타나는 크고 작은 여러 많은 갈등은 지극히 개인적인 상식을 공통의 사회상식으로 일반화하며 주장하기 때문일 경우가 많습니다. 이것은 개인주의와 이기주의를 동일하게 이해한 모순 때문이기도 합니다. 이기주의는 타인에 대한 배려 없이 자신의 이익과 행복추구만을 고집하는 행동이고, 개인주의는 개인의 존재에 큰 의미와 가치를 부여하며 자유와 권리 등을 존중하는 것으로 모든 개인이 도덕적으로 평등하다는 관점을 공유합니다.[82] 하지만 우리나라에서는 개인주의와 이기주의를 똑같이 생각하는 경향이 짙어 한때는 개인주의를 부정적으로 인

---

81) 「상식은 절대적인가?」, 나무위키, 상식 참고 namu.wiki/w/

82) 다음 백과, 개인주의 참고 100.daum.net/encyclopedia/view

식하기도 했습니다.[83] 그런데 차츰 개인의 인격과 가치, 그리고 자유와 취향이 강조되면서 개인주의의 추구가 주류를 이루었는데, 상식도 그 흐름과 맞물리면서 모든 사람의 공통인 사회상식보다 개인의 상식에 더 많이 치우쳤습니다. 이런 움직임 역시 개인의 손익과 무관할 수 없는데요, 그래서 현재 돈과 권력에 의해서 좌지우지되고 자신의 손익에 따라 선택할 수 있는 정의, 선택할 수 있는 공정, 그리고 제한되고 극대화된 정보에 의해서 강요된 선택에 익숙해지듯이 상식마저 쉽게 점령당하고 있는 것은 아닐까요? 공통의 사회상식보다는 개인의 상식이 더 중요한 것이 되고 강화되어 모든 일의 해법처럼 자신의 상식만 주장하며 관철하려는 과정에서 '내로남불'도, '선택적 정의와 공정', 그리고 '선택적 분노'가 생성되며 심리적인 이간질, 그것의 선동에 쉽게 동요하며 휩쓸리게 되고, 갑질과 을질이란 슬픈 현실이 끊이지 않고 순환되는 것을 보게 되는 것은 아닐까요?

지금까지 살펴본 바로는 제한된 정보, 그것도 모자라 한쪽으로 치우치고 그 한쪽만 극대화된 정보는 편향된 방향과 엄청난 물량으로 사람들을 선동하며 정보 자체의 뜻과 의도대로 선택을 강요하면서 사람들의 생각에 침투하고 장악하면서 점차 자신만의 거대한 권력을 형성했습니다. 그리고 급기야 사람들의 기본적인 상식마저 잠식하고 참과 거짓, 선과 악의 경계를 교묘하게 흩으러 놓음으로 스스로

---

83) 「대한민국에서의 개인주의에 대한 오해」, 나무위키 백과, 개인주의 참고 namu.wiki/w/

잘못된 선택의 함정에 빠지게 합니다. 그로 인해 생기는 모든 이익을 챙기는 야비한 권력자가 되었습니다. 그리고 앞으로도 자신들의 목적을 이루기 위해서 뒷골목의 졸렬한 폭력배처럼 야만적인 행보를 모방한 온갖 추악한 행보로 진실과 올곧은 정보를 심리적 이간질로 집요하게 교란하고 분열을 조장 및 선동하며 제한된 정보의 선택을 강요하며 생각을 압박하고 사람들의 무의식까지 장악해갈 것입니다. 그 결과 사람들의 본능에 가까운 공통의 사회상식까지 잠식하면서 자신의 목적 달성을 위해 자신의 의도대로 사람들의 생각을 좌지우지하려 할 것이며 그것이 가능하게끔 하는 초석은 이미 끝났다고 볼 수 있습니다. 실제로 진실을 숨기기 위해 그 진실을 약화했고 오히려 심리적 이간질로 엉뚱한 대립각을 세워 피해자 가족분들에게 2, 3차 가해를 유도했고, 또 당연한 듯이 가해를 서슴지 않았던 세월호의 진실! 그리고 분명한 원인과 가해 기업들은 밝혀졌지만, 피해자에 대한 보상은 아직도 답보인 데 반해, 가해 기업들은 오히려 경영에 차질 없이 경제 활동을 활발하게 하는 가습기 살균제 사건! 이 모두는 전 국민적인 공분이 있었던 사건임에도 진실은 가려지고 축소되기 급급했고, 심지어 심리적인 이간질을 통해 진실이 왜곡되고 그 과정에서 피해자의 아픔까지 왜곡됐습니다. 다분히 의도된 악의적이고 비정하고 사악하게 제한된 정보입니다. 또 가해자인 기업들은 당당하게 경제활동을 합니다. 물론 그 기업들도 경제 활동은 당연히 해야죠. 하지만 잘못에 대한 책임은 져야 하는데 그 책임은 너무나 가볍게 지워졌습니다. 그런데도 기울어지고 제한된 정보는 다른 것은 선동도 잘하면서 정작 분노해야 하는 문제에 대해서는 잠잠하고 조용하게 지나갑니다. 그리고 우리는 그 기업들의 제품을 여전히 소비하고 있습니다. 과연 안전할까요? 믿을 수 있나요? 여기에 대한 정보는 역시 여전히 제한적입니다. 그래서 우리는 여전히 제한된 정보에 의해서 선택을 강요당하고 있는 것입니다.

이것이 가능한 것은 우리의 생각이 제한된 정보에 의해 잠식되고 익숙해졌기 때문만은 아닙니다. 우리가 그 정보에 길들어지는 사이 우리의 기본 상식마저 그들에게 자리를 내주게 되며 그조차도 인식할 수 없게 되었습니다. 현재 우리 사회는 개인의 가치와 자유만이 강조되는 이기적인 흐름 속에서 상식 역시도 공통의 사회상식이 아닌 개인적인 상식으로 치우쳤습니다. 그렇게 개인적인 상식에 치우치다 보면 보고 싶은 것만 보고, 듣고 싶은 것만 듣게 되며 나만이 옳고 나만이 정답이 되어버리는 지독한 독선의 늪에 빠지게 됩니다. 바로 그 강력한 독선이 제한된 정보를 쉽게 받아들이고 맹목적으로 믿게 되며 점차 스스로 판단하는 능력, 즉 상식을 서서히 잃게 됩니다. 스스로 판단하며 선택하는 것이라 믿지만 사실은 강요로 인해서 선택하는 것이며, 정보에 속고, 돈과 권력에 치우쳐 선택된 정의와 공정에 속고, 차츰 개인의 손익에 따라서 정의와 공정도 선택하며 자신도 속는 것입니다. 이것이 매우 위험한 것은 때에 따라서 진실을 외면하고 왜곡하며, 아무리 정확한 사실로 드러난 진실일지라도 부정해버리게 됩니다. 즉 상황에 따라서 손익과 권력, 그리고 돈의 흐름에 따라서 진실도 선택할 수 있는 상황이 가능하게 돼버리는 아주 묘하고 아주 사악한 사회가 되는 것입니다. 그런 사회에서는 누구든지 피해자가 되고 또 분명한 피해자임에도 불구하고 억울하게 가해자가 될 수도 있는 것입니다. 그래서 가장 못 믿을 것이 바로 정보입니다. 정보의 속성과 그 움직임을 파악하면 정보를 어떻게 제한하는지, 또 정보의 손익을 추정하면 어떤 방향으로 움직일 것인지, 또 어떻게 극대화되는지 예측도 가능합니다. 그것을 이용한 가짜뉴스의 판별도 가능하고 그러면 이후 쏟아져 나오는 정보가 아무리 거세게 휘몰아치며 감당할 수 없을 정도의 물량이 수없이 쏟아진다고 해도 정보의 의도와 목적대로 선동당하지 않고, 선택을 강요하는 정보의 압박에 휘둘리지 않을 수 있습니다.

사회에서 일어나는 일들과 갈등을 대할 때는 개인적인 상식이 아니라 공통의 사회상식으로 보면서 접근해야 합니다. 특히 하나만 강조하며 극대화해서 제공되는 정보와 그것이 사회구성원 모두에게 적용되는 문제일 경우에는 공통의 사회상식으로 접근해야 합니다. 그래야만 진실이 외면당하고 왜곡되고, 더 나가서 거짓을 선택하는 최악의 상황까지 나타나는 사회는 막을 수 있지 않을까요? 분명하게 나타난 진실도 진실로 인정하는 것을 두려워하는 정보 매체들을 보면 어쩌면 지금 현재, 이미 진실을 덮어 버리고 진실을 왜곡하는 현상이 진행되는 것 같은 불안감이 커집니다. 이런 기우는 '선택적 정의'와 '선택적인 공정'의 인과응보가 아닐까요? 공통의 사회상식을 저버리고 개인적인 상식으로 기울어진 결과물의 대가는 너무나 혹독하고 가혹하게 큽니다. 이 기울어진 상식은 우리와 우리 사회를 해치는 패악입니다. 이 기울어진 상식은 자신의 가치만, 자신의 자유만, 자신의 상식만 중요하고 옳은 것이 되며, 그것이 전체가 되어버립니다. 거기에 공동체의 가치, 공동체의 자유, 공동체의 공통된 사회상식은 생략되어버립니다. 그 틈새를 제한된 기울어진 정보가 공략하며 파고들어 와서 우리의 생각을 점령합니다. 이것을 막기 위해서는 개인의 경험과 다른 상황, 그리고 취향에 따른 차이가 있는 유동적인 개인적인 상식보다는 공통된 사회상식의 자리를 넓히고 제한된 정보의 의도와 목적을 판단하고 그 이면까지 들여다볼 수 있는 사고의 능력을 끊임없이 키워야 합니다. 우리의 생각과 상식까지 강요된 제한적인 정보에 의해서 선택하고 주장할 수는 없으며 정의와 공정 역시도 강요된 제한적인 정보에 의존해서 선택하거나 주장할 수 있는 것이 아니기 때문입니다. 정의와 공정은 누구나 이해되고 수긍할 수 있는 공통의 사회상식으로 인정할 수 있어야 합니다.